MAGGIE RITCHIE

Die Geliebte des Bildhauers

ROMAN

Aus dem Englischen von
Birgit Kirberg

TINTE & FEDER

Die Originalausgabe erschien 2015 unter dem Titel »Paris Kiss«
bei Saraband, Glasgow.

Deutsche Erstveröffentlichung bei
Tinte & Feder, Amazon Media EU S.à r.l.
5 Rue Plaetis, L-2338, Luxembourg
Januar 2017

Die Übersetzung dieses Buches wurde durch AmazonCrossing ermöglicht.

Umschlaggestaltung: bürosüd° München, www.buerosued.de
Umschlagmotiv: © Vasilina Popova / Getty; © Image Source Trading Ltd / Shutterstock; © Valentin Agapov / Shutterstock; © theendup / Shutterstock; © Maxplay photographer / Shutterstock
Lektorat: Ute-Christine Geiler und Birte Lilienthal, Agentur Libelli
Printed in Germany
By Amazon Distribution GmbH
Amazonstraße 1
04347 Leipzig, Germany

ISBN: 978-1-503-94082-6

www.tinte-feder.de

Für Michael und Adam

Für Michael und Adam

Kapitel Eins

Südfrankreich

September 1929

Vierzig Jahre hatte ich nach Camille gesucht. Und nun fürchtete ich mich vor dem, was mich erwartete, auch wenn ich nie die Hoffnung aufgegeben hatte, dass wir uns eines Tages wiederbegegnen würden. Allerdings nicht unter solchen Umständen.

Während der Zug durch Frankreich fuhr und mich meiner alten Freundin immer näher brachte, war ich in Gedanken bei ihr und bei den Erinnerungen an die Zeit mit ihr.

Wir waren drauf und dran gewesen, große Künstlerinnen zu werden. Nur für die Kunst und für die Liebe wollten wir leben. Ich lächelte meinem Spiegelbild im Wagenfenster zu, während dahinter die spätsommerlichen Weizenfelder vorüberzogen. Wir waren so jung damals und ahnten nichts von dem, was vor uns lag. Längst waren meine Träume von einst hinter meinem Alltag als Ehefrau und Mutter verblasst, die Liebe war abgetragen und bequem geworden wie die Laken auf unserem Ehebett. Ich blickte zu meinem Mann, der mir gegenübersaß. Er lächelte und senkte seinen Blick wieder auf die Zeitung, während ich weiter aus dem Fenster schaute und meinen Erinnerungen nachhing.

Camille. Ich hatte Jahre gebraucht, um sie ausfindig zu machen, und dann, erst vor ein paar Monaten, war ein handgeschriebener Brief von ihr gekommen. Sie war nicht krank, wie man mir gesagt hatte, sondern man hatte sie in eine Nervenheilanstalt gesperrt. Ich schloss die Augen, sodass ich mein Spiegelbild nicht mehr sehen konnte. O Camille! Selbst in deinen schlimmsten Albträumen hättest du dir dieses furchtbare Schicksal nicht ausmalen können.

Der Zug wurde langsamer, und das Ortsschild von Montfavet erschien vor dem Fenster. Nervös nestelte ich an meinen Handschuhen, während ich zusah, wie der Schaffner unsere Koffer aus dem Gepäcknetz hob. Ich würde sie wiedersehen, in wenigen Stunden schon. Plötzlich widerstrebte es mir, den Zug zu verlassen. Mein Mann hielt mir die Hand hin, und ich ergriff sie, dankbar, dass er darauf bestanden hatte, mich zu begleiten.

Wir stiegen zuerst an unserem Hotel ab, um uns ein wenig frisch zu machen und etwas zu essen, doch der Kaffee brannte mir im Magen, und von dem Omelette, das man mir aufs Zimmer brachte, bekam ich keinen Bissen hinunter. Mein Mann bestellte beim Concierge einen Wagen und einen Fahrer, und schon nach wenigen Minuten, so kam es mir vor, fanden wir uns vor dem Asyle de Montdevergues wieder, einem schmucklosen Gebäude auf einem windigen Hügel hoch über dem Dörfchen Montfavet.

Ich stand vor dem großen Eingangstor und versuchte, nicht auf die hoch in den Himmel ragenden wuchtigen Mauern zu schauen. Ein böiger Wind zerrte an meinem Hut, als wollte er ihn mir entreißen und mit sich zurück ins Tal nehmen. Am bleigrauen Himmel ließ sich ein Habicht vom Wind tragen, so nah, dass ich seine zerzausten Flügelspitzen erkennen konnte.

In meiner Tasche tastete ich nach dem Brief, der mich

an diesen trostlosen Ort geführt hatte. Er hatte lauter Eselsohren, und Camilles krakelige Schrift war von meinen Tränen verwischt. Ich lehnte meine feuchte Stirn gegen das Tor und fragte mich, was mich wohl dahinter erwartete. Seit fünfzehn Jahren war Camille hinter diesen Mauern eingesperrt. Fünfzehn Jahre! In einem Anfall von Schwäche hielt ich mich an einer der eisernen Stangen am Tor fest.

Mein Mann rief aus dem Wagen: »Alles in Ordnung, Jessie?«

Ich drehte mich um und gab ihm ein Zeichen, dass ich ihn nicht brauchte und dass er ruhig im Auto bleiben könne, doch schon öffnete er die Tür und stieg aus. Liebevoll nahm er mich in den Arm, und ich barg mein Gesicht in der vertrauten Wärme.

»Du kannst nicht allein dort hineingehen«, erklärte er. »Ich komme mit.«

Aber ich schüttelte den Kopf. »Nein, unser Abschied war so furchtbar. Ich will sie alleine sehen.«

Er legte den Arm fester um meine Schultern. »Aber du weißt nicht, was du dort vorfinden wirst. Ich habe dir doch gesagt, solche Orte können sehr schlimm sein.«

Die Übelkeit, die mich kurz zuvor erfasst hatte, war verschwunden. Ich wandte mich zu ihm, während der Wind mir ins Gesicht blies, und erwiderte ganz ruhig: »Camille hat dieses Entsetzliche jahrelang ertragen, ich jedoch bin nur für ein paar Stunden hier.«

Mit einer fürsorglichen Geste strich ich ihm übers Revers. Ich kannte ihn nun schon fast mein ganzes Leben lang. Eine Welle der Zärtlichkeit durchströmte mich, und ich küsste ihn auf den Mund. »Danke, dass du bis hierher mitgekommen bist, aber jetzt schaffe ich es allein. Ich bin ihre Freundin, und ich muss ihr helfen. Camille gehört nicht hierher. Du hast ihren Brief gelesen. Ich muss ihr helfen.«

Er wandte sich zum Gehen. »Wenn du wirklich meinst, Jess.« Ehe er ins Auto stieg, hielt er inne: »Aber sei vorsichtig. Du weißt, wie labil sie immer gewesen ist. Jetzt, wo sie krank ist, wird es noch schlimmer sein. Und sei nicht so voreilig, zu glauben, sie gehörte nicht hierher.«

Heiße Wut stieg in mir auf und hinterließ rote Flecken auf meinem Hals. Er wusste, wie viel Camille mir bedeutete. Ich holte tief Luft und versuchte, meinen Ärger herunterzuschlucken.

Der Wind wehte mir ein paar Haarsträhnen ins Gesicht, und ich musste die Stimme erheben, um mir Gehör zu verschaffen. »Du hast sie nie leiden können.«

»Nein, das kann ich nicht behaupten.« Einen Moment lang schaute er mich aufmerksam an. »Und du weißt, warum. Camille Claudel hat deine Freundschaft nicht verdient. Niemand von denen hat sie verdient.« Er schloss die Tür.

Ich ging zum Wagen, und er kurbelte das Fenster herunter. Im letzten Moment zögerte ich. Es war wie immer, er wollte mich einfach nur beschützen. Mit den Fingerspitzen berührte ich sein liebes Gesicht. »Liebling, kannst du ihr nicht verzeihen – nach all der Zeit? Ich habe das längst getan.«

»Nein, es tut mir leid, aber das kann ich nicht. Ich kann ihr nicht verzeihen, was sie dir angetan hat. Was sie alle dir angetan haben. Und ich halte nichts davon, die Vergangenheit wieder aufleben zu lassen. Dabei kommt nichts Gutes heraus.«

Er sprach mit dem Fahrer, und das Auto fuhr mit quietschenden Reifen in einer dichten Staubwolke davon. Als der Wagen hinter der nächsten Kurve verschwunden war, schlug ich meinen Mantelkragen hoch und läutete. Es war Zeit, Camille zu treffen.

* * *

Man führte mich in einen kleinen, vollgestopften Warteraum mit wahllos zusammengewürfelten Möbeln. Dort setzte ich mich in einen abgewetzten Sessel und wartete. In der Stille sammelten sich Geräusche aus der Vergangenheit in meinem Kopf: Das Klappern und Stimmengewirr in den Cafés, der schwermütige Gesang einer Chansonnière, Camilles sanftes Lachen an meinem Ohr, während ein Mann unter dem Tisch meine Hand hält.

In dem Augenblick brach ein Sonnenstrahl durch die hohen Fenster und fiel auf meinen Schoß, und einen Moment lang war ich wieder in Paris, in unserem Atelier. Ich sah Staubflusen, die träge in einem Sonnenstrahl umeinander kreiselten, während zwei Frauen mit lehmigen Händen über ihre Arbeit gebeugt arbeiteten. Ich zog mir die Handschuhe aus, um eine meiner Hände zu betrachten. Sie waren vom Alter zerfurcht, die Fingerknöchel, knotig verformt, schmerzten in den feuchten Räumen.

Jemand hustete, und als ich verwirrt den Blick hob, sah ich jemanden im Türrahmen stehen. Das Licht strömte von draußen herein, sodass ich nur die schemenhaften Umrisse einer alten Frau ausmachen konnte. Sie trat ein paar Schritte näher, und schließlich erkannte ich auch die Gesichtszüge. Tief liegende Augen und nach unten gezogene Mundwinkel, die von Verzweiflung und Bitterkeit sprachen. Das spärliche weiße Haar war unter einem lächerlichen Hut zusammengesteckt, der in einer anderen Umgebung fast hätte komisch wirken können. Dazu trug sie einen leichten Mantel, in dem sie fast versank, und einen langen, ausgeblichenen Rock, offenbar noch ein Vorkriegsmodell.

Ich lächelte erleichtert: Offensichtlich hatten sie mir die falsche Patientin gebracht. Camille war etwas jünger als ich, aber die Frau, die vor mir stand, musste mindestens achtzig Jahre alt sein.

Schon wollte ich die Pflegerin, die mit ihr hereingekommen war, darauf aufmerksam machen, als die Frau auf mich zu schlurfte und das Gesicht hob. Sie sah mir in die Augen. Sie war so verändert, so furchtbar, entsetzlich, traurig verändert, dass ich sie niemals erkannt hätte, wären da nicht ihre Augen gewesen: dunkelblau wie der Nachthimmel über Paris.

Camille öffnete ihren verunstalteten Mund, aus dem ein Murmeln drang, das ich nur mit Mühe verstehen konnte. Mein Französisch, einst die Sprache meiner Träume, war über die Jahre eingerostet.

»Entschuldigung, was haben Sie gesagt?«

Sie schnalzte verunsichert mit der Zunge und kam noch näher auf mich zu. Ich schäme mich, es zu sagen, aber ich wich einen Schritt zurück.

»Wer sind Sie? Was wollen Sie?«, krächzte sie. Ihre Augen, ihre vormals so wunderschönen Augen, verengten sich, und sie spuckte vor mir aus. »Er hat Sie geschickt, stimmt's? Dieser Verbrecher! Ich weiß, wer Sie sind – Sie sind einer von Rodins Spionen. Mich können Sie nicht täuschen, *moi que je suis* Camille Claudel.« Sie schlug sich mit der Faust auf die Brust und stemmte sie dann in die Hüfte, in einer Geste, die mir so vertraut war, dass mir die Tränen in die Augen stiegen.

Ich streckte die Arme nach ihr aus, als wollte ich sie beschwören, zu mir zurückzukommen. »Camille, ich bin es, Jessie. Erinnerst du dich nicht an mich? Unser Atelier in Paris?«

Sie schaute mich grimmig an, und wieder erhaschte ich für einen kurzen Augenblick das Bild der Camille, die ich vor über vierzig Jahren gekannt hatte.

»Du bist nicht Jessie. Jessie ist hübsch, sie hat eine Pfirsichhaut, ihr Haar ist rot wie Bronze im Schein eines Schmiedefeuers. Sie … Sie sind nicht meine Jessie.« Camille zeigte mit dem Finger auf mich, doch dann erblickte sie ihre eigene Hand, so wie es mir selbst kurz zuvor ergangen war. Einen Moment lang untersuchte sie ihre Finger, als gehörte diese Altweiberklaue gar nicht zu ihr. Als sie ihren Blick hob und mich ansah, schwammen ihre Augen in Tränen. »Es tut mir leid, Madame, ich bin manchmal etwas durcheinander.« Sie faltete ihre Hände. »Wie sagten Sie noch, ist Ihr Name?«

Mir wurde die Kehle eng, und ich musste mich räuspern, ehe ich sprechen konnte. »Jessie. Du hast mich noch als Jessie Lipscomb gekannt. Ich habe dir geschrieben und gesagt, dass ich zu Besuch kommen würde. Erinnerst du dich nicht?«

Sie runzelte die Stirn. »Ich habe einmal eine Jessie gekannt, ein Mädchen aus England, eine gute Freundin, meine beste Freundin. Aber ich habe sie verloren. Wir hatten Streit, und ich habe sie verloren. Was mag aus ihr geworden sein? Ich wünschte, sie wäre hier. Ich bin so allein, ich bin so lange allein gewesen.« Sie verbarg ihr Gesicht in den Händen und begann zu weinen.

Mit zwei Schritten war ich bei ihr und nahm ihre Hände, die schon früher schwielig und vernarbt gewesen waren – starke Bildhauerhände, doch jetzt waren sie ganz weich, ihre Knochen zart wie bei einem Vögelchen. Ich legte die Arme um sie und spürte, wie dünn sie geworden war. Es war, als hielte ich einen Geist umfangen.

»Schhh, mein Liebes, sei ganz still«, murmelte ich. So hatte ich sie früher einmal getröstet, ein halbes Leben zuvor, und in dem Moment schien die Erinnerung in ihr wach zu werden. Wie ein Blinder berührte sie mein Gesicht und zog die Umrisse mit den Fingern nach, so wie Rodin es uns beigebracht hatte.

»Jessie Lipscomb aus Peterborough – du bist es! *Ma petite anglaise.*« Mit papiernen Fingern strich sie mir über die Wange, und die große Wunde in meinem Herzen, die mir all die Jahre so wehgetan hatte, schloss sich.

Sie schlug sich die Hand vor den Mund und riss die Augen auf. »Aber Jessie, was ist denn mit dir passiert? Du siehst ja furchtbar aus!«

Ich lachte erleichtert, denn nun klang sie wieder wie die Camille, die ich kannte.

»Fünfundvierzig Jahre sind mir passiert, sonst nichts.«

Sie lehnte den Kopf an meine Schulter und seufzte. »Ich kann nicht glauben, dass du es bist.«

»Ich auch nicht.« Ich drückte sie noch fester an mich, und so standen wir da, in Sonnenlicht gebadet.

Als sie anfing zu sprechen, klang ihre Stimme verträumt, wie bei einem kleinen Kind, das sich zum Zubettgehen bereit macht: »Ich bin nun schon so viele Jahre hier. Ich kann diesem Albtraum nur entkommen, wenn ich in die Vergangenheit flüchte. Wenn ich es hier nicht mehr aushalte, schließe ich die Augen, und dann bin ich wieder in Paris.« Sie hob den Kopf und schaute mich an. »Jessie, erinnerst du dich, wie wir uns das erste Mal begegnet sind?«

»Natürlich, Liebes, als sei es gestern gewesen.«

Der Tag, an dem ich Rodin kennenlernte, kam mir plötzlich in den Sinn. Diese Erinnerung hatte ich über all die Jahre am Leben erhalten, und ich war immer wieder darin eingetaucht, in kurzen, verstohlenen Momenten, wie ein Goldgräber, der sich heimlich an seinem unermesslich wertvollen Goldschatz erfreut.

Kapitel Zwei

Paris

Juni 1884

Mein erster Sommer in Paris! Camille und ich waren in unserem Atelier. Ich erinnere mich noch genau an dieses Modell, ein Mädchen, das einfach nicht still sitzen konnte.

Camille hob die Hand mit dem Meißel und zeigte damit ärgerlich auf das Mädchen: »Marie-Thérèse! *Tu m'embêtes!* Was ist los mit dir? Musst du auf die Toilette?« Das Modell verzog schmollend den Mund und setzte sich wieder in Pose, woraufhin Camille sich erleichtert über ihre Skulptur beugte. Sie konnte vom einen Moment zum anderen in ihrer Arbeit versinken, während ich immer etwas Zeit brauchte, um in Schwung zu kommen. In aller Ruhe begann ich, mein Werkzeug zurechtzulegen, dann brachte ich den Drehtisch in die passende Position.

Camille stöhnte laut auf. »Jessie! Du wuselst hier herum wie ein Hündchen um seinen Korb.«

Ich band mir das Haar nach hinten und wickelte den Tonklumpen aus dem feuchten Tuch. Dann ließ ich meine Hände einen Moment lang auf der kühlen, klebrigen Masse ruhen und sah Camille an. Es war erst ein paar Wochen her, seit wir uns kennengelernt hatten, doch wir waren schon dicke Freundinnen geworden. Ich studierte aufmerksam ihr Profil und sah ihr zu, wie sie mit den Fingern über den Ton strich und die Übergänge glättete. Erst dann fing ich an.

Ich arbeitete, ohne noch einmal hinzuschauen, bis die Umrisse ihres Kopfes zum Vorschein kamen. Es war faszinierend, wie die Skulptur unter meinen Händen lebendig wurde und wie Camilles Gesichtszüge aus dem groben Material hervortraten. Dies war die beste Arbeit, die ich je zustande gebracht hatte: ein genaues Abbild mit perfekt passenden Proportionen. So waren wir stundenlang ganz und gar in unsere Arbeit vertieft, in völliger Stille, die nur durch das Ticken der Uhr und ein gelegentliches Rascheln unserer Kittel durchbrochen wurde, wenn wir uns an unseren Tischen bewegten.

Ich brauchte ein feineres Werkzeug und ging in eine Ecke des Raums, um danach zu suchen. Da hörte ich, wie der Vorhang zwischen der Marmorschneidewerkstatt und dem Tonatelier zurückgezogen wurde, und sah, als ich mich umdrehte, einen Mann, der ungefähr so alt sein mochte wie mein Vater. Er war klein, mit einem mächtigen Brustkorb und imponierendem Auftreten. Sein Haar war zu einem militärischen Bürstenschnitt geschoren, dazu trug er einen langen, wilden Bart. Sein Anzug war staubig, die Weste lehmverschmiert. In der Hand hielt er einen Spazierstock aus Ebenholz mit silberner Spitze, den er wie ein Impresario vor seinen Füßen auf den Boden stemmte. Ich stand ein wenig im Schatten, und er schien mich nicht zu bemerken. Er sah Camille unverwandt an und streckte seine Hände, die in grauen Glacéhandschuhen steckten, mit flehender Gebärde nach ihr aus.

»Camille, *ma chère …*«

Camille schreckte auf, als sei sie aus einem Traum erwacht.

Warnend nickte sie mir zu, so diskret, dass ich das Zeichen übersehen hätte, wenn ich sie nicht gerade ebenfalls beobachtet hätte, worauf er die Hände sinken ließ und ich aus dem Schatten trat.

»Monsieur Rodin«, sagte Camille laut. »Darf ich Ihnen Ihre neue Schülerin vorstellen? Jessie Lipscomb.«

Das also war der große Rodin. Der, dessentwegen ich nach Paris gekommen war. Ich hatte schon fast die Hoffnung aufgegeben, ihm zu begegnen, denn die Tage waren vergangen, ohne dass ich den Meister auch nur ein einziges Mal zu Gesicht bekommen hätte. Ich schaute ihn genauer an. Rodin war zu der Zeit noch nicht so berühmt, doch in Künstlerkreisen galt er schon als der große Bildhauer, der sämtliche Regeln über den Haufen warf. Alphonse Legros, mein Londoner Lehrer, hatte mir immer wieder zu verstehen gegeben, dass sein ehemaliger Schüler Rodin ein absolutes Genie sei.

»Auguste wird dir die steife englische Höflichkeit schon austreiben, die dich wie ein Korsett bei deiner Arbeit einschnürt«, hatte Legros zu mir gesagt.

Er war immer sehr direkt, hatte sich aber glücklicherweise zurückgehalten, als ich mit meinem Vater zu ihm gekommen war, damit er mir als mein Lehrer half, ihm die Erlaubnis abzuringen, mich ganz allein nach Paris gehen zu lassen. Ich wollte unbedingt zu Rodin in die Lehre, und auch wenn Papa anfangs gegen den Plan war – er kannte die üblichen Geschichten von Frauen, die sich von Künstlern mit schlechtem Ruf ins Elend bringen ließen, und natürlich hatte er »Trilby« gelesen und »La Bohème« gesehen –, hatte ich mir in den Kopf gesetzt, ihn zu überzeugen. Legros versicherte ihm, dass ich bei Camille Claudel, einer der vielversprechendsten Schülerinnen Rodins, in allerbesten Händen wäre und dass Camille aus guter Familie sei, die zur Pariser *Bourgeoisie* gehörte. Als mein Vater immer noch skeptisch war, appellierte Legros an seinen väterlichen Stolz.

»Ihre Tochter ist aus den Mädchenklassen in South Kensington herausgewachsen. Hier gelten diese lächerlichen Regeln und Beschränkungen der naturalistischen Bildhauerei. Ihre Tochter würde in England ersticken, Monsieur Lipscomb«, sagte er. »Sie ist eine Künstlerin. Sie braucht Luft zum Atmen, und sie sollte nur von den Allerbesten unterrichtet werden. Sie muss nach Paris, wenn nicht, wird sie furchtbar unglücklich werden.«

Diese Worte gaben den Ausschlag: Papa könnte es niemals ertragen, mich, sein geliebtes einziges Kind, unglücklich zu sehen.

»Wenn es unbedingt sein muss, geh, Jessie«, hatte Papa schließlich gesagt und gelacht, als ich mich in seine Arme warf. »Deine Mutter wird mir böse sein, aber sie wird sich schon an den Gedanken gewöhnen. Wir beide wissen, was für ein vernünftiges Mädchen du bist.«

Wenige Monate später stieg ich am *Gare du Nord* aus dem Zug und trat geradewegs in mein neues Leben in Paris.

Legros hatte Rodin als einen Mann der Leidenschaften bezeichnet. Jetzt erkannte ich mit eigenen Augen, dass er zu den Menschen gehörte, die die Frauen umschwärmen wie die Motten das Licht. Eine deutlich wahrnehmbare Spannung ging von ihm aus und lud die Atmosphäre in unserem Atelier prickelnd auf. Am anderen Ende des Raums kam auch Bewegung in das Mädchen, das noch immer Modell saß. Wie eine Katze, die sich in Szene setzt, warf sie ihr Haar zurück und bog den Rücken nach hinten durch, sodass ihre Brustwarzen wie zwei runde Kiesel geradewegs zur Decke zeigten. Ich sah, wie Rodin sie aus den Augenwinkeln beobachtete.

Camille wandte sich brüsk um und raunzte die noch immer beleidigte Marie-Thérèse an: »Die Zeit ist um. Zieh dich an, und geh nach Hause. Denkst du vielleicht, ich bin ein Goldesel?«

Das Mädchen verzog den Mund zu einem spöttischen Lächeln und schlenderte aufreizend langsam an Rodin vorbei. Beim Gehen hob und senkte sich ihr nacktes Hinterteil. Sie hatte sich nicht die Mühe gemacht, sich etwas überzustreifen. Ihren fadenscheinigen Morgenmantel zog sie nachlässig hinter sich her, es kümmerte sie nicht, dass er über den Boden schleifte. Sie warf Rodin einen letzten anzüglichen Blick zu, bevor sie hinter dem Paravent verschwand. Camille stieß ein Schimpfwort aus, irgendetwas wie *Salope!,* dann wandte sie sich wieder Rodin und mir zu.

»*Maître*«, begann ich. Wie aufregend, endlich dieses Wort auszusprechen! »Ich freue mich so sehr, dass Sie mich als Ihre Schülerin angenommen haben.«

Rodin beugte sich über meine Hand und ließ sie gleich wieder fallen, so wie es in Frankreich üblich ist. Noch immer irritiert mich das, denn die Geste hat etwas Einschüchterndes und gleichzeitig Geringschätziges an sich. Rodin strich sich mit den Fingern über den Bart und sah mich an. Seine Augen waren von dem beunruhigenden Blau eines Gletschers, doch als er seine Brille abnahm und anfing, die dicken Gläser zu putzen, blinzelte er wie ein frisch aus der Erde gekrochener Maulwurf.

»Meine liebe Mademoiselle Lipscomb, es wird mir ein Vergnügen sein, Sie zu unterrichten. Alphonse hat mir geschrieben, und er war voll des Lobes über Sie und Ihr Talent.« Er lächelte, und ich sonnte mich in seinen Worten. Rodin rieb sich die Hände – seltsam, er hatte seine Handschuhe nicht ausgezogen – und kam herüber zu meinem Arbeitstisch. »Lassen Sie mal sehen, was Sie gemacht haben. Haben Sie diesen Kopf modelliert?«

Ich zuckte nervös zusammen. »Ich habe gerade erst damit angefangen, *Maître.*«

»Gut. Ich nehme die Arbeiten immer gern sofort in Augenschein, bevor es in die falsche Richtung geht.« Er umkreiste den Tisch und untersuchte die Skulptur von allen Seiten. Dann blieb er stehen und schloss die Augen. Wie ein Blinder legte er seine Finger sanft auf das Gesicht aus Ton und tastete die Form ab, zärtlich streichelnd wie ein Liebhaber.

Ich fühlte mich wie ein Übernachtungsgast, der aus Versehen im falschen Schlafzimmer gelandet ist. Verstohlen schaute ich zu Camille herüber und sah, dass auch sie erstarrt war. Ihr stand der Mund offen, und auf ihren Wangen brannte eine unnatürliche Röte.

Rodin ließ die Hände sinken, trat einen Schritt zurück und brach den Bann. Er stützte sich einen Augenblick auf seinen Stock, als suchte er nach den passenden Worten für eine Antwort, und ich hielt den Atem an.

Im nächsten Moment stieß er mit seinem Stock auf den Holzfußboden, und ich sprang vor Schreck zur Seite, als der dumpfe Knall durch den Raum hallte.

»Die Figur ist zwar technisch ordentlich …«

Ich wappnete mich für den Nachsatz.

»… aber sie ist tot.«

Ich keuchte und rang nach Luft, und einen Moment lang dachte ich, ich müsste mich übergeben.

Rodin umkreiste die Büste, auf die ich kurz zuvor noch so stolz gewesen war und von der ich nun sehen konnte, dass sie nur auf einer Täuschung beruhte. Er zeigte mit seinem Stock darauf. »Ebenso gut könnte ich mir eine Fotografie von Mademoiselle Claudel anschauen.«

Das Wort »Fotografie« klang aus seinem Mund wie eine Beleidigung. Zu jener Zeit steckte die moderne Technik noch in den Kinderschuhen, und viele Künstler fürchteten, sie könnte unseren Beruf überflüssig machen. Ich beschloss, meinem Lehrer lieber nicht zu erzählen, dass mein Verlobter William mir gezeigt hatte, wie man mit einer Kamera umgeht, und dass ich bereits erste Erfahrungen mit Spiegelungen und Beleuchtung gesammelt hatte.

Rodin war jetzt richtig in Fahrt. »Sie haben zwar Camilles Aussehen exakt eingefangen, doch genau damit haben Sie sie getötet, so als hätten Sie ihr Herz mit einer Nadel durchbohrt. Sie sieht aus wie ein Schmetterling in der Vitrine – schön, aber leblos.«

Wieder hämmerte er mit seinem Stock auf den Boden, und bei jedem Aufprall zuckte ich zusammen.

»Wo ist ihre Lebensenergie?« *Rums!*

»Wo ist ihre Seele?« *Rums!*

»Als Künstler stehen Sie nackt vor der Welt. Was fühlen Sie, wenn Sie Ihre Freundin anschauen? Bewunderung? Neid? Verlangen? Hass? Ich habe nichts davon in Ihrer Skulptur gesehen – nur Technik. Ich kritisiere das nicht, aber das macht Sie noch nicht zu etwas Besonderem. Mademoiselle Lipscomb, der Impuls für eine gute Skulptur kommt nicht allein aus dem Kopf, er muss aus dem Bauch kommen. Dann, erst dann, können Sie eine wirkliche Künstlerin werden.«

Rodin hatte selbstverständlich recht. Heute weiß ich das, aber seine Bemerkungen brannten trotzdem auf meiner Haut wie glühende Lava. Ich war es nicht gewohnt, so auseinandergenommen zu werden. Meine Lehrer in South Kensington hatten sich niemals so klar über meine Arbeiten geäußert. Sie sagten immer nur, ich sei fast so gut wie ein Mann – das war das höchste Lob, das eine Künstlerin in der damaligen Zeit erwarten konnte. Umso heißer brannte jetzt meine Scham vor Camille, die schweigend neben mir stand.

Ich blickte zu ihr herüber. War das der Anflug eines Grinsens? Ich ballte die Fäuste so fest, dass sich mir die Fingernägel in die Handfläche gruben, und versuchte mich zu erinnern, weshalb ich überhaupt hergekommen war. Ich wollte lernen.

Rodin sah mir vermutlich meine Bestürzung an der Nasenspitze an, denn sein Ton wurde sogleich etwas sanfter. Er legte mir eine Hand auf die Schulter, und zu meinem Entsetzen merkte ich, wie mir die Augen feucht wurden. Verzweifelt versuchte ich, die Tränen herunterzuschlucken.

Rodin legte eine Hand auf meinen Arm und drückte ihn leicht. »Das würde ich nicht sagen, wenn ich nicht von Ihrem Talent überzeugt wäre. Warum würde ich sonst ein Wort an Sie verschwenden? Sie gehören zu den wenigen, die in diesem grausamen Wettbewerb überhaupt eine Chance haben. Das hat Legros ganz richtig erkannt.«

Mit diesen Worten zerstreute er die dunkle Wolke, die sich über mich herabgesenkt hatte. Unter Tränen lächelte ich ihm zu. *»Merci, mon maître.«*

Er lächelte ebenfalls und tätschelte mir die Schulter. »Jetzt schauen Sie gut zu, und Sie werden sehen, wie man diese Figur verbessern und sie in eine echte, lebendig atmende Person, in der ein Feuer brennt, verwandeln kann.«

Als er die Handschuhe abstreifte, kamen zwei schwielige Arbeiterhände voller Brandnarben zum Vorschein, und ich fragte mich insgeheim, ob das der Grund war, weshalb er diese Handschuhe trug, und ob er sich seiner Hände schämte. Die meisten Bildhauer, die ich kannte, waren stolz auf ihre Schwielen, doch dann waren einige von ihnen aus den schmutzigen Hinterhöfen aufgestiegen und hatten Erfolg gehabt – so wie Rodin.

Bald schon war ich so gefangen vom Bild des großen Rodin bei der Arbeit, dass es keine Rolle mehr spielte, ob er Fingerhandschuhe oder grobe Fäustlinge oder gar nichts an den Händen trug. Mit wenigen geschickten Bewegungen veränderte er meine zuvor so sorgfältig geglätteten Übergänge und Kanten, drückte auf den Wangen herum, um sie runder und kindlicher aussehen zu lassen, veränderte die Form der Lippen, bis es aussah, als würden sie im nächsten Augenblick zu sprechen anfangen. Dabei achtete er stets darauf, die Oberfläche nicht zu stark zu glätten, um durch die raue Struktur keinen Zweifel daran zu lassen, dass es sich zwar um ein Wesen aus Ton, aber gleichzeitig um eine lebendige, atmende Kreatur handelte.

Vor unseren Augen wurde Camille zum Leben erweckt, und die echte Camille stöhnte neben mir auf und drückte meine Hand, als wir beide Zeugen davon wurden, wie unser *Maître* in nur wenigen Minuten ein Meisterwerk schuf. Es stimmte, was sich alle Welt erzählte: Rodin war ein Genie. Der größte Bildhauer seit Michelangelo.

Er wischte sich die Hände vorn an seiner Weste ab und kümmerte sich nicht um die grauen Streifen, die dort zurückblieben. »Mademoiselle Claudel, jetzt sind Sie an der Reihe.«

Ich weiß noch, wie mir kurz der Gedanke durch den Kopf schoss, dass er sie kurz vorher, als er ins Atelier gekommen war, noch Camille genannt hatte. Jetzt aber ging er zum förmlichen »Sie« und »Mademoiselle« über. Doch der Gedanke verflog sofort, während ich darauf wartete, was er wohl zu Camilles Arbeit sagen würde. In den wenigen Wochen, seitdem ich das Atelier mit ihr teilte, war bereits völlig klar geworden, dass sie eine weitaus begabtere Künstlerin war, als ich es jemals sein würde. Rodin würde gewiss des Lobes voll sein für ihre zarte Skulptur eines blutjungen Mädchens, das in heiliger Unschuld heranreift. Es war ihr gelungen, dies trotz der leicht ordinären Art, die Marie-Thérèse an den Tag legte, in ihrer Figur anzulegen. Düster wartete ich auf Rodins Lobeshymne, die meine eigene Herabsetzung umso deutlicher machen würde.

Camille hielt die Arme hinter dem Rücken verschränkt und blickte angespannt geradeaus. Sie trat einen Schritt zur Seite, um Rodin den Blick auf ihre Skulptur freizugeben. Der Meister sah sich die Figur von allen Seiten an, fuhr mit den Händen über die Schenkel des Mädchens wie ein Bauer auf dem Pferdemarkt. Dann trat er einen Schritt zurück, und ich hörte, wie Camille hörbar die Luft einzog. Rodin schüttelte den Kopf, hob seinen Stock und fuhr damit durch den noch feuchten Ton, begleitet von einem unangenehmen Schmatzen des Materials.

Ich schrie auf, als er wieder und wieder mit dem Stock auf die Figur einhieb und die zerbrechliche Figur zu Brei schlug. Ich war starr vor Schreck über die Heftigkeit seines Anfalls und hielt mir noch immer mit vor Angst geweiteten Augen die Hand vor den Mund. Camille würde jeden Augenblick explodieren. Ihre heftigen Wutausbrüche hatte ich bereits kennengelernt, und ich war sicher, dass sie das hier nicht hinnehmen würde. Doch sie stand reglos da.

»Sie haben ganz recht, *Maître,* das Bein war sehr hässlich, die Pose steif und verkrampft.« Ich war überrascht über ihren gleichmütigen Ton. »Ich danke Ihnen.«

Mit ebenso schnellen, sicheren Bewegungen wie vorher Rodin begann sie, das, was von der Figur übrig geblieben war, zusammenzufügen und die Spuren im Ton zu beseitigen. Bei diesem Tun ließ Rodin sie nicht aus den Augen. Ich konnte beobachten, wie die Skulptur die Form eines jungen Mädchens annahm, an der Schwelle zur Frau, bebend vor Verlangen und Sinnlichkeit, eine junge Frau, die sich lustvoll dehnte wie eine Katze, um sich im nächsten Augenblick jemandem an den Hals zu werfen, so schamlos, dass man am liebsten gar nicht hinschauen mochte. Niemand von uns sah sich um, als das Modell uns lautstark wissen ließ, sie werde jetzt nach Hause gehen.

»Glauben Sie bloß nicht, dass ich noch mal wiederkomme in dieses Irrenhaus«, rief sie. »Wieso haben Sie die Figur kaputt gemacht? Sie war wunderbar. Ich habe vom vielen Rumsitzen einen Krampf im Hintern bekommen und wozu das alles? Damit Sie es zu Brei schlagen. Sie sind ja verrückt alle miteinander.« Damit warf sie die Tür hinter sich ins Schloss.

Die Fenster glühten kupferrot im letzten Sonnenlicht, als Rodin seine Hand auf Camilles Arm legte. »Genug. So ist es gut. Machen Sie nie zu viel an einer Figur, lassen Sie immer noch Leben im Ton zurück.«

Damit tippte er sich an den Hut und ging.

Camille und ich standen schweigend da und sahen uns an. Dann grinsten wir, ich fasste sie bei den Händen und wirbelte sie im Kreis herum.

»Ich habe Talent. Rodin hat gesagt, ich habe Talent!«

Camille lachte und strich mir eine Haarsträhne aus dem Gesicht. »Aber natürlich hast du Talent, Jessie Lipscomb aus Peterborough. Dachtest du, ich würde irgendeine hergelaufene Kuh in meinem Atelier aufnehmen? Komm, das müssen wir feiern.«

Mit einem lauten »Uff« ließ sie sich auf einen der klapprigen Stühle neben der alten Teekiste fallen, über die wir einen Seidenschal drapiert hatten. Ich holte die Kaffeekanne vom Ofen und nahm die Brandyflasche, die Camille ihrer Mutter aus der Küche gestohlen hatte. Während wir an unserem Kaffee mit Schuss nippten, zog Camille ihr silbernes Zigarettenetui heraus und zündete für jede von uns eine türkische Zigarette an. Es hatte eine Weile gedauert, bis ich mich daran gewöhnt hatte zu rauchen, wie Camille es tat.

Durch die duftende Rauchwolke hindurch zwinkerte sie mir zu. »Ach, ist das gut«, seufzte sie.

Sie legte ihre Absätze auf die Holzkiste und reckte die Arme über den Kopf. Ich hörte es in ihrem Rücken knacken und fühlte in meinem eigenen Körper die wohlbekannte Müdigkeit, die einen als Bildhauer nach der Arbeit überfällt. Oft verbrachten wir zwölf Stunden im Atelier, wo wir ununterbrochen den schweren Ton von einem Ort zum anderen hievten, unsere Materialmischungen anrührten oder auf einer hohen Leiter standen. Dabei trugen wir unsere eng geschnürten Korsetts und schleppten lange Röcke unter steifen Kitteln mit uns herum. Ich schaute an meinem graugrünen Kleid herab, das ich in London so sorgfältig ausgesucht hatte, und klopfte energisch den Rock aus, um ihn vom Staub zu befreien.

Camille trug ein dunkelblaues Kleid mit weißem Kragen und weißen Manschetten. Damit war sie wesentlich passender angezogen als ich, ein bisschen wie die Werftarbeiter am Hafen. Sie deutete auf meinen schmutzigen Saum. »Dein schöner Rock ist dreckig geworden«, sagte sie lachend.

Mit einem Mal war ich es leid, mich länger wie ein dummes Gänschen herumkommandieren zu lassen. Niemand kannte mich hier in Paris, und ich hatte die Freiheit, hemmungslos zu tun und zu lassen, was immer ich wollte, ohne einen Skandal oder den Zorn meiner Eltern befürchten zu müssen. Ich konnte ohne Anstandsdame in einem Café sitzen und durfte jederzeit mit nackten Modellen im Atelier arbeiten, außerdem hatte ich das Privileg, bei einem der revolutionärsten Künstler seiner Zeit in die Lehre zu gehen. Legros hatte völlig recht gehabt: In Paris war ich frei!

Energisch stand ich auf, riss mir den Kittel herunter und fing an, meine hochgeschlossene Jacke aufzuknöpfen. Camille half mir dabei und amüsierte sich über unseren gemeinsamen Kampf gegen die winzige Knopfreihe, die auf der Jacke angebracht war. Sie half mir aus dem Ärmel, und ich fühlte ihren warmen Atem an meinem Hals. Dann knöpfte ich meinen Rock auf und ließ ihn zu Boden fallen. So stand ich vor ihr, mit verschränkten Armen, und wartete. Camille zuckte die Achseln, und kurz darauf standen wir beide in Unterwäsche da. Wir traten ans Fenster und beobachteten einen Schwarm Schwalben, die sich vor dem Hintergrund eines lilafarbenen Himmels vom Wind wiegen ließen, ehe sie in steilem Flug zu Boden stießen.

Als es Zeit war, nach Hause zu gehen, sperrten wir die Werkstatt zu und gingen über die Treppe nach draußen. In fast allen anderen Ateliers der Rue Notre-Dame-des-Champs standen die Fenster weit offen, um die letzten Lichtstrahlen hineinzulassen, und die Luft war erfüllt vom Klang der Hämmer. Camille hinkte leicht, und das Gehen auf dem unebenen Pflaster bereitete ihr Mühe. Ich hakte mich wortlos bei ihr unter, und sie stützte sich mit ihrem ganzen Gewicht auf meinen Arm.

»Weißt du, Jessie, eine neue Freundin zu finden, das ist fast so, als wenn man sich verliebt.«

»Ja, du hast recht, es ist, als wenn man sich verliebt.«

Kapitel Drei

Asyle De Montdevergues

September 1929

Im trüben Licht, das in den Warteraum drang, sah Camille für einen kurzen Moment so aus wie die junge Frau, die sie einmal gewesen war. Sie umklammerte meine Hände, als wollte sie mich nie wieder loslassen.

»Wie kann es sein, dass ich dich nicht erkannt habe, liebste Jessie, mein Ein und Alles.«

»Nun, es ist lange her.«

»Ein ganzes Leben, eine ganze Welt«, erwiderte sie mit so unermesslicher Traurigkeit in der Stimme, dass sich mein Herz zusammenzog. »Bei unserer allerersten Begegnung wusste ich schon, dass wir Freunde werden würden. Du warst so stolz und schön, wie du in deiner ganzen Pracht in mein Atelier spaziert kamst. Du sahst aus wie frisch aus einem Modejournal entsprungen. Erinnerst du dich noch an den albernen Hut mit dem ausgestopften Vogel?«

»Du meinst meine Goldmerle, *la merle bronzé,* wenn mich nicht alles täuscht?«

Wie habe ich diesen Hut geliebt! Damals war es Mode, Hüte mit ganzen Vögeln zu schmücken, und auf dem besagten Hut saß ein wunderschöner Pirol mit goldenem Schimmer auf seinem blauen Federkleid. Heutzutage sind die Hüte elegant und edel geschnitten, aber manchmal denke ich mit Wehmut an die Absonderlichkeiten der Achtzigerjahre zurück.

Ich bemühte mich, nicht auf den zerbeulten Hut zu schauen, der auf Camilles Kopf saß. Wie wunderschön sie gewesen war, mit ihren dichten schwarzen Locken, die sie immer unter einen schlichten runden Strohhut gesteckt hatte. In ihren dunklen Augen aber lag noch immer der alte Glanz, und es war schön, ihr tiefes Lachen zu hören.

Je länger wir zusammen waren, desto mehr schien sie wieder sie selbst zu sein, gerade so, als gäben ihr unsere alte Freundschaft und die Erinnerung an unsere gemeinsame Jugendzeit in Paris ein Stück von ihrer früheren Lebenskraft zurück. Diesen Moment wollte ich festhalten, und ich stimmte schnell in ihr Lachen ein.

»Ich habe doch rasch gelernt, mich wie eine richtige Bohemienne zu kleiden. Daran warst du schuld«, erinnerte ich sie.

»Und aus mir hast du eine feine englische Lady gemacht. Weißt du noch, das Streifenmuster, zu dem du mich damals überredet hast? Und der Hut mit der Straußenfeder?«

»Und was ist mit den Jacken mit japanischer Stickerei, die wir uns in dem ulkigen kleinen Laden gekauft haben?«, kicherte ich. »Das war die Schau!«

Wieder berührte Camille mein Gesicht mit den Händen, als wollte sie die darin eingegrabenen Zeichen der Zeit wegwischen. »Meine liebe Jessie, du warst immer so stark und geradeaus und so treu. Du hast dich kein bisschen verändert.«

Ich lächelte. »Das wäre schön.«

»*Ah, bouf!* Ich habe mich verändert, das ist die Wahrheit. Erinnerst du dich an die hübsche Büste, die du von mir gemacht hast? Mit der Rodin so grausam umgesprungen ist?« Als ich das Gesicht verzog, lachte sie wieder. »Das tut dir immer noch weh, oder? Du warst immer so ehrgeizig, Jessie!«

Seufzend betrachtete sie ihre Hände. »Wir waren so jung, und niemals hätten wir uns vorstellen können, eines Tages so alt zu sein wie heute.« Ihre Stimme zitterte, und ich umfasste ihre Hände. Mit ihren dunkelblauen Augen schaute sie zu mir auf. »Ich habe alles verloren. Aber du, Jessie, du bist immer noch dieselbe wie früher.«

Doch da irrte Camille. Ich war nicht mehr dieselbe, die damals in ihr Atelier marschiert war. Wie sollte ich auch? An meinem letzten Geburtstag bin ich achtundsechzig geworden, und niemand erreicht so ein Alter, ohne dass das Leben ihm nicht auch ein paar herbe Rückschläge versetzt. Mit zweiundzwanzig, als ich nach Paris kam, lag eine große Künstlerkarriere vor mir. Nur das zählte für mich. Doch dieser Ehrgeiz war mir jäh genommen worden, und daran war Camille nicht unschuldig.

Wieder stieg der alte Groll in mir auf und schoss durch meinen Körper wie heiße Glut in einem Vulkan. Auch heute noch bin ich leicht erregbar, aber mit den Jahren habe ich gelernt, den alten Zorn, der tief in mir schlummert, im Zaum zu halten. Ich durfte diesem Impuls nicht nachgeben, nicht jetzt, wo Camille so winzig und zerbrechlich vor mir stand. Jetzt galt es, besser nicht mehr an die Kluft zu denken, die sich urplötzlich zwischen uns aufgetan und unsere Welten getrennt hatte – die goldenen Jahre im Paris unserer Jugend.

Das dumpfe Ticken der Wanduhr erinnerte mich daran, dass ich nicht viel Zeit mit Camille verbringen konnte. Da war noch so viel, was ich sie fragen wollte, aber ich musste mich hüten, um sie nicht wieder in den furchtbaren Zustand zu bringen, von dem ich vor Jahren eine schreckliche Ahnung bekommen hatte. Ich schaute mich in dem schmutzigen Raum mit den feuchten Wänden und den schäbigen Möbeln um. In einer Ecke befand sich eine Glastür, die in einen von einer Steinmauer umgebenen Garten führte.

Ich deutete auf die Terrassentür. »Sollen wir ein bisschen an die frische Luft? Es ist so stickig hier drinnen.«

Während wir zu der Mauer hinübergingen, stützte Camille sich auf mich, doch ihr Gewicht war kaum zu spüren. Ein Wind war aufgekommen, und sie schauderte trotz ihres ausgebeulten Mantels. Sie hinkte mehr denn je, und ich legte meinen Arm fester um ihre Schultern.

»Ist dir kalt? Möchtest du wieder zurück?«, fragte ich.

»Nein, nein, ich mag diesen Wind.« Sie schloss die Augen und hielt ihr Gesicht der Sonne entgegen. »Komm, wir setzen uns ein bisschen hin und unterhalten uns.«

So saßen wir auf der Mauer und beobachteten einen Habicht – vielleicht war es derselbe, den ich vorher draußen gesehen hatte – hoch oben über den Anstaltsmauern. Mit weit ausgebreiteten Flügeln nutzte er geschickt den Auftrieb, immer auf der Suche nach Beute. Im Sturzflug verschwand er aus unserem Gesichtsfeld, um kurz darauf wieder aufzutauchen, einen kleinen, wild flatternden Vogel in den Klauen.

Der Wind heulte durch den verwilderten Garten, und ich kreuzte schützend meine Hände vor der Brust, um seiner eisigen Umarmung zu entkommen. Jenseits der Anstaltsmauern fiel das Gelände in einer zerklüfteten Wand steil nach unten ab. Es war, als seien Camille und ich hier oben am Ende der Welt die einzigen Überlebenden aus einer anderen Zeit.

Camille legte ihre Knöchel übereinander. Dann reckte sie ihr Gesicht den tief hängenden Wolken entgegen und schloss die Augen, als wolle sie ein paar spärliche Sonnenstrahlen erhaschen.

»Was mag wohl aus Georges geworden sein?«, fragte sie.

Um ein Haar hätte ich laut aufgeschrien. Damit hatte ich

nicht gerechnet. Ich war bestürzt, dass sein Name nach so vielen Jahren immer noch dieselbe Wirkung auf mich ausübte. Zum Teufel mit ihm. Rosa hatte mir prophezeit, es würde nachlassen, und eines Tages würde ich mich nicht einmal mehr an seinen Namen erinnern. Aber ich habe Georges nie vergessen.

Zuerst dachte ich, Camille hätte mich absichtlich verletzen wollen, doch ich bemerkte, dass sie ihn nur ganz beiläufig erwähnt hatte. Erst da wurde mir bewusst, dass ich ihr niemals erzählt hatte, was zwischen Georges und mir geschehen war. Genau zu dem Zeitpunkt war unsere Freundschaft zerbrochen, damals.

Nur mit Mühe gelang es mir, meine Stimme unter Kontrolle zu bringen. »Georges?«, fragte ich, »keine Ahnung. Bestimmt ist er glücklich verheiratet und hat einen ganzen Stall voll Enkelkinder.«

Camille schüttelte lachend den Kopf. »Großvater? Unser Georges? Vielleicht, wenn du damals nicht fortgegangen wärst …«

Sie drehte sich zu mir um, und ich entdeckte ihren bohrenden Blick in dem verwüsteten Gesicht. »Er hat die Geschichte mit dir niemals überwunden, weißt du? Noch Monate nachdem du aus Paris verschwunden warst, hat er mich damit belästigt. Jeden Tag kam er zu mir ins Atelier und hielt mich mit seiner Fragerei von der Arbeit ab. Er wollte unbedingt wissen, wo du warst und ob er dir folgen und dich zurückholen sollte.«

Es machte mich wütend, dass er nach all den Jahren immer noch die Macht hatte, mich zu verletzen. Diesmal bemühte ich mich nicht, meinen Zorn zu verbergen.

»Aber er hat es nicht getan. Er ist mir nicht gefolgt, stimmt's? Das ist typisch für ihn: großes Gerede und nichts dahinter.«

Camille zuckte die Schultern. »Ich verstehe nicht, warum du so wütend bist. Du hattest Glück, du konntest einfach fortgehen und das tun, was für dich am nächsten lag. Deine

Freunde hast du ohne ein Wort des Abschieds zurückgelassen.«

Ich biss mir auf die Lippen. Camille musste wissen, dass es so nicht gewesen war und dass sie es gewesen war, die mich verlassen hatte. Aber ich konnte nichts darauf erwidern, denn sie sprach eilig weiter.

»Ich saß doch in der Falle, im Unterschied zu dir. Rodin hätte mich niemals gehen lassen. Er hat mich bis zum Tag seines Todes erniedrigt und klein gehalten.« Sie wandte ihren Blick von dem Habicht ab und funkelte mich böse an, als sei ich schuld an ihrer Misere. »Und seine mörderische Diebesbande hat mich am Ende hierher verschleppt und lebendig begraben.«

Ohne Vorwarnung heulte Camille auf und kam auf die Füße. Sie schlug mit den Händen in die Luft, wild gestikulierend und wedelnd, als wolle sie ein Gesicht aus unsichtbarem Ton formen. Ich sprang auf, versuchte, sie zu beruhigen, aber sie stieß mich überraschend heftig zur Seite, sodass sie mich beinahe zu Fall gebracht hätte. In ihren Augen flackerte ein wildes Glitzern, und sie spuckte abfällig auf den Boden.

»*La bande de Rodin!* Ich hab es doch gewusst! Sie haben dich geschickt, damit du mir meine Geheimnisse entlockst! Denkst du, ich kenne ihre Spielchen nicht? Noch immer versuchen sie, mich zu vergiften, obwohl er längst tot und begraben ist, Gott verdamme seine Seele. Aus dem Grund esse ich nichts von dem, was sie mir in diesem Gefängnis hier vorsetzen. Ich kenne ihr Spiel, jedes Essen ist vergiftet. Deshalb esse ich nur gekochte Kartoffeln und Eier, die ich mir selbst in meinem Zimmer zubereite.«

Camille wünschte sich nichts sehnlicher, als Rodin zu bestrafen. Das war der Grund, weshalb sie so mager war wie ein Vögelchen, ihre Haare so dünn und strähnig und die Augen tief in den Höhlen liegend; und dieser merkwürdig schale Geruch, der von ihr ausging. Sie murmelte vor sich hin, und ihr Oberkörper schwankte. Dann zerrte sie an ihren Kleidern und schlug sich mit den Händen ins Gesicht. Ich fürchtete, sie könnte sich wehtun, und wollte sie zurück zu dem Mäuerchen führen, doch sie schüttelte mich ab.

»Camille«, versuchte ich, sie zu beruhigen, »niemand hier will dich vergiften. Die Krankenschwester, die mir die Tür geöffnet hat, schien sehr nett zu sein.«

»Sei nicht albern, Jessie. Sie alle sind von Rodin angeheuert.« Sie umklammerte meinen Arm und zog mich näher zu sich heran. Ihr Atem roch sauer, und ich sah ihre ausgetrockneten Lippen, die mich an zwei verdorrte Blätter erinnerten.

Ihre Stimme bekam den scharfen Klang, den ich von früher kannte, wenn sie zornig war. »Der Arzt, dieser Dr. Charpenel. Er gibt vor, ein Arzt zu sein, aber in Wirklichkeit ist er einer von Rodins Lakaien. Mich kann er nicht täuschen, ich weiß, was er vorhat. Er gibt mir Material, sagt, ich solle anfangen mit dem Bildhauen, Skizzen zeichnen, er sagt, das wäre gut für mich. Gut für mich? Ha! Gut für Rodin meint er wohl, der Schuft.«

Mit überraschender Behändigkeit sprang sie plötzlich auf die Bank und reckte ihre Faust in Richtung der Anstaltsmauern. Ich packte sie am Mantel und zerrte mit aller Kraft daran. Ich fürchtete, sie würde fallen, und flehte sie an, wieder herunterzukommen.

Doch Camille beachtete mich nicht und breitete die Arme aus: »Ich werde nie wieder arbeiten, Rodin, hörst du mich?«, rief sie. »Ich weiß alles. Und ich weiß auch, dass du diesen sogenannten Doktor auf mich angesetzt hast, damit er mir meine Ideen stiehlt. Du hast immer meine Ideen gestohlen, Rodin, immer, von Anfang an, und deshalb hast du mir deine Liebe vorgespielt.«

Ich merkte, wie sie ins Schwanken geriet, hielt sie fest und half ihr, von der Mauer herunterzusteigen und sich hinzusetzen, dicht neben mich. Sie schmiegte sich an mich und sah mich aus angstvoll geweiteten Augen an. Ihr Blick war schwarz und dunkel, als sähe sie nicht mich, sondern als blickte sie zurück in eine ferne Vergangenheit, unsere Vergangenheit.

»Rodin«, flüsterte sie. »Der große Künstler. Aber er hat seine Größe von mir gestohlen.« Sie klammerte sich an mich, und ich hielt sie noch fester. »In seinem ganzen Leben hat er keine einzige Idee gehabt, die nicht von mir kam.« Sie fing an zu schluchzen. »Und jetzt sitze ich hier fest, versteckt und vergessen an diesem Ort voll Verrückter. Das hat er genau so geplant.«

Ich wollte sie darauf aufmerksam machen, dass Rodin längst tot war und dass er sie nicht länger verletzen konnte und dass er nichts damit zu tun haben konnte, dass sie hier weggesperrt war. Aber es wäre sinnlos gewesen. Sie hatte sich in Rage geredet, und es würde sie nur noch mehr aufregen, wenn ich versuchte, sie davon zu überzeugen, dass sie unrecht hatte. Und ehrlich gesagt, entbehrten ihre Überlegungen auch für mich nicht einer gewissen Logik. Rodin hatte sich immer von ihr geholt, was er brauchte.

Ich wusste nur zu gut um die Macht, die Rodin ihr gegenüber besaß, gegenüber uns beiden. Schließlich waren wir zwei blutjunge Frauen gewesen, seine Schülerinnen, und er der große Künstler und obendrein ein Mann. Camille war nicht die Einzige, die von Rodin verraten worden war. Auch mir hatte er so viel versprochen, und auch mir war es, ebenso wie Camille, nicht vergönnt gewesen, mein Talent zum Erblühen zu bringen.

Nein, ich würde Rodin nicht gegenüber der armen, völlig gebrochenen Camille verteidigen. Stattdessen begann ich, ihr in aller Ruhe von unseren gemeinsam in Paris verbrachten Tagen zu erzählen, von damals, als wir berauscht vom Leben und von unserer Kraft gewesen waren und glaubten, wir könnten die Welt aus den Angeln heben.

Kapitel Vier

Paris

Juni 1884

An dem Abend, als ich Rodin zum ersten Mal begegnete, lief ich mit Camille durch die Straßen von Paris, während der Himmel seine Farbe von Purpurrot zu Schwarz wechselte und nach und nach die Straßenlaternen angingen. Während Camille die Tür zu der Dachgeschosswohnung aufschloss, in der sie mit ihren Eltern lebte, erzählte ich ihr von meinen früheren Modellzeichenkursen an der South Ken.

»Das arme Mädchen kam von einer Klosterschule, und nun stand sie vor uns und sollte zum ersten Mal in ihrem Leben nackt Modell stehen. Als Legros ihr den Umhang abnahm, wurde sie leichenblass und rannte schnurstracks in den Waschraum. Du hättest hören sollen, wie *Maître* Legros sie verspottet hat, während sie reumütig zurück zu ihrem Podest schlich. Zum Glück hatte sie bei den Nonnen, abgesehen von *bonjour, merci* und *au revoir*, nicht viel Französisch gelernt.«

Camille lachte schallend und zeigte ihre Zähne. Dabei riss sie den Mund so weit auf, dass man ihr bis in den Rachen sehen konnte. Sie benahm sich völlig ungeniert und hemmungslos, fast wie ein Mann. Schnell hatte ich begriffen, dass Camille eine Frau der großen Gefühle war. Schicklichkeit war ihr egal, und ich liebte sie für ihre Direktheit. Nie zuvor war ich einem Menschen wie Camille begegnet.

Doch ich erkannte auch schon bald, wie rücksichtslos sie sein konnte, zum Beispiel, als das Dienstmädchen Eugénie mit finsterem Gesichtsausdruck ins Zimmer kam. Sie schnappte sich unsere Mäntel, funkelte Camille böse an und machte auf dem Absatz kehrt. Ich fand das sehr befremdlich, niemals hätte meine Mutter ein solches Benehmen von einem unserer Hausmädchen geduldet. Aber Camille schien völlig unbeeindruckt.

»Die kleine Schnepfe hat mir noch immer nicht verziehen, dass sie mir ihr Zimmer als Atelier abtreten musste«, erklärte sie. »Was für ein Aufstand! Dabei bin ich sicher, sie hat es jetzt in ihrer Küchenecke viel wärmer und gemütlicher als vorher.« Camille rief ihr nach: »Nicht schmollen, dumme Gans, davon kriegst du nur Falten!«

Das Mädchen verschwand draußen im Flur, und Camille machte eine wegwerfende Bewegung. »*N'importe quoi,* sie wird es verschmerzen. Komm, es gibt Essen. Ich sterbe vor Hunger. Ein Jammer, dass Papa nicht in Paris ist. Er hat draußen auf dem Land zu tun, aber du lernst ihn sicher bald kennen. Du wirst ihn mögen, da bin ich mir sicher, er ist so ein Spaßvogel.«

Wir gingen hinüber ins Esszimmer, wo das Dienstmädchen um die leeren Stühle herumlief und köstlich duftenden Eintopf auf unseren Tellern verteilte. Camille setzte sich an den Tisch und steckte sich eine Serviette in den Kragen. »Eugénie, du bist zwar ein böses Mädchen, aber du kochst einfach himmlisch.«

Um Eugénies Mundwinkel zuckte es, als müsste sie ein

Lachen unterdrücken, und Camille zwinkerte mir vergnügt, mit vollem Munde kauend, zu.

»Camille, wo sind deine Manieren? Wie oft soll ich dir noch sagen, dass du dich wie eine Dame benehmen sollst und nicht wie eine hergelaufene Straßengöre!« Camilles Mutter stand in der Tür, in schmucklos strenges Schwarz gekleidet, das Haar zu einem tief sitzenden Knoten zurückgekämmt.

»Mais maman, j'ai un faim de loup!«, beschwerte sich Camille. »Du weißt doch, nach einem Tag im Atelier bin ich immer völlig ausgehungert. Sei mir bitte nicht böse.« Sie stand auf, legte ihrer Mutter, die sich steif machte und sich von ihrer Tochter zu lösen versuchte, einen Arm um den Hals und gab ihr einen Kuss auf die Wange.

Anders als meine eigene liebevolle Mutter, erwiderte Madame Claudel die Umarmung ihrer Tochter nicht und wehrte die Geste unwirsch ab. Camille ging zurück zu ihrem Platz und ließ sich mit einem Plumps auf den Stuhl fallen. Ich sah ihr an, wie sehr die Zurückweisung sie kränkte. Offenbar war ihre Mutter der einzige Mensch auf der Welt, der Camille durch ihre Gefühlskälte verletzen konnte. Unter dem Tisch drückte ich Camilles Hand und lächelte dabei den alten Drachen zuckersüß an.

»Es tut mir so leid, Madame Claudel, das ist alles meine Schuld. Ich konnte nicht widerstehen und wollte dieses wunderbare Essen unbedingt sofort probieren. Camille war so nett, mir, da ich hier ja Gast bin, Gesellschaft zu leisten. Bei jedem Essen in diesem Hause läuft mir das Wasser im Mund zusammen. Könnte ich vielleicht das Rezept bekommen, um es meiner Mutter zu schicken?«

Camilles Mutter errötete, und ich sah, wie das Eis zu schmelzen begann. Madame Claudel war eine hingebungsvolle Hausfrau, eine *bonne femme*, wie die Franzosen sagen, und die sicherste Methode, um vor ihren Augen Gnade zu finden, waren

Komplimente über ihren perfekt geführten Haushalt. Ich legte die Handflächen aneinander und fing an, ihr hemmungslos zu schmeicheln, nur um ihre Boshaftigkeit von Camille abzulenken.

»Ich bin Ihnen so dankbar für Ihre Gastfreundschaft und für die Herzlichkeit, mit der Sie mich hier in Paris aufgenommen haben.«

»Mein liebes Kind, Sie sind jederzeit bei uns willkommen.« Wieder wandte sie sich mit scharfen Worten an Camille: »Du solltest dir ein Beispiel an deiner Freundin Jessie nehmen. Sie weiß, was gute Manieren sind.« Dabei tätschelte sie Camilles Hand und ließ sich unter dem geräuschvollen Knarren ihres Korsetts mit lautem Seufzen auf einem Stuhl nieder. Es klang, als ruhte die Last der ganzen Welt auf ihren Schultern.

Sie war Märtyrerin und Tyrannin zugleich, klagte beständig und sorgte sich rund um die Uhr um ihre drei Kinder, während ihr Mann es sich auf dem Land gut gehen ließ. Seit ich mit ihr unter einem Dach lebte, hatte ich die zärtliche Liebe und Fürsorge meiner eigenen Mutter noch mehr zu schätzen gelernt. Mit Argusaugen wachte Madame Claudel über Camille – ein Grund mehr für mich, Camille stets eine loyale Freundin zu sein.

Camilles Bruder Paul kam ins Speisezimmer spaziert. Wie immer hatte er dabei die Nase in einem Buch vergraben. Paul war ein großer dünner Junge, dessen schüchtern ungelenke Art in deutlichem Gegensatz zu Camilles ansteckender Fröhlichkeit stand. Dennoch war er auf seine eigene ernste Art ebenso leidenschaftlich wie seine ältere Schwester.

»Guten Abend, Paul«, begrüßte ich ihn.

Er lief rot an, und das Buch glitt ihm aus den Händen. »Ah, ähm, i-i-ich …«

»Oh, Jessie, wie süß! Darauf kannst du dir was einbilden«,

lachte Camille. »So stottert mein kleiner Paul nur, wenn er mit einem hübschen Mädchen redet.«

Pauls Röte breitete sich bis zu seinen Haarwurzeln aus, und ich versetzte Camille unter dem Tisch einen Tritt. Um ihm über seine Verlegenheit hinwegzuhelfen, hob ich das Buch auf, das ihm heruntergefallen war, und schaute auf den Titel: »Du liest Verlaine? Puh, das ist zu schwierig für mich.«

Begeisterung zeichnete sich auf Pauls Gesicht ab, seine Verlegenheit war wie weggeblasen. »Oh, du darfst nicht lockerlassen, Jessie. Es steht nicht die Bedeutung an erster Stelle, sondern der Klang, die Melodie der Wörter. Du solltest es auch einmal mit Mallarmé und Rimbaud probieren.«

»Les poètes maudits«, erwiderte ich. Mit dem Namen Verlaine assoziierte ich sofort das Bild einer Gruppe aufsässiger junger Leute, die berühmten »verfemten Dichter«.

Überrascht schaute Paul mich an: »Du hast sie gelesen?«

Camille schnappte sich das Buch und begann, darin herumzublättern. »Du solltest Jessie nicht unterschätzen, Brüderchen. In ihr brodelt ein Vulkan, genau wie in uns beiden.« Sie schob ihm das Buch über den Tisch zu und flüsterte: »Lass dich damit nicht von Maman erwischen.«

Die beiden warfen einen verstohlenen Blick zu ihrer Mutter hinüber, doch die war noch mit dem Dienstmädchen beschäftigt.

Achselzuckend versetzte Paul: »Maman liest meine Bücher sowieso nie.«

* * *

Ich bin mir nicht sicher, ob es wegen seiner Liebe zur Literatur war oder wegen seiner wohlerzogenen Schüchternheit, jedenfalls fühlte ich mich von Anfang an zu Paul hingezogen. Ich hatte mir immer einen kleinen Bruder gewünscht, um ihn zu bemuttern, und Paul war so niedlich und so schüchtern. Bald darauf entdeckte ich, dass er obendrein sehr religiös war. Dies war vielleicht der einzige Streitpunkt zwischen ihm und der überzeugten Atheistin Camille. Er nahm mich mit in den Gottesdienst, gab mir christliche Schriften zu lesen, und auf unseren langen Spaziergängen zur Kirche entdeckte ich, dass er mit derselben Leidenschaft von Kardinal Newman sprach wie über den skandalumwitterten Rimbaud.

Für Camilles Schwester Louise hingegen hatte ich mich nicht erwärmen können. Sie kam wie immer zu spät zum Essen, doch während Camille in diesem Fall eine heftige Zurechtweisung von ihrer Mutter zu erwarten gehabt hätte, umsorgte diese Louise und häufte ihr eine Riesenportion Essen auf den Teller. Sie war das Nesthäkchen der Familie, ein verwöhntes, unzufriedenes Geschöpf, und sie wies eine bemerkenswerte Ähnlichkeit mit einer gezierten Puppe auf, die ich als Kind verabscheut und mit ihrem hässlichen Porzellangesicht absichtlich auf den Boden geworfen hatte.

Louise Claudel war eine zwar hübschere, aber auch ganz und gar charakterlose Ausgabe ihrer großen Schwester, mit denselben schwarzen Locken, die sie jedoch sorgfältig in akkurat angeordneten Kringeln mit Schleifchen um ihren Kopf band. Ihre Kleider waren aufgebauschte Arrangements aus Spitzen und Rüschen. Sie war siebzehn, zwei Jahre jünger als Camille, legte aber schon dasselbe feminine Gehabe an den Tag, das man sonst erst bei wesentlich älteren Frauen beobachtet.

Louise lächelte ihre Mutter an und zeigte ihre Grübchen, mich hingegen ignorierte sie. Obwohl ich mit meinen zweiundzwanzig Jahren älter als sie war, behandelte sie mich wie einen x-beliebigen zahlenden Gast im Haus. Sie war mir auf Anhieb unsympathisch gewesen.

Mit leicht zusammengekniffenen Augen schaute Camille

ihre Schwester an. »Was hast du den ganzen Tag gemacht, Louise? Lass mich raten: Du hattest wichtige Entscheidungen zu treffen, wie zum Beispiel, ob dein neues Kleid mit einer Seidenpaspel oder mit englischer Spitze eingefasst werden soll, stimmt's?«

Louise streckte ihr die Zunge heraus. »*Tais-toi,* Camille. Du hältst dich wohl für oberschlau.«

»Schlauer als du, aber das ist ja auch keine Kunst.« Camille wandte sich ab, um sich weiter mit mir zu unterhalten, und ich konnte sehen, wie Louise ihrer Schwester einen giftigen Blick zuwarf. Zwischen den beiden herrschte eine gnadenlose Rivalität, die alle meine Vorstellungen von Geschwisterliebe auf den Kopf stellte. Vielleicht hatte es ja doch Vorteile, ein Einzelkind zu sein.

Camille legte ihre Handflächen auf den Tisch. »Maman, können wir jetzt bitte anfangen?«

Nach dem langen Arbeitstag im Atelier war auch ich ausgehungert – oft vergaßen wir einfach zu essen –, und ich atmete erleichtert auf, als endlich alle nach ihren Löffeln griffen. Als die Mahlzeit beendet war, stand der irdene Teller blitzblank vor mir, und ich spürte, wie das Korsett mir schmerzhaft die Taille einschnürte. Madame Claudel versuchte noch, uns zu einem Kartenspiel zu überreden, aber als Camille sah, dass mir die Augen zufielen, zogen wir uns unter höflichen Verabschiedungen zurück.

Das kleine Schlafzimmer, das man mir zugeteilt hatte, war wunderschön. Es war viel kleiner als mein riesiges Zimmer zu Hause und bot gerade genügend Platz für ein eisernes Bettgestell und einen Kleiderschrank. Wenn ich jedoch die durchgehende Fensterfront öffnete, lagen mir die Lichter der Stadt wie ein edelsteinbesetztes Tuch zu Füßen.

Camille trat zu mir hinaus auf den kleinen Balkon mit dem schmiedeeisernen Gitter. »Es ist so schön«, seufzte sie, »ich könnte nie woanders leben als in Paris.«

Sie löste mein Haar und half mir, mein Korsett aufzuschnüren. Als ich nur im Unterhemd und in meinen langen Unterhosen vor ihr stand, lachte sie auf.

»Ich glaube, heute hast du einen neuen Modetrend für schwer arbeitende Bildhauerinnen gesetzt, *petite anglaise.*«

Camille umarmte mich, und ich schmiegte mich an sie. Weich fühlte ich ihre Wange an meinem Gesicht. Ich schloss die Augen und nahm den Duft von Ton in ihrem Haar wahr. In jenem Augenblick wurde mir klar, dass ich eine Freundin gefunden hatte, die ich für immer und ewig lieben würde.

Kapitel Fünf

Mein erster Sommer in Paris! Jeder Tag ein großes Abenteuer, das ich mit Camille teilen durfte. Wir verbrachten jede Minute zusammen. Außer mir gab es noch zwei andere Engländerinnen, Amy Singer und Emily Fawcett, die das Atelier mit uns teilten. Die beiden waren sehr nett, aber Camille und ich waren am liebsten allein miteinander. Deshalb gingen wir immer dann ins Studio, wenn wir wussten, dass Amy und Emily nicht dort waren.

Camille und ich arbeiteten wie besessen. Wir ermutigten einander gegenseitig, keiner Schwierigkeit aus dem Weg zu gehen, und setzten uns zwischendurch immer wieder zu einer kurzen Kaffee- und Zigarettenpause an den kleinen Teetisch. Noch heute sehne ich mich nach unseren Unterhaltungen, die so vertraut und innig waren wie ein Tanz. Nie wieder habe ich so freimütige und tiefgründige Gespräche mit jemandem geführt. Das schien mir damals ganz selbstverständlich zu sein, diese Leichtigkeit zwischen Camille und mir, und ich ging davon aus, dass wir unser ganzes Leben lang Freundinnen bleiben würden. Noch heute sehe ich sie vor mir, aufmerksam lauschend, während sie mich mit ihren klugen Augen beobachtete, und wie sie sich dann, nach einer kleinen Pause und einem Stirnrunzeln, ihre Antwort zurechtlegte.

In der Zeit, die wir nicht arbeitend im Atelier zubrachten, eroberten wir Paris. Wir kopierten die Gemälde der alten Meister im Louvre und im Palais du Luxembourg, machten Besuche im Gefängnis, wo die Insassen gegen ein kleines Entgelt Modell für uns saßen, oder wir zeichneten nach Leichen im anatomischen Institut der Universität, umgeben von einer Wolke aus Formalin.

Dieser lange, glückliche Sommer fand allerdings eine gefährliche, aufregende Wende, als wir Rosa kennenlernten. Camille und ich waren in den Bois de Boulogne gegangen, um dort zu zeichnen. Draußen war es unvorstellbar heiß, und wir saßen in einer geschlossenen Droschke.

Als Frau und Künstlerin war es zu jener Zeit undenkbar, im Freien zu arbeiten und Straßenszenen zu zeichnen. Im Nu scharten sich Trauben junger Männer um einen, die jede Menge dumme Fragen stellten und alberne Kommentare abgaben. Ich hatte es einmal versucht und sofort angewidert damit aufgehört, als ein ungehobelter Kerl versucht hatte, sich mir unsittlich zu nähern.

Die einzige Möglichkeit, in Ruhe zu arbeiten, war im Innern einer Droschke, aber draußen war es unerträglich heiß, und wir schwitzten in unseren steifen Korsetts unter den schweren Röcken. Es war die reinste Folter, drinnen stank es nach schalem Zigarrenrauch und Parfüm, und liebend gern hätten wir uns unter dem grünen Blätterdach einer Kastanie niedergelassen.

Die Sonne stieg am weißen Himmel immer höher, und wir hatten große Mühe, uns auf unsere Arbeit zu konzentrieren. Als eine entzückend aussehende Familie – Frauen in weißen Musselinkleidern, Männer in Leinenanzügen und mit Strohhüten auf dem Kopf, die Kinder hölzerne Reifen schlagend – sich am Flussufer direkt vor unseren Augen niederließ und eine weiße

Picknickdecke ausbreitete, gab Camille mir einen Stoß.

Ich war wegen der Hitze ein wenig gereizt, also fuhr ich Camille an: »Pass auf, du hättest mir um ein Haar den Kohlestift aus der Hand geschlagen.«

»Lass doch. Siehst du die Frau da drüben? Dort unter dem Weidenbaum, die Frau, die die Familie zeichnet? Das ist Rosa. Sie ist ein Scheusal! Ich hätte nicht übel Lust, das Miststück anzuzeigen.«

Ich streckte den Kopf aus dem Fenster, konnte aber nur einen schlanken Mann in Knickerbockern entdecken, der einen Skizzenblock in der Hand hielt. »Wen soll ich mir deiner Meinung nach ansehen?«

Camille streckte ebenfalls den Kopf aus dem Wagenfenster, und wir schauten Schulter an Schulter hinaus in die Landschaft. »Sieh mal genau hin, die Künstlerin da. Kannst du sie sehen? Das ist eine Künstlerin, eine Frau und kein Mann, *une artiste,* verstehst du?«

»Ja, jetzt sehe ich es auch. Und du bist sicher, dass es eine Frau ist? Ich glaube, es ist einfach ein sehr kleiner Mann.«

»Das ist Rosa Bonheur, wenn's recht ist. Das glaube ich einfach nicht! Ich frage mich, wie sie damit immer wieder durchkommt.«

Ich zog mich wieder zurück in die stickige Droschke und zerrte an dem steifen Kragen, der mir den Atem abschnürte. Die Knöpfe waren winzig klein, und ich hatte Mühe, sie zu öffnen. »Schön für sie. Was hat sie denn verbrochen? Immer noch besser, als hier in dieser Sardinenbüchse zu hocken.«

Camille schaute mich aus halb geschlossenen Augen an. Ich erwiderte ihren Blick kühl. So sehr ich Camille auch liebte, ich war fest entschlossen, mich nicht von ihr einschüchtern zu lassen. Bestimmt war das ein Grund, weshalb sie mich ebenfalls liebte.

Sie ließ sich in ihren Sitz sinken und fächelte sich mit dem

Skizzenblock etwas Luft zu. »Rosa ist eine Pest, aber ich gebe zu, sie hat Mumm in den Knochen.«

»Deine Mutter wäre mit deiner Wortwahl sicher nicht einverstanden, aber du hast recht: Deine Freundin sieht in der Tat aus, als hätte sie Mumm in den Knochen.«

Camille öffnete die Tür unserer Droschke und rief laut: »He, großer Künstler! *Monsieur l'artiste!* Ich möchte Ihnen eine Freundin vorstellen.«

Als die Gestalt näher kam, verrenkte ich mir fast den Hals, um mir Rosa Bonheur aus der Nähe anzuschauen. Sie war damals *die* große Sensation in England, selbst Queen Victoria war eine große Bewunderin ihrer Tiermalerei. Die Hände in den Hosentaschen vergraben, schlenderte Rosa zu uns herüber. Sie gab wirklich einen überzeugenden *flâneur* ab.

Aus der Nähe konnte man erkennen, dass Falten ihr Gesicht durchzogen. Sie sah aus, als wäre sie mindestens so alt wie meine Eltern, bestimmt schon an die Sechzig, aber ihre Augen funkelten und ließen sie wirken wie eine viel jüngere Frau – oder eben ein Mann.

»Eh bien, mes petites«, begrüßte sie uns mit ihrer etwas heiseren Altstimme. »Was haben denn zwei so hübsche junge Ladys so ganz ohne Anstandsdame hier verloren? Soll ich Sie vor den Wölfen von Paris beschützen?«

Camille öffnete die Wagentür. »Aber Rosa, was hast du denn da für Sachen an? Du siehst einfach lächerlich aus, selbst für einen Mann.«

Rosa verdrehte die Augen und schaute zu mir herüber. »Camille hat überhaupt keinen Geschmack. *Ma chère* Camille, wenn du auch nur die leiseste Ahnung von Mode hättest, müsstest du wissen, dass dies *le Style Anglais* ist. Das trägt jetzt jeder, aber wirklich jeder in London.«

»Jessie kommt aus London. Fragen wir sie.«

Die beiden schauten mich an.

Ich zögerte.

Rosa nahm meine Hand und küsste sie mit großer Geste. »Nun, Jessie, ich kann auf Anhieb sagen, dass Sie, anders als diese kleine Landpomeranze hier, eine Frau von Welt sind, absolut auf der Höhe von Savile Row und Jermyn Street, wo ich selbstverständlich alle meine Kleidung kaufe. Sagen Sie ehrlich, finden Sie mich nicht *tellement chic?* Ich bin sicher, Sie können sich bestens vorstellen, wie ich in diesem eleganten Ensemble, das ich übrigens zuletzt beim Golfspielen mit dem charmanten, wenngleich völlig rätselhaften Diener der Queen, John Brown, getragen habe, durch die noblen Einkaufsstraßen Londons spaziert bin. Anschließend war ich zum Tee bei Ihrer Majestät geladen, und ich kann Ihnen versichern, dass sie nur Augen für mich hatte. Kann man ihr das verübeln?« Rosa breitete die Arme aus und baute sich in einer männlichen Pose vor uns auf.

Ich lachte. »Nun«, entgegnete ich, »es ist vielleicht nicht ganz und gar das, was man in den Straßen von Mayfair zu sehen bekommt, aber es wäre sicher angemessen für eine Spritztour aufs Land.«

Rosa grinste triumphierend. »Sehen Sie, Camille, ich bin ein feiner englischer Gentleman auf der Jagd nach kleinen Vögelchen.« Sie verbeugte sich vor mir. »Danke, liebste Jessie. Jetzt gefällt mir der Aufzug noch besser als vorher. Ich werde ihn demnächst tragen, wenn ich zur Jagd geladen werde, um Pferde und Hunde zu malen.«

Ein Gendarm mit *képi* und kurzem Umhang kam vorüber. Camille duckte sich und versuchte, Rosa in die Droschke zu ziehen.

»Komm schon, du Närrin, bevor du verhaftet wirst, weil du wie ein Mann herumläufst«, zischte sie.

Doch Rosa schüttelte sie ab und rief laut: *»Monsieur l'officier! Ça va?«*

Der Polizist tippte sich an die Mütze. »*Ça va bien,* Mademoiselle Bonheur. Ich gratuliere Ihnen zu der Kostümierung. Sie sind in jedem Fall die aufsehenerregendste Künstlerin in ganz Paris, selbst wenn Sie Hosen tragen.«

Es stellte sich heraus, dass Rosa sich ganz und gar auf dem Boden des Gesetzes bewegte. Sie hatte von der Polizei die Erlaubnis erhalten, sich wie ein Mann zu kleiden, um ungestört bei Pferdemessen und Viehversteigerungen malen zu können.

Nachdem sie dem Polizisten hinterher gewunken hatte, bestand Rosa darauf, dass wir aus der Kutsche ausstiegen. »Für heute bin ich fertig mit der Arbeit, und ich bin ebenso ausgehungert wie all die kleinen Bohemiennes in ihren Dachmansarden. Lasst uns was essen.«

Rosa nahm uns mit zu einem kleinen Kiosk, tippte sich grüßend an den Hut, wenn sie irgendwelchen Damen begegnete und rief ihnen so übertrieben altmodische Komplimente nach, dass sie dafür eher Gekicher als Entrüstung erntete. »Mademoiselle, Sie sind ja so schlank und rank wie eine Palme. Wollen Sie mir nicht eine Kokosnuss schenken?« Zwischendurch unterbrach sie ihre komödiantischen Einlagen, um uns mit anzüglichen Bemerkungen zu amüsieren. »Die Kleine hier ist wie ein süßer Pfirsich, wie gern würde ich das Früchtchen drücken, um zu schauen, ob es reif ist.«

Camille gab Rosa einen Klaps auf den Arm. »Genug jetzt. Deine Komplimente sind fast so lächerlich wie dein Aufzug. Du klingst wie mein Großvater. Hast du nicht etwas Zeitgemäßeres auf Lager?«

»Etwas Modernes? Wie wär's hiermit: He, Mademoiselle!«, rief sie einer Frau auf einem Fahrrad zu, die sich erschrocken umsah. »Diese Beine sollten Sie lieber um *meinen* Sattel schlingen.« Mit zufriedener Miene schaute sie uns an. »Moderner als ein Fahrrad geht nicht, oder?«

Im Café bestellte sie eisgekühlte Limonade für uns, die ich in einem Zug herunterkippte, ohne Rücksicht darauf, dass das nicht besonders damenhaft wirkte. Die Leute starrten uns wegen Rosas extravaganter Erscheinung sowieso unentwegt an, aber schon bald wandte sich ihre Aufmerksamkeit auf eine lärmende Gruppe von Leuten, die gerade ins Lokal kamen und sich an einen größeren Tisch in unserer Nähe setzten. Die Frauen waren auf unordentliche Art attraktiv und wirkten dabei nicht besonders respektabel, eine von ihnen trug ihr Haar offen bis zur Taille und saß bei einem älteren Mann auf dem Schoß, der uns den Rücken zukehrte.

Rosa ertappte mich dabei, wie ich die Gruppe beobachtete. »*Grisettes* – kleine Künstlerhuren, Flittchen, die sich selbst als Näherinnen ausgeben.« Mit dem Kinn deutete sie auf das Mädchen mit dem offenen Haar. »Die hier ist allerdings eine echte Augenweide für jeden heißblütigen Mann. Auguste ist wirklich ein Glückspilz.«

Der ältere Mann drehte den Kopf, und ich erkannte Rodin. Er lachte, als das Modell ihm mit den Fingern durch den Bart fuhr und ihn küsste, während er ihr erwartungsvoll das Gesicht entgegenhob. In dem Moment drehte sich Camille zu uns um. Sie wollte hören, worüber wir uns unterhielten.

Ein Schrei entfuhr ihr, sie stand auf und befahl: »Wir gehen! Sofort.«

Rosa warf achselzuckend ein paar Münzen auf den Tisch.

Doch anstatt mit uns zusammen das Lokal zu verlassen, machte Camille auf dem Absatz kehrt und ging schnurstracks hinüber zu dem anderen Tisch. Rodin schubste das Mädchen von seinem Schoß, stand auf und wollte etwas sagen. Aber als er versuchte, Camille die Hand auf den Arm zu legen, stieß sie ihn zurück und stürmte nach draußen. Rodin starrte hilflos hinter ihr her.

»Was ist los?«, fragte ich Rosa, während wir beide Camille

nachsahen, wie sie in die Kutsche stieg und die Tür zuknallte.

Rosa pfiff leise durch die Zähne. »Kannst du dir das nicht denken? Das kleine Luder. Da wird Rodin gut zu tun haben.«

Ich sah Rosas vielsagenden Gesichtsausdruck und begriff endlich, was los war. Ich hatte soeben von der Liebesaffäre zwischen Camille und Rodin erfahren.

Kapitel Sechs

Asyle de Montdevergues

September 1929

»Wer könnte Rosa je vergessen? Die alte Kanaille.« Camille lachte leise. Ihr Ärger war verflogen, während wir gemeinsam an unsere alte Freundin zurückdachten. Doch dann machte ich mit einer unklugen Bemerkung alles zunichte.

»Niemand außer Rosa hätte sich das alles erlauben können.« Mein Satz bezog sich lediglich auf Rosas exzentrischen Kleidungsstil, aber Camilles Gesicht verdüsterte sich augenblicklich, und der scharfe Unterton in ihrer Stimme war wieder da.

»Natürlich war es für Rosa in Ordnung, in Hosen herumzulaufen, auf der Straße zu rauchen und sich in aller Öffentlichkeit mit ihren Liebhaberinnen zu zeigen«, sagte sie. »Trotz all ihrer Exzesse war Rosa in den exklusivsten Pariser Salons immer gern gesehen. Aber ich? Was für ein Verbrechen habe ich denn begangen? Ich habe mich in Rodin verliebt und wollte mein eigenes Leben leben, fernab von meiner Familie. Und schließlich, als ich es wagte, mich von ihm zu befreien und mich selbst als Künstlerin zu behaupten, da zerrten sie mich aus meinem Atelier und sperrten mich hier bei diesen Verrückten ein.«

Ich erschrak, als ich sah, wie sie anfing, sich hin und her zu wiegen und dabei mit sich selbst zu sprechen: »*Toute seule! Toute seule! Abandonnée!*« Ich versuchte, sie zur Mauer zurückzuführen, doch sie schüttelte mich ab und stieß wüste, an Rodin gerichtete Flüche in Richtung der grauen Wolkendecke aus.

»Camille, beruhige dich, bitte.« Ich nahm sie in den Arm und strich ihr über das schüttere Haar. Dazu murmelte ich beruhigende Worte, wie früher, wenn sie nicht schlafen konnte. Sie klammerte sich an mich und begann wieder zu weinen.

»Was ist los mit mir? Warum bin ich hier? O Jessie, hilf mir bitte, hilf mir doch.«

Ich fing ebenfalls an zu weinen. »Das werde ich. Ich verspreche es dir.«

* * *

Dr. Charpenel schüttelte den Kopf und vergaß für einen Moment sein ausgezeichnetes Englisch, in dem er vorher mit mir gesprochen hatte. »*Je suis désolé,* Madame. Ich kann Ihnen diese Bitte unmöglich ohne Erlaubnis der Familie erfüllen.«

Ich stützte mich mit den Händen auf seinen Schreibtisch und fragte eindringlich: »Aber wozu soll es gut sein, sie hierzubehalten? Sie muss jemanden um sich haben, der sie liebt. Ich kann mich um sie kümmern. Camille kann bei mir wohnen, und es würde ihr an nichts fehlen.«

Sie könnte wieder bildhauern. Wir würden zusammen arbeiten, so wie früher. Sie würde wieder gesund werden, und ich könnte sie später nach Paris zurückbringen. Camille, meine Camille.

»Madame Elbourne, bitte haben Sie Verständnis dafür, dass Ihr Besuch nun zu Ende ist. Sie haben die Patientin viel zu sehr aufgeregt. Der einzige andere Besucher, der in den letzten fünfzehn Jahren hier war, ist ihr Bruder.«

Ich schloss die Augen. Als Paul endlich auf einen meiner unzähligen Briefe geantwortet hatte, die ich ihm bei meiner Suche nach Camille geschrieben hatte, hatte er mir verschwiegen, dass sie die ganze Zeit über in dieser Abgeschiedenheit verbracht hatte, allein und verlassen von allen Dingen und Personen, die sie liebte. Das war ungeheuerlich und unverzeihlich.

»Es ist bewundernswert, wie sehr Sie sich für Ihre Freundin einsetzen«, fuhr Charpenel fort. »Aber ich muss darauf bestehen, dass Sie ihr keine Hoffnung darauf machen, von hier entlassen zu werden. Das ist völlig indiskutabel. Die Familie Claudel war immer darauf bedacht, sie weiterhin in unserer Obhut zu belassen.«

Er schloss die Akte, als sei die Angelegenheit für ihn erledigt.

Doch ich würde nicht aufgeben. »Sie haben selbst gesagt, dass es ihr viel besser gehen würde, wenn sie jemanden um sich hätte, der sie liebt. Ich liebe sie. Lassen Sie es mich wenigstens versuchen. Ich kann mit ihrer Familie sprechen und sie davon überzeugen, dass Camille nicht verrückt ist.«

»Mein Vorgänger hat eine klare klinische Diagnose getroffen. Mademoiselle Claudel ist besessen von der Vorstellung, dass sie verfolgt wird, und begründet dies mit überwiegend falschen Annahmen«, sagte er.

Ich horchte auf bei seiner Wortwahl. »*Überwiegend* falsch? Das klingt, als glaubten Sie, dass etwas Wahres an ihren sogenannten Wahnvorstellungen sein könnte. Ich würde mich ebenfalls verfolgt fühlen, wenn man mich gegen meinen Willen ergreifen und in eine Anstalt stecken würde.«

Er wich meinem Blick aus. »Das Einzige, was ich sagen kann, Madame Elbourne, ist, dass es in der Vergangenheit manchmal vorgekommen ist, dass Familien solche Anstalten wie unsere dazu benutzt haben, um unbequeme Frauen loszuwerden.«

Ich wartete.

Charpenel seufzte und starrte auf seinen Schreibtisch mit den ordentlichen Stapeln bräunlicher Aktenordner. »Als sie bei uns aufgenommen wurde, schrieb sie täglich Beschwerden wegen ihrer ungerechtfertigten Einlieferung. Sie schrieb an Zeitungen, an einflussreiche Freunde, bis ihre Mutter uns strenge Anweisungen gab, dass sie von niemandem, der nicht zur Familie gehörte, Nachrichten erhalten und mit niemandem sonst korrespondieren dürfe. Madame Claudel ist Anfang des Jahres gestorben, deshalb ist das Verbot aufgehoben, und nur deshalb haben Sie ihr schreiben können.«

Ich dachte an die unzähligen Briefe, die ich Camille in all den Jahren an ihre Familienadresse geschickt und auf die ich nie eine Antwort bekommen hatte. Jetzt wusste ich, warum. All die Jahre hatte ich geglaubt, dass sie nichts mehr von mir wissen wollte, dass sie zu sehr mit sich und ihrem eigenen Leben beschäftigt war, um sich bei mir zu melden. Dabei war sie die ganze Zeit über hier weggesperrt gewesen, mutterseelenallein. Kein Wunder, dass sie eine gebrochene Frau war.

Ich legte meine Hände auf Charpenels Schreibtisch, sodass er meinem Blick nicht ausweichen konnte. »Herr Doktor, ich flehe Sie an, haben Sie ein Herz, erlauben Sie, dass ich Camille helfe.«

»Selbst wenn ich Ihnen diese Erlaubnis geben könnte, wäre die Welt dort draußen ein ungeheurer Schock und eine große Belastung für Mademoiselle Claudel. Die Dinge haben sich von

Grund auf geändert, seit sie im Jahr 1914 aus der psychiatrischen Klinik in Ville-Évrard zu uns überwiesen wurde. Sie kam mit allen anderen Patienten von dort hierher, als die deutschen Truppen nach Frankreich einmarschiert sind.«

Als ich die Jahreszahl hörte, erschrak ich. Meine Söhne gehörten damals zu den ersten Soldaten, die eingezogen wurden. Und nach ihrer Rückkehr sind sie nie wieder dieselben gewesen. Aber immerhin sind sie zurückgekehrt. Camille wusste vermutlich nichts vom Weltkrieg, abgesehen von ein paar Gerüchten, die über die Anstaltsmauern zu ihr gedrungen sein mochten.

Charpenel rieb sich nachdenklich das Kinn. »Es wäre zu gefährlich für sie, nach England zu reisen. Ich kann das nicht guten Gewissens befürworten.«

Ich wollte protestieren, aber er hob die Hand und fuhr fort: »Allerdings bin ich auch davon überzeugt, dass sie in einer sicheren Umgebung, unter Aufsicht und mit entsprechenden Medikamenten bei sich zu Hause glücklicher und ruhiger sein könnte.« Er fing an, etwas auf einen Block zu kritzeln. »Ich werde Ihnen eine Empfehlung schreiben, dass Mademoiselle Claudel unter bestimmten Voraussetzungen der Obhut ihrer Schwester, Madame de Massary, die auf dem ehemaligen Sitz der Familie auf dem Land lebt, überstellt werden kann. Vielleicht wird die Familie jetzt, nach dem Tod der Mutter, diese Möglichkeit erneut prüfen.« Er setzte seine Brille auf und nahm einen Aktenordner in die Hand.

»Vielen Dank, Herr Doktor.«

Charpenel stand auf und begleitete mich zur Tür. »Erwarten Sie keine Wunder. Die Familienangehörigen weigern sich in solchen Fällen häufig, die Verantwortung für ihre alt gewordenen Verwandten zu übernehmen.« Er blieb in der Tür stehen und schüttelte mir die Hand. »Ich werde auch Ihr Angebot, für sie zu sorgen, vorbringen, mehr kann ich leider nicht tun. Die

Entscheidung liegt letzten Endes bei der Familie.«

Ich hielt seine Hand noch einen Moment fest. Es war so ungerecht, dass dieselben Leute, die Camille dazu verurteilt hatten, in dieser Hölle lebendig zu schmoren, nun weiter über ihr Schicksal entscheiden sollten. Aber den Argumenten des Mannes gab es erst einmal nichts entgegenzusetzen.

»Vielen Dank«, sagte ich noch einmal. »Wenn es Ihnen nichts ausmacht, warte ich, bis Sie den Brief geschrieben haben. Dann kann ich ihn selbst Louise übergeben.«

Camille und ich warteten draußen in der späten Nachmittagssonne auf meinen Mann, der mich abholen würde. Falls er über Camilles Anblick ebenso entsetzt war wie ich, als ich sie zuerst gesehen hatte, konnte er das gut verbergen. Er redete über das Wetter, und seine freundlich wohlerzogene Art hatte offenbar eine beruhigende Wirkung auf sie.

Als er vorschlug, ein Foto von uns beiden zu machen, saß sie ganz ruhig neben mir, während er mit der Kamera hantierte. Ich griff nach Camilles Händen, die sie brav auf dem Schoß gefaltet hatte wie ein folgsames Schulmädchen. Sie war sehr still, fügsam und irgendwie abwesend, als hielte ihr Geist sich in anderen Sphären auf. Am schlimmsten war für mich die schreckliche Leere, die ich in ihren Augen sah.

Ich gab ihr drei Wangenküsse, so wie sie es mich einst in Paris gelehrt hatte. »Ich komme wieder, Camille.«

Ein ausdrucksloses Lächeln erschien auf ihrem Gesicht. »Das würde mich freuen. Danke, dass Sie den weiten Weg gemacht haben, um mich zu besuchen, Madame.« Sie blickte mich aus riesigen Pupillen an. Bestimmt hatten sie ihr ein Medikament gegeben, während ich mit Charpenel gesprochen hatte.

Eine Krankenschwester kam, um sie mitzunehmen, und Camille sah aus wie vorher, eine gebrochene alte Frau. Ich musste gegen den Impuls ankämpfen, ihr hinterherzulaufen, sie ins Auto zu packen und sie mitzunehmen, weit fort von diesem schrecklichen Ort.

Als das Tor hinter uns ins Schloss fiel, schaute ich meinen Mann an und sagte leise: »Ich muss nach Paris fahren.«

Er seufzte und rieb sich die Schläfen. »Ich wusste, dass das hier keine gute Idee war. Was wird aus unserer Italienreise?«

»Fahr du nach Italien. Ich kann sie hier nicht allein lassen.«

»Nun gut, Jessie, mach, was du willst. Du hast schon immer deine Vorstellungen durchgesetzt.«

Wirklich? Ich war mir immer so sicher gewesen, dass mein Leben nach meinen Wünschen verlaufen würde, und dann war ich auf einmal in diese Affäre zwischen Camille und Rodin geraten.

Kapitel Sieben

Paris

Juni 1884

Camille wies alle meine Versuche, über die Ereignisse im Bois de Boulogne zu reden, zurück. Das nächste Mal traf ich Rodin in unserem Atelier. Er sprach ziemlich anerkennend über meine Arbeit, aber ich merkte, dass seine Aufmerksamkeit Camille galt, die ihn jedoch schlichtweg ignorierte.

Rodin wartete auf einen Blick von ihr, aber sie hieb auf ihren Lehmklumpen ein, als wollte sie ihn dem Erdboden gleichmachen. Nach ein paar Minuten unbehaglichen Schweigens stieß Rodin zweimal laut seinen Stock auf den Boden.

»Kommen Sie, *Mesdemoiselles,* Sie sollten eine Pause machen. Wir trinken Kaffee und essen eine Kleinigkeit, das regt die Inspiration an.« Rodin nahm einen silbernen Flachmann aus seiner Manteltasche und setzte sich an unseren Teetisch.

»Ich nehme an, Sie wissen, wie man Wasser kocht, oder?«, sagte Camille und setzte sich ihm gegenüber.

Rodin musterte sie amüsiert, während sie kühl zurückstarrte.

Die Situation war ziemlich ungemütlich, aber gerade als ich aufstehen wollte, warf mir Camille einen wütenden Blick zu, und ich begriff, dass ich dableiben und das stumme Drama zwischen den beiden mit ansehen musste.

»Ich koche den Kaffee.« Mit diesen Worten erhob ich mich, ging hinüber zum Herd und befüllte den Perkolator. Ich stellte drei nicht zueinander passende Tassen auf den Tisch, und Rodin füllte ein wenig giftgrüne Flüssigkeit aus seinem Flachmann hinein.

Er leckte sich die Lippen. »Dieser Absinth hat das letzte Ungeziefer in meinem Hirn vertrieben, das dort seit dem schrecklichen Wein aus dem Bois de Boulogne sein Unwesen trieb.«

»Soweit ich sehen konnte, haben Sie im Bois besseren Trost gefunden«, fauchte Camille.

Rodin lachte verlegen und warf mir einen kurzen Seitenblick zu. Ich schlug die Augen nieder, trank einen Schluck Absinth und verschluckte mich beinahe. Es schmeckte fürchterlich.

Rodin rieb sich die Hände und schaute uns nacheinander an. »Ich habe einen Vorschlag für Sie beide. Mir sind gerade meine beiden Helfer abhandengekommen, und in meiner Werkstatt wartet ein großer Auftrag auf mich. Deshalb möchte ich Sie bitten, in meinem Hauptatelier beim *Dépôt des Marbres* für mich zu arbeiten. Was halten Sie davon?« Er lehnte sich zurück und schaute uns erwartungsvoll an.

Mit lautem Scheppern stellte ich meine Tasse zurück auf die Untertasse. Dabei merkte ich, dass meine Hände zitterten. Es war noch nie vorgekommen, dass Frauen im Atelier eines männlichen Bildhauers arbeiteten, ganz zu schweigen von einem Künstler vom Rang eines Rodins. Ich blickte zu Camille hinüber, aber sie starrte Rodin noch immer ausdruckslos an.

»Der neue Auftrag«, fuhr Rodin in aller Ruhe fort, als wolle er uns auf einen Nachmittagsspaziergang einladen, »kommt von der Stadt Calais. Das bringt viel Arbeit, ist aber auch eine hochkarätige Sache, und die Skulptur soll dort im Stadtzentrum aufgestellt werden. Sie, Mademoiselle Claudel, würden an den Händen und Füßen arbeiten, während Sie, Mademoiselle Lipscomb, nach Aussage von Legros sehr geschickt in der Darstellung von Stoffen sein sollen. Das wäre also Ihre Aufgabe.« Er breitete die Arme aus. »Nun, wie sieht es aus? Wollen Sie für mich arbeiten?«

Ich musste mich zurückhalten, um nicht laut aufzuschreien. Ja, natürlich wollte ich. Das war die Chance meines Lebens und mehr, als ich mir je hätte träumen lassen. Die Arbeit für Rodin würde mir alle Türen öffnen und meiner Karriere mehr als hilfreich sein. Ich warf Camille einen begeisterten Blick zu, in der Hoffnung, dass sie meine Freude teilte, doch sie untersuchte nur angelegentlich ihre Tasse, als müsse sie sorgfältig alle anderen Möglichkeiten in Betracht ziehen. Nur die leichte Röte an ihrem Hals verriet ihre Gefühle.

Endlich hob sie den Blick. »Ich würde Ihr Angebot gerne annehmen, aber da gibt es ein paar Schwierigkeiten. Es hängt nämlich alles von Jessie ab.«

Ich starrte sie ungläubig an: »Von mir? Warum denn von mir?«

Camille griff nach meiner Hand. »Ich kann Rodins Atelier nicht allein betreten. Das würden meine Eltern niemals zulassen. Aber zu zweit wäre es durchaus denkbar, dass wir beide, als unverheiratete Frauen, in der Werkstatt eines Mannes arbeiten. Das ist zwar unüblich, aber durchaus möglich, sofern mein Vater sein Einverständnis dazu gibt. Und das wird umso wahrscheinlicher, wenn wir uns gegenseitig als Anstandsdame dienen. Das heißt, alles hängt davon ab, wie du dich entscheidest, Jessie, und ob es dir gelingt, meine Eltern zu überzeugen, dass sie mich gehen lassen.« Sie wartete ab, mucksmäuschenstill.

Rodin goss mir noch einen Schluck Absinth in die Kaffeetasse. Während ich trank, spürte ich seine und Camilles Blicke auf mir ruhen. Mir wurde weich in den Knien, und in meinem Magen war ein flaues Gefühl. Noch einmal hielt ich Rodin meine Tasse hin, damit er nachschenkte.

»Natürlich müssen wir das machen«, stellte ich fest.

Ich sah, wie die beiden einen vielsagenden Blick wechselten, und kurz kam mir der Gedanke, ob sie das womöglich alles so geplant hatten. Das würde erklären, weshalb Camille von dem Angebot so unbeeindruckt gewesen war. Doch der Gedanke verflog sofort wieder, und ich hob lächelnd meine Tasse.

»Auf uns!«

Die beiden lachten erleichtert und klopften mir beifällig auf die Schulter. Es war wie eine kleine Verschwörung. Ich konnte kaum glauben, dass ich schon bald in Rodins Atelier arbeiten würde.

Rodin stützte sich mit den Händen auf seinen Knien ab und stand auf.

»Ich lasse Sie jetzt allein. Es wird spät, und als meinen neuen Angestellten verordne ich Ihnen ein bisschen Ruhe.«

Mit einer übertrieben förmlichen Verbeugung verabschiedete er sich von uns, während wir in die Hände klatschten und ihm aufgeregte Adieus zuriefen.

Als wir allein waren, drückte Camille meine Hände und strahlte mich mit glänzenden Augen an.

»Ich kann es kaum glauben, Jessie! Rodins Atelier! O Jessie, dem Himmel sei Dank, dass er dich zu mir geschickt hat.«

Kapitel Acht

Camilles Vater wurde am folgenden Wochenende zu Hause erwartet, und sie hatte sich fest vorgenommen, ihm die Erlaubnis für Rodins Angebot abzuringen. Die ganze Woche arbeiteten wir in fiebriger Erregung. Endlich war der Sonntagmorgen gekommen. Ich wachte in aller Frühe vom Läuten der Kirchenglocken auf. In der Wohnung der Claudels war noch alles still, und ich dachte, das Speisezimmer sei leer, als ich eintrat. Deshalb erschrak ich, als Paul plötzlich vor mir stand.

»G-g-guten Morgen, Jessie. D-d-darf ich dir sagen, wie wunderschön du aussiehst?« Das leichte Stottern machte seine Schüchternheit noch anrührender.

Ich lächelte ihm freundlich zu. »Schön, dich zu sehen. Camille schläft noch, und ich dachte schon, ich müsste ganz allein frühstücken.«

»Meine Schwester war schon immer eine Langschläferin.«

Eine Weile aßen wir in einvernehmlichem Schweigen, doch irgendetwas an der Art, wie die Sonne durchs Fenster schien und unseren Frühstückstisch in ihren goldenen Glanz tauchte, erinnerte mich an die Sonntagmorgenstimmung bei uns zu Hause, und zum ersten Mal, seit ich in Paris war, ergriff mich eine Welle von Heimweh. Das kam für mich völlig überraschend, und ich konnte die Tränen nicht zurückhalten. Zu Hause würden in diesem Augenblick die Glocken von Sankt Botolph meine Eltern zum Gottesdienst in die einfache kleine Kirche aus dem dreizehnten Jahrhundert mit ihren Holzpaneelen und den mit Kreuzstichstickerei verzierten Kniepolstern rufen. Sicher saßen sie jetzt beim Frühstück und bestrichen sich ihren Toast mit Cooper's-Oxford-Marmelade, Papa grummelnd bei der Zeitungslektüre und Mama schimpfend, weil er überall Krümel hinterließ.

Paul entging mein Kummer nicht, und er reichte mir eine Serviette, damit ich mir die Augen trocknen konnte. »Du vermisst deine Familie?«

»Ja, das tue ich. Paris ist wunderschön, aber …« Ich konnte nicht weitersprechen.

Paul wartete ab, bis ich mich wieder gefangen hatte. »Ich bin so froh, dass du hier bist, Jessie, und du bist gut für Camille.«

Überrascht schaute ich ihn an. »Sie ist gut für mich. Sie ist ein großes Talent.«

»Das stimmt, sie hat Talent, aber sie kann noch viel von deiner Beständigkeit und deiner Freundlichkeit lernen. Sie ist längst nicht mehr so dickschädelig, seit du bei uns wohnst. Camille hat schon immer sehr genau gewusst, was sie wollte und wie sie es bekommt. Sie ist so etwas wie eine Naturgewalt.« In seinem Lachen schwang ein leicht bitterer Unterton mit.

Ich strich Butter auf mein Brot und wartete ab, wie es weitergehen würde.

Dies war eine einzigartige Gelegenheit, mehr über Camille zu erfahren.

Paul zuckte mit den Schultern, sein Gesicht war weich und offen. »Ich bin sicher nicht gerecht zu meiner Schwester. Das Leben in unserer Familie ist nicht leicht für sie. Maman nimmt es Camille heute noch übel, dass wir in diese beengte Wohnung in einer der hässlichsten Gegenden von Paris gezogen sind.

»Was kann denn Camille dafür?«

Paul erzählte mir, dass Camille ihren Lehrern in dem Dorf, wo sie aufgewachsen waren, schnell überlegen gewesen war und dass man ihnen empfohlen hatte, nach Paris umzuziehen, damit sie auf die Kunstakademie gehen konnte, während Paul eines der besten *Lycées* der Stadt besuchen sollte.

»Das heißt, der Umzug war natürlich auch für mich gedacht. Aber Maman will unbedingt Camille die Schuld daran geben. Ihrer Meinung nach hat Camille die Familie unter Druck gesetzt, damit wir nach Paris ziehen. Leider kann unser Vater seine Arbeit auf dem Land nicht aufgeben, und darüber ist Maman todunglücklich. Für sie ist es natürlich leichter, gegen Camille anzugehen als gegen ihren Ehemann. Meine arme Schwester würde das niemals zugeben, aber sie leidet am meisten unter Mutters Gefühlskälte. Maman tut sich schwer damit, uns durch kleine Gesten ihre Zuneigung zu zeigen, wie es andere Frauen mit größter Selbstverständlichkeit tun.«

Ich dachte an meine Mutter und daran, wie sie mir immer über den Kopf gestreichelt hatte, als ich klein war, wie sie mich in den Armen hielt und mein ganzes Gesicht mit Küssen bedeckte, und wie sie mich auch jetzt, als erwachsene Frau, noch umarmte. Es lagen Welten zwischen Madame Claudel mit ihrer gequälten Miene und meiner Ma.

Bevor sie Papa kennenlernte, hatte sie ein hartes Leben geführt und als Bardame in einem Bahnhofshotel gearbeitet, aber trotzdem war sie immer gut gelaunt und fröhlich gewesen. Sie hätte wenig Verständnis für Camilles Mutter, die sich ständig darüber beklagte, in Montparnasse wohnen zu müssen.

»Und du, lebst du gerne hier?«, fragte ich Paul. »Oder vermisst du das Zuhause deiner Kindheit?«

»Die Gegend um Villeneuve, wo wir aufgewachsen sind, ist wunderschön, aber da sagen sich Fuchs und Hase Gute Nacht. Es gibt nichts Besseres als Paris.«

Ich lächelte. »Da hast du recht. So sehr ich auch mein Zuhause in England vermisse, gibt es doch keinen Ort, an dem ich lieber wäre als in Paris.«

Wir hörten, wie sich die Wohnungstür öffnete und eine Männerstimme draußen mit dem Dienstmädchen sprach.

Paul drehte sich um, und sein Gesichtsausdruck veränderte sich. »Papa ist nach Hause gekommen«, sagte er. »Jetzt müssen wir ihm erst einmal Bericht erstatten. Er ist so ehrgeizig in allem, was uns betrifft, sogar mit Louise. Er will, dass sie Konzertpianistin wird, stell dir vor.«

Wir wechselten ein verschwörerisches Lächeln.

»Ich glaube ja, sie zieht ihren Hutmacher dem Klavierlehrer vor«, scherzte ich.

»Wie ich sehe, hast du sie durchschaut.«

Wir hörten noch mehr Stimmen aus dem Salon, und kurz darauf flog die Tür zum Speisezimmer auf, und Camille stürmte herein.

Sie überstürzte sich fast beim Sprechen: »Ach, hier bist du, Jessie! Papa ist angekommen. Ich habe ihm schon von Rodins Vorschlag erzählt. Er hat nichts dagegen, aber Maman macht ein großes Theater.« Sie stürzte sich auf ihren Bruder und zog ihn vom Stuhl auf die Füße. »Du musst mir helfen, sie zu überzeugen, Paul, du bist schließlich ihr Liebling, und auf dich wird sie ganz bestimmt hören.«

Im Salon stand ein Mann mit kantigen Gesichtszügen am Fenster. Er hatte breite Koteletten und trug einen Fez auf dem Kopf. Amüsiert beobachtete er unseren Auftritt.

»Ah, hier sind die Revoluzzer, die rebellischen Künstlerinnen, immer darauf aus, die feinen Damen von Paris zu schockieren. Und ihr getreuer Knappe ist auch dabei, *le petit Paul*. Was sagst du zu dem neuesten Plan deiner Schwester?« Er streckte die Arme nach seinem Sohn aus, der sich jedoch nur unwillig und steif von ihm umarmen ließ.

»O Papa«, flötete Camille und tänzelte um ihren Vater herum. »Du musst es Jessie und mir erlauben. Denk doch nur, wie viel wir bei Rodin lernen können! Er hat mir die Hände und Füße versprochen. *Hände und Füße!*«

Madame Claudel beobachtete ihre Tochter kühl aus einer Ecke am Fenster, wo sie mit ihrer Stickerei auf dem Schoß in einem Sessel saß. »Das kommt nicht infrage.«

Camille umklammerte Pauls Ellbogen und schaute ihn hilfesuchend an, doch er wurde lediglich rot und wandte sich ab.

Monsieur Claudel beschwichtigte sie: »Also, meine Liebe, lass uns vernünftig über diesen Vorschlag nachdenken. Camille, ich nehme an, das hier ist deine neue Freundin, Mademoiselle Lipscomb?«

Monsieur Claudel kam auf mich zu und gab mir die Hand. Er musterte mich von oben bis unten mit einem ironischen Lächeln. »Die Engländer sind so ein praktisches Volk. Ich wette, wir können Ihrem Urteil in dieser Angelegenheit trauen, Mademoiselle. Was haben Sie zu Monsieur Rodins ungewöhnlichem Angebot zu sagen? Ich weiß, dass meine Frau große Hoffnung wegen des mäßigenden Einflusses hat, den Sie auf unsere ungebärdige Tochter ausüben.« Er stand mit dem Rücken zu Madame Claudel und zwinkerte mir zu. Augenblicklich begriff ich, was meine Aufgabe war: Ich musste Madame Claudel davon überzeugen, dass wir nicht unsere Tugend aufs Spiel setzen würden.

Zögernd räusperte ich mich. »Das ist in der Tat ein sehr unübliches Angebot, aber es ist auch eine große Ehre. Monsieur Rodin hat uns versichert, dass alle Regeln des Anstands eingehalten werden.« Ich holte einen Brief aus meiner Tasche. »Ich habe meinen Eltern einen Brief geschrieben und sie um ihre Erlaubnis gebeten.«

Ich händigte Monsieur Claudel den Brief aus. Er überflog ihn und gab ihn an seine Frau weiter. Wir warteten schweigend, bis sie zu Ende gelesen hatte.

Danach faltete sie ihn sorgfältig zusammen, die Lippen zu einem schmalen Strich zusammengepresst.

»Jessies Eltern haben offensichtlich großes Vertrauen zu ihr, und ich nehme an, wir müssen uns ebenso tolerant zeigen wie sie. Du kannst gehen, Camille, aber ich erwarte einwandfreies Benehmen von dir.« Madame Claudel nahm ihre Stickarbeit wieder auf, während ihr Mann grinste und uns ein Zeichen gab, dass wir verschwinden sollten.

In der Halle drückte Camille mir die Hände. »O Jessie, du warst einfach wunderbar! Du hast uns die Tür geöffnet, eine Tür, die für die meisten anderen Frauen verschlossen bleibt.«

Wir umarmten einander und wirbelten uns gegenseitig im Kreis herum. Ab jetzt waren wir nicht mehr Rodins Schülerinnen, sondern richtige Künstlerinnen, seine Kolleginnen!

Den Rest dieses denkwürdigen Sonntags verbrachten wir mit einem ausgedehnten, lärmenden Familienessen, das mindestens fünf Stunden dauerte. *Père* Claudel spielte dabei die Hauptrolle. Ich saß still dabei und schaute zu, wie seine Kinder um die Aufmerksamkeit des Vaters buhlten wie Blumen, die ihre Gesichter dem Sonnenlicht zuwenden.

Anders als Camille mir gegenüber behauptet hatte, war sie eindeutig sein Lieblingskind, und er strahlte vor Stolz, als sie ihm von ihren neuesten Skulpturen erzählte. Mit Paul unterhielt er sich über Poesie und drängte ihn, uns eines seiner Gedichte vorzulesen.

Sogar Madame Claudel taute ein bisschen auf, wehrte allerdings die Hände ihres Mannes ab, als der versuchte, ihre Taille zu umfassen. Mit Louise sprach er in einem freundlich strengen Tonfall, forderte sie auf, sich ans Klavier zu setzen, um ein paar bekannte Stücke von Mozart und Brahms zu spielen, und schon bald glitten ihre weißen schlanken Finger über die Tasten.

»Sehr hübsch, Liebes. Und hast du denn auch den Debussy gelernt, den ich dir bei meinem letzten Besuch zu Hause ans

Herz gelegt hatte? Debussy ist ein ganz besonderer neuer Komponist. Ich möchte unbedingt hören, wie du sein *L'Enfant Prodigue* spielst.« Er machte es sich in einem Sessel bequem und legte erwartungsvoll die Fingerspitzen zusammen.

Louise schmollte und stand vom Klavierhocker auf. »O Papa, diese öde moderne Musik ist zu schwer für mich. Die ändern andauernd die Tonart.«

Monsieur Claudels Gesichtszüge wurden streng, sein spöttisch liebevoller Gesichtsausdruck verschwand. »Du musst dich schon anstrengen, wenn du eine gute Musikerin werden willst. In unserer Familie ist kein Platz für Amateure, sondern nur für echte Künstler. Schau dir deine Schwester und deinen Bruder an. Sie arbeiten hart, um ihre Talente zu entwickeln.«

Louise verzog das Gesicht. In der Grimasse konnte ich die Ähnlichkeit mit ihrer älteren Schwester erkennen. Ihr Vater kehrte ihr abrupt den Rücken zu und fing an, mit Camille über den bevorstehenden *Salon de Paris* zu sprechen. Louise biss sich auf die Lippe und ging zu ihrer Mutter hinüber. Von dort aus bedachte sie Camille mit vernichtenden Blicken.

* * *

In dieser Nacht saßen Camille und ich auf ihrem Bett und redeten. Durch das offene Fenster drang aus der Ferne die Stimme einer Frau, die ein Liebeslied sang. Camille legte den Kopf auf meine Schulter, und so saßen wir eine Weile und lauschten der Musik.

»Jessie, bist du in jemanden verliebt?«

Ihre Locken kitzelten mich in der Nase. Vorsichtig schob ich sie zur Seite und überlegte, was ich ihr antworten sollte. Ich glaubte schon, dass ich verliebt war. Ich kannte William, seit wir Kinder waren, und ich konnte mir ein Leben ohne ihn nicht vorstellen. Aber von den überbordenden Gefühlen, über die so viel in den Romanen geschrieben wird, hatte ich in mir noch keine Spur entdecken können.

Camille gab mir einen Stoß in die Rippen: »Das ist doch keine so schwierige Frage, oder? Gibt es da jemanden in deinem Leben?«

»Ja, er heißt William Elbourne, und unsere Familien warten schon darauf, dass wir heiraten.«

Sie seufzte sehnsüchtig. »Du hast Glück, dass eurer Liebe nichts im Wege steht. Und du hast etwas, worauf du dich freuen kannst.«

Ich schwieg eine Weile. William war mir so vertraut wie die Luft zum Atmen. Nur wünschte ich mir manchmal etwas anderes. Wie mochte das sein, die große Leidenschaft, die einen vollkommen mit sich riss?

»Und du, Camille, hast du jemanden?«

Sie zögerte, und ich glaubte schon, sie würde mir jetzt erzählen, dass sie ein Auge auf Rodin geworfen hatte – ich hatte ja zu dem Zeitpunkt noch keine Ahnung, wie ernst es war –, doch stattdessen stand sie auf und ging zum Fenster. Ich stellte mich neben sie, und wir stützten uns mit den Armen auf die Balkonbrüstung. Paris mit seinen blinkenden Lichtern lag uns zu Füßen. Es war eine wolkenlose Nacht, und die Sterne hingen am samtblauen Himmel wie funkelnde Edelsteine. Von der Seine wehte eine kühle Brise zu uns herauf, und ich fröstelte. Camille fasste mich um die Taille.

»Wann sagen wir Rodin Bescheid, dass wir mit ihm arbeiten dürfen?«, fragte ich.

»Morgen gehe ich in meine alte Schule, die Colarossi-Schule. Dort gibt einer von Rodins Bildhauern vormittags Unterricht. Wir könnten ihm einen Brief für Rodin mitgeben.«

Camille zog mich zu ihrem Bett. »Warum bleibst du nicht heute Nacht hier bei mir? Ich bin viel zu aufgeregt, um jetzt zu schlafen.«

Ich schlüpfte zu ihr unter die dünne Bettdecke. So lagen wir eine Weile nebeneinander, keine von uns sagte etwas, und wir lauschten der Sängerin vor dem Fenster.

»Ich bin mal gespannt, wie sich die Männer in Rodins Atelier uns gegenüber verhalten werden«, bemerkte ich.

Camille zuckte die Achseln. »Sie müssen sich einfach damit abfinden. Was könnten sie gegen uns unternehmen? Rodin selbst hat uns eingestellt, um für ihn zu arbeiten.«

Ich war mir nicht so sicher wie sie. In South Ken, wo die Bildhauer arbeiteten, alles Männer, ging es zu wie auf einer Baustelle. Es wurde gescherzt und geflucht wie unter Hafenarbeitern. Frauen wurden dort ausgesprochen rüde behandelt. Ich konnte mir nicht vorstellen, dass das bei Rodin anders sein sollte.

»Auf in den Kampf«, erklärte ich.

Camille nahm meine Hand und hielt sie fest. »Hast du Angst?«

»Wie, vor einem Haufen muskelbepackter Hohlköpfe? Du machst wohl Witze!«, scherzte ich.

Camille lachte und nahm meine Hand. So lagen wir da, mit verschränkten Fingern, ihr Gesicht so nah an meinem, dass ich ihren Atem spüren konnte. Im Mondlicht sahen ihre Augen abgrundtief schwarz aus.

»Ma petite anglaise«, flüsterte sie. »Zu zweit können wir alles schaffen.«

Kapitel Neun

Villeneuve

September 1929

Das Alter hatte Louise offenkundig wenig anhaben können. Ihr nicht ganz glaubwürdig blondes Haar war nach der neuesten Mode frisiert, ihre Lippen sorgfältig mit kräftigem Karminrot nachgezogen, auf dem hell gepuderten Gesicht leuchtete Wangenrouge. Schlank und kerzengerade saß sie in ihrem eleganten schwarzen Jerseykostüm auf einer Chaiselongue.

»Chanel«, erwiderte sie auf mein Kompliment und berührte mit den Fingerspitzen einen silbernen Schal, den sie um den Hals trug. Hermès vermutlich. »Jessie! Wie lang ist das her. Es ist einfach nicht zu glauben!«

Doch ihr höflicher Gesichtsausdruck verschwand auf der Stelle, als sie erfuhr, weshalb ich zu ihr gekommen war. »Du willst Camille aus der Anstalt holen und sie mit nach England nehmen?«

Ich reichte ihr Charpenels Schreiben, das sie mit spitzen Fingern mit sorgfältig manikürten, im selben Farbton wie der Lippenstift lackierten Nägeln entgegennahm.

»Wie du siehst«, begann ich, »sagt der Arzt, es gehe ihr so gut, dass sie die Anstalt verlassen könne, sofern sie angemessene Pflege bekommt.«

Louise schüttelte den Kopf mit der akkurat fixierten Frisur. »Das ist völlig ausgeschlossen, kommt überhaupt nicht in Frage.«

Damit hatte ich gerechnet. »Wenn du nicht erlaubst, dass ich sie zu mir nehme, kann sie hier bei dir wohnen. Hier ist es auch sehr schön und friedlich.« Vogelgezwitscher drang durch das offene Fenster ins Zimmer. Ich beugte mich ein wenig vor und sagte: »Bitte, Louise, du kannst sie nicht dort lassen. Hab ein bisschen Mitleid, sie ist doch deine Schwester.«

Louise zerknüllte den Brief und warf ihn in eine Sofaecke. Mit eisiger Stimme fragte sie: »Und du? Wer bist du, dass du mir Vorschriften machen willst? Was weißt du denn von Camille?«

»Ich kenne Camille so gut wie mich selbst.«

»Ach wirklich? Und wo warst du, als sie anfing, sich wie eine Wahnsinnige aufzuführen? Und jetzt kommst du hierher und willst mir vorschreiben, was ich zu tun habe? Du hast ja keine Ahnung davon, was unsere Familie all die Jahre mit Camille aushalten musste. Keine Ahnung hast du! Das geht wirklich zu weit.«

Sie stand auf und trat zu ihrem Schreibtisch, wo sie ein Bündel Briefe aus einer Schublade holte. »Das haben wir doch alles schon ein paarmal durchgemacht. Es ist nicht das erste Mal, dass die Ärzte aus Montdevergues versuchen, sich unseren Wünschen zu widersetzen. Diese Briefe sind von 1920, von einem Dr. Brunet. Er wollte Camille auf Probe entlassen, weil er meinte, sie hätte sich beruhigt.«

Sie fing an, mir aus dem Brief vorzulesen. *»Ihre Verfolgungsängste sind zwar noch nicht vollständig verschwunden, sind aber nicht mehr so stark wie früher. Sie möchte sehr gerne zurück zu ihrer Familie und wünscht sich, auf dem Land zu leben. Ich denke,* *dass wir es unter diesen Umständen riskieren können, sie zu entlassen.«*

Sie warf die Briefe zurück in die Schublade und schob sie mit einem Knall zu. »Maman hat die List durchschaut. Sie wusste, dass Camille dem Arzt Theater vorgespielt hat. Camille ist eine Lügnerin, wie all die anderen auch, das ist ein Teil ihrer Krankheit.«

Louise war immer schon egoistisch und ein verwöhntes Kind gewesen, aber ich hatte gehofft, sie sei erwachsen geworden. Das war eindeutig nicht der Fall: Sie war ebenso labil und selbstbezogen wie früher. Es tat mir weh, wie sie über Camille sprach, ihr eigenes Fleisch und Blut. Ich unterdrückte meinen Ärger und versuchte es erneut.

»Louise, wenn du Camille sehen würdest, könntest du dich mit eigenen Augen davon überzeugen, dass sie gesund und völlig harmlos ist. Warum fährst du nicht nach Montdevergues und besuchst sie?« Sie wandte ihr hartes kleines Gesicht zum Fenster. Ich hatte versucht, an ihre Gutmütigkeit zu appellieren und Mitleid für Camille zu erregen, aber das war offensichtlich vergebene Liebesmüh. Mein Ton wurde schärfer: »Dr. Charpenel hat gesagt, dass Paul der Einzige ist, der sie in all den Jahren besucht hat.«

Louise zuckte zusammen, brachte aber sogleich ihre Gesichtszüge wieder in die starre Maske zurück, die ich vorher gesehen hatte. »Ich kann unmöglich ohne meine Familie reisen«, sagte sie. »Es ist ein langer Weg nach Montdevergues, und ich bin nicht sehr belastbar.« Sie drückte sich ein Spitzentaschentuch an die Schläfen, als müsse sie mir beweisen, unter was für einem schrecklichen Druck sie stand.

Ich wurde wütend und verlor die Geduld. »So etwas Albernes habe ich noch nie gehört. Ich bin von England nach Südfrankreich und dann wieder hierher nach Paris gereist, und wie du siehst, geht es mir gut, obwohl ich älter bin als du. Das sind doch Ausreden.«

Ich stand auf und stemmte die Fäuste in die Hüften. Louise schreckte zurück. »Und wenn du nicht erlaubst, dass Camille mit mir kommt, warum lässt du sie nicht hier bei dir wohnen? Nichts hindert dich daran. Hier ist Platz genug, und schließlich ist es auch ihr Elternhaus.«

Louise war entsetzt. »Bist du jetzt auch verrückt geworden, Jessie? Camille kann nicht hierher kommen. Sie ist nicht in der Lage, unter anständigen Menschen zu leben. Ich habe Kinder, die ich nicht Camilles Launen aussetzen kann.« Sie ging zurück zu ihrem Schreibtisch, um ein weiteres Papier hervorzukramen. »Wir haben die ganze Zeit über regelmäßige Berichte erhalten. In diesem hier steht, dass Camille eine ganz ruhige Phase hatte und danach wieder einen Rückfall. Im letzten Bericht schrieb der Arzt, dass es ihr nicht besser geht als zu dem Zeitpunkt, als sie eingeliefert wurde.« Sie hielt mir einen Zettel hin. »Lies selbst, wenn du mir nicht glaubst.«

Die Papiere interessierten mich nicht. »Sicher hatte sie einen Rückfall, das würde jedem so gehen. Camille hatte den Glauben, von dort wieder entlassen zu werden, doch als eure Mutter das ablehnte und ihr zu verstehen gab, dass sie sie nie wieder sehen wollte, verlor Camille den letzten Funken Hoffnung. Und nun hockt sie seit Jahrzehnten in der Anstalt, ohne Aussicht, jemals wieder frei zu sein. Verstehst du nicht, dass das die Hölle für sie ist?«

Louise warf die Papiere auf den Boden und kreischte wie ein Kind, dem die Argumente ausgehen und das nun den letzten Ausweg in einem Wutanfall sucht. »Und ich? Was ist mit mir?« Obwohl sie mit dem Fuß auf den Boden stampfte wie ein ungezogenes Mädchen, sah sie immer noch elegant aus in ihrem schwarz-weißen Chanel-Kostüm. »Arme Camille, arme Camille, immer dasselbe Lied. Du hast ja keine Ahnung, wie sie war und was für schreckliche Dinge sie getan hat. Was glaubst du, wie mein Leben aussehen würde, wenn sie hier frei herumliefe? Wie damals, als sie nach Paris zurück floh, zu ihren Trunkenbolden, die gemeinen, obszönen Briefe, die sie an die Zeitungen schrieb, um uns Gott weiß was anzuhängen?«

Jetzt begriff ich, warum Louise Camille nicht zurückhaben wollte. Eingesperrt, ohne eine Möglichkeit sich zu äußern und die Stimme zu erheben, unter der Zensur all ihrer Briefe würde niemals bekannt werden, was für eine Ungerechtigkeit ihr von Seiten ihrer Familie widerfahren war. Wenn man sie in die Freiheit entließe, könnte sie nichts und niemand mehr daran hindern, einen Skandal vom Zaun zu brechen.

Dr. Charpenel hatte mir schon berichtet, dass in der ersten Zeit nach ihrer Einweisung die Zeitungen voll gewesen waren von den aufgebrachten Briefen ihrer Anhänger. Der Aufruhr hatte sich mit der Zeit gelegt, würde aber sofort wieder aufflammen, wenn Camille in die Freiheit entlassen würde. Sie hatten zu viel zu verlieren. Paul war ein prominenter Diplomat, Dichter und Autor von Theaterstücken, Louise eine gut situierte, verheiratete Frau, die auf dem Familiensitz der Claudels ein höchst angenehmes Leben führte.

Louise wanderte unruhig im Zimmer auf und ab und öffnete schließlich die Tür, um mir zu verstehen zu geben, dass sie unser Gespräch als beendet betrachtete. Ich ließ mir Zeit und suchte umständlich meine Sachen zusammen. Als ich schließlich vor ihr stand, hatte sie die Fassung wiedergewonnen und verzog ihre geschminkten Lippen zu einem breiten Lächeln. Doch sie konnte mich nicht täuschen.

»Verzeih mir meine deutlichen Worte, Jessie«, bat sie süß und legte bittend eine Hand auf meinen Arm. »Das ist ein wirklich schmerzliches Thema für mich. Meine arme Schwester! Zum Glück ist Camille nicht allein, überhaupt nicht, in dem Punkt irrst du dich. Paul besucht sie regelmäßig, sooft er aus Amerika hierher kommt, und eine seiner Töchter ist auch gelegentlich bei ihrer Tante Camille. Ich glaube, sie haben sich richtig lieb gewonnen.«

Ich schüttelte ihre Hand ab. »Camille wurde von allen im Stich gelassen, und das weißt du genau. Sie ist unbeschreiblich einsam und verzweifelt. Wenn du mir nicht glauben willst, schau dir das an.« Ich zeigte ihr das Foto, das mein Mann von uns beiden gemacht hatte. Ich hatte ihn gebeten, es für meinen heutigen Besuch in Montfavet entwickeln zu lassen.

Louise starrte das Bild eine ganze Weile an. Schließlich blinkten Tränen in ihren Augen. »Arme Camille.« Doch schon einen Augenblick später hatte ihre Stimme wieder den gewohnten harten Klang. »Man kann nichts für sie tun. Ich kann sie nicht hierher holen. Unmöglich. Ich habe gar nicht die Zeit, mich um sie zu kümmern. Und selbst wenn, warum sollte ich das machen? Als wir beide noch in Paris lebten, wollte sie nie etwas mit mir zu schaffen haben. Ich habe sie nicht ein einziges Mal gesehen, als sie noch als große Künstlerin gefeiert wurde, als das ›weibliche Genie‹.«

Sie schien sich wieder zu beruhigen. »Im Übrigen ist Camille immer eifersüchtig auf mich gewesen, als wir jung waren. Sie konnte es nicht vertragen, dass Maman und ich uns so nahestanden. All diese alten Gefühle würden wieder hochkommen, wenn sie zu uns zurückkehrte. Und es würde schlimmer werden, wenn sie mich sähe. Wer weiß, wozu sie imstande ist?« Sie schüttelte sich. »Ich wäre meines Lebens nicht mehr sicher.«

Mit Mühe konnte ich den Impuls unterdrücken, sie zu schlagen. Stattdessen zwang ich mich zu einem freundlichen Ton. Es wäre nicht gut für Camille, wenn ich ihre Familie unnötig gegen sie aufbrächte. »Bitte, Louise, kannst du sie nicht ein Mal besuchen? Nur ein einziges Mal? Das würde ihr unendlich viel bedeuten.«

Sie schaute noch einmal auf das Foto, bevor sie es mir zurückgab. »Ja, das werde ich tun. Ich verspreche es dir. Nächsten Sommer fahre ich mit meinen Kindern hin, damit sie ihre Tante besuchen können. Arme Camille.« Sie schloss die Tür so eilig hinter mir, dass ich kaum Zeit hatte, nach draußen zu kommen.

Ein Wagen wartete auf mich. Der Chauffeur sprang heraus und öffnete mir die Tür.

»Fahren Sie mich nach Paris«, bat ich.

Ich würde herausfinden, was geschehen war. Wenn ich beweisen könnte, dass Camille nicht verrückt war und dass ihr ein furchtbares Unrecht widerfahren war, würde man ihre Familie zwingen können, sie dort wieder herauszulassen. Ich würde mich an die Aufgabe machen, die ganze Geschichte zu erfahren. Bisher kannte ich nur einen kleinen Teil. Ich musste Georges finden. Er würde mir auch heute helfen, genau wie damals, als wir uns das erste Mal begegnet sind.

Kapitel Zehn

Paris

Juli 1884

Früh am nächsten Morgen gingen Camille und ich in die Kunstakademie Colarossi, um dort die Nachricht für Rodin abzugeben und um ein neues Modell anzuheuern. Dummerweise hatte sich Marie-Thérèse in irgendeinen der Künstler verliebt und wollte von nun an für niemand anderen mehr Modell sitzen. An der Kunstakademie gab es eine Vermittlungsstelle für Modelle, und wenn man morgens früh genug dort war, hatte man die Wahl zwischen professionellen italienischen und jüdischen Modellen, die damals in Scharen in die Stadt kamen.

Eine Gruppe seltsamer Gestalten hatte sich vor dem Eingang versammelt. Ein älterer Mann mit einem Bart wie aus dem Alten Testament und nur mit einer Kutte und Sandalen bekleidet, saß auf seinem Bündel mit Habseligkeiten und schnitt einen Apfel in Stückchen für einen kleinen Jungen, der mit seinen runden Backen aussah wie ein Rubensengel. Seine Mutter, eine vollbusige Blondine, gab dem Bengel einen groben Klaps auf die Hand, mit der er sich gerade in der Nase bohrte. Sie trug ein Kleid im Stil des achtzehnten Jahrhunderts, mit einer schmuddeligen Borte am Saum, und eine zerfranste Feder hing traurig von ihrem Hut herab.

Ganz in der Nähe standen zwei junge Frauen in bäuerlicher Tracht, die eine hell, die andere dunkel gekleidet, zwei aufsehenerregende Schönheiten, die mit einem großgewachsenen Mann auf Italienisch plauderten. Unter seinem offenen Hemd zeichnete sich ein muskulöser Brustkorb ab. Er war eine auffallende Erscheinung mit slawischen Gesichtszügen, tief liegenden Augen und hohen Wangenknochen. Allein die schwarzen Locken verrieten seine italienische Herkunft.

Camille wandte sich an den alten Mann. »Sie brauche ich wohl nicht zu fragen, womit Sie Ihr Brot verdienen. Ich kenne Sie aus so ziemlich allen bekannten Bibeldarstellungen.«

»Ganz recht, Mademoiselle, während meiner Dienstzeit habe ich schon alle zwölf Apostel dargestellt, und ich gebe auch einen ordentlichen Augustinus ab. ›Herr, gib mir Keuschheit, aber nicht sofort‹ – so ungefähr?« Dabei zog er Camille mit Blicken aus.

Sie ließ sich jedoch nicht beeindrucken und fragte ungerührt: »Ist das Ihre Familie?«

»Ja, das ist mein Enkel Emile und meine Tochter Ruth. Abraham und Isaak sind unsere Paraderollen. Ruth gibt eine ordentliche Delilah oder die Heilige Maria ab. Sie ist sehr wandlungsfähig. Ich habe schon für eine Menge berühmter Künstler Modell gesessen, und könnte Ihnen mit meinen Geschichten die Zeit im Atelier vertreiben.«

Ich fasste Camille am Ellenbogen und flüsterte: »Den können wir überhaupt nicht gebrauchen, der raubt uns nur die Zeit und hält uns von der Arbeit ab. Bestimmt hat er eine Menge Tricks auf Lager, nur um nicht zu lange sitzen zu müssen.« Ich wandte meinen Blick zu dem durchtrainierten Mann mit den beiden Bauernmädchen. »Was ist mit ihm?«

»Nackt?«, fragte Camille.

»Sicher. Das können wir verkraften.«

Wir zwinkerten einander zu.

»Warum nicht, sobald wir anfangen, in Rodins Werkstatt zu arbeiten, sind wir sowieso ständig von Männern umgeben.«

»Wir sollten den Gegner so bald wie möglich aus der Nähe kennenlernen«, schlug ich vor. »Oder hattest du schon einmal Gelegenheit, mit einem männlichen Aktmodell zu arbeiten?«

Sie hob die Augenbrauen.

»Eben«, stellte ich fest. »Eine Bildungslücke. Höchste Zeit, sie zu schließen, finde ich.«

Camille drehte sich noch einmal zu dem Mann um. »Für heute suche ich eher einen David. Oder einen Goliath.« Sie nickte dem athletischen Mann mit den beiden Mädchen zu.

Abraham fuhr sich durch seinen Bart. »Oh, Mademoiselle, Sie haben einen Blick für gute Körper. Das ist Giganti. Alle Bildhauer lieben ihn. Sie sollten ihn ohne Kleidung sehen. Für diese Muskeln hätte Michelangelo gemordet. Wie ich hörte, will Rodin ihn verpflichten.«

Camille ging zu dem jungen Italiener hinüber. »Sind Sie Giganti?«

Der Riese, der mit dem Rücken an der Wand gelehnt hatte, richtete sich zu seiner ganzen Größe auf. Er überragte uns, aber sein Lächeln war freundlich. *»Si, signorina.«*

Camille hob die Hand und betastete seinen Bizeps. »Wir zahlen Ihnen fünf Sous pro Tag. Können Sie morgen früh in unser Atelier kommen?«

Während ich abwartete, dass Camille mit Giganti handelseinig wurde, hörte ich mit halbem Ohr der Unterhaltung zwischen der blonden und der dunkelhaarigen Frau zu. Als Rodins Name fiel, spitzte ich die Ohren. Während meiner Reisen nach Florenz hatte ich genug Italienisch gelernt, um zu verstehen, worüber die beiden sprachen.

»Er ist ein alter Bock«, sagte die Blonde. »Erinnerst du dich, wie ich das letzte Mal für ihn posieren musste? Die Beine so breit auseinander, ich habe mir fast meine du weißt schon verkühlt.« Sie griff sich mit der Hand in den Schritt.

Die Brünette lachte kehlig. »Und was hat er zu mir gesagt? ›Nächstes Mal bringst du deine Schwester mit, die Blonde, und dann haben wir alle drei ein bisschen Spaß.‹ Dieses Schwein. Er sagte, er würde uns auch doppelt bezahlen. Also weißt du? Wir beide zusammen …« Sie zuckte die Achseln. »Ist mir egal. Rodin zahlt immer gut. Ärgerlich ist nur sein kratziger Bart.«

Unser *Maître* war also auch einer von denen, die ihre Modelle nicht nur für die schönen Künste nutzten. Da war er nicht der Einzige. Ich hatte schon öfter solche Geschichten gehört, aber ich fand es trotzdem nicht richtig. Diese Frauen mussten sich ihren Lebensunterhalt verdienen und waren von den Künstlern abhängig, weil sie meistens zu arm waren, um Nein zu sagen. Das war im Grunde nichts anderes als Prostitution. Und was für einen Aufstand würde es geben, wenn Camille oder ich uns Freiheiten gegenüber Giganti herausnähmen? Bei diesem unerhörten Gedanken musste ich kichern, aber die Vorstellung war mir durchaus nicht unangenehm.

* * *

Der Aktzeichenkurs fand in einem Atelier unter einem Glasdach statt, durch das bläuliches Morgenlicht in den Raum drang. Wir holten uns Staffeleien aus einer Ecke und schoben sie nach vorne in den Raum. Dann nahmen wir ein paar der kostbaren Zeichenblätter aus unseren Mappen und befestigten sie auf der Unterlage. Mit der Hand fuhr ich über die grobe Papierstruktur, um es zu glätten, dann legte ich mir meine Kohlestifte zurecht.

Camille stand vor ihrer Staffelei, eine Hand in die Taille

gestützt, und schaute in Richtung Tür. Sie reckte den Hals, um über die Köpfe der anderen Studenten hinweg beobachten zu können, wer hereinkam, bis sie schließlich jemanden erkannte und heftig zu winken anfing.

»*Eh bien,* das ist mein Freund Georges«, stellte sie ihn vor.

Georges sah aus wie alle Kunststudenten im *Quartier Latin*: Sein glatt nach hinten gekämmtes dunkelblondes Haar reichte ihm bis über den Kragen, dazu trug er ein Tweedjackett über einem am Hals offenstehenden Hemd. Ihn umgab ein Hauch von Eleganz, der seine Arbeitskleidung Lügen strafte, und auch sein Gang hatte etwas Aristokratisches. Noch nie in meinem Leben war ich einem so gut aussehenden Mann begegnet. Ich konnte meine Blicke kaum von ihm wenden.

Die Hände in den Hosentaschen vergraben, schlenderte Georges zu uns herüber. »*Salut,* Camille. Was machst du denn hier? Ich dachte, du gibst dich mit uns einfachen Colarossi-Schülern nicht mehr ab, seitdem du dein eigenes Atelier hast.« Dann nickte er mir zu. »Wer ist denn deine Freundin hier?«

Camille stellte uns vor. Georges behielt die Hände in den Hosentaschen, doch er schaute mich so intensiv an, als sei ich die einzige Person im Raum. Ich war wie versteinert. Hätte in dem Augenblick jemand »Feuer, Feuer!« gerufen, ich hätte mich nicht vom Fleck gerührt.

»Sind Sie Engländerin?«, fragte er.

»Ja.« Zu meinem Ärger wurde ich rot. Sein Mund verzog sich zu einem Lächeln, und ich grub die Fingernägel in meine Handflächen. Wie albern!

Camille beobachtete uns amüsiert. »Ja, sie ist eine interessante Frau. Jessie ist unsere neueste Entdeckung, ein Protegé von Legros, und jetzt steht sie, ebenso wie ich, unter Rodins Obhut. Du musst dich anstrengen, Georges.«

Er stützte sich mit einer Hand an meiner Staffelei ab. »Wie du weißt, arbeite ich für Rodin.« Seine Worte waren an Camille gerichtet, aber er sah mich dabei unverwandt an.

»Genau darüber wollten wir mit dir sprechen«, verkündete Camille. Sie war es nicht gewohnt, nicht beachtet zu werden, und ihre Stimme bekam einen ärgerlichen Unterton. »Rodin hat mir, besser gesagt, uns beiden angeboten, in seiner Werkstatt zu arbeiten. Wir sind hergekommen, um dich zu bitten, Rodin eine Nachricht von uns zu überbringen: Du kannst ihm sagen, dass wir sein Angebot annehmen.« Camille piekte ihren Kohlestift in Georges' Hand. »Es ist also nicht notwendig, dass du Jessie so gründlich unter die Lupe nimmst. Du wirst noch viel mehr von ihr zu sehen bekommen, wenn wir erst deine Kolleginnen sind.«

Irritiert löste Georges seinen Blick von mir und wandte sich Camille zu. »In Rodins Werkstatt, sagst du? Frauen in der Werkstatt eines großen Künstlers? Das ist ja ganz was Neues.« Er rieb sich die Wange und grinste. »Ich weiß nicht, ob die Jungs dort schon bereit sind, mit dem schönen Geschlecht zusammenzuarbeiten, jedenfalls nicht in dieser Art«, scherzte er. »Ich dagegen bin zu allem bereit. Auf mich könnt ihr zählen.«

Camille boxte ihn in den Arm, und Georges wehrte sie ab. »Keine Sorge, das war nur ein Scherz. Bei mir ist deine Tugend in besten Händen, Camille. Für die deiner Freundin kann ich allerdings nicht garantieren …«

Als er mich ansah, zog sich mein Magen zusammen. Ich war fest entschlossen, nicht noch einmal rot zu werden, und bemühte mich, seinem Blick standzuhalten. »Ich mache mir keine Sorgen um meine Tugend«, erklärte ich so gleichmütig, wie ich konnte.

Georges hob eine Augenbraue. »Das sollten Sie aber. Sehen Sie sich vor, ich nehme jede Herausforderung an.«

Mittlerweile hatte sich der Raum gefüllt. Georges schnappte sich eine Staffelei und stellte sie auf die andere Seite des Podests. »Ich warte nach der Stunde auf euch«, rief er uns im Weggehen zu.

Stirnrunzelnd wandte ich mich wieder meiner Staffelei zu. Doch sobald er uns den Rücken gekehrt hatte, starrte ich ihm unverhohlen hinterher. Er unterhielt sich kurz mit einer eleganten Dame in Trauerkleidung, einer reichen Russin anscheinend, ihrem Schmuck und den Accessoires nach zu urteilen, die sie rings um sich ausgebreitet hatte. Georges flüsterte ihr etwas ins Ohr, worauf sie ihm lachend eine mit protzigen Ringen geschmückte Hand auf die Schulter legte.

Nein! Eine Welle von Eifersucht überfiel mich heiß und so heftig, dass ich mich an meiner Staffelei festhalten musste. Als Georges zu mir herüberschaute, ließ ich sofort los, inständig hoffend, dass er mich nicht gesehen hatte. Ich benahm mich wie eine dumme Gans. Georges war ganz offensichtlich ein Weiberheld, und ich war ihm wie ein dummes Gör auf den Leim gegangen. Ich fing an, ein Zeichenblatt auf meiner Staffelei zu befestigen, entschlossen, ihn sofort wieder aus meinen Gedanken zu verbannen.

In dem Moment betrat ein schüchternes Modell in Begleitung einer zweiten Frau den Raum. Das Mädchen leckte sich die Lippen und blickte unter der Krempe ihres breitrandigen Hutes hervor unsicher auf die vielen Menschen in der Werkstatt.

Camille beugte sich zu mir herüber. »Eine Anfängerin! Mach dich auf ein paar Spielchen gefasst.«

Die Neue stand unschlüssig vor dem Podest und sah hilfesuchend ihre Begleiterin an, die ihr einen Schubs gab und aufmunternd sagte: »Na los, worauf wartest du? Irgendwann ist immer das erste Mal.«

Ein Mann rief laut: »Zieh dich aus! Wir wollen sehen, was du uns mitgebracht hast.«

»Sie traut sich nicht, ihr Hemd ist zerrissen.« Die spöttische Bemerkung kam von einer Frau. Überrascht schaute ich zu Camille hinüber, die aber offensichtlich auch Spaß an der Sache hatte.

Die Studenten riefen im Chor: »Ausziehen! Ausziehen! Ausziehen!«

Das Mädchen war drauf und dran, in Tränen auszubrechen. Unentschlossen stand sie da, bis sie eilig und unvermittelt anfing, sich die Kleider vom Leib zu reißen. Ein raues Jubelgeschrei erhob sich im Raum. Schließlich stand sie splitternackt da und versuchte, mit einem Arm ihre Brüste zu verbergen, während sie mit dem anderen ihre Scham bedeckte.

»Seht euch ihre Füße an! Sie sind schwarz wie die Nacht«, rief eine andere Frau.

»Bist du heute Morgen schon so weit gewandert, Süße? Deine Füße sind ganz rot und geschwollen«, brüllte ein Mann mit unüberhörbar deutschem Akzent und zeigte mit dem Finger auf sie.

»Immerhin sind ihre Brüste schön fest. Ein paar Jahre noch, dann hängt ihr eine gierige Kinderschar daran. Danach sehen sie aus wie ein paar ausgelutschte Schuhe.« Auch diesmal war es eine Frau, die sie verhöhnte.

Es war unerhört. So durfte man mit niemandem umspringen. »Wir müssen ihr helfen«, flüsterte ich Camille ins Ohr.

»*Ah bouf,* Jessie. Sei nicht so zimperlich. Das Mädchen muss sich ein dickeres Fell zulegen, sonst wird sie nie ein gutes Aktmodell. Sie wird es überleben. Du wirst sehen, das dauert nicht lange.«

Doch Camille irrte sich. Der Leidensweg des armen Mädchens hatte gerade erst begonnen.

Ein Mann ging nach vorne zu ihr, er hatte sich den Hut in den Nacken geschoben. Beifallheischend grinste er zu seinen Freunden hinüber, die ihn anfeuerten. »Mademoiselle, wir würden Sie gerne in der Pose des Sterbenden Schwans malen.«

»Es tut mir leid, Monsieur, ich weiß nicht, wie das geht.

Aber ich kann es sicher lernen.« Sie legte sich mit übergeschlagenen Beinen auf die Chaiselongue, bemüht, mit den Händen ihre Scham zu bedecken.

Wie ein Lehrer in der Schule schnalzte der Mann mit der Zunge. »O nein, so einfach ist das nicht. Steh auf. So ist es gut. Jetzt den Arm beugen, so ist es richtig. Und nun auf einem Bein stehen. Ja, gut so, und jetzt das Bein nach außen drehen.«

»Dreh dich zum Fenster«, rief einer seiner Kumpane.

»Und jetzt streck deinen süßen kleinen Hintern zu uns rüber.«

»Das Knie etwas beugen. Nicht dies hier, Dummchen, das rechte.«

Die Anweisungen hagelten immer schneller auf sie ein, und schon bald stand sie da wie eine Schlangenfrau.

»In dieser Pose kann sie doch nicht stehen, das ist ja lächerlich«, protestierte ich.

»Darum geht es doch«, erwiderte Camille milde. Und schon flog ihr Kohlestift über das Papier.

Nach ein paar Minuten begann das Mädchen zu zittern und verlor das Gleichgewicht. Sie rieb sich die Wadenmuskeln und fing an zu wimmern.

Ich konnte das nicht länger mit ansehen. Entschlossen ging ich hinüber zu dem Anführer der Truppe, um ihm zu sagen, was ich von seinem Benehmen hielt. Doch bevor ich den Mund aufmachen konnte, schob sich Georges vor mich. Im Vorbeigehen nahm er kurz meine Hand und schüttelte kaum merklich den Kopf. Dann sprang er auf das Podest, zog seine Jacke aus und legte sie dem Mädchen um die Schultern.

»Hören Sie auf zu weinen, Mademoiselle«, beruhigte er sie und reichte ihr ein Taschentuch. »Die erlauben sich nur einen Spaß mit Ihnen. Kommen Sie, wischen Sie sich die Tränen ab. Hat Ihre Freundin Ihnen nicht gesagt, dass das alle Neuen an ihrem ersten Tag durchmachen müssen? Ausgezeichnet, Sie haben die Probe bestanden. Sie sind jetzt ein anerkanntes Aktmodell. Das können Sie heute Abend stolz Ihrer Mutter erzählen.«

Mit seinen Worten schien er auch die Studenten zur Vernunft zu bringen, denn es ertönten vereinzelte Beifallrufe: »Bravo! Bravo«.

Ein erleichtertes Lächeln machte sich auf dem Gesicht des Mädchens breit, und sie verbeugte sich ungelenk. Ihre vorherige Scham war vergessen.

Georges gab ihr eine Anweisung, und sie bemühte sich, eine Pose einzunehmen, die sie bequem halten konnte und die gleichzeitig für uns zum Zeichnen eine Herausforderung war. Georges verließ das Podest, warf sich sein Jackett über die Schulter und tippte sich an den Hut.

Camille zischte mir zu: »Duchamp ist wirklich ein verdammt attraktiver Kerl. Du hättest es schlechter treffen können.«

»Aber ich kenne ihn doch gar nicht! Außerdem bin ich mit William verlobt«, protestierte ich.

»Ach ja«, erwiderte sie spöttisch, »dein Sandkastenfreund William. Wenn du das sagst, Jessie. Ich glaube eher, dass unser galanter Freund D'Artagnan«, bei diesen Worten nickte sie zu Georges herüber, »es auf dich abgesehen hat. Und das ist gut so, denn wir werden in Rodins Werkstatt einen Verbündeten brauchen.«

Ich nahm ein Stück Kohle und begann, die Umrisse der Gestalt zu zeichnen, doch meine Gedanken kreisten um Georges und um die kleine Szene, wie er dem Mädchen aus ihrer erniedrigenden Lage geholfen hatte. Es erfordert Mut, gegen den Strom zu schwimmen, das wusste ich aus eigener Erfahrung. Offensichtlich scherte er sich nicht im Geringsten darum, was andere von ihm hielten. Vielleicht hatte ich ihn vorschnell als Weiberheld abgestempelt. Georges Duchamp hatte offenbar weit mehr zu bieten als sein umwerfend gutes Aussehen.

Nach der Stunde, während ich gerade damit beschäftigt war, ein paar heruntergefallene Kohlestücke vom Boden aufzusammeln, spürte ich, dass Georges neben mir stand. Beiläufig berührte er meine Hand.

»Ich gehe jetzt zu Rodin in die Werkstatt. Wenn du möchtest, kannst du ihm deine Nachricht persönlich überbringen. Ich kann dich begleiten, wenn du willst«, bot er an. Mir fiel auf, dass er einfach zum Du übergegangen war.

Unsere Blicke trafen sich, und in seinem entdeckte ich etwas, das mir den Atem stocken ließ. Georges streckte die Hand aus, und wie eine Schlafwandlerin legte ich meine Hand in seine, um ihm nach draußen zu folgen.

Kapitel Elf

Georges lief im Sturmschritt durchs *Quartier Latin*, sodass Camille und ich Mühe hatten, mit ihm mitzuhalten. Atemlos und mit wirrem Haar kamen wir in der Rue de L'Université an und hielten uns die Seiten. Die Korsettstangen hatten sich uns schmerzhaft in die Rippen gebohrt, und wir standen schwer atmend vor der Hausnummer 182.

Rodins Atelier befand sich im *Dépôt des Marbres*, dem sogenannten Marmordepot, wo die Regierung die staatlichen Marmorbestände für öffentliche Denkmäler lagerte. Georges führte uns in einen staubigen Hof unter freiem Himmel, der von ohrenbetäubendem Lärm erfüllt war. Ich war nicht zum ersten Mal in einer Steinmetzwerkstatt, doch diese hier war größer und geschäftiger als alle, die ich bisher gesehen hatte. Es ging zu wie in einer kleinen Fabrik. Georges musste laut schreien, um das stetige Kling-Klong der Hämmer und Meißel auf dem Marmor und das Rumpeln der hölzernen Rollwagen zu übertönen, auf denen die schweren Marmorblöcke durch den Hof geschoben wurden.

»He, Jules«, rief er einem drahtigen kleinen Mann auf einer Leiter zu. »Komm runter da, und begrüße Rodins neueste Sklaven!«

Der Mann ließ sich an der Außenseite der Leiter nach unten gleiten. Er zog das Baumwolltuch herunter, das er sich über Nase und Mund gebunden hatte, und es kam ein über und über mit weißem Marmorstaub bedecktes Gesicht zum Vorschein, durch das der Schweiß zwei kleine Rinnsale gezogen hatte. Er sah aus wie eine weinende Statue aus Stein. Jules Desbois, Vorarbeiter der Steinmetze, wischte sich die schmutzige Hand an seinem Hemd ab und hielt sie uns zur Begrüßung hin.

»Frauen in unserer Werkstatt … Ich habe ja schon einiges gesehen, aber gut«, er zuckte die Schultern, »wenn Rodin glaubt, dass Sie der Arbeit gewachsen sind, bin ich der Letzte, der dem *Maître* widerspricht.«

Er wiegte sich auf den Fußsohlen hin und her, verschränkte die Hände hinter dem Rücken und begann mit einer offensichtlich gut einstudierten Ansprache. »Ich warne Sie. Hier gibt es keine Extrawürste für Sie. Wir arbeiten jeden Tag zwölf Stunden, manchmal auch sechzehn. Rodin selbst fertigt die *Maquettes* an, und daraus machen wir dann die tonnenschweren Skulpturen aus Stein oder Bronze. Wir arbeiten im Team, das heißt, niemand außer Rodin wird am Ende der Ruhm zuteil. Die Bezahlung ist mies, und Rodin kann furchtbar launisch sein, aber«, er zuckte noch einmal die Achseln, »er ist halt ein Genie.«

Er hörte auf mit seinen Bewegungen und stemmte sich die Hände in die Hüften. »Ich werde Sie nicht anders behandeln als die Männer. Nicht besser und nicht schlechter. Sie sollen Ihre Chance bekommen. Wenn Sie damit klarkommen, stehe ich hinter Ihnen. Wenn nicht, sollten Sie jetzt besser gehen.«

Camille fand als Erste die Sprache wieder. »Wir fürchten uns nicht vor schwerer Arbeit und auch nicht vor Monsieur Rodin. Wir erwarten, dass er an uns dieselben Ansprüche stellt wie an die Männer, die hier arbeiten. Sie werden sehen, dass wir vielleicht nicht ganz so stark sind, aber dafür fleißig und ausdauernd. Was das Talent angeht, so hat er schließlich Jessie und mich unter all seinen Schülern ausgewählt.«

»Das heißt, Sie glauben, dass Sie das schaffen.« Desbois rieb sich das Kinn. »Noch etwas: Das hier ist der kälteste Ort auf Gottes Erden, jedenfalls im Winter. So kalt, dass einem die Eier abfrieren, stimmt's, Georges?«

Er wartete auf unsere Reaktion. Es war offensichtlich, dass er uns einschüchtern und von der Sache abbringen wollte, doch das stachelte mich erst recht an. Und wenn er glaubte, uns mit seiner vulgären Ausdrucksweise einschüchtern zu können, war er auch auf dem Holzweg.

»Ich denke, damit sind wir eindeutig im Vorteil, Monsieur, denn glücklicherweise haben wir keine Eier, die uns abfrieren könnten«, gab ich zuckersüß zurück und wedelte scherzhaft mit meinem Rock.

Desbois stutzte einen Moment, doch dann brach er in lautes Lachen aus und schlug Georges anerkennend auf den Rücken. »Hey, die sind aber ganz schön hartgesotten. Wo hat Rodin denn die aufgegabelt? Da müssen sich meine Jungs anstrengen, wenn sie es mit den beiden aufnehmen wollen. Hört zu, kommt einfach nächste Woche wieder, und dann sehen wir, ob Ihr wirklich was taugt.« Er drehte sich um und ging pfeifend zurück an seine Arbeit.

Georges zündete sich eine Zigarette an. »Gut gemacht. Mit Desbois ist normalerweise nicht gut Kirschen essen.« Durch seine Rauchwolke hindurch blinzelte er mir zu. »Du lässt dich nicht so leicht unterkriegen, was, Jessie?«

Camille schnitt eine Grimasse und zog ihn am Arm. »Komm schon, wir haben keine Zeit. Ich dachte, du wolltest uns alles zeigen?«

Das Studio M, Rodins größtes Atelier in Paris, war weiträumig geschnitten, mit kahlen weißen Wänden und einem gefliesten Steinboden. Durch die Bogenfenster flutete großzügig Sonnenlicht auf die Gipsmodelle, die in allen Größen und Bearbeitungsstadien im Raum standen.

Auf einem Tisch beugte sich die Figur eines Mannes über zwei kleine, leblose Körper. Dantes Ugolino, ein italienischer Adliger, der wegen Verrats gefangen genommen und dazu gezwungen worden war, die Leichen seiner beiden Kinder zu essen, bevor auch er hingerichtet wurde. Ich wandte den Blick von dem grausamen Tableau ab und sah mich weiter im Raum um. Es war überwältigend: Noch die kleinste Ecke war vollgestellt mit Armen, Beinen und Köpfen aus Gips.

Im hinteren Teil des Raums standen riesige Torbögen, die fast bis zur Decke reichten und aus denen Figuren hervorsprangen, die eine Art ekstatischen Tanz aufzuführen schienen. Wie in Trance ging ich auf die massiven Gebilde zu, um die gequälten, stumm schreienden Kreaturen aus der Nähe zu betrachten. Jedes einzelne der kleinen Gesichter trug einen eigenen schmerzverzerrten Ausdruck von Todesangst, Lust oder Verzweiflung. Nie zuvor hatte ich etwas Vergleichbares gesehen.

»*Das Höllentor.*« Georges stand so dicht hinter mir, dass ich den frischen Duft seines Rasierwassers wahrnehmen und seinen warmen Körper spüren konnte. Als er seinen Arm hob und auf die riesigen Türen zeigte, war es, als wollte er mich umarmen. Ich versuchte, mich auf seine Worte zu konzentrieren, während er mir die Figur erklärte, die sich oben auf dem Tor befand: ein sitzender Akt, das Kinn auf die Faust gestutzt, tief in Gedanken versunken. Ich konnte nicht ahnen, dass *Der Denker* einmal zu den berühmtesten Skulpturen der Welt gehören würde.

»Das ist Dante, der seinen Kopf aus den Höllenkreisen streckt«, erklärte Georges.

»Nein, das ist Rodin.«

Meine Sinne waren so überwältigt von Rodins Meisterwerk in Verbindung mit Georges' körperlicher Nähe, dass ich Camille überhaupt nicht bemerkt hatte. Mit ihren Worten brach sie den Bann, und Georges entfernte sich einen Schritt von mir.

Er klang gereizt: »Immer diese Selbstgewissheit, Camille.« Er legte eine Hand über die Augen, um sich die Statue genauer anzusehen, auf die die Zimmerdecke einen Schatten warf. »Die Figur sieht kein bisschen aus wie der *Maître*, absolut nicht. Viel zu jung vor allem.«

»Nimm doch nicht alles so wörtlich, Georges. Es ist Rodin, wenn ich es dir doch sage«, versicherte Camille, während sie mit den Armen fuchtelte, um ihrer Erklärung Nachdruck zu verleihen. »Siehst du es nicht? Er ist der Archetyp des Künstlers. Dante, Baudelaire, Balzac, Hugo und Rodin, vor allem Rodin, wie er davon träumt, in seine Werke einzugehen. Das ist kein leichter Traum, sieh nur, wie sich jeder Muskel seines Körpers für die Kraft seiner Fantasie anspannt, sogar seine Zehen sind verkrümmt, wie bei einem Greifvogel. Das ist Rodin in seiner Schaffenskraft.«

»Sehr gut beobachtet, Mademoiselle Claudel.«

Wir drehten uns um und bemerkten, dass Rodin hinter uns stand, völlig ungezwungen, die Hände in den Hosentaschen, ganz Herr über sein Studio. »Mögen Sie mein *Höllentor*? Ich hoffe, Sie können mir helfen, das infernalische Ding zu vollenden.« Er freute sich über seinen eigenen Scherz und grinste.

Ich wollte gerade in eine peinliche Lobeshymne ausbrechen, als Camille uns unterbrach und gleich zur Tagesordnung überging. »Wir haben alles geregelt. Wir sind hier, um in Ihrer Werkstatt zu arbeiten.«

Rodin rieb sich erfreut die Hände. »Wunderbar. Ich wusste, Sie würden das hinkriegen. Und obendrein haben Sie Georges für sich gewonnen, wie ich sehe. Eine kluge Entscheidung. Jetzt bekommen Sie von mir eine Atelierführung, mit Erklärungen vom Künstler persönlich.« Mit einem kleinen Lächeln reichte er Camille die Hand, die sie jedoch ignorierte. Stattdessen hakte sie sich bei mir unter.

Während wir durch sein Atelier spazierten und uns

umschauten, arbeitete Rodin an einem Stück Ton. Er verweilte bei der Skulptur eines hockenden Liebespaars, und wieder erblickte ich ein Meisterwerk, das später einmal zum Symbol der romantischen Liebe werden würde. Für mich ist es ein großes Privileg, als einer der ersten Menschen auf der Welt *Der Kuss* gesehen zu haben, das noch heute zu meinen Lieblingswerken gehört.

So standen wir ehrfürchtig und stumm vor der Skulptur. Das unersättliche Begehren des Paars war auf den ersten Blick zu erkennen, die Frau war ebenso liebeshungrig wie der Mann. In höchster Spannung näherten sich ihre Lippen, ohne sich zu berühren. Der Blick auf die beiden hatte etwas Voyeuristisches.

Camille machte sich von mir los und trat näher an die Skulptur heran, um der Frau über die Hüfte zu streichen. Georges stellte sich neben mich und legte mir eine Hand auf den Rücken.

»Wie heißt es?«, fragte Camille Rodin.

»Die Kritiker nennen es *Der Kuss,* aber der Originaltitel ist *Francesca da Rimini.*«

»Die ehebrecherischen Geliebten Paolo und Francesca aus Dantes zweitem Höllenkreis«, murmelte ich. »Sie verliebte sich in den Bruder ihres Mannes, als sie die Geschichte von Lanzelot und Guinevere lasen.«

»Sie kennen Ihren Dante aber gut«, lobte Rodin und holte ein zerfleddertes Buch aus seiner Jackentasche. Er zeigte mir den Titel: *La Divina Commedia.* »Ich trage es immer bei mir.«

Auch Camille war von der Skulptur fasziniert. »Die Frau ist verrückt nach ihm, sie ist voller Leidenschaft, genau wie er. Sie zieht ihn zu sich heran, aber er hält sich zurück. Es ist der Moment kurz vorher.«

Rodin und Camille tauschten einen langen Blick, und wieder fühlte ich mich wie eine Voyeurin.

Er öffnete seine Faust, um ihr eine winzige Hand aus Ton

zu zeigen, deren Finger sich bettelnd krümmten. »Das ist für dich, weil du weißt, dass Hände und Füße die ausdrucksstärksten Teile unseres Körpers sind.«

Camille nahm sie und schaute sie aufmerksam an. Rodin drehte sich zu uns um: »Die Modelle kommen gleich vom Mittagessen zurück. Ich muss wieder an die Arbeit. Bleiben Sie hier, wenn Sie möchten. Georges wird sich um Sie kümmern.«

Rodin wandte sich einem lärmenden Trio zu, das gerade die Werkstatt betreten hatte. Es waren die beiden Italienerinnen, die wir bei Colarossi gesehen hatten, in Begleitung von Giganti.

Georges pfiff durch die Zähne. »Zwei Schwestern – wie Tag und Nacht. Rodin hat einen guten Blick, nicht wahr, Camille?« Er zwinkerte ihr anzüglich zu, doch sie beachtete ihn nicht.

Die Schwestern verzichteten auf den Paravent und zogen sich dort, wo sie standen, ihre baumwollenen Hemden und Röcke aus. Völlig nackt begannen sie, im Atelier herumzuspazieren, und verhielten sich dabei so ungezwungen, als würden sie im Feiertagsstaat über den Markt schlendern.

Giganti streifte sich die Holzschuhe von den Füßen, und einen Augenblick später stand er ebenso nackt da wie die beiden Frauen. Sein Körper war atemberaubend: ein anatomischer Traum aus Muskeln und Sehnen. Auf eine Handbewegung Rodins hin begann er, wie ein Zirkusakrobat durch den Raum zu turnen. Die blonde Schwester tanzte hingebungsvoll zu einer imaginären Musik, die niemand außer ihr selbst hören konnte, und warf dabei die Arme in die Luft, während die Dunkelhaarige sich breitbeinig und völlig ungeniert auf das Podest hockte.

Rodin folgte den Modellen auf dem Fuß, er lief zwischen ihnen herum, um jede einzelne Perspektive zu erhaschen, dabei zeichnete er leicht, schnell und mit zornigen Strichen auf seinen Skizzenblock. Noch nie hatte ich dergleichen gesehen, und ich fing an zu verstehen, warum Rodins Skulpturen so lebendig waren.

Ich habe diese Technik von ihm übernommen und mein Leben lang beibehalten, indem ich die Modelle stets auf einem drehbaren Sockel platzierte, damit ich sie von allen Seiten betrachten konnte.

Immer wenn Rodin mit einer Zeichnung fertig war, ließ er sie einfach fallen. Georges lief hinter ihm her, um die Blätter aufzusammeln, und Camille und ich kamen ihm zu Hilfe. Dann legten wir alle Papiere auf einen langen Tisch.

»Er wird sie später mit farbiger Tusche kolorieren«, erklärte uns Georges.

Ich sah mir die Zeichnungen genauer an. Das hockende Modell, deren Pose von weniger geübter Hand dargestellt leicht vulgär ausgesehen hätte, wurde unter Rodins feinen Bleistiftstrichen zu einer unschuldigen Kreatur Gottes.

Camille zog die Linien mit dem Finger nach. »Sie ist wie ein wildes Tier, das überrascht wurde.«

Wir waren gut aufeinander eingestimmt, Camille und ich. Wir hatten denselben Blick auf die Dinge. In diesem Augenblick wusste ich, dass ich am richtigen Ort und bei den richtigen Menschen war. Jetzt war ich wirklich in Paris angekommen.

Als wir aus dem Atelier traten, blieb ich stehen, um einen letzten Blick zurückzuwerfen. Ich sah Rodin mitten im Raum stehen. Er starrte Camille hinterher wie eine seiner gequälten Seelen aus dem *Höllentor*.

Kapitel Zwölf

Wie von Camille vorhergesehen, wurde Georges unser Verbündeter, und gemeinsam mit Rosa Bonheur bildeten wir eine unzertrennliche Truppe.

Es war Georges, der die Bootstour vorschlug. Die Ruder klatschten leise beim Aufschlagen auf das grünliche Wasser der Seine. Ich saß im Heck des Bootes, lehnte mich in die Kissen zurück und ließ träge meine Hand durchs Wasser gleiten. Hinter meinem Hutschleier beobachtete ich Georges, wie er mit hochgekrempelten Ärmeln ruderte.

Er hatte es so arrangiert, dass wir beide allein im Boot waren, und ich hatte es geschehen lassen. Die Anziehungskraft zwischen uns beiden war im Laufe des Sommers immer größer geworden, und obwohl ich wusste, dass es ein Fehler war, fand ich es so aufregend, dass ich nicht darauf verzichten wollte. Noch nicht, jedenfalls.

Georges machte eine Pause und lehnte sich auf die Ruder. Gemeinsam beobachteten wir einen Eisvogel, wie er unter Wasser durch die blitzend blauen und grünen Wellen tauchte.

»Wir zwei sind uns sehr ähnlich«, stellte er fest.

»Wie meinst du das?«

Er schob seinen Hut nach hinten. »Das ist doch ganz offensichtlich. Wir beide sind Künstler, und wir scheren uns keinen Deut um Konventionen. Es hat mir gefallen, wie du Jules in der Werkstatt die Stirn geboten hast. Du bist kompromisslos, und du entschuldigst dich nicht dafür, dass du so bist, wie du bist. Ich bin noch nie einer Frau wie dir begegnet.«

Natürlich freute ich mich riesig über das Kompliment, aber ich wischte es mit einem Lachen beiseite. »Da bin ich wohl kaum die Einzige. Was ist mit Camille? Auch sie würde sich nie entschuldigen oder Kompromisse eingehen.«

»Ach, Camille … Camille ist vollkommen verrückt.« Beim Lächeln blitzten seine weißen Zähne in dem gebräunten Gesicht. Doch er wurde gleich wieder ernst und legte die Ruder aus der Hand, um näher an mich heranzurücken. Unsere Knie berührten sich, und er nahm meine Hände. »Du und ich, wir wären ein perfektes …«

Da wurden wir von einem heftigen Ruck durchgeschüttelt. Ich klammerte mich an den Bootsrand, um nicht ins Wasser zu fallen. Als ich mich umdrehte, sah ich Rosa, die uns mit der Faust drohte, und Camille, die hinter ihr in johlendes Gelächter ausbrach. Ein Wasserschwall schwappte in unser Boot und durchnässte Georges' Hemd. Camille fuchtelte wild mit den Rudern und lachte so sehr, dass ich sicher war, sie würde gleich ins Wasser fallen.

»He, passt doch auf, ihr Irren!«, rief Rosa. In ihrem weißen Flanellanzug und dem Panamahut gab sie durchaus einen überzeugenden Mann ab.

Georges beugte sich vor und zog das Boot neben unseres. »Die einzige Irre hier bist du, Rosa«, stellte er fest, als sie auf einer Höhe mit uns waren.

»Bootfahren ist kinderleicht«, behauptete Camille. »Ich hab den Bogen schon raus, nur die dumme Rosa hält mich auf. Sie hat keine Ahnung vom Rudern.«

Rosa stand auf, und sofort neigte sich das kleine Boot

gefährlich zur Seite. »Du bist hier die Anfängerin. Gib mir eins von diesen Paddeln, und ich zeige dir, wie das geht.« Es gelang ihr, Camille ein Ruder zu entreißen, und sie fing an, in die eine Richtung zu rudern, während Camille sich in der Gegenrichtung abmühte.

Georges nahm seinen Hut ab und raufte sich in gespielter Verzweiflung das Haar. »Es wäre sehr hilfreich, wenn ihr miteinander statt gegeneinander arbeiten würdet.«

»*Ah bouf!*«, maulte Rosa. »Was weißt du denn schon, du Schlaumeier? Ich bin schon mit einem Marineadmiral über die Seine geschippert, als du noch in den Windeln lagst.«

»Nur schade, dass er dir bei der Gelegenheit nicht das Rudern beigebracht hat«, gab Georges zurück.

»Du unverschämter Kerl!« Rosa hatte während des Wortwechsels aufgehört, doch Camille paddelte unbeirrt weiter, sodass das Boot sich im Kreis drehte. »Camille, *arrête-toi!* Hör auf, bevor wir alle beide ertrinken.«

Rosa legte das Ruder aus der Hand und blies die Backen auf. »Also gut«, rief sie Georges zu. »Du hast gewonnen. Ich gebe zu, dass ich keine Ahnung von Schiffen habe. Bring uns hier raus, bitte. Ich hab Hunger.«

Ich hielt die beiden Kähne zusammen, während Georges uns zu einem kleinen, mit alten Weiden bestandenen Strand brachte. Er zog die Boote hoch und vertäute sie mit schnellen, sicheren Bewegungen. Dann half er uns beim Aussteigen, bis auf Rosa, die ihn zornig anblitzte und mit einem Sprung auf dem Ufer landete.

»Puh, ist das heiß«, stöhnte Camille. Sie nahm den Hut ab und ließ sich in den Sand fallen. Ich breitete eine Reisedecke aus und legte mich neben sie.

»Ich habe das allerbeste Gegenmittel gegen diese Hitze«, sagte Georges, während er zwei Taue einholte, die seitlich am Boot im Wasser hingen. An jedem Ende schwamm eine Flasche

Champagner, eisgekühlt vom frischen Flusswasser.

»Sehr vorausschauend von dir, Georges«, lobte Camille. »Aber Gläser hast du nicht zufällig mitgebracht?«

Darauf holte er einen Picknickkorb unter der Sitzbank hervor und begann, ihn auszupacken. »Gläser, Baguette, Gänsestopfleber und …«, mit schwungvoller Geste hielt er eine Dose hoch, um sie uns zu zeigen, »Kaviar.«

»Bravo! Du siehst nicht einfach nur gut aus, *mon vieux*«, sagte Rosa. Mit einem Knall öffnete sie die Champagnerflasche und schenkte die prickelnde Flüssigkeit in die Sektflöten.

Georges machte sich am Deckel der größten Kaviardose zu schaffen, die ich je gesehen hatte. »Ich teile mir mein Atelier mit einem Russen. Seine Mutter schickt ihm jeden Monat ein Paket aus Sankt Petersburg, für den Fall, dass er verhungert. Er hat zwar nie einen Sou in der Tasche, aber dafür haben wir immer Kaviar.«

Georges grub einen langen Silberlöffel in den schwarz glänzenden Rogen und reichte ihn mir herüber. Ich griff nach dem Löffel, doch er hielt meine Hand fest. Sie fühlte sich warm und trocken an. »Schließ die Augen, und mach den Mund auf«, sagte er sanft.

Camille gab mir einen Schubs: »Na los, wir passen auf, dass er sich keine Dummheiten erlaubt, nicht wahr, Rosa?«

Ich tat, wie er mir geheißen hatte, und beugte mich zu ihm hinüber. Er schob mir einen Löffel Kaviar in den Mund, und als die kleinen Kügelchen auf meiner Zunge explodierten, schmeckte es nach Meer.

»Köstlich.« Ich ließ meine Augen noch einen Moment geschlossen und seufzte.

»Das bist du allerdings, Jessie«, sagte er. Seine Lippen streiften meinen Hals.

Ich zuckte zurück, als die anderen anfingen zu lachen.

»Soll ich ihn mit dem Ruder verprügeln?« Rosa hatte den

Mund voll Kaviar und Weißbrot. »Kann ich machen.«

»Nein, danke, ich passe selbst auf mich auf«, erwiderte ich, schob Georges zur Seite und lehnte mich mit dem Rücken an einen Baum. »Lasst uns essen. Ich habe einen Bärenhunger.« Ich biss von dem Baguette ab, und Camille warf mir einen amüsierten Blick zu.

»Was ist daran so lustig?«, fragte ich.

»Du bist dafür zuständig, dass ich mich gut benehme. Was würde Maman jetzt sagen?«

Ich reckte mich kurz, bevor ich es mir wieder an dem Baumstamm bequem machte. »Wir sind erwachsene Frauen und keine kleinen Kinder.«

»Erklär das bitte mal meiner Mutter.«

Eine Weile lagen wir dösend unter den Weiden, während der Wind uns sanft übers Gesicht fuhr. Aus der Ferne drang lediglich das leise Plätschern der Wellen zu uns herüber. Unter meinem breitkrempigen Hut hervor sah ich einen Hund und ein paar Kinder im seichten Wasser spielen.

Etwas weiter entfernt saß ein junger Mann in gestreifter Badekleidung am Ufer und kühlte seine Füße im Wasser. Paare schlenderten Arm in Arm am Fluss entlang, und vereinzelt sah man Maler mit weißen Sonnenschirmen an ihren Staffeleien sitzen.

Mir wurden die Lider schwer, und ich döste eine Weile vor mich hin, während die Sonne am Himmel immer tiefer sank. Als ich erwachte, saß Georges neben mir und rauchte.

Ich richtete mich auf. »Hast du mir zugeschaut?« Ich richtete mir das Haar und fragte mich, ob ich wohl mit offenem Mund geschlafen hatte.

Er lächelte. »Keine Sorge, du siehst aus wie ein Engel, wenn du schläfst.« Akkordeonklänge wehten durch die Bäume zu uns herüber. Er half mir auf die Füße. »Hörst du das? Lass uns tanzen gehen.«

Camille und Rosa waren auf dem schmalen Pfad schon vorausgegangen. Die Musik wurde lauter, als wir zu einem Steg kamen, wo junge Leute um eine kleine Tanzfläche herum standen und aßen und tranken. Paare wiegten sich zum Klang eines Akkordeons, und eine Frau sang mit tiefer Stimme von ihrem gebrochenen Herzen.

Georges reichte mir die Hand, und wir drehten uns zur Melodie eines Walzers zwischen Männern mit offenen Hemden und Frauen in bedruckten Baumwollkleidern. Georges hielt mich fest in seinen Armen. Es war so voll auf der Tanzfläche, dass wir eng aneinandergedrückt wurden, und ich wünschte, dieser Walzer möge niemals enden. Als die Musik viel zu schnell zu einer beschwingten Polka wechselte, wirbelte Georges mich herum, und wir versanken in einen atemlosen Taumel. Dann plötzlich führte er mich von der freien Fläche auf eine schmale Lichtung hinter der Bar. Ich hing an seinem Hals, lachend und schwindelig, und versuchte, zu Atem zu kommen.

»Du tanzt gut«, sagte ich.

Ihm waren die Haare ins Gesicht gefallen, und er schob sie zur Seite. »All diese elenden Nachmittage, die ich als Kind bei Monsieur Julliards Tanzstunden verbracht habe, machen sich am Ende doch bezahlt«, bemerkte er.

»Da bin ich sicher.«

»Erinnere mich daran, dass ich ihm bei Gelegenheit ein paar Flaschen Wein vorbeischicke«, sagte Georges. Er kam näher und berührte mich am Nacken. »Sieh nur, deine Frisur ist verrutscht. Soll ich dir helfen, sie in Ordnung zu bringen?« Geschickt zog er ein paar Nadeln heraus, sodass mir das Haar offen auf die Schultern fiel. Mit einer unerwartet schnellen Bewegung schob er es mir mit einer Hand zur Seite, und ich spürte seine Lippen an meinem Gesicht. *»Jessie, je meurs pour toi.«*

Ich hätte ihn davon abhalten müssen, hätte ihm sagen müssen, dass ich nicht frei für ihn war, doch das war das Letzte, was ich wollte. Ich war in Paris. Weit weg von zu Hause, und niemand würde je etwas davon erfahren. So zog ich Georges näher zu mir heran, und wir küssten uns. Er hatte so warme, weiche Lippen! Wenn ich meine Augen schließe, kann ich es heute noch spüren.

Dann legte er seine Arme um mich, und ich lehnte mich in seiner Umarmung zurück. Es fühlte sich so gut an. Währenddessen begann er, die Knöpfe an meinem Kragen aufzuknöpfen. Seine Finger hatten Mühe mit den winzigen Haken und Ösen. Da hörten wir Stimmen, und ich berührte seine Hand. Es kam jemand.

»Sie müssen doch irgendwo sein. Ob sie zurück zu den Booten gegangen sind? Ich werde mal hier suchen.« Es war Rosa. Gerade als ich meine Haare wieder zu einem Knoten feststecken wollte, näherte sie sich der Lichtung.

»Ach, hier seid ihr«, rief sie aus. »Wir dachten schon, ihr hättet euch verlaufen.« Rosa schaute mich genauer an. »Du siehst etwas derangiert aus. Das kommt von der Polka, die hat schon viele Mädchen aus der Fassung gebracht.«

Sie winkte mir auffordernd zu und hielt mir ihren Arm hin. »Komm, Jessie. Dieser Tanz gehört mir. Georges, schau zu und lerne. Jetzt kannst du mal sehen, wie man es richtig macht, *mon vieux.*« Im Walzerschritt führte sie mich in die Menschenmenge, und über ihre Schulter hinweg schaute ich sehnsüchtig zu Georges zurück, wie ein kleines Kind, das vom Schaufenster mit den Süßigkeiten weggelotst wird. Erfreut stellte ich fest, dass er mürrisch dreinschaute.

Rosa lachte und wies mit dem Kinn auf Georges: »Der sieht aus wie eine Katze, der man das Vögelchen weggenommen hat. Was ist los mit dir?«

»Oh, nichts, gar nichts.«

Sie legte den Kopf schief: »Es stimmt also?«

Ich machte mich steif in ihrem Arm. Ich hatte überhaupt

keine Lust, irgendjemandem zu erzählen, was gerade in mir vorging, und ich selbst verstand es ja am allerwenigsten. Ich wusste nur, dass es nicht richtig war und dass es sich deshalb umso schöner anfühlte.

So antwortete ich knapp: »Ich weiß nicht, was du meinst. Es ist gar nichts. Außerdem bin ich so gut wie verlobt mit jemandem und werde ihn heiraten, sobald ich wieder zu Hause bin.«

»Ach, so gut wie, ja? Ganz egal, wie sehr du verlobt oder nicht verlobt bist, unseren guten Georges wird das nicht abhalten. Ganz im Gegenteil, würde ich sagen. Und wenn du dem Prince of Wales höchstpersönlich versprochen wärst und einen Keuschheitsgürtel tragen müsstest – Georges würde dir weiter hinterherlaufen und dich mit seinem Gesäusel so lange bezirzen, bis du den Schlüssel herausrückst. So einer wie Georges gibt niemals auf. Für ihn ist ab jetzt die Jagd eröffnet, und sobald er herausfindet, dass du vergeben bist, wird das Spiel für ihn erst richtig interessant.«

»Was für einen Unsinn du redest. Und überhaupt, ich kann sehr gut allein auf mich aufpassen.«

»Wenn du meinst.« Wir waren am Rand der Tanzfläche stehengeblieben, und Rosa schaute mich ernst an: »Du solltest besser auf mich hören, Jessie, ich will nicht, dass dir jemand wehtut. Wir sind hier nicht auf einer Londoner Teegesellschaft, sondern im Dschungel von Paris, wo die wilden Tiere hausen. Das mag dir exotisch und verlockend vorkommen, aber hier folgen alle ausschließlich ihren Instinkten und ihrem ganz persönlichen Verlangen. Lass dich nicht von ihnen fressen.«

Rosa nickte zu Camille hinüber, die an einem Tisch saß und die Tanzenden beobachtete. »Sie ist noch gefährlicher als Georges. Sie ist völlig skrupellos, wie ein Tier, sie folgt ausschließlich ihrem Überlebenstrieb.«

Ich ließ meine Arme fallen und trat einen Schritt zur Seite.

»Das ist doch lächerlich, Rosa. Camille ist meine Freundin, und sie würde mir niemals wehtun.«

Rosa schüttelte resigniert den Kopf. »Es ist lobenswert, wie du sie verteidigst, Jessie, aber du musst auf der Hut sein. Wenn nicht, *wird* sie dir wehtun.« Sie schaute mich liebevoll an und schob mir eine Haarsträhne hinters Ohr, die sich beim Tanzen gelöst hatte.

Wir setzten uns, und ich versuchte, Rosas Warnung zu vergessen. Doch ich würde noch früh genug daran erinnert werden. Vielleicht hätte ich auf sie hören sollen, doch hätte ich dann anders gehandelt? Ich bereue nichts aus meiner Zeit in Paris, wie könnte ich? Die Tage dort waren in vielerlei Hinsicht die lebendigste Zeit meines ganzen Lebens, und heute, nach so vielen Jahren, erlebe ich alles noch einmal, als sei es gestern gewesen.

Georges schlenderte zu uns herüber, die Hände in den Hosentaschen. Er fing an, uns eine Anekdote über einen seiner früheren Kunstlehrer zu erzählen, und schon bald übertrafen wir uns gegenseitig mit Geschichten über exzentrische Tutoren und die Eigenheiten unserer Modelle.

»Georges, erinnerst du dich noch an den guten Pierre? Einer, der sich einbildete, er sei ein Kunstkritiker?«, warf Camille ein. »Er hatte für alle großen Künstler Modell gestanden und lief in den Pausen herum, um uns gute Ratschläge zu unserer Technik zu geben.«

»Pierre war unübertroffen«, sagte Georges. Seine Stimme schlug um in das Falsett eines alten Mannes: »Sehen Sie hier, dieser vordere Deltamuskel sollte etwas exakter umrissen sein.«

Camille schob ihre Stirn in Falten und wackelte mit dem Zeigefinger. »So hätte Pissarro das aber nicht gemacht. Dieses Schienbein ist völlig verkehrt. Und Renoir hätte mehr Kadmiumrot für die Hautfarbe benutzt.« Sie lachte schallend. »So war Pierre. Er war unser Modell, Anatomieexperte und Lehrer. Der war wirklich einmalig! Und das für fünf Sous am Tag.«

Georges schenkte mir ein Glas Wein ein, und ich lächelte ihm zu, dankbar für seine Ungezwungenheit. »Ihr wisst ja gar nicht, wie gut es euch geht«, sagte ich. »In South Ken wurden wir ›Lady artists‹ immer gleichgesetzt mit den heruntergekommenen Bettelweibern in ihren schmutzigen Kleidern, betrunkenen Matadoren, dümmlichen Schäferinnen und zahnlosen Pierrots. Man glaubte, es sei gefährlich, uns allzu oft diesen splitternackten Menschen auszusetzen.«

Camille sah mich freundlich an. »Aber jetzt bist du hier bei uns.« Sie legte mir den Arm um die Schultern, Georges umfasste mich von der anderen Seite.

»Ja, Jessie. Du gehörst hierher«, bestätigte er und suchte meinen Blick.

Rosa biss das Ende ihrer Zigarre ab und spuckte aus. »Diese Modelle mit ihren ewigen Eifersüchteleien und ihrem Geheule – wer braucht die denn noch? Ich nehme lieber Rennpferde und Rindviecher. Die beklagen sich nicht über die Kälte und müssen nicht alle fünf Minuten pinkeln gehen. Und das Allerbeste, man muss sich nicht ihre Geschichten über die bösen Künstler anhören, die sie übers Ohr hauen. Schickt mir lieber für einen Tag den Pferdemarkt ins Atelier.«

Sie betrachtete eingehend ihre Zigarrenspitze, die im violetten Abendlicht rot glühte. »So bin ich Rodin das erste Mal begegnet, beim Tierezeichnen. Damals standen wir beide noch ganz am Anfang unserer Karriere.«

Lautstark forderten wir sie auf, weiterzuerzählen.

»Du hast mir nie gesagt, dass du Rodin damals gekannt hast«, sagte Camille gleichzeitig mit meiner Bitte: »Erzähl mal, wie war er als aufstrebender Künstler? Ich kann mir kaum vorstellen, dass er einmal so jung war wie wir.«

Rosa zog an ihrer Zigarre und stieß langsam den Rauch aus. »Nun ja, er war schüchtern, würde ich sagen, introvertiert und sehr intensiv. Er war wie eine Frau, nicht wie ein Mann, ja wirklich.«

Georges gab einen skeptischen Laut von sich. »Das kann ich kaum glauben.«

Rosa zuckte die Achseln. »Er ist jetzt fast fünfzig, er steht in der Blüte seiner Jahre. Was ihr heute seht, ist der berühmte Künstler, dessen Ruhm stetig wächst. Aber damals war er ein Hungerleider wie ihr alle. Und er zweifelte an sich, so wie ihr.«

Wir protestierten lauthals, aber sie wischte unseren Widerspruch mit einer Handbewegung weg. »Ihr seid doch alle noch grün hinter den Ohren, kleine unschuldige Babys, im Vergleich zu mir.« Sie fasste ihre Geschichte noch einmal zusammen. »Rodin hatte es schwer, als er jung war. Er wurde dreimal an der *École des Beaux-Arts* abgelehnt. Ausgerechnet mit seiner Bildhauerarbeit ließen sie ihn durchfallen. Könnt ihr euch das vorstellen?«

Sie erzählte uns von dem jungen Rodin, der als Kind an die *Petit École* geschickt worden war, um ein nützliches Handwerk als Dekorateur zu lernen. Seine Familie hatte nur wenig Geld, und sie erwarteten von ihm, dass er als Handwerker und Stuckateur Kirchen und öffentliche Gebäude zu verschönern half. Mit sechzehn bewarb er sich an der Kunsthochschule, doch seine Bildhauerarbeiten galten als grotesk, weil er lieber Bettler und Krüppel aus den schmutzigen Gassen im Gobelins-Viertel darstellte, wo er aufgewachsen war. Als man ihn an der *Beaux-Arts* ablehnte, begann er eine Lehre in der Porzellanmanufaktur von Sèvres.

»Als ich ihn kennenlernte«, fuhr Rosa fort, »verfolgte er seinen Traum, der berühmteste Bildhauer der Welt zu werden. So drückte er das aus, in vollem Ernst. Er glaubte daran, dass er Wege finden würde, alles, was er dazu brauchte, allein lernen zu können. Deshalb nahm er Anatomiestunden an der *École des Médecins*, der medizinischen Fakultät, und hing dort mit seinem Zeichenblock herum, während die angehenden Ärzte Leichen zerschnippelten.«

Camille und ich wechselten einen Blick. Ich glaube, wir dachten beide dasselbe: Rodin hatte sich seine Kunst selbst beibringen müssen, genau wie wir beide. Wenn er das geschafft hatte, trotz aller Widrigkeiten, nur mit harter Arbeit und festem Willen, dann würde uns das auch gelingen.

»Für seine Arbeit in der Porzellanfabrik musste er lernen, wie man Tierformen herstellt«, erklärte Rosa. »Deshalb nahm er Unterricht bei Barye, dem besten Tierbildhauer unserer Zeit, außer mir, natürlich. Als ich Auguste kennenlernte, hatte er gerade seinen Abschluss als Zeichner für Tierskelette im Museum für Geschichte erworben und damit die Erlaubnis erhalten, die Karnivoren im Botanischen Garten zu zeichnen.«

Ich stellte mir den jungen Rodin vor, wie er sich abmühte, in der Kunstszene Fuß zu fassen.

»Er musste hart darum kämpfen«, sagte Camille. »Und deshalb hilft er uns, Jessie und mir. Rodin weiß, was es bedeutet, Talent zu haben und trotzdem immer vor verschlossenen Türen zu stehen.«

Ich nickte. »Da hat Camille recht. Und deshalb gibt er uns auch die Chance, in seinem Atelier zu arbeiten.«

Georges grinste süffisant. »Mit eurem hübschen Gesicht und eurer guten Figur hat das natürlich nichts zu tun, nehme ich an?«

Camille und ich drehten uns empört zu Georges um, drauf und dran, uns auf ihn zu stürzen.

Er konnte uns so leicht auf die Palme bringen, wenn er von einem Moment auf den anderen, launisch und unberechenbar, vom Verbündeten zum zynischen Gegner wechselte, als bereite es ihm ein diebisches Vergnügen, uns wütend zu sehen.

»Sch«, machte Rosa. »Zankt euch nicht, Kinder«, mahnte sie. »Immerhin müsst ihr zugeben, dass Georges es auf den

Punkt gebracht hat. Rodin liebt die Gesellschaft attraktiver junger Frauen.« Beschwichtigend hob sie ihre Handflächen, als wir erneut protestieren wollten. »Allerdings«, und nun schaute sie mich an, »bin ich sicher, dass ihr allein auf euch aufpassen könnt. Und schließlich habt ihr ja Georges, der euch beschützt. Obwohl das in etwa so ist, als würde man den Bock zum Gärtner machen, nicht wahr, Meister Ziegenbart?«

Georges schaute so gequält unschuldig drein, dass wir laut auflachten und der Ärger vergessen war, bevor er auch nur begonnen hatte.

Es wurde dunkel, und der Cafébesitzer begann, die Lampen, die an langen Drähten über unseren Köpfen hingen, anzuzünden. Wir merkten erst, wie spät es war, als ein schläfriger Hilfskellner anfing, um uns herum zu kehren und Stühle auf die Tische zu stapeln.

Rosa stand auf. »*Alors*, es ist an der Zeit, diese jungen Damen aus den Klauen solcher Bestien, wie wir es sind, zu befreien und sie sicher in ihre Betten zu bringen. Was meinst du, Georges? Wir wollen doch nicht ihren guten Ruf ruinieren, jedenfalls noch nicht.« Sie gab ihm ein Zeichen und drückte die Zigarre an ihrer Schuhsohle aus.

Georges nahm Rosas Bein und stellte es zurück auf den Boden. »Rosa, wenn du dich kleidest wie ein Gentleman, solltest du dich auch wie ein Gentleman benehmen.«

»Oho! Muss ich bei dir Unterricht in gutem Benehmen bekommen, mein Hübscher? Komm, Jessie. Zur Strafe werde ich diesem Grünschnabel für den Heimweg sein kleines Püppchen entführen.« Sie streckte Georges die Zunge heraus und zog mich lachend vom Stuhl hoch.

»Da wirst du dich vorerst mit mir begnügen müssen, *mon ami*«, sagte Camille zu Georges. »Oder muss ich jetzt Engländerin werden, um dich rumzukriegen? Das Wetter bei uns ist grauenvoll, alter Junge. Hätten Sie gern ein bisschen Roastbeef mit Marmelade zum Tee? Und wie geht es Queen Victoria?«

»Ich war erst letzte Woche zum Tee bei Ihrer Majestät«, erwiderte Georges mit einem umwerfend lächerlichen Akzent. »Sie lässt grüßen und bittet, Sie mögen ihr doch die Überschuhe zurückbringen.«

»Ihr seid beide völlig verrückt«, sagte ich. »Nicht jeder Engländer ist mit der Queen auf du und du, außer Rosa, natürlich. Weißt du, Rosa, ich glaube, ich gehe doch mit dir zurück.«

Auf dem Weg zum Fluss blieb Rosa immer wieder stehen, um Georges zu necken, sodass sich schließlich Camille neben mir einfand. Sie strauchelte kurz und lachte, als ich sie auffing. Offenbar war sie ein bisschen betrunken.

»Jessie, willst du später einmal Kinder haben?«

Ich lachte auf, und sie zupfte mich am Arm: »Im Ernst, hast du schon mal darüber nachgedacht?«

»Nein, aber da gibt es doch nichts nachzudenken. Natürlich möchte ich Kinder.«

Sie schüttelte den Kopf. »Ich weiß nicht, ob ich jemals Mutter sein werde.«

Sie klang so traurig, dass ich sie fester an mich drückte.

»Bist du sicher, dass alle Frauen Mütter sein wollen?«, fragte sie.

»Mit dem Mann, den ich liebe, ein Kind zu haben – nichts wünsche ich mir sehnlicher, natürlich, aber es gibt auch kaum etwas, wovor ich größere Angst habe.«

Ich konnte ihr Gesicht im Dunkeln nicht sehen, aber ihre Stimme klang tränenerstickt. »Für mich wäre es das Ende von allem. Du kannst keine Künstlerin sein und gleichzeitig Kinder haben. Das sagt jedenfalls Rodin.«

Was für eine Frechheit! Das war das übliche Argument, das ich schon tausendmal von Künstlern und Kritikern, Männern natürlich, gehört hatte: Frauen würden niemals große Musikerinnen oder Künstlerinnen werden, weil doch der Kinderwunsch über allem stehe.

»So ein Unsinn«, widersprach ich. »Das war vielleicht für die Frauen früherer Generationen so, aber wir leben doch in einer anderen Zeit. Denk nur daran, wie hart wir gearbeitet haben, um dahin zu kommen, wo wir heute stehen. Warum sollten wir all das wegwerfen, sobald wir Mütter werden?«

Natürlich, damals war ich jung und hatte keine Kinder. Und ich wusste noch nichts vom Leben.

»Vielleicht hast du recht, Jessie«, sagte Camille, doch ihre Stimme verriet eine grenzenlose Traurigkeit.

Am Ufer angekommen, bestand Georges darauf, dass wir alle zusammen in einem Boot nach Paris zurückkehrten. »Rosa, nach deiner großen Vorstellung von heute Mittag verbiete ich dir, die Ruder anzurühren. Ich will nicht, dass Jessie auf dem Grund des Flusses landet.«

Rosa und Camille hockten nebeneinander mit dem Reiseplaid auf den Knien und hielten das Heck im Wasser, während ich neben Georges Platz nahm und nach einem Ruder griff. Zuerst protestierte er, doch dann merkte er, dass ich durchaus wusste, was ich tat.

»Ich bin schon als Kind gerudert. Mein Vater hat es mir beigebracht«, erklärte ich.

»Sag nicht, du kannst auch mit dem Gewehr umgehen.«

»Und reiten, auf richtigen Pferden – und auf Drahteseln.«

Rosa stand auf und brachte das Boot zum Schwanken.

»Hier sehen Sie die moderne Frau von heute – Jessie Lipscomb«, rief sie den Insassen eines Vergnügungsdampfers zu, der an uns vorübertuckerte. Einige Passagiere jubelten und winkten.

Schon bald hatten Georges und ich einen gemeinsamen Rhythmus gefunden. Gelegentlich berührten sich unsere Arme beim Eintauchen der Ruder, dann sahen wir uns kurz an, um aber gleich darauf wieder geradeaus zu schauen. Das Begehren saß zwischen uns wie ein stummer Passagier, während wir uns schweigend bewegten und die Ruder immer wieder in das tintenschwarze Wasser tauchten, auf dem der Widerschein der Sterne blinkte. Viel zu kurz war die Zeit, und schon bald legten wir an einem Kai mit Gaslaternen an, deren Schimmer sich auf den sanften Wellen des Flusses brach. Als uns schließlich ein Taxi im Boulevard Montparnasse vor dem Haus mit der Nummer 135 absetzte, war es schon weit nach Mitternacht.

Georges nutzte den Augenblick, als die beiden anderen nicht hinsahen, um meine Hand zu fassen und sie an seine Lippen zu pressen. *»A la prochaine.«* Er würde es also noch einmal versuchen.

»Ja, bis zum nächsten Mal«, flüsterte ich.

Camille und ich schlichen nach oben, die Schuhe in den Händen, doch Madame Claudel erwartete uns bereits in der Wohnungstür. Sie stand da, die Arme über ihrem weißen Morgenrock verschränkt, und starrte uns wütend an. Eine graue Haarsträhne hing ihr über die Schulter.

»Was ist das für eine Uhrzeit für zwei anständige Mädchen? Wisst ihr, wie spät es ist? Ich bin fast umgekommen vor Sorge.«

»Maman, es tut mir leid, wir hatten einen Bootsunfall«, erklärte Camille. »Unser Boot ist fast untergegangen, und wir mussten kilometerweit laufen, um Hilfe zu holen.«

Madame Claudel schaute mich an. »Ist das wahr, Jessie?«

»Ja, so ist es gewesen. Camille war unglaublich mutig. Ich bin seitlich über Bord gefallen, aber sie hat mich aus dem Wasser gezogen. Sie hat mir das Leben gerettet.«

Sie verengte die Augen zu Schlitzen. »Und warum sind dann eure Kleider nicht nass?«

Schnell dachte ich nach. »Nun, wir haben sie zum Trocknen in die Sonne gelegt.«

Madame Claudel sah immer noch skeptisch aus, aber sie war offensichtlich zu müde, um uns weitere Fragen zu stellen.

»Am besten trinkt ihr noch ein Glas warme Milch, bevor ihr ins Bett geht. Fehlt gerade noch, dass ihr euch erkältet. Ich muss jetzt ins Bett, sonst bekomme ich Migräne.« Sie wandte sich zum Gehen, blieb aber am großen Tisch in der Diele noch einmal stehen.

»Jessie, bevor ich es vergesse: Ein englischer Herr hat heute nach dir gefragt. Hier ist seine Karte.«

Sie gab mir die Visitenkarte, und ich ging hinüber zur Petroleumlampe. Ein Schauer lief mir den Rücken herunter.

Noch vor einem Tag wäre ich über diese Nachricht vor Freude außer mir gewesen. Aber jetzt, nach dem, was zwischen Georges und mir geschehen war, überfiel mich eine Welle der Scham. Die Visitenkarte war von William. Auf der Rückseite stand in seiner vertrauten Handschrift geschrieben:

Meine liebste Jessie, ich wollte Dich überraschen, aber für den Moment muss dies hier genügen. Ich versuche es morgen früh noch einmal.

In Liebe
Dein William

Kapitel Dreizehn

Am nächsten Morgen wartete ich im Salon auf William. Ich versuchte, den *Figaro* zu lesen, doch Louise spielte unentwegt dieselbe Etüde von Chopin, sodass ich mich einfach nicht konzentrieren konnte. Immer wieder stand ich auf, um aus dem Fenster zu sehen.

Camille legte ihr Anatomiebuch beiseite. »Was ist in dich gefahren, Jessie? Du läufst herum wie ein Tiger im Käfig. Klar ist er dein Verehrer, aber du kennst ihn seit Kindertagen.« Sie schaute mich aus schmalen Augen an. »Oder gibt es da noch etwas anderes?«

Einen Moment lang war ich versucht, ihr alles zu sagen, wollte ihr erzählen, dass ich Georges erlaubt hatte, mich zu küssen, und wie ich ihn ermutigt hatte, statt ihn zu bremsen. Damit hatte ich William betrogen und Georges unnötige Hoffnungen gemacht. Die ganze Nacht hatte ich wach gelegen und über Georges' Worte nachgedacht: *Du und ich, wir sind aus demselben Holz … Wir scheren uns nicht um Konventionen … Noch nie bin ich einer Frau wie dir begegnet …*

Auch William war in gewisser Weise anders und unkonventionell. Er zeigte Leidenschaft im Zusammenhang mit seinem Beruf, aber wenn es darauf ankam, war er eben … William. Ich kannte ihn seit Ewigkeiten und konnte mir ein Leben ohne ihn nicht vorstellen. Andererseits verspürte ich in seiner Gegenwart niemals diesen erregenden Schauer, der mich überlief, sobald Georges in meiner Nähe war. Ob es möglich war, zwei Männer gleichzeitig zu lieben?

Nein, alle behaupteten, es gebe nur die eine, die einzige große Liebe im Leben eines Menschen – so stand es in den Büchern, in Gedichten, und so wurde es in Liebesliedern besungen –, die eine große Leidenschaft, die alles andere in Vergessenheit geraten ließ. Angewidert warf ich die Zeitung auf den Boden und vergrub mein Gesicht in einem Sofakissen. Camille warf ein zweites Kissen nach mir, und wir mussten beide lachen. Da klingelte es an der Tür, und wir erstarrten.

Louise sah verwundert drein. »Das muss wohl dein William sein. Eugénie hat heute frei. Wollt ihr ihn nicht hereinlassen?« Als ich mich nicht von der Stelle rührte, lief sie durchs Zimmer und rief: »Ich geh schon. Ihr beide seht aus, als wärt ihr hier festgewachsen – genau wie eure trostlosen Statuen auf ihren Sockeln.«

Ich hörte, wie die Wohnungstür geöffnet wurde, das unaufhörliche Plappern von Louise und dazwischen Williams ruhige Stimme. Ich presste meine zitternden Hände aneinander und bemühte mich, einen halbwegs gefassten Gesichtsausdruck aufzusetzen, doch als ich Williams liebes Gesicht in der Tür erblickte, vergaß ich Georges und alles, was geschehen war. Ich stürzte auf William zu und warf mich ihm in die Arme.

»Oh, Jess! Was für eine stürmische Begrüßung!« William stolperte wie ein Zirkusclown einige Schritte nach hinten. Er lächelte und hielt mich auf Armeslänge vor sich. »Lass dich anschauen. Paris hat dir anscheinend gutgetan. Du siehst anders aus, aber ich kann nicht sagen, was es ist.«

»Meine neue Frisur?«

»Nein, irgendetwas anderes.«

Er studierte mein Gesicht, und ich verfluchte die Hitze, die meine Wangen zum Glühen brachte. Ich hoffte inständig, er möge nicht den Ausdruck von Scham in meinem Gesichtsausdruck erkennen und zwang mich, seinem Blick standzuhalten. Das musste ich jetzt durchstehen. »Wahrscheinlich bin ich mittlerweile so dick wie ein Schweinchen geworden«, scherzte ich. »Das Essen hier ist einfach himmlisch.«

»Du siehst wunderbar aus, wie immer.« Bei diesen Worten nahm er meine Hände und küsste sie.

Ich drehte mich zu Camille um, die am Fenster stand und uns beobachtete.

»William, ich möchte dir meine Freundin vorstellen, Camille Claudel.«

Er machte einen Schritt auf Camille zu und schüttelte ihr die Hand. »Mademoiselle Claudel. Es ist mir ein Vergnügen.«

Camille zog schnell ihre Hand zurück und massierte sich umständlich die Finger. Ihr Gesichtsausdruck war mehr als unfreundlich, ebenso wie ihr Tonfall. »Nenn mich doch bitte Camille. Ich hasse diese bourgeoise Förmlichkeit, das ist wie eine Zwangsjacke.«

»Da haben Sie ganz recht, gutes Benehmen ist manchmal ermüdend. Camille, also, und Sie nennen mich Monsieur Elbourne, ja?« Als Camille verärgert das Gesicht verzog, fügte William hinzu: »Ein kleiner Scherz, sag einfach William zu mir.«

Er nahm mich in den Arm, woraufhin Camille missbilligend die Stirn runzelte. Für einen Moment hätte ich schwören können, sie wäre eifersüchtig, doch William nahm anscheinend keine Notiz von ihrem abweisenden Benehmen. Er plauderte fröhlich mit uns und zog mich immer wieder an sich, je mehr ich ihm lachend zu entkommen versuchte.

»Meine liebste Jess schreibt mir in so warmen Worten von dir«, sagte er zu Camille. »Deshalb kommt es mir so vor, als wären wir längst gute Freunde.«

Camille stemmte aufreizend die Arme in die Hüften. »*Ah oui?* In dem Fall sollten wir uns vielleicht ein bisschen näher kennenlernen. Komm doch mit in unser Atelier, und schau Jessie und mir bei der Arbeit zu.«

Camille versuchte, ihn mit ihrem überheblichen Auftreten einzuschüchtern. Ich hatte mir so sehr gewünscht, sie würden Freunde werden, aber mein lieber William gehörte nicht zu den Menschen, die sich von anderen etwas sagen ließen. Ich hielt für einen Moment die Luft an und beobachtete die beiden. Dann sah ich, wie William sich knapp verbeugte. William verbeugte sich nie. Er machte sich also schon wieder über sie lustig. Ich atmete hörbar aus. William war viel zu klug und zu gut gelaunt, um sich von Camille in ihr merkwürdiges Spiel hineinziehen zu lassen.

»Es wird mir eine überaus große Ehre sein«, antwortete er mit nachsichtigem Lächeln. »Aber euer Atelier muss noch ein Weilchen warten. Zuerst einmal muss ich mir die Beine vertreten. Ich bin ganz steif von meiner Reise und all den Zügen, Schiffen und noch mehr Zügen, in denen ich den gestrigen Tag verbracht habe.« Er hielt mir den Arm hin. »Jess, möchtest du mit mir spazieren gehen? Ich bin seit Jahren nicht in Paris gewesen. Unterwegs kannst du mir erzählen, wie es dir ergangen ist.«

Noch ehe Camille protestieren konnte, winkte er den Claudel-Schwestern fröhlich zu und zog mich aus dem Zimmer. Ich hörte Louise leise lachen und Camille, die sie unfreundlich anfuhr.

Als wir draußen waren, sagte ich zu ihm: »William, du hast dich über sie lustig gemacht.«

»Ich? Wie kommst du darauf?«

»William Elbourne, glaubst du, ich merke es nicht, wenn du jemanden auf den Arm nimmst?«

»Oh, sie hat es verdient. Sie ist eine ziemliche Nervensäge, und der Mann, der sie mal abkriegen wird, tut mir jetzt schon leid. Falls überhaupt jemand den Schneid dazu hat. Glaub mir, ich habe Erfahrung im Umgang mit herrischen Frauen.«

Ich kniff ihn fest in den Arm.

»Au! So habe ich das doch nicht gemeint, Liebste. Ich habe drei großartige Schwestern und eine noch großartigere Mama. Du hingegen bist ein liebreizendes, umgängliches Wesen, außer in den wenigen Momenten, wenn du meinst, den feuerspuckenden Vulkan geben zu müssen.« Er klimperte übertrieben mit den Augen, und ich schubste ihn vom Trottoir. Er hüpfte über einen Haufen Pferdeäpfel. »Na hör mal, geht man so mit seinem Zukünftigen um?«

»Darf ich dich daran erinnern, dass wir noch nicht einmal verlobt sind? Jedenfalls nicht offiziell.«

Er machte eine wegwerfende Handbewegung. »Formalitäten, reine Formalitäten. Jetzt sei nicht so miesepetrig, und gib mir einen Kuss.«

Damit zog er mich fest an sich. Wie tröstlich das war. Ich fühlte mich geborgen und zu Hause in dem vertrauten Duft von Sandelholz, der ihn umgab. Ich erwiderte seinen Kuss, und ein Botenjunge, der gerade auf seinem Fahrrad an uns vorüberfuhr, pfiff uns hinterher.

»He, Monsieur, darf ich der Nächste sein?«

William schmunzelte. »Was für ein frecher Bengel.« Doch er ließ mich nicht los. »Du hast mir so gefehlt, Jessie.«

»Du mir auch.« Insgeheim fragte ich mich allerdings, ob das wirklich stimmte. Ich war so beschäftigt und hingerissen gewesen von meinem neuen Leben, dass ich ihm gerade mal ein paar flüchtige Gedanken gewidmet hatte. Schnell wechselte ich das Thema. »Ich hoffe, du wirst dich mit Camille anfreunden. Sie ist manchmal sehr direkt, aber sie ist mir ans Herz gewachsen, und seit ich hier in Paris bin, ist sie wie eine Schwester für mich. Außerdem finde ich sie äußerst anregend und schön. Ich dachte, du magst so etwas bei Frauen?«

William schwenkte beim Gehen meine Hand. »Attraktiv ist sie, das muss man ihr lassen, jedenfalls wenn man diesen dunkelhaarigen kontinentalen Typ Frau mag. Ich persönlich halte das für überschätzt und ziehe ein hübsches englisches Mädchen vor.« Zärtlich führte er meine Hand zu den Lippen. »Jess, du hast mich doch nicht vergessen, oder?«

»Natürlich nicht, wie kannst du so etwas nur denken? Ich liebe dich wie eh und je.« Und wieder spürte ich den nagenden Zweifel in meinem Innern, und ich ertappte mich dabei, wie ich William mit Georges verglich. Sie waren so unterschiedlich. William, clever und voller Energie, der mich wie ein Bruder aufzog und mich nicht immer ganz ernst nahm, William, den ich kannte, seit wir Kinder waren. Aber Georges … Georges hatte diesen lässigen Charme. Er behandelte mich wie seinesgleichen und konzentrierte immer seine ganze Aufmerksamkeit auf mich, wie ein Leuchtturm, der ein Schiff auf See mit seinem rettenden Lichtstrahl durch die Wellen leitet oder, wie Rosa es ausdrücken würde, wie ein wildes Tier auf der Jagd nach Beute. Er war gefährlich, geheimnisvoll, beunruhigend, und er raubte mir den Atem. Seine Gegenwart war aufregend und brachte mich aus dem Konzept. William hingegen kannte ich fast so gut wie mich selbst, bei ihm fühlte ich mich sicher, geliebt und sorglos. Niemals würde William mir wehtun.

Ungeduldig schüttelte ich den Kopf. Was gab es da nachzudenken? Die Sonne schien, und wir waren in Paris. Ich griff nach Williams Arm. »Wohin möchtest du gehen?«

»Ich möchte euch natürlich im Atelier besuchen, deshalb werde ich selbstverständlich Miss Claudels Befehl gehorchen. Aber zuallererst möchte ich mit dir in den Botanischen Garten. Ich habe gehört, dass es dort eine fantastische Ausstellung im Museum für Mineralogie gibt.«

Von der Aussicht, eine Sammlung staubiger Steine zu besichtigen, war ich wenig begeistert. Ich war es inzwischen gewohnt, mich in Paris völlig frei zu bewegen, ohne einen Mann, dessen Wünschen ich mich fügen musste. Dennoch unterdrückte ich meinen Unmut, schließlich gehörte dieser Tag William, und er sollte ihn so verbringen, wie er es sich wünschte. Vor mir lagen noch unendlich viele Tage, an denen ich tun und lassen konnte, was ich wollte, und ich tröstete mich mit dem Gedanken daran, dass ich nun den Ort besuchen würde, an dem Rodin als junger Künstler viele Stunden zeichnend mit Rosa zugebracht hatte. Während wir durch den *Jardin du Luxembourg* spazierten und die Sonne ihre grüngoldenen Reflexe durch die Blätter schickte, hob sich meine Stimmung.

»Lass uns eine Bank suchen«, bat ich William und lehnte mich an ihn. »Ich freue mich so, dich wiederzusehen.«

Wir setzten uns und beobachteten ein paar Kinder, die in gestärkten weißen Kleidern und Matrosenanzügen hinter einem Drachen herliefen, während ihre Kindermädchen im Schatten der Bäume ein Schwätzchen hielten. Ein paar alte Männer spielten auf einem Sandplatz Boule, und das Klicken der Kugeln vermischte sich mit Vogelgesang und hellen Kinderstimmen. William fischte ein Bündel Briefe aus seiner Manteltasche.

»Fast hätte ich es vergessen«, sagte er. »Post von zu Hause.«

Meine Mutter schrieb mir von den kleinen Begebenheiten, die ihren gleichförmigen Alltag im Wootton House auflockerten, während Papa nach meiner Arbeit fragte und Ausstellungen in Paris empfahl, von denen er in der *Times* gelesen hatte. Die heiteren Briefe von Williams Schwestern waren gespickt mit Ausrufezeichen und dicken Unterstreichungen. Ich lachte und trocknete mir die Augen, während ich ihm kurze Auszüge vorlas. Das Leben zu Hause war so weit von mir weggerückt.

William legte mir einen Arm um die Schultern. »Du bist so ein liebes Mädchen, Jess. Wir alle vermissen dich. Wann kommst du zurück nach Hause?«

»Nächsten Sommer werde ich ein paar Monate in Peterborough verbringen. Hab etwas Geduld, im Moment gehen wir beide unserer Arbeit nach, und später können wir immer noch den Rest unseres Lebens gemeinsam verbringen.«

William stieß einen übertrieben dramatischen Seufzer aus. »Du hast recht. Die Pflicht ruft. Du musst Paris unsicher machen, zusammen mit diesem Teufel in Frauenkleidern, und dein Leben den schönen Künsten widmen, während ich in meinem Labor für den Fortschritt der Wissenschaft kämpfe.« Er beugte sich zu mir und bot mir mit geschlossenen Augen seine Lippen zum Kuss.

Lachend stieß ich ihn weg. »Sei nicht albern. Du liebst dein stinkendes Labor ebenso wie ich meine staubige Werkstatt. Na komm, wir gehen und schauen uns deine Mineralien an.«

Als wir aus dem Park kamen, ging ein älteres Pärchen an uns vorüber. Beide hielten ihre Gesichter der Sonne entgegen, um ein paar Strahlen zu erhaschen, und der Mann sagte: *»Regarde les jeunes amoureux.«* Er zog seinen Hut, und William grüßte freundlich, wobei er mich fest an sich drückte. Ich erinnerte mich an das Gefühl von Georges' Armen, wie sie mich umfingen, seinen warmen Hals und das Gefühl, ihn zu küssen. Ich war eine skrupellose Betrügerin.

Misstrauisch schaute ich mich im Park um, weil ich wusste, dass auch Georges sich öfter hier aufhielt. Dann senkte ich meinen Sonnenschirm tiefer, um mein Gesicht dahinter zu verbergen. Es wäre schrecklich, wenn wir Georges hier begegnen würden. Allerdings wäre es wohl weniger wahrscheinlich, ihn im Museum zu treffen als hier draußen im Freien. Deshalb beschleunigte ich meine Schritte, sodass William sich beeilen musste, mit mir Schritt zu halten.

»Nicht so eilig, Jess, seit wann interessierst du dich so sehr für Gesteinskunde?«

»Du weißt noch längst nicht alles von mir«, gab ich zurück.

Kapitel Vierzehn

Nach dem hellen Sonnenlicht draußen wirkte das Museum düster. Ich unterdrückte einen Seufzer und versuchte, nicht darüber nachzudenken, was mir bevorstand: ein langweiliger Nachmittag zwischen staubigen Vitrinen voller Knochen und alter Steine. Als wir jedoch vor einem Glaskasten mit verschiedenen Gesteinsstücken stehenblieben, war ich von ihrer Schönheit überwältigt. Die Mineralien boten dem Betrachter ihr Innenleben dar wie reife Granatäpfel und zeigten eine unglaubliche Vielfalt an Formen und Farben, von grellem Pink über kräftiges Violett bis hin zu dunklen Blautönen.

William beugte sich vor, um einen Achat genauer zu betrachten.

»Sieh mal, Jess, diese Kristalle sind in der unvorstellbaren Hitze im tiefsten Innern unserer Erde gebrannt worden. Die Griechen lagen gar nicht mal so falsch mit ihrer Vorstellung von Hephaistus, dem Feuergott, der im Bauch der Erde mit seinem Schmiedehammer hantiert. Keine Menschenhand könnte jemals solche Edelsteine herstellen.«

Er war voll andächtigem Staunen – genauso ging es mir, wenn ich die Werke der alten Meister bewunderte. William gehörte zu den leidenschaftlichen Forschern, die damals alles daran setzten, den Geheimnissen der Natur auf die Spur zu kommen, und genau wie viele andere Naturwissenschaftler seiner Zeit beschrieb er die Wunder des Universums, die er tagsüber in seinen Reagenzgläsern untersuchte, am Abend in Versen und Gedichten.

Aber so sehr ich seinen Eifer auch bewunderte, spätestens nach der vierten Vitrine mit Achaten, die sich in meinen Augen glichen wie ein Ei dem anderen, konnte ich ein Gähnen nicht unterdrücken. Als William dann auch noch mit einem Chemiker ins Gespräch kam, der sich ebenfalls die Ausstellung ansah, war mir klar, dass unser Ausflug auf eine endlose akademische Debatte hinauslaufen würde, wie schon so viele Male zuvor. Danach stand mir jetzt nicht der Sinn. Nicht hier in Paris.

Also verabschiedete ich mich mit den Worten: »Entschuldigt mich bitte, ich möchte ein paar Tiere in der Menagerie zeichnen«, und ging weiter.

»Ich komme später nach«, rief William mir hinterher und vertiefte sich gleich wieder in sein Gespräch über die Verseifung von Fetten.

In der *Fauverie,* vor den Käfigen mit den Wildkatzen, standen mehrere Künstler mit ihren Zeichenblöcken. Die Tiere schauten mit dumpfen Blicken in die Ferne, ihr Fell war stumpf und verdreckt, und sie liefen unablässig in ihren engen Behausungen auf und ab. Ein Löwe lag schnaufend und schwitzend in seinem Käfig, eine seiner riesigen Pranken hing schlaff zwischen den Käfigstäben nach draußen. Sein Rücken war krumm, und er erinnerte in nichts an die vier Bronzelöwen von Landseer am Trafalgar Square, die mit ihren gespannten Rückenlinien Windhunden glichen.

In den geschlossenen, überhitzten Räumen war der Gestank nach nassem Stroh und den Ausdünstungen der Raubtiere kaum zu ertragen. Ein Schimpanse aus dem Affenhaus begann, wie wahnsinnig zu kreischen, und warf sich mit dem ganzen

Gewicht seines Körpers gegen die Gitterstäbe. Menagerien sind sicher unentbehrlich für uns, damit wir etwas über Tiere erfahren, die wir nicht in der freien Wildbahn erleben können, doch beim Anblick eines wilden Tiers, das in einem Käfig gefangen gehalten wird, habe ich schon immer eine große Abneigung empfunden, und der kreischende Affe in Verbindung mit dem nervösen Auf und Ab der Raubkatzen war einfach zu viel für mich. Ich zog meine Handschuhe aus und merkte, wie mir der kalte Schweiß auf die Stirn trat.

Doch kurz bevor ich ohnmächtig wurde, fing mich jemand auf, und ich hörte eine bekannte Stimme sagen: »Jessie, *qu'est-ce que tu as?* Du bist ja ganz blass. Ist dir nicht gut?«

Der unverwechselbare Geruch nach frischer Zitronenverbene stieg mir in die Nase. Ich sah ein bekanntes Gesicht, fragend hochgezogene Augenbrauen und ein Paar Lippen, die mir so nahe waren, dass ich den Atem an meiner Wange spüren konnte.

»Georges, was tust du hier?«, fragte ich matt.

»Rosa hat mich hierher geschleppt, wer sonst. Ich finde ihre Vorliebe für wilde Tiere ehrlich gesagt ziemlich ermüdend.« Georges legte eine kühle Hand auf meine Stirn. »Jetzt siehst du schon besser aus. Das war bestimmt die Hitze hier drinnen.« Noch immer hatte er den Arm um mich gelegt, und ich lehnte mich dankbar an ihn.

»Na, was für einen Schmetterling hast du denn da gefangen, *mon vieux?* Oh, Jessie, du bist das.« Und einmal mehr brach Rosa den Zauber unserer Umarmung. Sie wedelte mit den Armen, um die kleine Traube neugieriger Künstler zu verscheuchen, die sich um uns herum gebildet hatte. »*Allons-y*, geht weiter, Leute. Lasst dem armen Mädchen ein bisschen Luft zum Atmen.«

Es ging mir schon wieder so gut, dass ich Rosas heutige Verkleidung amüsiert zur Kenntnis nehmen konnte: Sie trug eine

Reithose, eine Tweedjacke im Reiterstil, Reitstiefel und eine Reitgerte, die Haare hielt sie unter einer flachen Schirmmütze versteckt. Sie sah aus, als hätte sie gerade eben ihr Pferd vor dem Eingang an einen Baum gebunden.

Nachdem Rosa die Menge zerstreut hatte, erblickte ich William, der sich eilends näherte. Schnell trat ich einen Schritt zur Seite, um von Georges abzurücken.

»Was ist mit dir, Jessie?«, rief William besorgt. »Einer der Museumswärter hat uns vorhin zusammen gesehen und kam mich holen. Er sagte, du seist im Löwengehege ohnmächtig geworden. Geht es dir gut? Was ist passiert?«

»Keine Sorge, mir war nur ein bisschen schwindlig, mehr nicht. Das war dumm von mir. Ohnmächtig werden liegt mir wahrhaftig nicht. Liebster, darf ich dir zwei meiner neuen Freunde vorstellen?«

Als Georges hörte, wie ich William angesprochen hatte, ballte er die Fäuste in seinen Hosentaschen und verzog das Gesicht.

Rosa ging schnurstracks auf William zu, streckte die Hand aus und sagte: »Rosa Bonheur.«

Ungläubiges Erstaunen zeichnete sich auf Williams Gesicht ab.

Rosa lachte. »Jetzt wissen Sie nicht, ob Sie mir die Hand schütteln oder sie lieber küssen sollen, stimmt's? Bei unserem lieben Georges hingegen gibt es darüber keinen Zweifel.« Sie klopfte Georges kräftig auf den Rücken, worauf der hustete und ihr einen bösen Blick zuwarf. Er nahm die Hände aus den Taschen und schlug mit einem kaum merklichen Kopfnicken die Absätze gegeneinander.

William schien das amüsant zu finden. »Ach, wie ich sehe, sind Sie beim Militär? Mein Onkel ist bei den *Die Hards*. Er hat sich nie an die neue Bezeichnung *The Middlesex* gewöhnen können und nennt sie weiterhin standhaft *Die Siebenundfünf-*

zigste. Aber davon haben Sie hier drüben wahrscheinlich keine Ahnung, oder?«

Ich gab ihm einen Stoß in die Rippen, der etwas heftiger ausfiel als geplant.

»William … Monsieur Duchamp ist Künstler und kein Soldat.«

Georges entfernte einen unsichtbaren Fussel von seinem Ärmel. »Da hat Jessie ganz recht. Es gibt kein Regiment, das diesen Namen verdient, dem ich mich anschließen würde. Ich habe da ein paar merkwürdige Dinge von dem Kosaken gehört, mit dem ich mein Atelier teile. Aber nicht alle Russen sind böse. Wie arm wären wir ohne ihren exquisiten Kaviar, nicht wahr, Jessie?«

Zu meinem Entsetzen hatte Georges mich nicht nur mit meinem Vornamen angeredet, sondern er hatte mir auch noch zugezwinkert, als er den Kaviar erwähnte. Zum Glück schien William sein extravagantes Benehmen nicht zu bemerken, denn er lächelte freundlich und schüttelte Georges die Hand.

»William Elbourne. Sie sind offenbar ein Freund von … Jessie?«

Georges griff nach seinem Zigarettenetui und hielt es William hin, der dankend ablehnte. Umständlich hantierte er mit den Streichhölzern und nahm einen tiefen ersten Zug. »Dieser Ort geht mir auf die Nerven«, bemerkte Georges und wedelte mit gelangweilter Handbewegung den Rauch weg. Gespannt beobachtete ich William. Solche Manierismen konnte er überhaupt nicht leiden, und ich sah, wie sich eine steile Falte auf seiner Stirn bildete. »Kaum zu glauben, dass ich mich von Rosa habe breitschlagen lassen, hierher zu kommen. Darf ich Sie zu einem Glas Champagner einladen? Das bringt die Damen bestimmt wieder in Schwung. Auf dem Quai Saint Bernard gibt es ein entzückendes kleines Bistro.«

William legte besitzergreifend den Arm um mich, und ich

musste einen Moment lang gegen den Impuls ankämpfen, ihn abzuschütteln. Ein seltsamer Mechanismus hatte sich eingestellt: Je lässiger Georges seine französische Art demonstrierte, desto stärker kehrte William den korrekten Engländer heraus. Sie waren beide unmöglich, jeder auf seine Weise.

»Ich fürchte, dazu haben wir jetzt keine Zeit«, erwiderte William kurz angebunden, dass ich seine Stimme fast nicht wiedererkannte. »Wir werden demnächst in Jessies und Camilles Atelier erwartet.«

Doch Georges ließ sich nicht beeindrucken. Rosa lag vollkommen richtig mit ihrer Bemerkung über seinen erwachten Jagdeifer. Durch Williams Auftauchen schien Georges' Appetit auf mich erst recht angestachelt zu werden.

»Da gehen wir doch gerne mit, nicht wahr, Rosa?«, antwortete er. »Ich komme um vor Neugier, endlich Jessies Arbeiten zu sehen.«

Rosa tippte sich mit der Reitgerte an die Stiefel. »Ich kann nicht leugnen, dass ich auch ein bisschen neugierig bin. Jessie lässt einige Untiefen erahnen, die wir beide gern erforschen würden, nicht wahr, Georges?«

Das Augenzwinkern, mit dem sie mich bedachte, erwiderte ich mit einem heftigen Kopfschütteln. Was für eine scheußliche Indiskretion von ihr.

»Aus rein beruflicher Neugier, versteht sich«, fügte sie mit unschuldigem Augenaufschlag hinzu, der William gelten sollte. »Im Übrigen redet Auguste unentwegt von Camilles Talent. Sie ist sein ganz persönlicher Goldschatz, seine Entdeckung. *Alors,* genug geplaudert! Gehen wir ins Atelier, mein lieber Monsieur Elbourne, und zwar *tout de suite.*« Damit hakte sie sich bei William unter und marschierte los. William warf mir einen hilflosen Blick über die Schulter zu, folgte ihr aber brav.

Lachend rief ich ihm hinterher: »Lass gut sein, William, Rosa hat einen eisernen Willen. Geh einfach mit ihr. Ich fühle mich sowieso schon viel besser.«

Georges feixte und nahm meinen Arm. »Seien Sie unbesorgt, Elbourne, ich passe derweil auf Jessie auf.« Ich zog ihn fort und blitzte ihn wütend an. Er behandelte mich, als wäre ich ein Spielzeug, das er einem anderen Kind mutwillig wegnahm.

Wir liefen durch das Reptilienhaus, wo Schlangen zu Spiralen eingerollt lagen und hin und wieder ihre Zungen hervorschnellen ließen, während Eidechsen mit gezacktem Kopfschmuck faul und reglos auf den Felsen thronten. Eine Schildkröte streckte uns aus einem faulig riechenden Terrarium ihre Schnauze entgegen, und eine gelb-schwarz gepunktete Schlange glitt geräuschlos neben ihr ins trübe Wasser.

Der Gestank war schier unerträglich, und ich war froh, endlich wieder an die frische Luft zu kommen. Die Seine floss stetig dahin, während eine frische Brise ihren kühlen Hauch zu uns herübertrug. Wir hielten an einem kleinen Gehege, wo mottenzerfressene Yaks und Bisons uns traurig wiederkäuend aus großen Augen anglotzten.

»Als würden uns neugierige Passanten beim Malen über die Schulter schauen«, bemerkte Georges schaudernd.

Rosa trat an den Zaun und lehnte sich mit den Ellbogen auf das Geländer. Dabei machte sie ein schmatzendes Geräusch mit den Lippen. Eines der Tiere kam herbeigetrottet, und sie kraulte seinen mächtigen Kopf. »Bei der großen Belagerung von Paris haben wir ein paar dieser Viecher gegessen«, erzählte sie. »Die Menge hat sich hier Zugang verschafft und alles abgeschlachtet, was auch nur entfernte Ähnlichkeit mit einer Kuh oder einem Pferd hatte. Geschmortes Zebra war eine Zeit lang sehr beliebt in Pariser Küchen.«

Einige Leute kamen vorbei und drehten sich neugierig nach ihr um, als sie ihre provokanten Bemerkungen hörten.

»Nicht so laut, Rosa, über diese Zeiten spricht man nicht«, mahnte sie Georges. »Oder willst du, dass wir alle gelyncht werden?«

»O Georges, du bist und bleibst ein Langweiler. Ich habe das alles erlebt, also darf ich auch meine Witze darüber machen. Was regst du dich auf? Du warst damals noch nicht einmal geboren, mein Junge.« Sie gab dem Bison einen Klaps zum Abschied und sprang zurück auf den Boden. »Lass uns eine Droschke rufen. Jessie sieht immer noch blass aus, und sie ist so ungewöhnlich still. Bestimmt ist sie noch nicht wieder auf dem Damm.«

William winkte mit der einen Hand einen Wagen heran, während er mich mit dem anderen Arm Georges ausspannte. Aber ich schüttelte seine Hand ab, um allein in den Wagen zu steigen.

Als wir vor dem Atelier hielten, entspann sich ein Streit zwischen den Männern, die beide darauf bestanden, die Fahrt zu bezahlen. Ich überließ sie ihrem Gerangel und lief die Stufen hinauf zu unserem Studio. Die Tür war verschlossen, sodass ich meinen Schlüssel suchen musste, um zu öffnen. Doch als ich den Vorhang zurückzog, der die Marmorwerkstatt von der Tonwerkstatt trennte, erstarrte ich.

Kapitel Fünfzehn

Camille stand mit dem Rücken an der Wand, halb verdeckt vom Körper eines Mannes, sodass man nur ihre nackten Beine sah, die sich um seinen Rücken schlangen, und die gekreuzten Knöchel mit ihren Füßen in hoch geknöpften Stiefeletten. Er stöhnte und rief laut ihren Namen. Augenblicklich erkannte ich seine Stimme. Wie konnte er es wagen, meine schöne Camille anzurühren? Eine Welle der Eifersucht überfiel mich, und ohne einen Augenblick nachzudenken, stieß ich einen Schrei aus: »Rodin!«

Die beiden unterbrachen ihr Tun und starrten mich an. Ich schlug mir die Hand vor den Mund und starrte zurück. Stimmen auf der Treppe wurden laut. Ich wusste, Rosa würde sich dadurch nicht aus der Fassung bringen lassen, aber die Männer wären mit Sicherheit schockiert oder Schlimmeres. Camilles Ruf wäre ruiniert. Ich musste sofort handeln.

Also rief ich nach unten: »Könnt ihr bitte noch einmal zurückgehen und die Droschke aufhalten? Ich glaube, ich habe meine Handschuhe auf dem Sitz liegenlassen. Das sind meine Lieblingshandschuhe.«

Ich hörte Schritte die Treppe hinunterklappern und Rosa, die laut pfeifend und rufend die Straße entlanglief. Dann zog ich die Vorhänge zurück und sah, wie Camille in aller Ruhe an ihrer Skulptur arbeitete. Rodin stand in einer Zimmerecke, beide Hände auf seinen Stock gestützt, und beobachtete sie aufmerksam.

Ich zog meine Handschuhe aus und steckte sie mir in die Ärmel. »Wir sind vielleicht ein bisschen zu früh gekommen …«

Camille schaute nicht von ihrer Arbeit auf. »Haben die anderen etwas gesehen?«

»Nein.«

Sie kam zu mir herüber und umarmte mich. *»Merci,* Jessie, *merci.«* Einige Locken hatten sich aus dem Knoten auf ihrem Kopf gelöst. Ich strich ihr die Haare aus dem Gesicht und schüttelte den Staub aus ihrem Rock, wie eine Zofe, die der Braut hilft, sich für die Hochzeitsfeier fertigzumachen.

Als gleich darauf der Vorhang zur Seite geschoben wurde, standen wir nebeneinander bereit, die Besucher zu empfangen. William betrat als Erster den Raum. Er muss die Spannung im Raum gespürt haben, denn er schaute uns etwas zu lange mit prüfendem Blick an.

»Keine Spur von deinen Handschuhen, Jessie, tut mir leid. Camille, schön, dich wiederzusehen.«

»Hallo William«, begrüßte sie ihn freundlich. »Hier ist jemand, den ich dir vorstellen möchte.«

Rodin trat aus den Schatten.

Kapitel Sechzehn

Die Fotos, die William an jenem Tag in unserem Atelier aufgenommen hat, habe ich bis heute aufbewahrt. Sie liegen noch immer unter dem Seidenpapier in meinem Album mit den Postkarten von Paris, den Eintrittskarten zum Louvre und dem Musée du Luxembourg und einer Haarlocke von Camille, zusammengebunden mit einer ausgeblichenen blauen Samtschleife.

William hatte damals seine nagelneue Kodak-Kamera dabei, sein ganzer Stolz, damit fotografierte er Camille und mich, zuerst bei der Arbeit, später an unserem improvisierten Teetisch mit den angeschlagenen Tassen und unseren ewigen Zigaretten. Er hatte mir gezeigt, wie man mit der Kamera umgeht, und es gab eine Aufnahme von Rodins Spiegelbild, die ich aus dem großen Wandspiegel heraus fotografiert habe, der bei uns im Studio hing. Ich wünschte, ich hätte das Foto aufbewahrt, doch ich habe es Jahre später Rodin geschickt.

Die lärmende Ankunft von Rosa und Georges mit ihrem idiotischen Geplapper hatte die Spannung im Raum ein wenig zu lösen vermocht. Rodin und William verstanden sich von Anfang an prächtig, und schon bald hörte man sie lachen und sich gegenseitig auf die Schultern klopfen. Sie redeten sich gegenseitig mit »alter Junge« an und hatten offenbar großen Spaß.

Anfangs war ich froh darüber, aber je ausgelassener und lauter die Stimmung wurde, desto mehr empfand ich William als störenden Eindringling und ärgerte mich über ihn. Rodin war mein Lehrer, und dies hier war mein Leben, meine Zeit. Auch das Studio gehörte allein Camille und mir, und die Männer waren drauf und dran, unseren Arbeitsraum in einen Herrenclub zu verwandeln.

Georges hatte Zigarren herumgereicht, alle pafften ausgiebig, einschließlich Rosa, und hinterließen dichte Rauchschwaden. Ich rechnete damit, dass jeden Augenblick ein Kellner mit einem Tablett voller Cognacschwenker hereinkäme, der Camille und mich freundlich auffordern würde, uns doch bitte in den Damensalon nach nebenan zu begeben.

»Naturwissenschaftler?«, fragte Rodin William. Er hatte den Arm um seine Schultern gelegt und fuhr fort: »Das finde ich außerordentlich interessant. Wir sind also beide fasziniert von der Welt der Physik, der Naturphänomene. Wir wollen wissen, wie ein menschlicher Körper funktioniert, wie das Licht auf einer Fläche spielt, Dichte und Perspektive – das alles steckt in der Natur. Ich bewundere euch Wissenschaftler. Die Wissenschaft ist das Wesen aller Dinge und bestimmt alles, was wir tun, finden Sie nicht auch?«

William nickte eifrig, und ich musste gegen die Versuchung ankämpfen, die Augen zu verdrehen. Camille schien die Zurschaustellung männlicher Kumpanei nicht viel auszumachen. Sie hörte ihnen aufmerksam zu, während sie auf ihrem Hocker saß und an einem Tonklumpen arbeitete. Rodin war in seinem Element und hielt einen Vortrag über Darwin. »Ich glaube, Darwin hat recht – wir alle sind Tiere mit animalischen Instinkten. Wir müssen uns fortpflanzen oder sterben. Der Trieb steuert uns alle. Was ist denn am Ende eine Skulptur? Doch nichts anderes als die Kunst der Höhlen und Schwellungen.«

Georges verschluckte sich an seinem Zigarrenrauch und fing an zu husten. Dabei schaute er mich fragend an. Ich schüttelte kaum merklich den Kopf. Ich war nicht schockiert, aber es schmeichelte mir, dass Georges sich offenbar Gedanken um mich machte, während William so hingerissen von seinem neu gewonnenen Freund war, dass er Rodin nur kurz erstaunt ansah und dann gleich wieder in enthusiastisches Nicken verfiel, typisch für junge Männer, die begierig an der Lebenserfahrung der älteren teilhaben wollen.

»Es ist mir immer ein Vergnügen, einem Anhänger der Darwin'schen Lehre zu begegnen, Sir«, sagte er. Und diesmal konnte ich ein Augenverdrehen nicht vermeiden.

Rodin gab William einen schmatzenden Kuss auf die Wange und warf mir einen amüsierten Blick zu. »Ich mag diesen Mann, Jessie. Sie haben wieder einmal Ihren ausgezeichneten Sinn für Qualität bewiesen. Monsieur Elbourne, ich würde gerne Ihre Meinung zu unserer Arbeit hier hören.«

William sah einen Augenblick lang verlegen aus, und ich presste die Lippen zusammen.

»Ich bin natürlich kein Kunstkenner, aber ich würde mir sehr gerne Jessies Arbeiten ansehen.« Dabei schaute er mich unverwandt an. »Ich möchte sehen, wie Paris dich beeinflusst hat.«

Ausdruckslos hielt ich seinem Blick stand. »Du solltest dir zuerst Camilles Arbeiten anschauen«, schlug ich vor. »Meine kennst du ja schon.«

Georges hatte unser Gespräch verfolgt. »Nun, Elbourne, versuchen Sie doch zu raten, welches Jessies Arbeiten sind und welches Camilles.«

William liebte diese Art sportlicher Herausforderungen und nickte begeistert. »Einverstanden.«

»Da bin ich gespannt. Ich wette zehn Francs, dass ich besser weiß als Sie, wer was gemacht hat«, behauptete Georges.

»Zwanzig Francs dagegen. Ich kenne doch meine Jess.«

Camille stellte sich neben mich. »Das ist doch lächerlich«, flüsterte sie mir ins Ohr.

»Ja, einfach absurd. Gönnen wir ihnen das kindische Spiel. Ich bin nur neugierig, ob es ihnen gelingt, unsere Stile zu unterscheiden«, fügte ich hinzu.

Camille zuckte die Schultern. »Das dürfte doch nicht so schwer sein.«

Rodin lachte. »Eine Wette! Das ist großartig.« Er wies mit seinem Stock auf meine Skulptur. »Was meinen Sie?«

William zögerte nicht einen Augenblick. »Das ist deins, Jessie.« Er ging um die Figur der Mutter mit ihrem Kind herum. »Das ist eindeutig von Jessie. Der sanfte Gesichtsausdruck der Frau, das Kind mit seinem vertrauensvollen Blick, das ist einfach anrührend. Und alle Details sind so klar herausgearbeitet, dass es aussieht, als würden die zwei sich im nächsten Moment bewegen. Stimmt's?«

Ich nickte, und Georges verzog das Gesicht.

William ging auf die beiden Büsten von Giganti zu, die unter feuchten Tüchern in einer Ecke standen. Als ich die Tücher abnahm, blickte er unschlüssig von einer zur anderen.

»Tut mir leid, Jess«, sagte er und schüttelte den Kopf. »Hier kann ich beim besten Willen nicht sagen, welches deine Skulptur ist.«

»Sie sind ja auch noch längst nicht fertig«, entschuldigte ich ihn. »In diesem Stadium ist es eigentlich unmöglich, sie zu unterscheiden.«

Georges trat einen Schritt heran. »Unmöglich? Nicht für einen Künstlerkollegen, der Jessies Arbeit fast so gut kennt wie seine eigene. Diese hier stammt eindeutig aus der Hand von Mademoiselle Lipscomb. Das sieht man doch«, behauptete Georges.

Ich war erstaunt. Wie konnte Georges das so genau wissen? Ob er recht hatte mit seiner Behauptung, es gäbe ein geheimes Band zwischen uns?

Rodin stieß einen anerkennenden Pfiff aus. »Gut gemacht, Duchamp, ich bin beeindruckt. Selbst ich hätte sie nicht auseinanderhalten können.« Er wandte sich zu William um. »Genau aus dem Grund habe ich ihn in mein Studio in der Rue de l'Université aufgenommen. Er hat den besten Blick von allen hier in Paris.«

Georges lächelte, und nun war es an William, die Stirn zu runzeln. Rodin führte William in einen anderen Teil des Ateliers, wo Rosa gerade eingehend eine von Camilles Aktskulpturen betrachtete. »Die einzigartige Madame Bonheur haben Sie gewiss schon kennengelernt, oder?«, fragte er.

Nun war ich allein mit Georges und heftete meinen Blick auf Gigantis katzenhaftes Lächeln. »Woher wusstest du, welches meine Skulptur ist?«

»Ganz einfach, es war die Art, wie du dich neben sie gestellt hast, um sie vor den Augen der Betrachter zu schützen. Für einen gewieften Pokerspieler wie mich ist das ein untrügliches Zeichen.« Georges zwinkerte mir zu, und ich kniff ihn in den Arm. Doch er griff nach meinen Fingern und hielt gleich darauf die ganze Hand. Er flüsterte: »Jessie, liebste Jessie, es ist eine Folter für mich, dich mit einem anderen Mann zu sehen.«

Ich entzog ihm meinen Arm, doch er sah so gequält aus, dass ich noch einmal flüchtig über seine Hand strich, bevor ich mich zu den anderen gesellte, die um Camilles Skulptur herumstanden.

Rosa sagte gerade: »Die ist außerordentlich gut. Und in Marmor wäre sie noch besser.«

»Ich habe mir schon einen Block im Marmordepot ausgesucht«, entgegnete Camille. »Ein Stück schneeweißer Carrara-Marmor mit nur ganz leichter Maserung.«

»Mademoiselle Claudels Instinkt beim Bildhauen ist unübertroffen. So etwas habe ich noch nie gesehen«, erklärte Rodin. »Was das Arbeiten mit Marmor angeht, ist sie viel begabter als ich. Ihr erster Schlag sitzt immer auf Anhieb. Rosa hat vollkommen recht, der Marmor wird aus diesem Bauernmädchen eine Nymphe machen.« Dabei ließ er seine Hand über die Rückseite der Tonfigur gleiten, bis er sie schließlich auf ihrer Hüfte liegen ließ. Lächelnd wandte er sich an William: »Meine Augen sind nicht besonders gut. Um eine Frau wirklich beurteilen zu können, sind Hände viel besser geeignet. Finden Sie nicht auch, Monsieur Elbourne?«

»Fragen Sie doch Rosa«, entgegnete William mit spitzbübischem Lächeln. Für diese Bemerkung hätte ich ihn am liebsten erwürgt.

»Mademoiselle Lipscomb, wo haben Sie nur diesen Mann aufgegabelt?«, fragte Rodin. »Sie müssen ihn mir gelegentlich ausleihen. Ich habe heute noch in Montmartre zu tun, und jeder lebenslustige Mann, der nach Paris kommt, muss einmal in Montmartre gewesen sein. Was meinen Sie – kommen Sie mit?«

»Das hängt von dir ab, Jess. Lässt du mich gehen?«

Obwohl gerade erst in Paris angekommen, machte William schon Anstalten, sich in das Sündenbabel von Montmartre zu stürzen. Er war keinen Deut besser als all die anderen Engländer, die sich in den Cabarets tummelten und den Cancan-Mädchen unter die Röcke griffen. Und es war ebenfalls typisch für William, bei der Aussicht auf ein Abenteuer alles stehen und liegen zu lassen. Am schlimmsten aber war, dass ich selbst für mein Leben gern nach Montmartre gegangen wäre, um mir das Viertel der Bohemiens, wo sämtliche Künstler und Schriftsteller Europas versammelt waren, mit eigenen Augen anzuschauen.

Es geschahen so viele Dinge in Paris, direkt vor meiner

Nase, aber ich, als anständige, respektable Frau, durfte auf keinen Fall einen Fuß in diese Gegend setzen. Ich war wütend, dass William an meiner Stelle hingehen würde, ich hasste ihn dafür, dass er zusammen mit Georges, Rodin und Rosa etwas erleben würde, das Camille und mir verwehrt blieb. Wir mussten zurückbleiben wie zwei kleine Mädchen im Kindergarten, während die Erwachsenen zum Spielen rausgehen durften.

Um keinen Preis würde ich mir das jedoch anmerken lassen. Außerdem brannte ich darauf, Camille zur Rede zu stellen und sie auf das anzusprechen, was ich zuvor beobachtet hatte. Ich rieb mir die Augen, denn noch immer wurde ich das Bild der ineinander verschlungenen Leiber nicht los. Während William noch immer auf meine Antwort wartete, versuchte ich, mich daran zu erinnern, weshalb ich überhaupt böse auf ihn war. Ach ja, Montmartre.

Mit einer verächtlichen Geste brachte ich meinen Unmut zum Ausdruck. »Geht nur, ich habe sowieso noch zu arbeiten«, sagte ich.

Rodin nahm Georges und William beim Arm. »Dann ist ja alles klar. Wir organisieren einen Junggesellenabschied für unseren neuen englischen Freund hier. Sind Sie dabei, Duchamp? Natürlich kommen Sie mit. Aber Sie, Rosa – das geht auf gar keinen Fall.«

Doch Rosa streifte sich bereits ihre Handschuhe über. »Sie irren sich, Auguste, wenn Sie glauben, Sie könnten mich einfach so loswerden. Als wir jung waren, habe ich Sie regelmäßig unter den Tisch getrunken, und das werde ich heute wieder tun.«

»Ich schätze, es gibt in Paris Seltsameres zu sehen als die Bonheur«, bemerkte Rodin.

»Aber wenn die Gendarmen sie dabei erwischen, wie sie einer *Cocotte* an die Wäsche geht«, unterbrach ihn Georges, »dann muss sie allein klarkommen.«

Die drei Männer und Rosa lachten und gingen zur Tür.

William nahm seinen Hut und warf mir eine Kusshand zu. »Wir sehen uns morgen am Gare du Nord, bevor mein Zug abfährt.«

»Vergiss deine Kamera nicht«, antwortete ich und hielt sie ihm hin. »Du wirst doch sicher ein Souvenir von deinem Abenteuerausflug mit nach Hause nehmen wollen.«

Doch er bemerkte den Sarkasmus gar nicht.

»Danke, Jess, dass du keine Spielverderberin bist.«

Er lief hinter den anderen her und verließ das Atelier, während ich mich zu Camille umdrehte. Höchste Zeit, dass sie mir die Wahrheit über Rodin erzählte.

Kapitel Siebzehn

Camille und ich warteten, bis wir hören konnten, wie sich die Schritte der anderen auf der Straße entfernten. Jetzt, da wir allein waren, wusste ich nicht mehr, wie ich anfangen sollte. Das Bild von ihr und Rodin kehrte mit aller Macht zurück, und ich hatte Mühe, es wieder zu vertreiben. Eine kleine Liebelei mit Rodin war eine Sache, aber eine ausgewachsene Liebesaffäre – das war etwas anderes.

Es machte mich krank, mir die beiden zusammen vorzustellen. Aber wenigstens ergab jetzt alles einen Sinn: ihr Wutanfall, als sie Rodin in dem Café im Bois de Boulogne gesehen hatte, ihr Kummer, als sie darüber sprach, dass man doch als Liebespaar auch beieinander sein wollte. Ich verstand nicht, wie und warum sie es zuließ, dass Rodin sie verführte. Natürlich hatte ich die vielen Geschichten gehört, Geschichten von Frauen, die sich ihm an den Hals warfen, seine Liebesaffären mit Modellen und Damen der guten Gesellschaft, die für ihn Modell saßen, aber ich konnte nicht verstehen, was sie an ihm fanden. Ich war damals Anfang zwanzig, er war in meinen Augen uralt, mit seinem langen grauen Bart und den fleckigen Anzügen.

Ich brachte es nicht fertig, Camille ins Gesicht zu sehen, deshalb ging ich hinüber zu unserem kleinen Ofen. »Möchtest du Tee?«

Sie nickte und nahm das silberne Etui aus ihrer Rocktasche. »Zigarette?«

Als wir schließlich an dem kleinen Tisch saßen und unseren blauen Dunst in die Luft bliesen, fing Camille zu sprechen an.

»Das war wohl ein Schock für dich, oder? Also für mich wäre es das. *Enfin,* er ist unser *Maître.*«

»Wie alt ist er? Fünfzig?«

Mit der Fingerspitze entfernte sie einen Tabakkrümel von ihrer Zunge. »Neunundvierzig, um genau zu sein. Als ob das eine Rolle spielen würde. Er ist ein Genie. Ich liebe ihn als Künstler, als Mann. Ich liebe seine Leidenschaft. Sein Alter ist für mich völlig unwichtig.«

Ich fragte mich, ob das auch anders herum funktionieren würde, ob Rodin sich mit einer Frau einlassen würde, die über zwanzig Jahre älter war als er. Ich hatte meine Zweifel. Das würde jedenfalls meine Mutter mit ihrer großen Lebenserfahrung dazu sagen. Ich schüttelte den Kopf – bei so einem Kommentar würde Camille erst richtig wütend werden. Aber ich musste ihr klarmachen, dass sie mit dem Feuer spielte.

Also nahm ich ihre Hände in meine und sagte: »Camille, denk daran, was für ein Risiko du eingehst. Wenn das rauskommt, wird deine Familie nichts mehr mit dir zu tun haben wollen, und du bist ruiniert.«

»Jessie, du musst das verstehen. Ich brauche deine Hilfe, und es hilft mir gar nicht, wenn du mich verurteilst. Ich will dich nicht verlieren, jetzt, wo ich dich gerade erst gefunden habe. Ich könnte es nicht ertragen, mit dir zu streiten. Du bedeutest alles für mich.«

Mit Tränen in den Augen küsste sie meine Hände. Ich kniete mich neben sie und wischte ihr die Tränen vorsichtig mit den Daumen ab.

»Wirst du mir helfen, Jessie? Mir und Rodin?«

»Du weißt, ich würde alles für dich tun, aber wie kann ich euch denn unterstützen?«

»Wir müssen einen Ort finden, an dem wir ungestört und unbeobachtet zusammen sein können. Nicht so wie hier. Du könntest den Briefboten spielen, Treffen für uns arrangieren und aufpassen, dass wir nicht entdeckt werden. Wenn ich dich als Anstandsdame in meiner Nähe hätte, würde niemand Verdacht schöpfen, und wir wären in Sicherheit. *Ich* wäre in Sicherheit.«

Ein Stückchen trockener Ton klebte in ihrem Haar, und ich zerkrümelte ihn zwischen meinen Fingern. »Liebst du ihn?«

Ich setzte mich neben sie und wartete, während sie ihre Zigarette ausdrückte und ein Streichholz anriss, um eine neue anzuzünden. Sie legte den Kopf auf meine Schulter, und ich hielt sie fest, während sie mir von ihrer Affäre mit Rodin erzählte.

»Es hat voriges Jahr angefangen. Rodin sagt, er habe sich auf den ersten Blick in mich verliebt. *C'était un coup de foudre.* Das ist ein sehr passender Ausdruck, es fühlte sich an, als sei ich buchstäblich vom Blitz getroffen worden.«

Ebenso war es mir ergangen, als ich Camille zum ersten Mal begegnet war.

Sie erzählte, Rodin sei eines Tages im Atelier aufgetaucht, um ihren vorherigen Lehrer, Maître Bouchon, zu vertreten. Camille war damals achtzehn Jahre alt gewesen und gerade erst in Paris angekommen.

»Ich arbeitete an der Büste unseres alten Dienstmädchens, Hélène. Er stand schon eine ganze Weile in der Tür, ehe ich ihn bemerkte. Klein, untersetzt und stark wie Minotaurus. ›*Je suis Rodin.*‹« Das war alles, was er gesagt hat. Er ist auf die Skulptur zugegangen, an der ich gerade arbeitete, der Ton war noch feucht, und er hat ihn mit den Händen verschmiert. Er hat mich so durchdringend angeschaut, als sei ich selbst eines seiner Werke, und dann hat er seine Finger auf mein Gesicht gelegt, so …« Sie hob die Hände und berührte mein Gesicht, fuhr die

Konturen mit den Fingern nach, und ich hätte am liebsten ihre Hand genommen und sie geküsst, jeden Finger einzeln.

Camille seufzte und fuhr mit ihrer Geschichte fort. »Später dann, an einem der nächsten Tage, tat er genau dasselbe, doch diesmal hat er meinen Hals berührt, meine Brüste, hat meine Arme gestreichelt und ist mir mit den Händen über die Hüften gefahren. Ich stand da wie angewurzelt. Dann hat er mein Mieder aufgeknöpft, und ich ahnte, was er vorhatte, aber es machte mir nichts aus. Ich spürte die ungeheure Kraft, die von seinen Berührungen ausging – er hat mich modelliert, als wäre ich ein Stück Lehm. Er hat so unglaubliche Dinge mit mir an jenem Nachmittag getan, und ich war vollkommen willenlos. Aber er war es auch. Es ist vollkommen. Die vollkommene Liebe.«

Wieder sah sie mich an, als sei sie gerade aus einem Traum erwacht.

»Weißt du, Jessie, dies hier ist alles, wovon ich mein Leben lang geträumt habe. Rodin ist mein Geliebter. Der große Rodin! Kannst du dir das vorstellen?«

Ich sah nur zwei nackte, ineinander verschlungene Körper vor mir: nicht Rodin und Camille, sondern Camille und mich selbst.

Sie zündete sich noch eine Zigarette an, öffnete die Lippen und ließ den Rauch als Spirale aufsteigen, die zwischen uns im Raum hängen blieb. »Danach lag ich auf einer schmutzigen Decke auf dem Boden, so unschuldig in meiner Nacktheit, wie ein kleines Kind. Er hat dann eine Skulptur von mir gemacht, und dieser Moment war noch intimer als der, den wir kurz zuvor erlebt hatten. Kannst du das nachvollziehen?«

Die dunklen Locken fielen ihr in die meerblauen Augen, als sie zu mir aufschaute.

»Ganz und gar«, antwortete ich.

Camille hatte ihre große Liebe entdeckt, und Liebe und Leidenschaft lassen alles andere nebensächlich erscheinen. Wie langweilig musste ich in ihren Augen wirken, mit meinen Vorhaltungen über ihren guten Ruf, wenn es doch hier einzig und allein um Liebe ging, um die Liebe, die ich noch niemals erlebt hatte. Natürlich liebte ich William, und Georges erregte mich, aber das hier war etwas anderes, und darum beneidete ich sie.

»Wirst du mir helfen?«, fragte Camille. »Hilf uns, *ma petite anglaise.*«

Ich nahm ihre Hände und küsste vorsichtig die Fingerspitzen, eine nach der anderen. »Camille, du weißt, ich würde alles für dich tun.«

Zur Belohnung umarmte sie mich heftig. Sie entkorkte die Brandyflasche, goss die golden schimmernde Flüssigkeit in unsere Tassen und erhob ihre feierlich: »Auf die Kunst und auf die Liebe.«

»Auf die Liebe und die Kunst.«

Camille trank ihre Tasse in einem Zug leer. Mit dem Finger malte sie das chinesische Weidenmotiv nach, Liebende, die über die Brücke davonrennen, über ihnen zwei Tauben am Himmel.

»Ich treffe Rodin morgen früh im Louvre, ganz früh, noch bevor dort geöffnet wird«, erklärte sie. »Kommst du mit? Er will mit dir sprechen.«

Ich erstarrte. »Heißt das, ihr hattet schon vorher geplant, mich um Hilfe zu bitten? Noch bevor ich euch hier überrascht habe?«

»Ja. Ist das schlimm? Bist du jetzt ärgerlich?«

»Nein, im Gegenteil. Das macht es einfacher«, gab ich erleichtert zurück. »Jetzt weiß ich jedenfalls, dass du nicht dazu gezwungen wurdest.«

Sie lächelte: »Und ich bin froh, dass es ab jetzt keine Geheimnisse mehr zwischen uns gibt.«

»Keine Geheimnisse.« Ich trank den Rest meines Brandys aus und fragte mich, warum ich eingewilligt hatte, ihr zu helfen. Immerhin würde ich Camille auf diese Weise nah sein, und ich wäre Teil einer großartigen Liebesgeschichte. Ich würde dazugehören.

Kapitel Achtzehn

Wir liefen durch die leeren Säle des Louvre, nur unsere Schritte hallten unheimlich über den Steinboden. Die Morgensonne schien in den Skulpturensaal und ließ Michelangelos »Sterbenden Sklaven« und den »Rebellischen Sklaven« schimmern. Schnell holten wir unsere Skizzenbücher heraus.

»Sieh nur, wie überdimensional groß er die Hände und Füße gemacht hat – damit verstößt er gegen alle Regeln, die wir gelernt haben«, bemerkte ich.

»Und der Oberkörper des rebellischen Sklaven ist nicht poliert«, sagte Camille. »Die Haut des sterbenden Sklaven dagegen ist vollkommen glatt geschliffen. Glaubst du, er will damit andeuten, dass der Sklave im Angesicht des nahenden Todes einen verklärten Zustand erreicht hat?«

»Wahrscheinlicher ist, dass ihm das Geld ausgegangen ist, bevor er der Skulptur den letzten Schliff geben konnte.« Rodins Stimme ließ mich zusammenzucken. Er baute sich direkt vor mir auf und stellte seinen Stock fest auf den Boden. Dann legte er den Kopf zur Seite und lächelte verschwörerisch. »Nun, Mademoiselle Lipscomb? Machen Sie mit?«

»Oui, mon maître.«

Rodin breitete die Arme aus, und ich ging auf ihn zu. Er

drückte mich an seine Brust. Sein Mantel roch nach Ton und nach seinen Zigarren.

»Ich wusste doch, dass wir auf Sie zählen können, *ma chère élève.*« Damit ließ er mich los und ging zu einem geschäftsmäßigen Ton über. »Wir müssen ein paar praktische Dinge regeln.«

Er gab Camille ein Zeichen, worauf sie zu uns trat und wir zusammenstanden wie drei Verschwörer. »Im Studio gibt es einen Raum, den man von innen abschließen kann, wenn wir unsere privaten Treffen haben. Jessie könnte Wache halten und uns warnen, wenn jemand kommt, *d'accord?*«

Er redete in demselben Tonfall mit mir, in dem er seinen Männern im Atelier Anweisungen zu geben pflegte. Es tat mir weh, dass er so selbstverständlich davon ausging, dass ich, wie eine brave kleine Frau, seiner Bitte Folge leisten würde.

»Nicht so schnell«, unterbrach ich ihn. »Ich möchte auch etwas sagen.« Rodin sah mich erstaunt an, aber er nickte. Ich presste das Skizzenbuch an meine Brust und holte tief Luft.

»Haben Sie über die Folgen nachgedacht? Was wird aus Camille, wenn jemand von Ihrer Liebesbeziehung erfährt? Sie sind ein Mann und müssen sich nicht um Ihren Ruf sorgen, aber für Camille wäre es ihr Ruin.«

Es kostete mich große Überwindung, Rodin die Stirn zu bieten, und für ihn war es ungewohnt, dass ihm jemand widersprach. Er funkelte mich wütend an, doch ich hielt seinem Blick stand. Camille bedeutete mir so viel. Sie war vermutlich nicht in der Lage, einen vernünftigen Gedanken zu fassen, aber mein Kopf war klar und nicht wie ihrer von Leidenschaft umnebelt.

Camille brach das Schweigen und lachte los. »O Jessie, wie kleinbürgerlich du daherredest. Ruiniert … Ganz und gar nicht. Papa würde mir alles verzeihen, das weißt du doch. Und was meinen sogenannten guten Ruf angeht – der ist mir völlig egal.« Sie schnippte mit den Fingern.

Rodin kaute auf seiner Unterlippe herum, als würde er die Lage überdenken. Dann lächelte er und sagte: »Meine liebe Camille, Jessie hat ganz recht, wenn sie sich Sorgen um dich macht. Ich befinde mich momentan in einer schwierigen persönlichen Situation, aber du, ihr beide, müsst mir vertrauen, wenn ich verspreche, dass ich das in Ordnung bringen werde. Niemals würde ich Camille im Stich lassen.«

Ich stand mit hängenden Schultern da, und mir wurde klar, dass hier jedes Wort vergebens war und dass es mir niemals gelingen würde, an der Situation etwas zu ändern. Mir blieb nichts anderes übrig, als meine Bedenken für mich zu behalten und sie zu vergessen. Camille brauchte mich, und wenn, Gott behüte, alles herauskommen würde, würde sie mich mehr denn je brauchen.

Also nickte ich stumm und schlug die Augen nieder. Rodin legte die Arme um uns beide und sagte: »*Très bien.* Sie werden Ihre Entscheidung nicht bereuen, das verspreche ich Ihnen. *Alors,* schauen wir mal, was Michelangelo uns über den Bruch mit den Regeln der Proportionslehre beibringen kann.«

Ich entzog mich seiner Umarmung und verstaute mein Skizzenbuch in der Aktentasche.

»Es tut mir leid, *Maître,* aber William erwartet mich. Vielleicht treffen wir uns hier ein andermal, um über unser heutiges Unterrichtsthema zu sprechen.«

»Das machen wir auf jeden Fall – für meine beiden begabten Lieblingsschülerinnen wird es noch jede Menge Gelegenheit geben, unseren Michelangelo zu studieren. Die Türen zu den größten Kunstwerken in Paris stehen Ihnen offen, Jessie. Aber ich will Sie nicht länger von Ihrem Verlobten fernhalten. Seien Sie nett zu ihm; es könnte sein, dass er nach dem gestrigen Abend noch einen schweren Kopf hat.« Seine Worte wurden von einem gutmütigen Lachen begleitet.

Camille hakte sich bei mir unter. »Ich komme mit, Jessie. Ich warte draußen im Wagen auf dich, während du dich von ihm verabschiedest.«

* * *

Der Bahnsteig war voller Menschen, und es dauerte eine Weile, bis ich William fand. Als er sich zu mir umdrehte, um mich zu begrüßen, entdeckte ich einen matten Grünton in seinem Gesicht.

»William, deine Augen sehen aus wie zwei pochierte Eier.«

»Schrei nicht so, Jess. Ich bin etwas unpässlich, nichts weiter, wahrscheinlich waren die Austern nicht frisch.«

»Austern, ich lach mich tot. Denkst du, ich weiß nicht, woran man einen Kater erkennt?« Ich nahm es ihm immer noch übel, dass er beim ersten Lockruf des Abenteuers nach Montmartre gerannt war. Ich nahm es ihm so übel, dass ich niemals zugegeben hätte, dass ich an seiner Stelle genau dasselbe getan hätte. »Und was um alles in der Welt hast du getrunken? So krank hast du noch nie ausgesehen, seit ich dich kenne.«

Er fasste sich an die Stirn. »Oh, dieses grüne Zeugs, das schmeckt wie parfümierter Sirup, grauenvoll. Wie nannte Georges das noch? Die grüne Fee, oder so ähnlich.«

Ich verdrehte die Augen. »*La Fée Verte?* Sag nicht, ihr habt Absinth getrunken. Davon wird man verrückt.« Ich unterdrückte ein Lächeln. Williams Gesichtsfarbe entsprach exakt der der Grünen Fee. Ein höchst irreführender Name übrigens, wenn man bedenkt, was für ein Teufelszeug das war.

»Absinth, genau, so hieß es.« Er hielt sich den Kopf und wurde noch eine Spur blasser. Dann stöhnte er: »Es fühlt sich an, als würde diese verfluchte Fee in meinem Kopf einen Cancan tanzen.« Für einen Augenblick erhellte sich seine Miene. »Ich würde sagen, diese französischen Tanzmädchen übertreffen sich selbst beim Hochwerfen ihrer Beine. Das solltest du mal ausprobieren, Jess, das ist viel besser als deine täglichen Gymnastikübungen.«

»Halt den Mund, Dummkopf.« Gegen meinen Willen musste ich lachen. Er schaffte es wie eh und je, meine schlechte Laune zu vertreiben, genauso wie er es früher immer gemacht hatte, als wir Kinder waren und er beim Essen eine Spinne unter mein Wasserglas gesetzt hatte. Den Trick fand er heute noch genauso lustig.

Dann umarmte er mich. »So ist's besser, Jess. Es ist so schön, dich lachen zu hören.« Doch als er versuchte, mich zu küssen, schob ich ihn weg.

»Puh, du riechst wie ein Fass Franzbranntwein. Bist du immer noch betrunken?«

»Voll wie eine Haubitze«, stieß er hervor. »Aber ich erinnere mich an alles und kann dir berichten, dass ich mich wie ein Gentleman benommen habe, trotz der zahlreichen und vielfältigen Verlockungen, die sich mir dargeboten haben. Stell dir vor, da war eine, die konnte ihr Bein hinter ihr …«

Ich legte ihm die Hand auf den Mund, und er versuchte, mir in die Finger zu beißen. »Ich bitte dich, William, ich bin nicht einer von deinen Saufkumpanen. Heb dir deine anzüglichen Geschichten für den nächsten Clubabend auf.«

»Und am Ende ist doch alles gelogen.« Doch dann wurde er ernst. »Du weißt, Jessie, dass du dir deswegen keine Gedanken zu machen brauchst, nicht wahr? Nichts und niemand könnte mich von dir weglocken, mein Liebling.« Als er sich wiederum meinem Gesicht näherte, um mich zu küssen, ließ ich ihn eine Weile gewähren, bevor ich ihn erneut wegschob.

Schon war der Pfiff zur Abfahrt des Zuges zu hören, und wir liefen den Bahnsteig entlang.

»Wie Georges sich wohl heute Morgen fühlen mag«, sagte William. »Der hat es allerdings mit der Damenwelt.«

Ich hielt seinen Arm fester. Um William machte ich mir im Grunde keine Sorgen. Er war viel zu gut erzogen, um sich angesichts der Verlockungen von Montmartre zu vergessen. Bei Georges sah das anders aus. Ich hatte beobachtet, wie die Modelle sich gegenseitig wegschubsten und es darauf anlegten, sich möglichst vor seinen Augen auszuziehen, und ich hatte auch gesehen, wie er mit einigen von ihnen so scherzte, dass klar war, was sie sonst noch zusammen gemacht hatten. Doch als ich William fragen wollte, wie er das meinte und was Georges denn getan hätte, wechselte er das Thema und ließ sich über Rosa aus.

»Sie ist die Verführung in Person! Sie warf mit subtilsten Komplimenten um sich und hofierte die Tänzerinnen wie Prinzessinnen. Eine von ihnen war restlos hingerissen von Rosa, und sie zogen gleich zusammen los ins Nachtleben. Ich wette, die Ärmste hat einen Schock bekommen, als Rosa sich ihre Reithose auszog.«

Ich versuchte ein Lächeln, aber der Gedanke an Georges und daran, was er wohl getan hatte, ließ mich nicht los. William schien davon nichts zu merken, und er lachte immer noch, als wir schließlich vor dem Wagen der Ersten Klasse stehen blieben. Plötzlich schlug er sich mit der Hand gegen die Stirn. »Beinahe hätte ich es vergessen: hier.« Er kramte in seiner Tasche und brachte einen Papierfetzen zum Vorschein.

Die Unterschrift von Toulouse-Lautrec war unter ein paar mit Tinte geschriebene Zeilen gekritzelt. Ich hatte noch nie von ihm gehört, aber die Zeichnung war beeindruckend: eine Tänzerin, die so lebendig aussah, als würde sie jeden Moment aus den Zeilen springen wollen. Vorsichtig faltete ich das Blatt und steckte es in mein Portemonnaie. Noch einmal ließ der Bahnhofsvorsteher einen Pfiff erschallen, die Türen wurden zugeknallt. William schloss mich in die Arme. Und auf einmal wünschte ich mir sehnlichst, er würde nicht abreisen.

»Kannst du nicht noch ein bisschen bleiben?«, flüsterte ich. »Ich habe dich kaum gesehen.«

»Ich weiß, Jess, es tut mir leid. Ich hätte nicht Hals über Kopf nach Montmartre rennen sollen, aber wie hätte ich Nein sagen können? Du weißt doch, dass ich dich liebe. Genieße Paris, aber vergiss nicht, immer wieder zu mir zurückzukommen, denn niemand auf der Welt könnte dich mehr lieben als ich.« Er streichelte mein Gesicht. »Mag sein, dass wir aus unterschiedlichem Holz geschnitzt sind, aber zusammen bilden wir die allerschönste Intarsie.«

Der Schaffner pfiff ein letztes Mal, dann küsste William mich heftig auf den Mund und sprang in den Zug, der im nächsten Augenblick abfuhr.

Ich wischte mir die Augen und ging zurück zu meiner Droschke, und mit jedem Schritt, der mich wieder näher zu Camille brachte, wurde mein Herz ein bisschen leichter.

Kapitel Neunzehn

Paris

1929

Nach dem Besuch bei Louise in Villeneuve dauerte es nicht lange, bis ich Georges aufgespürt hatte. Ich fragte in Paris in einigen Galerien nach, und einer der Besitzer kannte seinen Namen.

»Stellen Sie seine Arbeiten hier aus?«, fragte ich.

»Nein, Madame, aber er ist einer unserer besten Kunden. Monsieur Duchamp ist ein großer Kunstkenner und hat einen ausgezeichneten Blick. Er und seine Frau kommen zu all unseren Ausstellungseröffnungen.«

Er und seine Frau. Natürlich hatte er eine Frau. Ich brachte geraume Zeit mit der Auswahl meiner Garderobe zu. Am Ende ging ich zu Chanel und kaufte mir so ein elegantes Jersey-Kostüm, wie ich es an Louise gesehen hatte. Es stand mir gut, doch als ich meine Strumpfbänder festmachte, fiel mir ein, dass Georges mich noch nie in einem kurzen Rock gesehen hatte. Bei unserer letzten Begegnung war ich Mitte zwanzig gewesen. Entschlossen kehrte ich dem Spiegel den

Rücken zu. Wie töricht ich doch war.

Georges schickte mir einen Wagen. Ein Chauffeur in Uniform brachte mich zu einem prächtigen Boulevard im Botschaftsviertel, wo mich ein Dienstmädchen mit gestärkter Schürze in eine protzig eingerichtete Wohnung führte, vollgestellt mit Stühlen mit vergoldeten Armlehnen und Schäferinnen aus Porzellan. Süßlicher Rosenduft lag in der Luft, die Blumen in den kostbaren Vasen wirkten künstlich in ihrer makellosen Perfektion.

Von allen Seiten erblickte ich mein Bild in großen Spiegeln, die an den Wänden hingen: Ich sah aus wie eine alte Katze mit scheckigem Fell, die in all diesem Prunk völlig fehl am Platz wirkte. Es war alles so vulgär, und ich verstand nicht, wie er hier leben konnte, wie er das ertrug. Die Antwort stand im nächsten Augenblick im Raum. Sie war atemberaubend und ungefähr vierzig Jahre jünger als ich.

»Charlotte Duchamp, aber nennen Sie mich bitte Lotta. Alle nennen mich Lotta.« Sie hatte Grübchen. Ihre hohe, glatte Stirn in Verbindung mit dem Blick eines ahnungslosen Kaninchens ließ auf einen von allzu tief greifenden Gedanken verschont gebliebenen Verstand schließen.

Georges hatte sich ein fettes kleines Kaninchen geangelt. Diamanten hingen in Tropfen von ihren Ohren herab und umschlangen ihren makellosen Hals, sogar in ihrem glänzenden schwarzen Haar steckten diamantene Spangen. Es war ekelhaft – nicht die kleinste Spur von Grau. Aber ich entdeckte Krähenfüße in ihren Augenwinkeln. Sie musste Ende zwanzig, Anfang dreißig sein und hatte es gerade noch rechtzeitig in den sicheren Hafen der Ehe geschafft. Mit Sicherheit war sie in einen Skandal verwickelt gewesen, aus dem ihre Eltern sie durch die Heirat mit einem älteren Mann gerettet hatten.

Ich betrachtete die schwülstigen Wandbehänge und die vergoldeten Möbel. Das alles war so offensichtlich nicht Georges’

Geschmack, und ich erkannte sofort, dass sie es war, die den Reichtum in die Ehe gebracht hatte. Georges hatte sich kaufen lassen, die Versuchung, sich von einer wesentlich jüngeren Frau mit einer üppigen Mitgift einfangen zu lassen, war zu groß für ihn gewesen.

»Ich fürchte, Georges ist, ähm, noch nicht fertig … umgezogen.« Sie kicherte und schaute mit gespielter Unschuld auf die Wanduhr, ein scheußliches Ungetüm aus Gold und Onyx, das den Kaminsims verunstaltete. Es war vier Uhr, die Zeit der nachmittäglichen Liebesstunde in Paris.

Charlotte – ich brachte es nicht über mich, sie Lotta zu nennen – erging sich in endlosem Geplauder, während ich sie stumm anlächelte und mir verzweifelt immer wieder dieselbe Frage stellte: »Wie konnte er nur? Wie ist das möglich?« Als Georges endlich hereinkam, die Wangen vom Baden gerötet und nach Zitronenverbene duftend, war ich drauf und dran zu gehen. Er zeigte den Ansatz eines leichten Doppelkinns und hatte breitere Hüften bekommen, war aber noch immer ein sehr attraktiver Mann mit vollem silbergrauem Haar. Auch die Geste, mit der er sich darüber strich, obwohl sie ihm gleich wieder in die Augen fielen, war mir wohlbekannt. Die Falten in seinem Gesicht störten mich nicht. Er war immer noch mein Georges.

»Jessie! Wie schön, dich zu sehen.« Er küsste mich dreimal und flüsterte: »Bitte geh noch nicht. Ich habe seit einem Jahr mit keinem vernünftigen Menschen mehr gesprochen.«

Ich hätte mich am liebsten an ihn geklammert und ihn gebeten, mit mir ins Schlafzimmer zu gehen, mich zu lieben, immer und immer wieder. Ich schloss die Augen und fuhr mit den Lippen über sein Ohrläppchen. Dabei dachte ich daran, wie wir zum ersten Mal zusammen getanzt hatten, die Lichtung im Wald, seine Hände in meinem Haar.

Wir hatten uns wohl zu lange umarmt, jedenfalls vernahm ich ein leises Hüsteln und löste mich langsam aus seinen Armen, um mich wieder seinem Kaninchen zuzuwenden. Sie wirkte verstimmt. Ich setzte mich auf eine harte Chaiselongue, und sie ließ sich neben mir nieder, wohl um zu verhindern, dass Georges diesen Platz einnahm. Ich hörte sie plappern, nahm aber kein Wort auf von dem, was sie erzählte, von Leuten, die ich nicht kannte. Ich wünschte mir nichts sehnlicher, als mit Georges allein zu sein und mit ihm über die Vergangenheit zu sprechen – unsere Vergangenheit.

Wir warfen einander verzweifelte Blicke zu, murmelten Höflichkeiten, während das Kaninchen nach und nach die von allen Franzosen so heiß geliebten staubtrockenen Kekse wegknabberte, *langues de chat*, und zwischendurch ihren Kaffee schlürfte. Endlich, nach einer Ewigkeit, so schien es mir, entschuldigte sie sich und erschien kurz darauf in einem hellen Nerzmantel und einem Glockenhut und mit einem mürrischen Pekinesen auf dem Arm.

»*Je m'excuse,* Madame, aber ich habe heute so viel zu tun. Das können Sie sich nicht vorstellen. Zuerst eine Anprobe, dann zum Friseur und zur Maniküre, und um sechs muss ich rechtzeitig zum Cocktail fertig sein. Georges, denk bitte daran, mit unserem Baby spazieren zu gehen.« Sie küsste den Pekinesen, der ihr mit der Zunge über den Mund leckte. Ich unterdrückte meinen Ekel. »Und beleg deine alte Freundin nicht zu lange mit Beschlag. Sie sieht müde aus.«

Verdammtes kleines Luder.

Unentwegt plappernd fummelte sie an ihrem Hut herum und schürzte die Lippen, während sie in einen der lächerlichen Spiegel an der Wand starrte. »Also, vergiss Plon-Plon nicht, ja?« Sie sandte ein paar Luftküsse in Georges' Richtung und hinterließ eine Wolke von *Je Reviens*, als sie schließlich verschwand.

Ich erhob mich von der Chaiselongue und bahnte mir einen Weg durch den Wald kleiner Beistelltischchen, bis Georges und ich uns endlich gegenüberstanden. »Plon-Plon? Bist du das? Oder dein Hund?«, fragte ich. Armer Georges, wie hätte ich noch zornig auf ihn sein können.

»Du trittst nach mir, obwohl ich längst am Boden liege? Wie grausam du bist, und wie hab ich dich vermisst.« Er zog mich auf das mit Kissen bedeckte Sofa, und ich versank in einer weich gefederten Wolke. »Das ist nicht lustig!«

»Ist es doch«, antwortete ich und schlug nach ihm. »Dieser Ort, die junge reiche Ehefrau, das alles wirkt wie eine Farce von Feydeau. Soll ich mich hinter dem Garderobenständer verstecken, wenn sie zurückkommt?«

Er stöhnte gequält auf. »Nicht doch, Jessie. Hör auf!«

Georges sah so elend aus, dass ich beschloss, ihn nicht weiter zu ärgern. Stattdessen erzählte ich ihm, wo ich gerade herkam.

»Du hast Camille gesehen? Aber das ist unmöglich! Das Letzte, was ich von ihr gehört habe, war, dass sie krank ist und eine Art Nervenzusammenbruch hatte. Angeblich liegt sie im Krankenhaus. Das war vor dem Krieg, weißt du, und dann kam diese schwere Zeit, die uns allen übel mitgespielt hat.« Er zeigte mir seine rechte Hand. »Ich kann meine Finger nicht mehr bewegen. Die Nerven sind durchtrennt.«

Das hatte ich nicht bemerkt. Ich nahm seine steife Hand und streichelte sie. Noch vor einem Augenblick hatte ich ihn ausgelacht, und jetzt hätte ich am liebsten geweint.

Er zog sie zurück und steckte sie in die Jackentasche. »Ich kann weder bildhauern noch zeichnen. Aber was soll's, schließlich habe ich all das hier.« Mit einer großen Geste seiner gesunden Hand wies er um sich.

Ich starrte ihn an, und wir lachten los, lehnten uns aneinander und lachten, bis uns die Tränen die Wangen herunterliefen, in einem wilden Ausbruch unterschiedlichster Gefühle: Trauer um das, was wir verloren hatten, und die barbarische

Grausamkeit einer neuen Zeit, in der der Krieg seine schrecklichen Wunden hinterlassen hatte, die unsere schlimmsten Albträume übertrafen. Das war nicht mehr unsere Gegenwart. Wir gehörten zum vorigen Jahrhundert.

Als wir uns endlich beruhigt hatten, goss Georges uns Brandy und Soda ein. »Erzähl mir von Camille. Wie geht es ihr?«

Ich zögerte. Ich wollte nicht, dass er sie sich so vorstellte, wie ich sie gesehen hatte. »Es ging ihr nicht gut, aber die Ärzte sagen, es wird besser werden, sobald sie zur Ruhe kommt. Vor allem möchte ich herausfinden, was mit ihr geschehen ist, was mit ihrer Arbeit passiert ist. Ich will alles über ihr Leben erfahren. Wir haben uns aus den Augen verloren, als ich nach England zurückgegangen bin.«

Er sah in sein Glas. »Ich erinnere mich daran, als du abgereist bist.«

»Ja.« Unmerklich rückte ich von ihm ab.

»Es tut mir leid«, sagte er.

»Das ist jetzt alles unwichtig. Erzähl mir von Camilles Arbeit. Was ist geschehen, als ich weg war? Hatte sie endlich den Erfolg, den sie verdiente?«

»O ja, eine Zeit lang schon. So lange, bis sie anfing, sich mit allem und jedem zu streiten. Du weißt, wie sie war, ein richtiger Heißsporn. Nach Rodin kündigte sie einem nach dem anderen die Freundschaft. Einen Grund gab es immer: Wir steckten alle mit Rodin unter einer Decke, behauptete sie, versuchten, ihre Ideen zu klauen, lauter Unsinn. Rosa hielt es am längsten mit ihr aus, aber auch sie gab es schließlich auf. Es ist eine Schande, sie hatte das Zeug, eine der besten von uns zu werden.«

Georges ging zum Kamin und nahm eine kleine Bronzeskulptur vom Sims, die sich zwischen den vielen Schäferinnen versteckte. Er legte sie mir in die Hand. »*La Valse* hat sie sie genannt.«

Ein Mann und eine Frau, beide nackt, tanzten in ekstatischer Umarmung, mit größter Leidenschaft einander besinnungslos hingegeben, einen stummen Walzer. Ich zog die Umrisse der Figur mit dem Finger nach und stellte mir den Druck der Künstlerhand in meiner vor.

»Das ist von Camille?«

Georges nickte. »Eine der wenigen. Eins der Originale. Die Regierung weigerte sich, ihr den Marmor für die Skulptur zur Verfügung zu stellen, es sei denn, sie bekleidete ihre Figuren. Darauf ließ sie sich schließlich widerstrebend ein, und dann bekam sie trotzdem eine Ablehnung von der Kommission.«

Er seufzte. »Camille hat die Spielregeln nie verstanden. Sie hätte wissen müssen, dass diese Wichtigtuer niemals die Arbeit einer Frau zugelassen hätten. Sie hat mir den Brief gezeigt, in dem die ›Nähe der Sexualorgane‹ und ihre ›starke Sinnlichkeit‹ kritisiert wurden. Camille war außer sich, aber Rodin beschwichtigte und überredete sie, der Frau ein Kleid anzuziehen, und er sorgte dafür, dass sie ausgestellt wurde. Und dennoch wurde sie von der Kritik verspottet. Es wurde behauptet, das Paar sähe aus, als wolle es im nächsten Augenblick zusammen ins Bett springen. Arme Camille, sie hatte keine Chance. Ich habe es immer gewusst. Aber sie hatte Klasse. Genau wie du, Jessie.«

Er legte seine gesunde Hand auf meine, und wie von selbst verschränkten sich unsere Finger.

»Erinnerst du dich noch, wie ihr das erste Mal in Rodins Studio aufgetaucht seid und wie ihr euch gegen all die Männer dort zur Wehr setzen musstet?«

Ich lächelte. »Wie könnte ich das je vergessen?« Ich drückte seine Hand. »Du warst uns ein guter Freund, Georges.«

»Hör auf, sonst fühle ich mich noch schlechter.«

Kapitel Zwanzig

Rodins Studio in Paris

Juli 1884

Camille und ich blieben unschlüssig in der Tür stehen, bis ich Georges entdeckte, der sich mit hochgekrempelten Ärmeln über einen Zeichentisch beugte.

»Keine Sorge«, flüsterte Camille mir zu. »Er ist in seiner Ehre gekränkt, weil er dich mit William gesehen hat, sonst nichts. Pass gut auf.« Damit rief sie laut durch den Raum: »*Salut*, Georges!«

Er vergrub die Hände in den Hosentaschen und schlenderte zu uns herüber. *»Bonjour, ma belle Camille.«* Für mich hatte er lediglich ein kurzes Kopfnicken übrig. »Mademoiselle Lipscomb.«

Das war absurd. Georges hatte überhaupt keinen Grund, beleidigt zu sein. Schließlich hatte ich ihm niemals irgendwelche Hoffnungen gemacht. Ich wollte zu ihm gehen, aber Camille hielt mich fest und lächelte Georges zu. Wenn sie wollte, konnte sie die charmanteste Frau auf der Welt sein, und jetzt schaute sie Georges durch ihre Ponyfransen schelmisch an.

»Willst du uns nicht helfen, mein Lieber? Wir brauchen doch jemanden, der uns hier am ersten Tag herumführt und uns alles zeigt. Bitte!«

Er verdrehte die Augen, sah aber gleich um einiges milder gestimmt aus.

»Camille, du bist unwiderstehlich. Allerdings habe ich gedacht, Jessie hätte bereits einen tapferen Ritter – fragt doch William, ob er euch durchs Studio führt.« Er sah aus wie ein Lausbub, und um ein Haar hätte ich laut losgelacht. Außerdem fühlte ich mich von seiner Eifersucht insgeheim geschmeichelt.

»Wir wollen uns doch nicht zanken«, sagte ich und berührte ihn leicht am Arm. »Es ist langweilig zu streiten, wo wir doch so viel Spaß miteinander haben können.«

Er griff nach meiner Hand, drehte sie mit der Handfläche nach oben und zeichnete mit dem Zeigefinger meine Lebenslinie nach. Ich schloss die Hand und klemmte Georges' Finger ein. Er grinste.

»Na gut. Ihr beide würdet sowieso auf der Stelle gefressen, wenn ich euch nicht helfe. Es wäre unverzeihlich, euch ahnungslose Schäfchen den Wölfen zum Fraß vorzuwerfen.«

Ich kniff ihn in den Finger, während Camille die Arme in die Hüften stemmte und drohend um ihn herumschritt. »Wen meinst du hier mit ›ahnungslose Schäfchen‹?«, zischte sie und fügte hinzu: »Das einzige ahnungslose Schaf hier …«

Er hob die Arme, als müsste er sich gegen eine Horde Straßenräuber verteidigen und bettelte um Gnade. Jetzt war er wieder der alte Georges, unser Freund und Verbündeter.

»Waffenstillstand! Ich bitte um Gnade, ihr Streithennen! Los, ich zeige euch, wo ihr Hüte und Mäntel ablegen könnt. Da ist zwar nicht viel Platz, aber es ist einigermaßen diskret. Hier ziehen sich auch die Modelle um.«

Er führte uns zu einem Paravent, der in einer Ecke des riesigen Raums stand, schob ihn ein wenig zur Seite und gab den Blick frei auf einen großen Schrankkoffer und zwei riesige Kittel, die auf Nägeln an der Wand hingen. »Wir haben leider keine Damenkittel hier«, erklärte er. »Noch ist es nicht üblich, dass Frauen in diesem Atelier arbeiten – keine Perserteppiche und kein Teeservice. Ihr müsst schon mit unserer primitiven Hütte vorliebnehmen. Hier wird nämlich hart gearbeitet.«

Mir gefiel es gar nicht, wie er mit uns redete. Er behandelte uns, als seien wir blutige Anfängerinnen, und schon wollte ich ihm erklären, dass er sich seine dummen Kittel an den Hut stecken sollte, doch da spürte ich, wie Camille mir einen warnenden Stoß gab.

»Georges, wir wissen beide, dass du hier der Dienstälteste bist und wir nur die kleinen Anfängerinnen, aber wir wissen auch, dass du in deinem Leben noch keine primitiven Umstände gekannt hast. Ich wette, es gibt hier irgendwo ein Versteck, wo du dir deinen geheimen Luxus gönnst. Gib's zu!«

Er fuhr sich mit der Hand durchs Haar. »Willst du damit sagen, dass ich ein aufgeblasener Dandy bin? Nein, sei still – ich kann es Jessie am Gesicht ablesen.«

Ich zwang mich zur Ruhe. Wahrscheinlich tat ich gut daran, mir ein Beispiel an Camille und ihren charmanten Tricks zu nehmen, mit denen sie erreichte, dass Männer sie als gleichwertig akzeptierten. Das schien besser zu funktionieren als mein aufgeregter Protest, der schon vorher in England, in Gesellschaft meiner kampflustigen Mitstreiterinnen, nicht besonders gut angekommen war.

Georges ließ sich auf einer Holzkiste nieder und klopfte mit der Hand neben sich. »Du kennst mich einfach zu gut, Camille. Hier drin ist eine Flasche Cognac, englische Biskuits und Kaffee und natürlich auch eine Dose Kaviar von meinem Kosakenfreund.«

Georges blinzelte mir verschwörerisch zu, und ich riss warnend die Augen auf. Er hatte sich in einer ähnlichen Situation schon einmal fast um Kopf und Kragen geredet. Jetzt lächelte er nur leicht, und nun, da er sein aufgeblasenes Getue abgelegt hatte, konnte ich sein Lächeln auch erwidern. Er war wie Camille – genau wie sie benutzte er seinen Charme als mitunter gefährliche zielgerichtete Waffe.

»Georges, ich bin enttäuscht von dir«, sagte ich scherzhaft. »Kein Champagner?«

»Champagner … Nein, zum Champagnertrinken gehen wir aus. Aber keine Sorge, ich kenne da …«

»… ein charmantes kleines Bistro gleich um die Ecke«, echoten wir im Chor.

»Bin ich so leicht zu durchschauen?«

»Zum Glück, ja«, antwortete ich und setzte mich neben ihn. Wie unbeabsichtigt schob er seinen Arm hinter meinen Rücken, und ich lehnte mich verstohlen an ihn. Georges heulte auf, als Camille ihren Hut abnehmen wollte.

»O nein, Camille! Schon wieder dieser schreckliche Strohhut? Schau dir Jessie an – sie weiß, wie man Hüte trägt. Auf einer Seite hängt er runter, sodass das Auge hinter der Krempe versteckt bleibt, und der Nerzkragen rahmt ganz wunderbar ihr Gesicht ein.« Mit geschickten Fingern löste er die Hutnadeln und schob mir eine Haarsträhne hinters Ohr. »Das passt so wunderbar zu diesem kleinen Cape, das sie darüber trägt.« Zärtlich streichelte er die gestickte Pfauenfeder auf meinem Ärmel, um dann seine Hand auf der Schwanendaunenmanschette liegen zu lassen. »Exquisit«, murmelte er.

Camille beobachtete uns aufmerksam und unterdrückte ein Lächeln. »Jessie hat eine Schwäche für schöne Dinge.«

Georges zündete sich eine türkische Zigarette an und beobachtete mich durch die Rauchwolke hindurch. »Genau wie ich«, bemerkte er.

Das ging mir eindeutig zu weit. Georges hatte für meinen Geschmack eindeutig zu viel Übung im Verführen junger

Damen. Auf keinen Fall wollte ich mich in die Schar seiner Eroberungen einreihen, so wie die vielen leicht zu beeindruckenden *Grisettes*, die nur ein paar schmeichelhafte Komplimente brauchten, um ihm zu Willen zu sein. Ich stand auf und zog mir entschlossen einen der riesigen Kittel über. Er war mir viel zu groß, und ich krempelte mir die Ärmel hoch.

»Also gut«, sagte ich. »An die Arbeit.«

Beinahe hätte ich losgelacht, als ich zu Georges herüberschaute. Er sah aus wie der Fuchs vorm Hühnerstall, dem gerade die fetteste Henne ins sichere Gehege entkommen ist.

Er seufzte. »Na gut, dann zeige ich euch mal, was Rodin von euch will.«

* * *

Wir standen zwischen den *Bürgern von Calais*. Die sechs überlebensgroßen Figuren ragten über uns auf.

Georges war jetzt plötzlich wieder ganz geschäftsmäßig. »Hände und Füße sind noch nicht fertig – das ist dein Part, Camille. Rodin ist der Ansicht, dass Hände und Füße die ausdrucksstärksten Teile des menschlichen Körpers sind. Du wirst hier ein paar erstaunliche Beispiele dafür entdecken.«

Bei diesen Worten zog er eine Schublade mit einzeln abgeteilten Fächern auf, ähnlich wie Kästen für Schmetterlingssammler. Darin befanden sich lange Reihen kleiner, sorgfältig ausgearbeiteter Hände und Füße aus Ton, genaue Abbildungen von Gliedmaßen in Männer-, Frauen- und Kindergröße.

Camille griff nach der Hand eines Kleinkinds, das seine Finger ausstreckte, als wollte es nach der Mutter greifen. Sie barg das Händchen in ihrer eigenen Handfläche wie einen kleinen, schutzlosen Vogel, dann legte sie es vorsichtig in die Schublade zurück.

Georges blickte zu mir herüber. »Rodin sagt, du hast einen

guten Blick für den richtigen Faltenwurf, das heißt, du wirst unsere Gewandmeisterin. Unsere Technik sieht so aus, dass wir immer zuerst die nackten Figuren modellieren und sie erst hinterher bekleiden. Rodin glaubt, dass wir den Skulpturen dadurch Leben und Bewegung einhauchen. Hier hast du die Vorlagen.«

Er reichte mir einen Stapel Papiere, die er aber einen Moment zu lange festhielt, sodass ich sie ihm fast aus der Hand reißen musste. Wir schauten einander in die Augen, bis er die Papiere endlich losließ und ging.

Camille lachte und kletterte auf die Leiter, um an einem Bürger weiterzuarbeiten, der seine Hände zum Kopf heben sollte. »Pass auf, Jessie, nimm dich bloß vor Georges in acht.«

»Ich bitte dich, er führt sich auf wie ein kleines Kind.«

Sie grinste frech, und ich warf ein Stück Ton nach ihr.

* * *

Ich stand da, meine Hände ruhten auf einem kalten Tonklumpen, und so schaute ich mir die Bürger genau an. Sie standen in unterschiedlichen Haltungen da: Einer blickte entschlossen nach vorn, ein anderer hielt furchtsam den Kopf gesenkt.

Mir widerstrebte der Gedanke daran, ihre lebendigen Körper, die straff gespannten Muskeln, diese Figuren, die nur darauf warteten, im nächsten Augenblick loszulaufen, zu verhüllen. Anfangs arbeitete ich langsam und zögerlich, doch mein Selbstvertrauen wuchs in dem Maße, wie ich beobachten konnte, dass die Skulptur an Form gewann. Gerade war ich damit beschäftigt, einen besonders widerspenstigen Stoffzipfel zu formen, da bemerkte ich, dass ich beobachtet wurde. Als ich mich umdrehte, stand Rodin hinter mir.

»Lassen Sie sich nicht stören, Mademoiselle, machen Sie einfach weiter. Ich schaue meinen Helfern gerne bei der Arbeit zu. Aber erwarten Sie kein Lob von mir, für solche Nettigkeiten habe ich keine Zeit. Wenn ich nichts sage, ist es gut.« Er ließ seinen Stock in der Luft kreisen. »Bitte, fahren Sie fort, und währenddessen erzähle ich Ihnen die Geschichte, die sich hinter dieser Skulptur verbirgt.«

Rodin stützte sich auf seinen Stock. »Wir schreiben das Jahr 1347, es ist der Hundertjährige Krieg. Die Engländer belagern Calais, die Menschen sterben wie die Fliegen, ihre Widerstandskraft ist gebrochen. Die Mütter haben keine Milch mehr, um ihre Säuglinge zu stillen, kleine Kinder sterben und liegen tot auf den Straßen herum – wie Abfall. Feuersbrünste wüten außerhalb der Stadtmauern, und Wurfgeschosse regnen auf die Bewohner der Stadt. Schließlich ergeben sich die völlig entkräfteten Bürger von Calais dem König von England.«

Er legte einem der Riesen aus Ton die Hand auf den Rücken. »Diese Männer hier sind gekommen, um King Edward die Stadtschlüssel zu übergeben, und sie sind bereit, ihr Leben zu opfern, um ihre Mitbürger zu retten. In einer langsamen Prozession gehen sie ihrem sicheren Tod entgegen, jeder einzelne dieser Männer stellt sich diesem Schicksal auf ganz eigene Weise.«

Ich war still geworden bei den Worten Rodins, die er mit großen Gesten unterstrich. »Ein Jahr nach dem Fall von Calais«, fuhr er fort, »kam die Pest nach England, der ein Drittel der Menschen zum Opfer fielen. Gott war offenbar auf unserer Seite.«

Rodin schaute mich aufmerksam an, und ich verstand, warum sich Camille zu ihm hingezogen fühlte. Er hatte die Gabe, seinem Gegenüber seine gesamte Aufmerksamkeit zu schenken, als sei dieser Mensch der einzige auf der Welt, der ihm etwas bedeutete, und das war faszinierend.

Er blickte hoch zu Camille, die uns mit ihren dunklen Augen von der Leiter beobachtete. »Sie beide haben heute Morgen hart gearbeitet, das war ein guter Anfang. Packen Sie Ihr Werkzeug zusammen, und kommen Sie zum Mittagessen.«

Camille kletterte von der Leiter herunter und stellte sich neben mich. Sie wischte sich die Finger an einem Lappen ab und sah zu, wie Rodin das Studio verließ und hinaus in den Hof ging. Wir fassten einander kurz bei den Händen.

»Bist du bereit?«, fragte Camille. »Dann los, lass uns die Kollegen begrüßen.«

* * *

Das Hämmern im Hof hatte aufgehört. Die Arbeiter mit ihren vom Marmorschlagen durchtrainierten Armen und Rücken legten Holzbretter auf Böcke und schoben sie zu einer langen Tafel zusammen. Schwere Eichenbänke wurden an die Tische gestellt, und schon versammelte sich die Schar der Helfer Rodins.

Die Männer wischten sich den Schweiß von Stirn und Nacken, laut lachend und Scherzworte rufend. Barfüßige Jungen kamen herbeigelaufen und brachten Körbe voll Brot und Suppenterrinen. Die Männer setzten sich hin und fingen an, große Stücke Brot abzureißen, die sie in die dicke Suppe tunkten. Camille und ich standen nebeneinander, einige der Männer stießen sich gegenseitig in die Rippen und zeigten mit den Fingern auf uns. Schon bald schauten uns vierzig Augenpaare an.

»Die kleine Dunkle wäre süß, wenn sie ein bisschen lächeln würde.«

Ein großer Mann mit schwarzem Bart und einem roten Tuch um den Hals wedelte abwehrend mit der Hand. »Bist du blind, Henri? Siehst du denn nicht, dass die andere viel besser gebaut ist? He, du Prachtweib, zeig uns deine Tittchen.«

Nach einer Schrecksekunde überkam mich eine Welle heißer Wut. Ich marschierte direkt auf ihn zu, den Blick auf die dampfende Suppenterrine geheftet, und war kurz davor, ihm die heiße Suppe auf seinen schwarzen Bart zu schütten. Er würde es noch bereuen, dass er den Mund aufgemacht hatte.

Doch Camille beugte sich zu mir herüber und flüsterte: »Tu's nicht, Jessie. Tu ihnen den Gefallen nicht. Das ist genau das, was sie wollen. Wenn du jetzt Dummheiten machst, bist du die Erste, die von Jules Desbois gefeuert wird.«

Damit hatte sie recht. Alle warteten nur darauf, dass ich in die Falle tappte.

»Lass mich das machen«, sagte Camille nur.

Einer der jüngeren Männer kicherte, worauf Camille zu ihm hinging und sich hinter ihn stellte. Dann legte sie ihm die Hände auf die Schultern und schaute die anderen Männer fragend an.

»Der hier ist wirklich ein prächtiger Bursche«, rief sie. »Was meinst du, Jessie? Sollen wir uns neben ihn setzen? Dann können wir beide seine kräftigen Arme spüren.« Sie drückte seinen Bizeps, als sei er ein preisgekrönter Bulle auf einer Landwirtschaftsausstellung.

Der Junge, der höchstens sechzehn Jahre alt war, wurde rot bis unter seine blonden Haarwurzeln und stotterte eine unverständliche Antwort. Die Männer brüllten vor Vergnügen, und einige schlugen ihm begeistert auf den Rücken.

Der Bärtige rutschte auf der Bank zur Seite und klopfte auf den freien Platz neben sich. »Setz dich zu mir, *chérie*. Ich mag Mädchen mit Witz.« Dabei warf er Camille einen anzüglichen Blick zu.

Sie zögerte, und ich merkte, wie ihr Mut ins Wanken geriet. Ich war mir nicht sicher, ob wir dies heil überstehen würden. Wo war Georges? Jetzt verstand ich, weshalb Camille so erpicht darauf gewesen war, ihn als unseren Verbündeten zu gewinnen. Mit einem Seufzer der Erleichterung sah ich, wie er aus dem Studio geschlendert kam.

Georges blieb kurz stehen und erfasste mit einem Blick die Lage. Dann gab er uns ein Zeichen. »Hier unten ist jede Menge Platz.«

Der Bärtige stand auf. Er war fast zwei Meter groß, beinahe so groß wie Giganti. »Halt du dich raus, Duchamp. Sie sitzen hier, neben mir.«

»Sicher nicht, Rodolphe. Du würdest Camille und Jessie mit deinen Vorträgen über Ziselierungstechnik zu Tode langweilen. Rodin kommt sicher gleich vorbei, um zu sehen, wie es seinen neuen Mitarbeiterinnen geht, und er will sie ganz bestimmt nicht schlafend mit dem Kopf im Suppenteller vorfinden.« Gelächter und anerkennende Rufe wurden bei den anderen Männern laut.

Rodolphe blitzte sie wütend an. »Worüber lacht ihr Idioten? Jeder weiß, dass ich der beste Steinmetz mit der besten Technik in ganz Paris bin.« Es erhob sich ein lautstarkes Gezänk, das wir nutzten, um uns auf eine Bank rechts und links neben Georges zu setzen.

»Du hast aber lange gebraucht«, sagte Camille. »Ich dachte schon, wir würden bei lebendigem Leib gefressen.«

»Unsinn. Die sind ganz harmlos«, erwiderte Georges und fing an, seine Suppe zu löffeln. »Ihr beide seid durchaus in der Lage, selbst auf euch aufzupassen. Schau dir dich an, Camille, du bist ein robustes Mädchen vom Land, bist mit den Jungs aus deinem Dorf groß geworden. Ich kann mir nicht vorstellen, dass du vor einem einfachen Steinmetz Angst hast, vor diesen plumpen, ungebildeten Steinhauern.«

Dann wandte er sich zu mir. »Und dann diese prachtvolle Jessie, ein Kind des British Empire. Dich kann ich mir durch die Wüste Gobi radelnd vorstellen oder als Bergsteigerin, die mit einem Sonnenschirm in der Hand den Himalaja erklimmt. Autsch! Lasst meine Arme in Ruhe, Mädels, sonst setze ich euch neben den liebreizenden Rodolphe.«

Georges redete weiter und warf hin und wieder ein paar Brocken Klatsch und Tratsch über die Steinmetze ins Gespräch – die Männer waren zwar wegen ihrer handwerklichen Fähigkeiten hoch angesehen, bildeten sich aber auch viel darauf ein und führten einen heftigen Konkurrenzkampf untereinander. Dabei suchte er mit seinen dunklen Augen immer wieder meinen Blick, worauf ich dankbar einging.

Allmählich beruhigte sich mein Herzschlag, und ich konnte es wagen, in die Runde zu schauen. Rodolphe, der abstoßende Anführer der Truppe, beobachtete uns mit Argusaugen. Georges hatte ihn in seine Schranken verwiesen, sodass er uns im Moment nichts anhaben konnte – das glaubte ich jedenfalls. Doch ich hätte ihn nicht unterschätzen sollen: Bei nächster Gelegenheit würde er uns die öffentliche Blamage heimzahlen.

Im Augenblick aber saß Georges schützend zwischen uns, und ich fing an, das geschäftige Treiben um uns herum zu genießen. Die Arbeiter redeten mit vollem Mund und kritzelten mit kleinen Bleistiftstummeln, die sie aus ihren Taschen fischten, auf den Tischen herum. Rechts von mir saß ein Mann, dessen Aufgabe darin bestand, die allererste Rohbearbeitung am Stein vorzunehmen und den ersten Schnitt zu tun. Er unterhielt sich laut mit einem der Steinmetze schräg gegenüber, der ungeduldig darauf wartete, den Block zu übernehmen, um daran weiterzuarbeiten.

»Ich sag dir doch, er ist noch nicht so weit. Ein, zwei Tage, dann gehört er dir.«

»Zwei Tage? Warum so lange? Ich kann nicht einfach hier rumsitzen und mir den Arsch kraulen. Mit dem Schliff vom *Ugolino* bin ich längst fertig. Wenn ich da noch weitermache, bleibt von seinem Schwanz nichts mehr übrig.«

»Immer mit der Ruhe. Bei diesem hier sind die Arme eine echte Sauerei – über dem Kopf verschränkt. Ich sag dir was: Komm einfach, und arbeite an der einen Arschbacke. Du kannst ihr ja ein kleines … Oh, *je m'excuse,* Mademoiselle.« Er hielt mir seine staubige Hand entgegen. »Ich bin Pierre.«

»Jessie Lipscomb«, antwortete ich, belustigt darüber, dass er sich Mühe gab, mich nicht in Verlegenheit zu bringen. Ohne den Schutz seiner Meute wirkte er weit weniger mutig als vorher. »Woran arbeiten Sie, Pierre?« Ich fachsimpelte ein Weilchen mit ihm, bevor ich ihn schließlich fragte, warum eigentlich Rodin nicht zum Essen gekommen war.

»Der *Maître* isst nie mit uns zu Mittag. Zum Essen geht er nach Hause, zu seiner Frau.«

Erstaunt blickte ich von meinem Teller auf: »Ich wusste gar nicht, dass er verheiratet ist.« Mit einem Blick zu Camille versuchte ich zu erkennen, ob sie das mitbekommen hatte, doch sie lachte gerade laut über einen Witz, den Georges gemacht hatte.

Pierre wies mit dem Kinn auf eine Frau, die reglos in der Tür stand. Sie war nicht mehr ganz jung und trug einen Korb über dem Arm. »Das da drüben ist sie. Früher war sie eine Schönheit, erzählt man sich.«

Aufmerksam betrachtete ich Rodins Frau. Geduldig stand sie da. In ihren Holzschuhen und mit dem Umschlagtuch auf den Schultern sah sie aus wie ein Dienstmädchen. Ein paar Falten durchzogen ihr Gesicht, konnten aber die einstige Reinheit ihres Profils mit den hohen Wangenknochen nicht schmälern. Das kastanienbraune Haar war von Silberfäden durchzogen und auf ihrem Kopf zu einem Knoten aufgetürmt, den sie mit gewissem Stolz sozusagen zur Krönung ihrer Schönheit zur Schau trug.

In dem Augenblick trat Rodin zu ihr, um ihr Hut und Mantel abzunehmen, die sie für ihn bereithielt. Er gab ihr einen Kuss, worauf sie ihm ein bisschen Staub von den Schultern klopfte. Ihr Verhalten war von großer Vertrautheit geprägt, wie man sie manchmal bei lang verheirateten Paaren findet. Noch einmal schaute ich zu Camille hinüber: Sie war ganz still geworden und blickte den beiden hinterher, wie sie einträchtig Arm in Arm davongingen.

»Wer ist das, mit dem Rodin da fortgeht?«, fragte ich Georges.

Er blickte von seinem Teller auf. »Oh, das ist Rose Beuret. Die Leute nennen sie Madame Rodin, und ich nehme an, sie ist in allem seine Frau, außer was ihren Namen angeht. Sie war sein Modell, als sie jung waren und er gerade angefangen hatte. Jetzt führt sie ihm den Haushalt.«

»Und sie sind nicht verheiratet?«

Georges lachte. »O nein. Unser *Maître* findet, dass Künstler nicht heiraten sollten, weil das ihre Kreativität zerstört. Sie haben einen achtzehnjährigen Sohn, aber Rodin erlaubt nicht einmal, dass er seinen Namen trägt. Es ist eine Schande. Sie hat sich als Näherin verdingt, um ihn zu unterstützen, als er noch keinen Sou verdiente, aber das hält ihn nicht davon ab, jedes einzelne seiner Modelle in sein Bett zu zerren, stimmt's, Camille?«

Er gab ihr einen Stoß mit dem Ellbogen, doch sie reagierte nicht und fing an, über ihre Arbeit zu reden, als wären ihr Rodin und seine Familienangelegenheiten vollkommen gleichgültig. Eine überzeugende Vorstellung, dennoch war sie für den Rest der Mahlzeit ungewöhnlich still und behielt die ganze Zeit über die Tür im Auge.

* * *

Nach dem Mittagessen gingen wir zurück zu unseren *Bürgern* und arbeiteten eine Zeit lang schweigend, bis Camille schließlich ihren Lappen auf den Boden warf und von der Leiter stieg, um sich auf die unterste Stufe zu setzen. Sie fing an, den Fußboden zwischen ihren Füßen mit dem Messer zu bearbeiten.

»Hast du gesehen, wie unterwürfig sie ist? Wuselt um ihn herum wie eine Glucke. Er kann das nicht ausstehen. Es muss grausam für ihn sein, an diese alte Hexe gebunden zu sein.«

Ich war verblüfft. Alles hätte ich erwartet: Tränen der Wut oder der Trauer, aber Camille schien sich vorzumachen, dass diese Frau einfach bedeutungslos war. Ich konnte kaum mit ansehen, wie sie sich selbst belog.

Ich bemühte mich um einen freundlichen Tonfall. »Camille, sie haben einen gemeinsamen Sohn.«

Sie warf das Messer weg, sodass die Klinge mit einem hellen Klirren auf die Steine fiel.

»Na und? Sie hat ihm das Kind angedreht. Das ist der älteste und schmutzigste Trick der Welt. Das würde ich nie tun. Niemals. Na ja, was ist schon ein Kind, das nicht den Namen seines Vaters trägt? Ein Bastard, weiter nichts. Wenn Rodin diese Frau lieben würde, hätte er sie längst geheiratet, ganz einfach. Diese Rose bedeutet ihm gar nichts, das weiß ich.« Damit hob sie das Messer wieder auf, kletterte zurück auf die Leiter und fing an, auf dem Ton herumzuhacken.

Am Ende des Tages kam Rodin, um unsere Fortschritte zu begutachten. Camille schaute ihn nur böse an und ging weg, wobei sie stärker hinkte als sonst. Er folgte ihr, und ich sah, wie sie redeten und dabei wild gestikulierten. Rodin griff unsanft nach Camilles Arm und öffnete die Tür zu einem Hinterzimmer. Sie versuchte, ihn abzuschütteln, aber er ließ nicht von ihr ab und zog sie hinter sich in den Raum.

Ich schaute mich im Atelier um, ob sie jemand gesehen hatte, aber es war niemand da. Vergeblich versuchte ich weiterzuarbeiten, aber ich konnte mich nicht konzentrieren und vermasselte ein Seil, das einem der Bittsteller um den Hals hing. Noch während ich damit beschäftigt war, es zu reparieren, merkte ich, wie mir jemand auf die Schulter tippte, und drehte mich um. Als ich erkannte, wer es war, fiel mir das Werkzeug klirrend aus der Hand.

»Ich bin Madame Rodin. Wer zum Teufel sind Sie?«

Kapitel Einundzwanzig

Rose Beuret verschränkte die Arme vor der Brust und wartete auf eine Antwort. Ich bemühte mich, nicht zu der verschlossenen Tür hinter ihr zu blicken, falls Rodin und Camille ausgerechnet jetzt beschließen sollten, von dort wieder aufzutauchen.

»Nun?«, fragte sie.

»Ich bin Jessie Lipscomb. Ich arbeite hier.«

»Sie sind Engländerin? Ihr Französisch klingt, als wären Sie aus Paris.« Mein Kittel war nicht zugeknöpft, und sie schlug ihn auseinander, sodass mein beige-rot gestreiftes Kleid zum Vorschein kam. »Was hat eine modische junge Dame wie Sie in dieser Bärenhöhle verloren? Sie sollten sich vorsehen, einige der Jungs können ziemlich grob werden. Aber vielleicht mögen Sie das ja?«

Sie kam ganz nah an mich heran. Ihre Physiognomie war wirklich außergewöhnlich. Die Knochen verliehen ihrem Gesicht eine fast männliche Strenge. Sie kniff ein wenig die Augen zusammen: »Oder sind ältere Männer sowieso nach Ihrem Geschmack? So einer wie mein Auguste vielleicht?«

O Gott, sie musste denken, ich hätte eine Affäre mit Rodin. Es war ein schwieriger Tag für mich gewesen, und ich hatte genug davon, mich von fremden Leuten zur Rede stellen zu lassen: zuerst die Steinmetze und jetzt dieses in die Jahre gekommene ehemalige Modell. Mir war es egal, mit wem sie verheiratet oder nicht verheiratet war, ich würde es ihr zeigen. Es würde mir eine Freude sein, meine schlechte Laune wie ein Feuerwerk auf sie herabregnen zu lassen.

Rasch straffte ich die Schultern und durchbohrte sie mit zornigen Blicken: »Madame, Sie beleidigen mich. Ich bin Künstlerin und halte mich hier aus rein beruflichen Gründen auf. Monsieur Rodin ist mein Lehrer und mein Arbeitgeber, sonst nichts. Wenn ich ein Mann wäre, würden Sie es nicht wagen, so mit mir zu reden. Und wenn ich ein Mann wäre, würde ich Ihnen eine Lehre erteilen, die Sie so bald nicht vergessen würden.«

Sie krempelte sich die Ärmel hoch. »Lassen Sie sich nicht abhalten, Sie kleines Miststück.«

Im nächsten Augenblick wäre sie mir an die Gurgel gegangen, doch Georges wählte genau diesen Moment, um nach mir zu sehen. Er rannte los, als er sah, wie wir einander lauernd umkreisten.

»Madame Rodin, wie ich sehe, haben Sie bereits unseren neuen Lehrling kennengelernt.« Damit trat er zwischen uns, führte Rose Beurets Hand an die Lippen und schenkte ihr sein allercharmantestes Lächeln, bevor er mit genau abgezirkelter Bewegung den Arm um mich legte. »Jessie, bestimmt haben Sie schon von ihr gehört, *la bella Rose,* die betörendste Blume von ganz Paris.«

Rose Beuret schob eine Haarlocke zurück, die sich aus ihrer enormen Turmfrisur gelöst hatte, und lächelte Georges zu: »Das stimmt, Auguste nannte mich seine ›Wildblume‹.«

»Und wer möchte ihm das übel nehmen? Alle waren verrückt nach Ihnen: Courbet, Cézanne, Monet, Renoir. Ich wünschte, Sie würden einmal für mich Modell stehen, aber dann bekäme ich sicher Ärger mit dem *Maître*. Wie wir alle wissen, wacht Monsieur Rodin eifersüchtig über sein Juwel.«

Rose kicherte wie ein Schulmädchen: »Sie alberner Kerl! Ich könnte Ihre Mutter sein.« Dann seufzte sie und fügte hinzu: »Aber Sie haben ganz recht, als ich jung war, konnte mir keine das Wasser reichen. Alle wollten, dass ich für sie Modell stehe, aber ich gehörte allein Rodin. Achtzehn war ich, als ich ihn kennenlernte, zwei Brüste so rund wie Kullerpfirsiche, und mein Haar so lang, dass ich mich draufsetzen konnte.«

»Und noch heute sind Sie die bezauberndste Frau von ganz Paris.« Doch dann senkte er die Stimme und fügte hinzu: »Allerdings muss ich gestehen, dass mein Herz für eine andere schlägt.« Damit blinzelte er mich verschwörerisch an. Schon wollte ich lauthals protestieren, doch dann begriff ich zum Glück sein Spiel und seine Absicht, Roses Zorn von mir abzuwenden.

Und richtig, sie beäugte uns kritisch: »Aha, so ist das also? Ach, ich mag Liebesgeschichten. Bestimmt macht sie einen auf Rührmichnichtan, stimmt's, Georges? Kleines englisches Biest!« Zu meinem Entsetzen kniff sie mir in die Wange und drehte mein Gesicht ein paarmal hin und her. »Mal sehen, ob die Lady, die große Künstlerin, Ihre Aufmerksamkeit auch verdient. Zeigen Sie doch mal, woran Sie arbeiten – wie war noch mal Ihr Name?«

Gerade öffnete ich den Mund, um ihr eine gesalzene Antwort zu geben, doch ich erkannte rechtzeitig Georges' warnenden Blick. Also trat ich widerwillig einen Schritt zur Seite, damit sie die halb bekleidete Figur sehen konnte, an der ich den ganzen Tag gearbeitet hatte.

Rose schien ihre Rolle als Frau des Chefs zu genießen. Sie runzelte die Stirn und legte einen Finger an die Lippen. »Mal sehen, ob Sie wirklich so gut sind, wie Sie glauben, kleine Engländerin.« Mit schiefgelegtem Kopf betrachtete sie meine Arbeit wie eine Kunstexpertin. Ich verdrehte die Augen und schaute zu Georges hinüber, der meinen Blick mit einem leichten Kopfschütteln beantwortete.

»Das ist gut, sehr gut sogar«, stellte Rose fest. »Sie haben offenbar ein gutes Gefühl für Material und Faltenwurf. Aber achten Sie darauf, dass der Stoff sich noch bewegen kann. Lassen Sie ihn ein kleines bisschen unfertig – das ist Rodins Geheimnis. Ich muss es wissen, schließlich bin ich schon ein halbes Leben lang an seiner Seite und bei seinen Arbeiten.«

Ihr Lob schmeichelte mir, obwohl ich das nie zugegeben hätte. Lächerlich, einen Penny auf ihre Meinung zu geben, aber Künstler, die behaupten, dass sie nicht jedes Lob wie ein durstiges Hündchen aufsaugen, lügen wie gedruckt.

Rose zog ihr Umschlagtuch zurecht und verabschiedete sich: *»Au revoir, mes enfants.«* Drohend hob sie den Zeigefinger: »Seid schön brav, ihr zwei, und wenn ihr schon nicht brav seid, dann seid wenigstens vorsichtig.« Mit einem kehligen Lachen zwinkerte sie mir zu: »Na na, kleines Modepüppchen, hören Sie auf die Mimose zu spielen, und haben Sie Erbarmen mit diesem wunderbaren Mann.« Sie griff sich mit einer Hand sein Gesicht, und nun war es an ihm, zu leiden.

Rose seufzte wieder und strich sich das Mieder glatt. »Nichts bleibt, wie es ist, das werden Sie noch erfahren, kleine Miss. Im Moment glauben Sie noch, Sie würden für immer jung bleiben, und dann wachen Sie eines Morgens auf und sehen gar nicht mehr so rosig aus. Genießen Sie es, solange es noch geht.«

Als sie fort war, bemerkte ich, wie nah Georges neben mir stand, und ich roch den zitronigen Duft seines Rasierwassers. Seine Unterarme waren braun gebrannt wie bei einem Feldarbeiter, und die seidigen Härchen schimmerten golden in der Nachmittagssonne.

»Und, wirst du Roses Rat befolgen?«

Ich begann, mein Werkzeug zusammenzupacken. »Vielen Dank, dass du mir schon wieder zu Hilfe gekommen bist, auch wenn Rose nun sicherlich eine falsche Vorstellung von uns bekommen hat.«

»Hat sie das?« Er bückte sich, um mir beim Aufräumen zu helfen. »Rose Beuret ist ziemlich klug. Mach nicht den Fehler, sie zu unterschätzen. Du solltest auch Camille warnen, damit sie besser aufpasst.«

Ich erschrak. »Wie meinst du das?«

Ein kleines Lächeln war die Antwort, dann bot er mir seinen Arm. »Komm, ich bringe dich nach draußen. Für heute hast du genug geleistet.«

Hinter dem Paravent, wo sich die Modelle umzogen, half er mir aus dem Kittel, nahm meinen Mantel vom Haken und hielt ihn mir zum Hineinschlüpfen hin. Liebevoll zog er ihn vorne zu und umarmte mich so einen Moment lang.

»Es tut mir leid, Jessie, dass ich heute Morgen so unfreundlich zu dir gewesen bin. Ich konnte nicht anders. Es hat mir wehgetan, dich an der Seite dieses Idioten zu sehen. Dieser William …«

Ich drehte mich zu ihm. »William ist kein Idiot.«

Georges hob abwehrend die Hände. »Natürlich nicht. Ich weiß auch nicht, warum ich das gesagt habe. Doch, ich weiß es, und du weißt es auch.« Er rieb sich die Stirn. »Die Wahrheit ist, ich habe mich ihm gegenüber ziemlich schäbig benommen. Als wir in Montmartre waren, habe ich versucht, ihn mit anderen Mädchen zusammenzubringen. Das tut mir sehr leid.«

Georges konnte mich in einem Moment völlig für sich einnehmen, um mich gleich im nächsten in Rage zu bringen. Ich erinnerte mich daran, was William mir über Georges' Verhalten in Montmartre erzählt hatte.

Ich trat einen Schritt zur Seite. »Es überrascht mich, dass du überhaupt Zeit gehabt hast, William in Versuchung zu bringen, denn wie ich gehört habe, hast du dich selbst mit den Tänzerinnen ausgiebig vergnügt.« Ein Funkeln in Georges' Augen verriet mir, dass ich einen Fehler gemacht hatte. Zu spät.

»Du bist doch nicht etwa eifersüchtig, Jessie?«, spottete er. »Das würde mich freuen.« Er grinste. »Und jetzt wirst du auch noch rot?«

»Unsinn, es ist nur etwas warm hier drinnen.« Doch als ich mir mit der Hand an die Wangen griff, merkte ich, dass sie glühten.

Er lachte. »Komm, kleine Wildkatze, ich bringe dich nach Hause.«

* * *

Camille holte uns auf der Straße ein, mit leuchtenden Augen und wirrem Haar. Sie sah entzückend aus. Ich gab mir Mühe, mir nicht Rodins Hände auf ihrem Körper vorzustellen, und ich hoffte, Georges würde nicht bemerken, dass ihre Bluse falsch zugeknöpft war.

Er bot Camille seinen Arm. »Du hast eine blühende Gesichtsfarbe. Bestimmt habt ihr diese Freiübungen gemacht, die bei den jungen Damen in Paris gerade groß in Mode sind.«

»Es ist so warm heute«, unterbrach ich ihn eilig. »Kein Wunder, dass auch Camille die Hitze zu schaffen macht. Du hast es gut in deinen Hemdsärmeln, aber wir Armen müssen in unseren steifen Korsetts und vielen Schichten Unterröcken und Unterhosen herumlaufen.«

»Ich denke an nichts anderes, sei gewiss«, erwiderte Georges grinsend.

Camille brummte: »Könnt ihr aufhören, herumzualbern? Ich habe gerade eine glänzende Idee: Wir könnten alle zusammen zum Irrenball gehen. Bist du schon einmal dort gewesen, Georges?«

»Ein- oder zweimal«, gab er zurück. »Aber es ist wirklich nicht nötig, einen Ball zu arrangieren, um verrückte Weiber zu sehen, während ich hier mit euch beiden herumspaziere, *ma petite folle.*«

Camille funkelte ihn an. »Hör auf, Georges. Im Ernst, da könnten wir wunderbar Material sammeln. Ich bringe mein Skizzenbuch mit. Kannst du uns mitnehmen, Jessie und mich?«

»Einverstanden. Unter der Bedingung, dass ich mich eine Stunde lang mit Jessie in einer Zelle einsperren lasse, oder nein, besser zwei Stunden.« Er legte uns beiden je einen Arm um die Taille und drückte uns an sich.

»Wir sollten auch Rosa fragen, ob sie mitkommt«, schlug Camille vor und schob ihn weg. »Ich will nicht das fünfte Rad am Wagen sein, während du den ganzen Abend mit hängender Zunge hinter Jessie herläufst.«

Georges warf die Hände hoch. »Aber natürlich muss die Bonheur mitkommen. Sie wird die armen Verrückten dort gesund und ganz normal aussehen lassen, wenn sie in Frack und Zylinder auftaucht.«

»Ich würde Rosa gerne in Abendgarderobe sehen«, sagte ich. Unterwegs erzählte Georges mir, dass der Ball in der *Salpêtrière* stattfand, einer Pariser Anstalt für geisteskranke Frauen. Ich schauderte und stellte mir Rochesters Frau und Miss Havisham in verschlissenen weißen Nachthemden vor. »Ist das nicht gefährlich?«

»Keine Sorge, die Gewalttätigen unter ihnen dürfen nicht mitmachen«, erklärte Georges. »Die meisten von ihnen sind nicht verrückt, jedenfalls nicht so, wie ihr euch das vorstellt, mit irrem Blick und wirrem Haar. Wenn ich es recht bedenke, laufen die Frauen dort nicht anders herum als unsere liebe Mademoiselle Claudel. Camille, hör auf mich zu schlagen! Heb dir deine Kräfte für die Krankenschwestern auf, die dich nach dem Ball mit Gewalt wieder zu deinen Gefährtinnen in die Zelle sperren müssen.«

Auf dem Weg nach Hause unterhielten Camille und ich uns begeistert über unseren ersten Tag in Rodins Studio und über den bevorstehenden Ball. Die Sonne stand tief und tauchte die grünen Dächer in goldenes Licht, während der Himmel sich in dunklem Rot über uns erstreckte.

Kapitel Zweiundzwanzig

Ich lag der Länge nach in Hosen auf dem Bett und beobachtete, wie Camille sich für den Ball fertigmachte. Den Mund voller Haarnadeln fluchte sie bei dem Versuch, sich eine kunstvolle Turmfrisur auf dem Kopf festzustecken. Ich ging zu ihr und schlang ihr das Haar zu einem lockeren Knoten zusammen.

»So«, sagte ich. »Du hättest dich auch als Junge verkleiden sollen, so wie ich. Das ist leichter, als sich in ein Korsett zu zwängen und mit Haarnadeln zu jonglieren.«

Camille steckte in einem Kleid aus dunkelblauer Seide, die auf ihrer hellen Haut schimmerte wie das Federkleid einer Amsel. Sie fuhr sich mit den Händen über das enge Mieder, aus dem ihre Brüste hervorquollen wie zwei kleine Zwiebeltürmchen. Als sie meinen Blick auffing, schmunzelte sie: »Nicht schlecht, was?« Ich öffnete die obersten Knöpfe an meinem Batisthemd, sodass meine Schultern zum Vorschein kamen. Camille trat näher, berührte den Stoff und zog hörbar die Luft ein, als sie merkte, dass ich nichts darunter trug. »Du Glückliche! Du hast unter deinem Kostüm nicht mal ein Korsett an.«

»Caravaggios *Knabe mit dem Früchtekorb* hätte in einem Korsett wohl komisch ausgesehen«, scherzte ich.

So standen wir nebeneinander vor dem Frisierspiegel und

bewunderten unsere Verkleidungen: Ich ging als Italienerjunge, hatte mein Haar mit einem Band nach hinten gebunden, Camille war Artemisia Gentileschi, eine Malerin aus dem siebzehnten Jahrhundert, die es gewagt hatte, sich selbst als Judith zu malen, wie sie Holofernes enthauptet.

»Du siehst umwerfend aus«, sagte ich. »Hast du das Schwert?«

Statt einer Antwort hob sie es vom Boden auf, schubste mich aufs Bett und drückte mir die hölzerne Waffe mit der blutrot leuchtenden Spitze an die Kehle. Wir balgten miteinander, bis ich schließlich die Oberhand gewann. Schnell ergriff ich das Schwert und fasste die blutige Spitze an, die noch etwas klebrig war. »Ach, hier ist also mein Kadmiumrot gelandet? Ich habe mich schon gewundert, dass die Tube leer ist.«

»Und das venezianische Rot habe ich für den Kopf gebraucht.« Camille wies mit dem Kinn hinüber zum Frisiertisch, auf dem der Kopf des armen Holofernes prangte, den sie aus Draht und Pappmaschee gebastelt hatte.

»Du Miststück.«

»*Salope.* Komm, wir vertragen uns wieder.«

Auf dem Bett kniend nahm sie ein kleines Döschen zur Hand und tauchte einen Finger hinein. Damit strich sie zuerst etwas Rouge auf ihre eigenen Lippen, dann fuhr sie sanft über meine. Ich blickte in den Spiegel und sah meinen roten Mund, hinter dem die Zähne weiß leuchteten. Camille saß neben mir mit dem Rouge-Döschen in der Hand und betrachtete mich aufmerksam im Spiegel.

»Wusstest du, dass einige der Modelle sich die Brustwarzen mit Rouge färben?«

»Nein! Warum das denn?«

Sie zuckte die Schultern und grinste. »Willst du's ausprobieren?« Ich zögerte, doch dann öffnete ich mein Hemd, sodass meine Brüste zum Vorschein kamen. Camille tupfte mit dem

Finger etwas Rouge aus der Dose und trug es vorsichtig auf meine Brustwarzen auf. Sie kribbelten vor Erregung und wurden hart bei der Berührung. Camille hielt mir das Döschen hin. »Jetzt bist du dran.«

Sie zog ihr Korsett etwas nach unten, und ich trug die Farbe auf. Dabei sah ich, wie ihre Brustwarzen sich aufrichteten und mich überkam eine unbändige Lust, sie in den Mund zu nehmen. Langsam schraubte ich die Dose zu. Dabei vermied ich es, Camilles Blick im Spiegel zu begegnen. »Lass uns noch eine rauchen, bevor wir runtergehen«, schlug ich vor.

Camille nahm zwei Zigaretten aus dem emaillierten Etui vom Frisiertisch und schob mir eine in den Mund. »Du willst Georges noch etwas auf die Folter spannen, stimmt's?«

Georges wartete unten auf der Straße, um uns zum Irrenball zu begleiten. Heute standen wir endlich einmal nicht unter Zeitdruck. Wir durften so lange wegbleiben, wie wir wollten, weil Camilles Mutter für längere Zeit aufs Land gefahren war. Allerdings hatte sie dem Dienstmädchen klare Anweisungen hinterlassen und sie beauftragt, über unsere Moral zu wachen. Eugénie aber war selbst heilfroh, ihre Ruhe zu haben, und ließ uns freie Hand. Vier herrliche Monate in Freiheit lagen vor uns.

Ich zündete unsere Zigaretten an. »Georges wird es nichts schaden, sich ein Weilchen die Beine in den Bauch zu stehen.«

Camille lachte ihr kehliges Lachen. »Gut so! Zeig ihm, wo's langgeht.« Sie blies eine Rauchwolke in die Luft, und wir saßen eine Weile schweigend nebeneinander. Als sie sich zu mir umdrehte, sah sie besorgt aus. »Ich wollte noch mit dir reden, über Rodin …«

Nichts lag mir ferner, als mit ihr über die Affäre zu sprechen oder mir die beiden auch nur miteinander vorzustellen, dennoch sagte ich: »Schieß los.«

»Ich will nur sagen: Er liebt mich, ganz aufrichtig, und nur mich.«

Mir war sofort klar, dass sie an Rose Beuret dachte, als sie das sagte. Seit dem Tag im Atelier hatten wir nicht mehr darüber gesprochen, aber mir war der Gedanke an die Frau nicht mehr aus dem Kopf gegangen. Ganz offenkundig war Gefahr im Verzug, umso mehr, als nun jemand Bestimmtes von der Situation betroffen war, nämlich eine Frau, die obendrein darauf bestand, sich Madame Rodin zu nennen.

Camille holte tief Luft. »Neulich im Studio, als diese Frau da war, Rodins Frau, du weißt schon, das hat mich völlig umgehauen. Ich habe nichts von ihr gewusst.«

Ich sah Camille scharf an: »Du musst es gewusst haben. Hat er dir nicht gesagt, dass er an jemanden gebunden ist?«

Sie schüttelte den Kopf, schaute mich aber nicht an. »Bis dahin nicht. Anschließend hat er mir natürlich alles erzählt. Weißt du, das Schlimme ist, dass er sie nicht verlassen kann, diese Rose, jedenfalls so lange nicht, bis ihr Sohn auf eigenen Füßen steht. Der Junge ist als Kind schwer gestürzt und hat sich niemals normal entwickeln können. Mehr wollte Rodin mir nicht erzählen. Er sagt, er kann sie nicht im Stich lassen, jedenfalls jetzt noch nicht. Aber er sagt auch, sie bedeute ihm nichts.«

»Bist du sicher? Unterschätze diese Frau nicht.«

Camille richtete sich auf und fragte ängstlich: »Wie meinst du das?«

»Sie hat mich ins Verhör genommen, als du … als du bei Rodin warst.«

»Davon hast du mir nichts erzählt. Warum hast du nichts gesagt?«

Ich merkte, wie ich wütend wurde, und erwiderte knapp: »Na, dafür erzähl ich's dir jetzt.«

»D'accord, calme-toi.« Sie blinzelte mir durch eine Rauchwolke zu. »Erzähl mal, wie ist sie, diese angebliche Madame Rodin?«

»Beeindruckend. Sie dachte, ich hätte es auf Rodin abgesehen, und hat mich unmissverständlich gewarnt.« Camille grinste. »Im Ernst«, fügte ich hinzu, »du hättest sie sehen sollen. Sie hätte mich glatt verprügelt, wenn nicht Georges dazwischengegangen wäre und sie überzeugt hätte, dass ich keine unlauteren Absichten gegenüber ihrem Mann hege.«

Camille legte mir den Arm um die Schultern. »Das kann ich mir lebhaft vorstellen. Hat er behauptet, du wärst seine Geliebte?« Ich nickte, und sie lachte. »Georges ist jedes Mittel recht. Du solltest ihn endlich erlösen. Er wird nicht locker lassen, bis du aufgibst.«

Ärgerlich schüttelte ich ihren Arm ab. Offenbar war es nicht möglich, ihr klarzumachen, wie gefährlich Rose für sie werden konnte. Ich fühlte mich hilflos und konnte es kaum ertragen, ohnmächtig mit anzusehen, wie leichtsinnig Camille am Rand des Abgrunds balancierte und sich einen Kehricht um die tödliche Gefahr scherte, die sie bedrohte. Ein falscher Schritt, und sie würde ins Verderben stürzen.

Ich versuchte es noch einmal. »Das Problem ist nicht Georges. Das Problem ist Rose Beuret. Du hast offenbar keine Ahnung davon, was dir da blüht. Du hättest sehen sollen, wie sie mich in die Mangel genommen hat. Sie wäre mir an die Gurgel gegangen, wenn Georges nicht eingegriffen hätte.«

Camille hob abwehrend die Arme. »Da siehst du, was Rodin mit ihr ertragen muss. Er sagt, sie ist auf jeden eifersüchtig und behauptet, er würde mit allen Modellen ins Bett gehen – als ob er auf diese hirnlosen Dummchen reinfallen würde, wo er doch mich hat!«

Ich war mir nicht so sicher, dass Rodin seine Vorliebe für Modelle aufgegeben hatte. Immerhin war ich Zeugin gewesen, wie er die beiden italienischen Schwestern bei jeder sich bietenden Gelegenheit angefasst hatte, seine verstohlenen Versuche, sie zu liebkosen und zu kneifen. Camille hatte die Stimme erhoben, als wolle sie dadurch ihre eigenen Zweifel und Vorbehalte gegenüber Rodin niederschreien.

Sie warf ihren Zigarettenstummel auf den Boden und trat ihn energisch mit dem Absatz aus. »Er hat versprochen, dass er Rose verlassen wird, und ich glaube ihm. Im Augenblick ist nur noch nicht der richtige Zeitpunkt.« Zornig funkelte sie mich an, weil ich es wagte, ihre Geschichte infrage zu stellen. Ich hielt ihrem Blick stand, bis sie schließlich ihren Kopf in den Händen vergrub und anfing zu jammern.

»Hör zu, ich bin doch nicht blöd. Tausendmal habe ich den *Grisettes* zugehört, wie sie immer wieder dieselbe Entschuldigung für ihre verheirateten Liebhaber vorbrachten. Ich weiß doch selbst nicht, ob ich ihm glauben soll, Jessie. Ich weiß nicht, was ich tun soll.« Darauf fing sie an zu weinen, und ich nahm sie in den Arm.

»Sch, ganz still.«

»Ich liebe ihn«, schluchzte sie mit bebender Stimme.

»Das weiß ich. Es wird schon werden, wart's ab.«

Ich spürte ihre Tränen an meinem Hals, ihre weichen, halb geöffneten Lippen. Ein Schauer lief mir den Rücken herunter, und dann fanden ihre Lippen meinen Mund. Vielleicht war es meine Verkleidung, vielleicht auch die vielfältigen Gefühle der vergangenen Tage, jedenfalls stieß ich sie nicht zurück, sondern erwiderte ihren Kuss.

Unsere Münder öffneten sich, und unsere Zungen fanden zueinander, weich und warm … so warm. Wir rückten näher aneinander, mit den Händen erforschten wir gegenseitig unsere Körper, bis plötzlich ein Steinchen ans Fenster schlug. Erschrocken sprangen wir auseinander und schauten uns an, schwer atmend und unsicher. Camille kam als Erste zu sich.

Sie lachte und strich sich die Haare aus dem Gesicht. »Ich weiß nicht, was in mich gefahren ist. Nimm es nicht ernst, Jessie, ich bin wohl verrückt geworden.«

Ich hätte erleichtert sein sollen, schließlich war das hier

nichts weiter als dummer Schulmädchenkram, doch stattdessen war ich enttäuscht, als sie unsere Umarmung als eine dumme Verirrung abtat. Ich streckte mich. Camille hatte völlig recht: Das alles hatte nichts zu bedeuten.

Abrupt stand ich auf und knöpfte mir das Hemd zu. »Das wird Georges sein.«

Wir traten auf den Balkon und sahen eine Gestalt, die im Lichtschein einer Straßenlaterne stand. Camille legte mir einen Arm um die Taille, und wir winkten. Von der Straße aus müssen wir ein seltsames Bild abgegeben haben: ich mit meinen Hosen und Camille in ihrem Kleid.

»Jessie!«, rief Georges. »Was braucht ihr so lange? Kommt runter!«

Wir brachten unser Make-up in Ordnung, und unsere Blicke trafen sich im Spiegel. Ich biss mir auf die Lippen. »Na komm, Georges wartet auf uns.«

Kapitel Dreiundzwanzig

Der Irrenhausball, La Salpêtrière

Paris

1884

»Was glaubt ihr, wer ich bin? Soll ich euch einen Tipp geben?« Georges streckte die Arme aus und hielt uns seine rotgefärbten Spitzenmanschetten hin. Er trug eine gepuderte Perücke unter einem Dreispitz und einen engen schwarzen Anzug mit weißen Kniestrümpfen.

»Bist du ein Revolutionär?«, fragte Camille.

»Der größte Revoluzzer aller Zeiten«, antwortete er und verbeugte sich. »Man nennt mich auch den *dictateur sanguinaire.*«

Sie klatschte in die Hände: »Robespierre!«

»Bravo! Dann sagt mir auch, wen ihr darstellen sollt – irgendjemand aus der Bibel, dem Schwert nach zu urteilen. Igitt, ist das etwa ein abgeschlagener Kopf? Delilah? Nein, nicht verraten. Salome!«

»Artemisia Gentileschi.«

Georges stöhnte auf. »Natürlich, ich hätte es wissen müssen, eine der ersten Künstlerinnen. Sie hat viel zu verantworten, vor allem, euch zu ermutigen, ihr streitlustigen Amazonen! Und du, Jessie? Lass dich anschauen.« Er streckte die Hand nach mir aus, und ich trat ins Licht. Georges pfiff leise durch die Zähne, und ich musste mich einmal vor ihm um die eigene Achse drehen, vermutlich damit er die Kniehosen einer genauen Musterung unterziehen konnte. Nach eingehender Betrachtung sagte er: »Der Früchtekorb verrät dich. Der Caravaggio aus der Villa Borghese.«

Ich war überrascht, dass er das erkannt hatte. Caravaggio war zu der Zeit allgemein in Ungnade gefallen und fand kaum noch Beachtung, aber er war eindeutig mein Lieblingsmaler.

Georges nahm ein paar Weintrauben aus meinem Korb und steckte sich eine in den Mund. »Fescher Bursche«, scherzte er. »Pass bloß auf, dass Camille sich nicht in dich verguckt.«

Camille und ich lachten etwas verkrampft, und Georges feixte. Er hatte einen untrüglichen Instinkt dafür, die Schwachstellen seiner Mitmenschen zu erkennen. »Ich denke, wir sehen alle irre genug aus, damit sie uns bei der Versammlung der Verrückten reinlassen«, sagte er. »Aber wartet's ab, bis ihr die Verkleidung der Bonheur zu sehen bekommt.«

Wir überquerten die Straße und gingen zu einer Droschke, vor der Napoleon Bonaparte in voller Montur, eine Hand in den Mantel gesteckt, auf uns wartete.

Auch den missmutigen Gesichtsausdruck Napoleons beherrschte Rosa tadellos. »Begrüßt Euren Kaiser, Ihr untertänigen Bürger.« Sie tippte sich an den Hut. »Ich dachte mir, das wird den Verrückten Vergnügen bereiten. Schließlich glauben ja die meisten von ihnen, sie wären mit Napoleon verheiratet. Wer weiß, vielleicht habe ich Glück und gabele heute Abend eine kleine verwirrte Närrin auf.«

Georges gab mir einen Schubs. »Dann ist wenigstens Jessie

für heute vor dir sicher, Rosa. Sie hat sich als Caravaggio-Knabe verkleidet, ein ganz besonders reizender noch dazu.«

Rosa pfiff durch die Zähne. »Was für ein verlockendes Früchtchen, Jessie! Aber du weißt ja, ich ziehe das schwache Geschlecht vor und werde mit Camille vorliebnehmen. In diesem engen Mieder sieht sie mindestens so appetitlich aus wie du. Sag bloß, du bist … Artemisia Gentileschi?«

* * *

Die Salpêtrière wirkte wie eine eigene kleine Stadt innerhalb von Paris, und nicht wie eine Anstalt für nervenkranke Frauen. Auf dem Weg dorthin erklärte uns Rosa, dass dieser Ball zu den großen Attraktionen des Pariser Nachtlebens gehörte und die elegante Welt anzog, die ihren Spaß daran fand, einen Abend mit den Geisteskranken zu verbringen und mit ihnen zu feiern. Gleichzeitig war das Fest für die Insassen eine willkommene Abwechslung ihres tristen Alltags, auf die sie sich schon wochenlang im Voraus freuten. Ich wusste nicht, was mich erwartete, konnte mich aber einer kleinen voyeuristischen Regung nicht erwehren. Wir redeten alle laut und aufgeregt durcheinander, doch als unser Wagen durchs Tor rollte und uns hinter die verbotenen Mauern brachte, wurde es plötzlich still.

Der Ballsaal war eine Riesenüberraschung. Alles war hell erleuchtet und stilvoll mit Blumen und Grünzeug geschmückt. Auf der Empore spielte ein Orchester einen Walzer, und vereinzelt tanzten Frauen versunken wie im Traum durch den Saal. Auf langen Bänken an der Wand saßen noch mehr Frauen. Unglück und Verzweiflung waren an ihren Gesichtern und an ihren missgebildeten Körpern abzulesen. Sie saßen einfach da und schauten ruhig auf das, was um sie herum geschah.

Die Gäste von außerhalb erregten allerdings größeres Aufsehen als die Insassen. Mit lautem Geschrei und Geplapper kommentierten sie gegenseitig ihre Kostüme, als hätte das Irrenhaus sie urplötzlich von den Zwängen und Beschränkungen ihres Alltags befreit. Wir standen unsicher beisammen, bis Rosa den Bann brach und sich forsch auf ein Tanzpaar stürzte, um die beiden abzuklatschen. Die Frau blieb entgeistert stehen und schaute mit verlorenem Blick den um sie herum tanzenden Paaren hinterher. Sie trug ein Pierrotkostüm und sah trotz ihres aufgemalten Lächelns unglaublich traurig aus. Ich tippte ihr auf die Schulter, worauf sie erschrocken zur Seite sprang.

»Darf ich bitten?«, fragte ich.

Sie hielt den Kopf gesenkt, während ich sie über die Tanzfläche führte, erst bei der dritten Runde schaute sie mich endlich an.

Dann räusperte sie sich umständlich, als sei sie es nicht gewohnt zu sprechen. »Sie sind Bildhauerin.« Sie formulierte den Satz nicht als Frage, sondern als Feststellung.

»Woher wissen Sie das?«

»Ihre Hände, sie sind rau und schwielig.«

»Ich könnte doch auch Wäscherin oder Dienstmädchen sein«, gab ich zurück.

Ein bellendes Lachen war ihre Antwort. »Was hätte wohl eine Wäscherin oder ein Dienstmädchen auf dem Ball der Inkohärenten zu suchen?« Sie blickte furchtsam um sich und flüsterte: »So nennen das die Ärzte. Das weiß ich, weil ich manchmal an den Türen lausche und nachts in die Büros gehe, um dort die Akten zu lesen.« Sie legte den Kopf schief und fragte: »Wie heißen Sie?«

»Jessie.«

»Ich bin Hersilie.«

Wir blieben am Büffet stehen, auf dem eine Delikatesse neben der anderen aufgereiht war. Im Glanz unzähliger Kerzen boten sich kleine mit Puderzucker überzogene Törtchen neben Fischpastetchen und anderen Leckerbissen. Hersilie stapelte von allem etwas auf ihren Teller. Sie sprach mit vollem Mund, während ihre Blicke unruhig über den Tisch schweiften. »Ich bin nämlich auch Künstlerin.«

»Ach so?«, antwortete ich.

Natürlich glaubte ich ihr nicht. Sie hörte auf, sich Essen in den Mund zu stopfen, und griff mit ihren fettigen, knochigen Fingern nach meinem Arm.

»Ich schwör's. Ich bin Malerin. Ich hätte es wissen müssen, dass sie mich deswegen hier einsperren würden.«

Unwillig schüttelte ich ihren Arm ab und rieb mir die Stelle, wo sie mit ihrem kräftigen Händedruck Spuren auf meiner Haut hinterlassen hatte. Irgendetwas an ihrem Benehmen war mir unangenehm und zu aufdringlich und hinderte mich daran, Mitleid mit ihr zu haben.

Also holte ich nur tief Luft und versuchte es noch einmal: »Wie lange sind Sie denn schon hier?«

»Lassen Sie mich überlegen, ich war zwanzig, als mein Bruder mich einsperren ließ.« Sie rechnete umständlich mit den Fingern. »Fünfzehn Jahre.« Das heißt, sie war erst fünfunddreißig; dafür sah sie wesentlich älter aus. Sie hatte graues Haar, und unter ihrem weißen Gesichtspuder zeichneten sich tiefe Falten ab. Sie wischte sich ein paar Krümel vom Mund und grinste, sodass ein unvollständiges Gebiss und ein paar faule Zähne zum Vorschein kamen. »Wollen Sie wissen, warum sie mich hier weggesperrt haben? Natürlich wollen Sie das, alle wollen es wissen.«

Ich schüttelte den Kopf, konnte aber meinen Blick nicht von ihr losreißen.

»Ich erzähl's Ihnen trotzdem. Es war, weil ich alleine lebte und weil ich mir die Freiheit herausgenommen habe, mir meinen Lebensunterhalt als Künstlerin selbst zu verdienen. Das war zu viel Ehrgeiz für eine Frau. Ich musste also wahnsinnig sein, eine andere Erklärung gab es dafür nicht.« Sie lachte leise.

»Unverheiratet sein und Malen, um Geld zu verdienen? Das ergibt mindestens die Diagnose *akute Monomanie in Verbindung mit Halluzinationen.* Hinzu kam, dass meine Nachbarn mich nicht leiden konnten und mich als unfreundliche Ziege, Hexe und merkwürdige Schrulle bezeichneten. Als mein Halbbruder mich schließlich einsperren ließ, konnten diese Leute es kaum abwarten, um die schrecklichsten Dinge gegen mich auszusagen. All das konnte dieser Quacksalber von Arzt wunderbar gegen mich verwenden.«

Ihr Atem roch faulig, und ich hätte mich gern etwas von ihr entfernt, doch ich war wie hypnotisiert und konnte mich nicht von der Stelle rühren.

»Was für ein Unmensch. Warum hätte Ihr Bruder so etwas tun sollen?«

»Halbbruder, er ist mein Halbbruder. Als unser Vater starb, wollte er meinen Anteil vom Erbe für sich haben. Er hat mich bestohlen!« Hersilie erhob ihre zur Faust geballte Hand, versteckte sie aber sogleich wieder hinter ihrem Rücken, als sie bemerkte, dass eine Krankenschwester in unsere Richtung schaute und warnend mit dem Schlüsselbund rasselte.

Ich redete mir ein, dass es noch einen anderen Grund geben musste. Diese Frau sprach zwar komisch und benahm sich seltsam, aber wenn man Rosa oder mich oder auch Camille fünfzehn Jahre lang hier einsperrte, dann würden wir zweifellos so enden wie sie. Ich dachte an das, was Camille und ich getan hatten, bevor wir hierher gekommen waren, an meine Gefühle für sie und für Georges und, irgendwo in einem Winkel meines Herzens, an die für William, in die sich ein nagendes Schuldgefühl mischte.

Ich hatte sie geküsst, sie alle drei, und nach jedem einzelnen dieser Küsse hatte ich mich gesehnt. Vielleicht war auch mit mir etwas nicht in Ordnung. Vielleicht erlebten andere Frauen so etwas nicht, jedenfalls nicht, wenn sie normal waren. Wenn ein Arzt die Gedanken hätte lesen können, die in meinem Kopf umherschwirrten, er hätte mich als von Grund auf verdorben und hysterisch bezeichnen müssen. Man brauchte sich nur Rosa anzuschauen, die in Männersachen herumlief, in ihrem Herzen aber eine Frau war. Verglichen mit uns schien Hersilie mir ziemlich klar bei Verstand.

Schon redete sie weiter auf mich ein, als könnte sie, wenn sie einmal anfing zu sprechen, nicht mehr damit aufhören. Das arme Wesen erzählte mir von ihrem Leben in der Anstalt, Geschichten, die mich noch Jahre später verfolgen würden. Sie sprach von ihrem ersten Tag hier und beschrieb, wie sie in eine Badewanne mit eisernem Deckel gesteckt worden war, sodass nur noch ihr Kopf oben herausschaute, und wie man ihr unaufhörlich eiskaltes Wasser über den Kopf geschüttet hatte, einen Eimer nach dem anderen. Diese Bestrafung erfolgte jeden Morgen, bis sie schließlich ihrer Überzeugung abschwor und einwilligte, nie wieder von ihrer Kunst leben zu wollen.

»Sie nennen das Hydrotherapie«, sagte sie. »Es ist eher so etwas wie Ertränken. Diese Bäder waren die Hölle! Wenn man sich wehrte, schnitt einem das Eisen in den Hals.« Sie neigte ihren Kopf zur Seite und zeigte mir die Narben.

Ich schnappte nach Luft und fuhr mit dem Finger über ihren Hals, doch dann hielt ich inne und griff mir an meinen eigenen Hals. »Das ist doch Folter! Sie müssen sich bei einem der Ärzte beschweren.«

Wieder ein kurzes Auflachen. »Was denken Sie, wer auf die Idee mit dieser Wassermethode gekommen ist, wenn nicht einer dieser Teufel, die sich Ärzte nennen. Jetzt sind Sie schockiert, Mademoiselle, aber es ahnt ja niemand, was hinter diesen verschlossenen Türen vor sich geht. Sie sind Künstlerin, wie ich, ein Freigeist, deshalb werde ich Ihnen alles erzählen, und Sie werden es ebenfalls allen erzählen – vergessen Sie nicht den Präsidenten und den Heiligen Vater in Rom –, und dann komme ich endlich hier raus.«

Leise nuschelnd erzählte sie mir ihre Geschichte, und der Schrecken ihres unseligen Lebens kroch mir durch die Ohrmuscheln ins Gehirn. So ein Bad konnte zwischen einer und zwölf Stunden dauern, je nach dem Grad der angeblichen Verrücktheit und je nachdem, wie lange es dauerte, bis die Patientinnen anfingen, ihre Überzeugungen zu verleugnen. Der Arzt war wohl der Ansicht, Hersilie sei einer der leichteren Fälle, oder vielleicht war sie einfach nur schnell genug gewesen, um ihre Ideen von selbst als Fantasien einer Traumtänzerin dranzugeben.

Aber sie hatte außerdem darunter zu leiden, dass sie anderen Insassen geholfen hatte, die ohnmächtig geworden waren, dass sie vergessen hatte, einer Krankenschwester ihre Schere zurückzugeben, oder weil sie ein paar Worte an die Wand geschrieben hatte. Das alles galt als Verbrechen und wurde hart bestraft. Hersilie war mit dem Hals angekettet worden, und man hatte ihr fünfzig Eimer Wasser über den Kopf geschüttet. Häufig wurde sie in eine Zwangsjacke gesteckt und an ihrem Bett festgebunden.

Ich konnte kaum mit anhören, was sie mir da erzählte, und wollte mich von ihr entfernen. Ich wollte so schnell wie möglich fort von diesem Ort mit den lächelnden Krankenschwestern in ihren weiß gestärkten Trachten mit den sorgfältig am Kopf festgesteckten Hauben, fort von den Ärzten, die in ihren eleganten Anzügen in kleinen Grüppchen zusammenstanden, während die weiblichen Patienten auf der Tanzfläche umherwirbelten. Doch ich konnte mich nicht losreißen von Hersilie und rückte stattdessen noch näher an sie heran, um jedes einzelne ihrer leise gestotterten Wörter zu verstehen.

»Sehen Sie das Mädchen da drüben? Die Schwachsinnige?« Sie nickte einer jungen Frau mit unbeweglich breitem Lächeln und leerem Blick zu. »Sie binden ihr die Arme hinter dem Rücken so eng zusammen, dass das Seil ihr in die Hände einschneidet, und dann tauchen sie ihren Kopf in einen Wassereimer. Wozu soll das gut sein? Sie ist eine arme Kinderseele. Sie denkt, es ist ein Spiel, und lacht, wenn sie sie kommen sieht, und dann legt sie sich selbst das Seil um.

Die schlimmste Strafe – sie nennen das natürlich eine Behandlung – ist die Isolation in einer Einzelzelle. Man verliert den Zeitbegriff, tage-, monatelang. Eigentlich dürfen sie das nicht mehr, aber in besonders hartnäckigen Fällen machen sie es immer noch, zum Beispiel bei den *Tribades.*«

Ich konnte inzwischen fließend Französisch, viele Leute sagten, ich spräche so gut wie eine Muttersprachlerin, aber diesen Begriff kannte ich nicht. Ich krauste die Stirn, und sie sah, dass ich nicht verstanden hatte, was sie sagte. Jetzt sprach sie nur noch mit einem heiseren Flüstern. »Frauen, die Frauen lieben, verstehen Sie? So wie Ihre Freundin da drüben.« Sie blickte zu Rosa, die gerade ihre Arme um ihre Tanzpartnerin gelegt hatte, eine dünne Frau mit hohlen Wangen. »Wie ich sehe, tanzt sie mit Monique, der Onanistin. Normalerweise trägt sie Handschellen.«

Peinlich berührt starrte ich sie an. »Wie bitte?«

»Na, damit sie aufhört, sich selbst anzufassen.« Hersilie grinste anzüglich. »Jetzt sind Sie wohl schockiert? *Excusez-moi, j'appelle toujours un chat un chat.* Ich nehme nie ein Blatt vor den Mund.«

Laut Hersilie war diese Monique niemals aufgefallen, weil sie irgendetwas nicht Normales getan hätte, allerdings hatte der Arzt bei ihr ein paar *klassische Symptome für Onanie* entdeckt. Angeblich waren dünne Frauen mit bläulichen Augenlidern davon betroffen.

»Was für ein Unsinn!«, entfuhr es mir. Allmählich fing ich an, die Erzählungen dieser Frau anzuzweifeln; über so etwas redete man damals nicht. Sie presste die Lippen zusammen.

»Das ist alles Unsinn, natürlich. Sie haben vollkommen recht. In den Köpfen dieser Ärzte schwirren die absurdesten Ideen herum. Der wirkliche Grund dafür, dass Monique so mager ist, ist ganz einfach. Sie ist traurig und mag nichts essen. Ihr Mann hat sie verlassen und ließ sie einweisen, als er eine Affäre mit dem Dienstmädchen anfing. Die arme Monique sagt natürlich, das sei alles gar nicht passiert, und noch immer redet sie von ihrem lieben Charles – Charles macht dies, und Charles macht jenes –, wie gut er zu ihr ist, und dass sie sich beeilen muss, um nach Hause zu kommen und das Abendessen vorzubereiten.«

Hersilie hatte begriffen, dass sie nur überleben konnte, indem sie den »Alienisten« – so nannten sich damals die Ärzte für Geisteskrankheiten – vorspielte, sie hätte ihre gefährlichen Illusionen aufgegeben. Für die Ärzte war sie also ein Erfolg. Sie war handzahm geworden und arbeitete hart. Man dachte bereits über ihre Entlassung nach, aber bis dahin waren ihre Tage angefüllt mit der schweren Arbeit in der Wäscherei und öden Handarbeiten, weil man glaubte, solche Art von Beschäftigung sei heilsam für gestörte Geister.

»Wenn ich rauskomme, werde ich der ganzen Welt berichten, was hier drinnen vor sich geht. Allerdings weiß ich noch nicht, wann das sein wird. Es liegt also ganz in Ihrer Hand«, verkündete sie mir düster.

»Aber warum schreiben Sie nicht jetzt schon einen Beschwerdebrief an die Aufsichtsbehörden?«, fragte ich.

»Hier wird jeder Brief gelesen, bevor er rausgeht, und wenn etwas drin steht, das ihnen nicht genehm ist, werden wir bestraft. Das habe ich am eigenen Leib erfahren«, erklärte sie und rieb sich die Handgelenke. »Aber ich habe heimliche Helfer, die manchmal Briefe für mich nach draußen schmuggeln. Einen trage ich schon die ganze Zeit mit mir herum. Wären Sie so nett, ihn an sich zu nehmen und für mich zu verschicken? Er ist an den einzigen Menschen gerichtet, der mir helfen kann.«

»Natürlich mache ich das für Sie.«

»Hier, schütteln Sie mir die Hand.« Damit schob Hersilie mir ein Stück Papier in die Hand, das ich gleich darauf in meiner Tasche verschwinden ließ. *»Au revoir, Mademoiselle«*, verabschiedete sie sich mit erhobener Stimme.

Ich nickte ihr zu, und sie formte lautlos mit den Lippen die Worte: »Sagen Sie Ihrer Freundin, sie soll aufpassen.« Damit deutete sie mit einer knappen Kopfbewegung auf Rosa, allerdings hätte ihre Warnung ebenso gut Camille gelten können.

* * *

Ich bahnte mir meinen Weg durch die Menge der Pariser Gäste in ihren aufwendigen Kostümen. Sie schlürften Champagner und kreischten vor Lachen, während die Insassen der Anstalt mit glasigen Augen vor sich hin starrten. Jemand zupfte mich am Ärmel, und ich drehte mich um. Eine junge Frau hielt mir ein Lumpenbündel entgegen, ihre Hände waren von Narben und Brandwunden übersät.

»Hier, mein Baby! Sehen Sie mein Baby? Ist es nicht wunderschön? Sein Name ist Alphonse, *mon petit Alphonse.*«

Ich blickte auf das Bündel und sah ein Stück Holz mit grob darauf gezeichneten Gesichtszügen. Ich wollte ihr zulächeln, doch stattdessen drehte ich mich um und lief quer durch den Saal zu Camille und Georges.

Georges lehnte gelangweilt an der Wand, richtete sich aber sofort auf, als er mich kommen sah. »Hast du schon genug? Möchtest du nach Hause fahren?«

Ich hatte Angst, dass mir die Stimme versagte, deshalb nickte ich nur wortlos. Ich würde ihnen später von Hersilie erzählen.

Camille legte ihren Zeichenblock zur Seite. »Es ist furchtbar hier, findest du nicht auch? In den Gefängnissen und Waisenhäusern, wo ich gezeichnet habe, war es auch schlimm, aber hier liegt so eine niederschmetternde Stimmung in der Luft, ich kann gar nicht genau sagen, was es ist. Natürlich habe ich damit gerechnet, dass es seltsam sein würde und irgendwie anders als unter normalen Menschen, aber hier finde ich nur, dass alle vollkommen traurig und hoffnungslos aussehen.«

Georges zuckte die Schultern. »Ihr habt recht, lasst uns gehen. Selbst im Leichenschauhaus ist es fröhlicher als hier. Mal sehen, ob ich Rosa von ihrer neuesten Eroberung losreißen kann.«

In der Droschke holte ich Hersilies Brief aus der Tasche, um ihn den anderen zu zeigen. Er war mehrmals gefaltet und mit Siegelwachs verschlossen. Als ich ihn öffnete, sah ich einige Worte, die mit zittriger Hand in braunroter Farbe auf das Papier gekritzelt waren. Ich hielt mir den Zettel unter die Nase und roch den unverwechselbaren metallischen Geruch von getrocknetem Blut. Der Brief war adressiert an Jeanne d'Arc. Sie war also tatsächlich verrückt.

Ich zerknüllte den Brief und warf ihn aus dem Wagen. Durch das Fenster beobachtete ich, wie die hohen Mauern der Salpêtrière allmählich hinter uns zurückblieben, und schwor mir, nie wieder einen Fuß in solch eine Höllengrube zu setzen.

Kapitel Vierundzwanzig

Paris

1929

Ich rutschte ein wenig auf Georges' Sofa herum, versank aber nur noch tiefer in den lächerlichen Kissenbergen.

»Georges, glaubst du, sie war verrückt?«

»Wer? Die Frau auf dem Ball? *Folle à lier,* würde ich sagen. Normale Menschen führen keine Korrespondenz mit Jeanne d'Arc.«

»Nein, ich meine Camille.« Einen Moment lang war es still zwischen uns. Ich nahm seine Hand, die kranke, mit der er nicht mehr arbeiten konnte. Sie war voller Altersflecken, so wie meine eigenen Hände, aber die Berührung war noch immer dieselbe wie vor dreißig Jahren. »Du weißt, was mit ihr passiert ist, oder?«, fragte ich leise.

Er nickte, ohne mich anzuschauen. »Wir haben es alle gewusst. Sie hat mir geschrieben, mir, ihrem Agenten und allen ihren Freunden aus der Kunstwelt. Eine Zeit lang gab es natürlich ein großes Geschrei. Ich tat, was ich konnte, schrieb an ihren Bruder, an die Zeitungen. Doch irgendwann kamen keine

Briefe mehr von ihr, und auch die Zeitungsberichte wurden immer weniger. Im Jahr darauf fing der Krieg an, und ich, nun ja, ich habe sie einfach vergessen.«

Ich schob meine Hand unter seine, sodass unsere Handflächen aneinander lagen. »Du hast Dinge gesehen, die man lieber nicht sehen sollte. Das ist verständlich.«

Er schloss seine Finger um meine. »Immerhin habe ich überlebt, im Gegensatz zu so vielen anderen. Aber als ich zurückkam, konnte ich nicht mehr bildhauern.« Er hielt seine verkrümmte Hand hoch. »Bis vor ein paar Jahren hat mein Erbe noch gereicht, und dann kam Lotta. Sie hatte eine unglückliche Liebesaffäre mit einem verheirateten Mann hinter sich, dessen Frau damit drohte, ganz Paris werde von der Geschichte erfahren. Ich war damals mit ihrem Vater befreundet, und der machte mir ein großzügiges Angebot, wenn ich ihre Ehre retten und sie heiraten würde.«

Aha, ich hatte also richtig vermutet. Er hatte sich kein bisschen verändert. Georges fing meinen Blick auf und zog die Schultern hoch. Es schien, als hätte er meine Gedanken gelesen. Ich wollte meine Hand wegziehen, aber er hielt sie fest. »Jessie, schau mich nicht so an. Was hätte ich denn tun sollen? In einer Bank arbeiten?« Ich schüttelte den Kopf. »Das ging nicht. Und ich habe nichts für Camille unternommen. Ich habe sie vergessen. Wir alle haben sie vergessen.«

Ich lehnte mich zurück und lächelte traurig. »Du hast getan, was du konntest, und Paul hatte das Gesetz auf seiner Seite.«

»Quel connard.«

Ich drückte noch einmal seine Hand. »Georges, ich versuche, ihr zu helfen und Argumente zu finden, um sie dort herauszuholen. Wenn ich nur wüsste, ob er damals irgendwelche Gründe hatte, um sie wegzusperren …«

»Sag nicht, dass sie noch immer in der Anstalt ist?«

Ich nickte, und er schloss die Augen. »O mein Gott! All

die Jahre! Die arme Camille. Ich dachte, ich hätte großes Leid hinter mir, aber sie? Kannst du dir das vorstellen?«

Ich schüttelte den Kopf. »Nein, das kann ich nicht. Und ich will es auch nicht. Wirst du mir helfen? Als ich sie das letzte Mal gesehen habe, waren wir noch so jung. Sie ist in die Anstalt gekommen, kurz bevor der Krieg anfing, lass mich rechnen …« Ich nahm meine Finger zu Hilfe und begann zu zählen: »Sie muss fast fünfzig gewesen sein. Georges, ich bitte dich, erzähl mir: Wie war sie, als du ihr das letzte Mal begegnet bist? War sie wirklich verrückt?«

Georges stand auf und ging hinüber zu einem Tischchen mit Karaffen und Gläsern. Dann goss er Brandy und Soda in zwei Cognacschwenker. Sein Blick war nachdenklich in die Ferne gerichtet, als er zu sprechen anfing: »Eine Zeit lang, so gegen Ende der Neunziger, ging es Camille ganz gut. Sie schien sich aus Rodins Bann befreit zu haben und suchte sich ihren eigenen Weg mit kleineren Skulpturen, filigranen Figuren mit ganz außergewöhnlichen Darstellungen. Eine davon mochte ich besonders gern: eine kleine Gruppe Frauen, eng beieinander, und hinter ihnen eine riesige Flutwelle, die diese Frauen bedroht, während sie nichts von der Gefahr zu ahnen scheinen. Großartig – eine winzig kleine Skulptur und dieser überwältigend große Eindruck von Gefahr.«

Nachdenklich schwenkte er sein Brandyglas. »Eines Tages sind wir uns zufällig über den Weg gelaufen; das muss ’97 gewesen sein, im *Salon*. Ich erinnere mich an das Jahr, weil ich dort selbst ein Werk ausgestellt hatte. Camille erzählte, sie habe Rodin verlassen und arbeite jetzt allein in ihrem eigenen Atelier. Ich hätte sie kaum wiedererkannt. Sie war stark geschminkt, ihr Gesicht war unter einer dicken Schicht Make-up versteckt wie hinter einer Maske. Auch ihre Stimme war seltsam, sie klang monoton und wie heruntergespult. Sie hatte an Gewicht zugelegt. Erinnerst du dich, wie schön sie war? Diese perfekte

Neunziger-Jahre-Figur? Bei den heutigen Frauen vermisse ich diese Formen, die jungen Mädchen sind alle so flachbrüstig.« Ich blitzte ihn empört an, und er räusperte sich. »Entschuldige, ach ja, wo war ich?«

»Camille. Du hast erzählt, wie du sie das letzte Mal gesehen hast.«

»Ach ja.« Er senkte den Blick und fuhr fort.

Da er den Eindruck gehabt hatte, sie sei einsam, hatte Georges sie in ihrem Atelier am Boulevard d'Italie aufgesucht. Camille war ganz freundlich gewesen. Sie schaute aus dem Fenster und trällerte einen Schlager, als er mit einem Korb Pfirsiche und einer Flasche edlem Champagner vorbeigekommen war. Camille hatte ihn wegen seiner Extravaganzen ausgelacht, ihn hereingelassen und ihn wie in den alten Zeiten verspottet. Sie zeigte ihm, woran sie arbeitete, und sie hatten ein Weilchen gefachsimpelt.

»Es schien, als sei sie nicht mehr auf dem Laufenden. Sie war begierig darauf, den neuesten Klatsch und Tratsch aus dem Quartier Latin zu erfahren, wollte wissen, wer wo was ausstellte und vor allem, wer die meisten Aufträge bekam. In ihrem Atelier sah es aus wie Kraut und Rüben, es hatte nichts von diesem femininen Ambiente, das ich von deinem Atelier in der Rue Notre-Dame-des-Champs her kannte. Aber schon damals war Camille nicht gerade das Musterbeispiel einer *bonne femme.*«

Georges trank einen Schluck Cognac und wischte sich über den Schnurrbart. »Als ich aufbrach, versprach sie, sich bei mir zu melden, aber ich hörte monatelang nichts von ihr. Schließlich ließ sie mir eine Nachricht zukommen und schrieb, sie sei krank gewesen und werde mir Bescheid sagen, wenn es ihr wieder besser ginge, doch das hat sie nie getan. Kurz darauf kamen mir die ersten Gerüchte über ihr seltsames Benehmen zu Ohren.«

»Was für ein seltsames Benehmen?«

»Nun, sie beschuldigte ihre Freunde, gegen sie zu intrigieren, mit wilden, völlig aus der Luft gegriffenen Ausbrüchen und Verdächtigungen. Kein Modell hielt es bei ihr aus, sie setzte sie alle an die Luft. Sie behauptete, man würde ihre Ideen klauen. Und du weißt ja, wie die Modelle so sind: Da wird ein Gerücht in die Welt gesetzt, und schon will niemand mehr für dich arbeiten. Und dann kam dieser abscheuliche öffentliche Bruch mit Rodin wegen eines ihrer Werke, ein Riesenauftrag. Ich hörte nur, dass Rodin alle Hebel in Bewegung gesetzt hätte, um den Auftrag zu verhindern, nachdem er die Skulptur in ihrem Atelier gesehen hatte. Ich sprach ihn darauf an, aber er wollte nichts davon hören und behauptete nur, diese Skulptur sei eine persönliche Beleidigung und ein Angriff auf seine Privatsphäre. Als ich die Figur eines Tages mit eigenen Augen sah, war ich ehrlich gesagt nicht überrascht.«

Ich konnte es kaum glauben. Rodin hatte uns immer unterstützt und Camille angebetet. Er hatte sie öffentlich als *femme de génie* bezeichnet und immer ihren Mut bewundert, weil sie sich traute, bei ihren Skulpturen Themen darzustellen, die damals gemeinhin als unpassend für Frauen galten.

»Bist du wirklich sicher?«, fragte ich. »Der Rodin, den ich kannte, würde niemals Einwände gegen eine Skulptur erheben. Ich kann mir nicht vorstellen, dass er versucht haben soll, Camille zu zensieren. Er war doch selbst ein Revolutionär.«

»Vielleicht sollte ich sie dir zeigen.« Georges holte einen Katalog und wies auf eine Fotografie. »Hier, sieh selbst.«

Auf dem Bild mit der Überschrift *L'Âge mûr* erblickte ich eine junge Frau, kniend, die einen mittelalten Mann, ganz offensichtlich Rodin, anflehte, sie nicht zu verlassen. Der Mann wurde von einer nackten Hexe davongeführt, die auf grausame Weise Rose Beuret ähnlich sah, mit hängenden Brüsten und schlaffem Bauch. Es gab keinen Zweifel, und jeder, der von ihrer Geschichte wusste, hätte sie erkannt. Die Skulptur zeigte für jedermann sichtbar den Dreieckstanz von Liebe, Schuld und Hass, eine öffentliche Ausstellung vor der ganzen Welt.

Ich strich mit der Hand über das Bild des jungen Mädchens. »Das hat Kraft. Aber ich verstehe, was er dagegen hatte.« Georges saß neben mir auf dem Sofa, und wir schauten gemeinsam auf das Bild. Ich erinnerte mich daran, wie oft wir gemeinsam vor Skulpturen und Bildern gestanden hatten.

»Camille konnte sogar durchsetzen, dass es öffentlich gezeigt wurde«, unterbrach mich Georges in meinen Gedanken. »Sie hat immer darauf bestanden, dass das Werk keinen autobiografischen Hintergrund habe, sondern dass es eine Allegorie für Jugend und Alter sei. Rodin teilte diese Ansicht nicht. Er sagte, sie wolle ihn damit bloßstellen und öffentlich ihre schmutzige Wäsche waschen. Du weißt, wie sehr er es hasste, wenn über seine Liebesaffären geredet wurde, weil er glaubte, sein Ansehen würde dadurch geschmälert, dass man in den Cafés und Salons von Paris über ihn herzog.«

Mit einem Seufzer klappte er das Buch zu. »Irgendwie kann ich Camille ihre Verbitterung nicht übel nehmen. Trotz all seiner Versprechungen hat er Rose Beuret nie verlassen und Camille jahrelang immer nur hingehalten. Die Skulptur brachte all dies an die Öffentlichkeit, und das hat Rodin ihr nie verziehen.«

Georges erzählte, dass das Werk *L'Âge mûr* im Jahr 1903 beim *Salon* öffentlich ausgestellt und nur wenig beachtet worden war. Man machte ihr den Vorwurf, das Werk sei ein billiger Abklatsch von Rodins Arbeiten. Anscheinend war es Camilles Schicksal, immer mit Rodin verglichen zu werden.

»Das letzte Mal habe ich sie in ihrem neuen Atelier auf der *Île Saint-Louis* gesehen, das muss um die Jahrhundertwende gewesen sein«, erzählte Georges weiter. »Es war ungemein friedlich dort draußen auf den Sandbänken in der Seine, inmitten von Bäumen. Auf dem Fluss sah man die Lastkähne durchs Wasser schippern, die ihre Äpfel zum Markt brachten, überall duftete es nach Obst. Camille war noch dicker geworden, ihr Gesicht war aufgedunsen und frühzeitig gealtert, ihr Haar fettig und unordentlich, aber ihre Augen leuchteten, und sie sah zufrieden aus. Sie arbeitete an einer neuen Skulptur von Perseus und den Gorgonen. Soweit ich das beurteilen kann, war sie nicht verrückt, nein.«

Das war auch schon alles, was Georges mir erzählen konnte. Wir redeten noch eine Weile und berieten uns darüber, wer unter Umständen noch mehr über Camilles letzte Zeit in Paris wissen könnte.

»Weißt du, wer noch immer hier herumläuft und von den alten Zeiten schwärmt?«, fragte er auf einmal. »Erinnerst du dich an Suzanne Valadon? Eine ganz wilde Hummel! Sie lebt noch immer in Montmartre. Warte, ich gebe dir ihre Adresse.« Anschließend begleitete er mich zur Tür.

Ich legte ihm eine Hand auf die Brust. »Es tut mir so leid, Georges, dass du nicht mehr bildhauern kannst. Das muss so hart für dich gewesen sein.«

Sein Lächeln war resigniert, als er sagte: »Um ehrlich zu sein, ich glaube nicht, dass ich jemals das Zeug zu einem Künstler hatte. Hätte ich nicht immer Geld im Hintergrund gehabt, wäre ich nie so weit gekommen. Im Unterschied zu Camille hatte ich auch keine Lust, darum zu kämpfen – all die Ablehnungen und das ewige Betteln um Aufträge. Aber das ist längst vorbei. Nur eines bedaure ich, Jessie. Ich wollte dir immer sagen, wie leid es mir …«

»Bitte nicht, Georges, hör auf. Lass uns einfach Adieu sagen. Es hat eben nicht sein sollen.«

Ich hielt ihm die Hand hin, doch er nahm mich in die Arme und hielt mich fest. Und für einen Moment war ich wieder die Zweiundzwanzigjährige in meinem Atelier in Montmartre.

Kapitel Fünfundzwanzig

Montmartre, Paris

September 1884

Suzanne Valadon bin ich zum ersten Mal in Henris Studio begegnet. Heute kennt natürlich jeder den Namen Toulouse-Lautrec, aber damals war er noch jung, Anfang zwanzig vielleicht, so wie wir, und er stand ganz am Anfang seiner Karriere. Georges hatte Camille, Rosa und mich mitgenommen, um seinen neuen Freund in dessen Atelier in Montmartre zu besuchen.

»Henri wird euch gefallen«, versprach er, während wir oben auf der Treppe eines schmutzigen Mietshauses vor seiner Wohnungstür standen. »Seine Fünfuhrtees sind berüchtigt und dauern die ganze Nacht. Und seine Arbeiten sind sehr interessant, sehr *avant garde.* Wenn ihr mich fragt, wird er es noch weit bringen.«

Rosa schnaubte. »*Avant garde?* Hoffentlich nicht noch einer dieser öden Pointillisten. Paris ist voll von kurzsichtigen Malern, die mit kleinen Pünktchen um sich werfen. Das tut mir in den Augen weh.«

»Aber nein, Henri ist ganz was anderes«, sagte Georges. »Wartet's ab.«

Camille runzelte die Stirn. »Lautrec? Und warum habe ich noch nie von diesem ach so vielversprechenden Künstler gehört, wenn er so gut ist, wie du behauptest?«

»Es ist Toulouse-Lautrec, Henri de Toulouse-Lautrec. Er stammt aus einer der ältesten Familien Frankreichs, ein echter Adliger. Und ein einmaliger Typ.«

Gerade wollte ich erzählen, dass William Toulouse-Lautrec getroffen und ihm eine meiner Zeichnungen gezeigt hatte, aber ich behielt es lieber für mich. Seit unserem Streit hatte ich sorgfältig darauf geachtet, Georges gegenüber Williams Namen nicht mehr zu erwähnen, und jetzt wollte ich uns auf keinen Fall die fröhliche Stimmung verderben.

Außerdem war England weit weg, und ich war in Montmartre, wo es wild und freizügig herging. Alle Welt sprach von Montmartre, dem Treffpunkt der Kriminellen, Prostituierten und Intellektuellen von Paris. In jedem Stadtführer wurde darüber geschrieben und davor gewarnt, dieses Viertel zu besuchen, es sei denn, man war bereit, seinen Ruf als anständige Frau aufs Spiel zu setzen. Ich war begeistert.

Toulouse-Lautrec öffnete uns die Tür zu seinem Atelier. Vor uns stand der seltsamste Mann, den ich je gesehen hatte. Wir waren durch Georges bereits vorgewarnt, er hatte uns von seinen Verwachsungen erzählt. Vor allem aber hatte er uns eingeschärft, den Mann auf keinen Fall anzustarren. Henris Oberkörper hatte die ganz normale Größe eines Erwachsenenkörpers, aber seine Beine waren nach einem Jagdunfall klein geblieben wie die eines Kindes. Damals war er zwölf Jahre alt gewesen.

Was ich allerdings nicht erwartet hatte, war der Anblick dieses kleinen bärtigen Mannes, der wie eine japanische Geisha gekleidet war, mit Kimono und Perücke und lauter klimperndem Haarschmuck auf dem Kopf. Er wiegte eine gelbe, in ein spitzenbesetztes Seidentuch gewickelte Porzellanpuppe in den Armen.

Als er bemerkte, wie ich ihn anstarrte, verbeugte er sich. »Henri de Toulouse-Lautrec, *à votre service.*«

Ich klappte den Mund wieder zu.

Georges legte ihm freundschaftlich den Arm um die Schultern. »Henri, ich möchte dir Mademoiselle Jessie Lipscomb und Mademoiselle Camille Claudel vorstellen, zwei sehr begabte Bildhauerinnen. Wir arbeiten zusammen in Rodins Studio.«

Toulouse-Lautrec klemmte sich das Monokel fester ins Auge und betrachtete Camille und mich eingehend. »Rodins Atelier? Dann müssen Sie gut sein. Frauen, die bei Männern arbeiten – *quel scandale!* Ich habe den großen Rodin vor nicht allzu langer Zeit mit Georges in Montmartre getroffen, erinnern Sie sich, *mon vieux?* Was für ein Abend! Da war noch so ein charmanter Engländer dabei – verzeihen Sie, ich bin ein begeisterter Anglophiler, das ist eine meiner größten Schwächen –, ein Wissenschaftler, der mir von seinen Steinen erzählte. Mit solch einer Leidenschaft! Seitdem muss ich jedes Mal, wenn ich meine diamantenen Manschettenknöpfe anlege, an ihn denken.«

»Oh, das war sicher der gefürchtete William«, bemerkte Georges trocken.

»Er war großartig, einfach großartig! So lebhaft, ein wirklich netter Kerl, und er hat großen Eindruck bei unserer liederlichen Truppe gemacht. Die ganzen kleinen *demimondaines* konnten gar nicht genug von ihm und seinem charmanten Akzent bekommen.«

»Allerdings, ein sehr typischer Engländer in Montmartre, dem beim Anblick der leicht bekleideten Dämchen fast die Augen aus dem Kopf fielen«, bemerkte Georges gedehnt.

Wütend funkelte ich ihn an, bevor ich mich wieder an Toulouse-Lautrec wandte. »William ist ein lieber Freund von mir und hatte nur Gutes über Sie zu berichten, Monsieur Toulouse-Lautrec. Er hat mir sogar eine kleine Zeichnung von Ihnen geschenkt, die ich sorgfältig aufbewahrt habe. Ich finde sie sehr eindrucksvoll – einfach, aber voller Kraft.«

Er deutete eine kleine Verbeugung an. »*Merci bien.* Das Lob eines Künstlerkollegen ist selten und deshalb ganz besonders willkommen.« Er küsste mir die Hand. »Bitte nennen Sie mich Henri, und ich nenne Sie gerne Jessie – was für ein wunderbar exotischer Name!«

Damals hatte die Trunksucht noch nicht Besitz von Henri ergriffen. Er zeigte sich gesellig und warmherzig und verfügte über die seltene Gabe, dafür zu sorgen, dass sich Menschen in seiner Gegenwart sofort wohlfühlten. Später fand ich heraus, dass er in Gesellschaft seiner Künstlerfreunde bei den legendären Partys in seinem Atelier sein seltsames Aussehen überhaupt nicht zu verbergen versuchte, sondern dies, ganz im Gegenteil, durch seine auffällige Kostümierung zusätzlich unterstrich, was er von seinem exzentrischen Vater gelernt hatte. So konnte er von seiner Behinderung ablenken und sie für sein Gegenüber weniger unangenehm machen.

Ich fühlte mich gleich zu ihm hingezogen, und auch er schien an unserer kleinen Truppe Gefallen zu finden. Als Georges Rosa vorstellte, erhellte sich Henris Miene. An jenem Abend sah Rosa aus, als käme sie gerade vom Tennisplatz: Sie trug cremefarbene Flanellhosen und einen Panamahut. Dazu rauchte sie eine Tonpfeife.

»Sie müssen Madame Bonheur sein«, sagte er. »Ich habe schon von Ihnen und Ihrem untrüglichen Instinkt für vorteilhafte Kleidung gehört. Aber die Schilderungen werden Ihnen nicht im Entferntesten gerecht, Gnädigste. *Enchanté.*« Er machte sich einen Spaß daraus, ihr die Hand zu schütteln, als sei sie ebenfalls ein Mann. »Ich muss Ihnen unbedingt die Adresse meines Schneiders nennen, wenn Sie erlauben. Er ist ein Genie, wenn es darum geht, etwas weniger … orthodoxe Figuren zu bekleiden.« Damit schwenkte er die Rockschöße seines Kimonos und grinste freundlich. Wir lachten, aber Rosa war nicht so leicht aus der Reserve zu locken.

Sie nahm die Pfeife aus dem Mund und wies damit auf ihn. »Ihr Name begegnet mir immer wieder, Henri de Toulouse-Lautrec. Unser lieber Georges hier schwärmt von Ihnen, aber was zählt schon sein Urteil? Ich gebe mehr auf das, was mein alter Freund Cormont erzählt, der sagt, Sie hätten großes Potenzial.«

»Sie kennen meinen ehemaligen *Maître?*«, fragte Henri.

»Junger Mann, ich kenne jeden hier. Jetzt zeigen Sie mir Ihre Bilder, damit ich selbst entscheiden kann, was es mit all der Lobhudelei auf sich hat.«

»Mit Vergnügen.« Er rief durch die Dachwohnung: »*La belle Suzanne!* Sieh mal hier, meine entzückenden neuen Freundinnen, Jessie und Camille, und natürlich kennst du den prächtigen Georges. Kannst du dich um sie kümmern, während ich Madame Bonheur herumführe?«

Eine wunderschöne Frau lag auf einer Chaiselongue und winkte träge zu uns herüber, um sich gleich wieder ihrem Gespräch mit zwei jungen Männern zuzuwenden, die ihr zu Füßen auf dem Boden saßen wie Bewunderer der Sphinx.

»Das ist Suzanne Valadon«, erklärte Georges uns mit vielsagendem Unterton, als wir wieder allein waren. »Sie ist Modell, arbeitet aber auch als Künstlerin. Sie hat für alle großen Künstler Modell gesessen, und man munkelt, dass sie mit fast allen von ihnen im Bett war. Wie es aussieht, ist Renoir völlig vernarrt in sie. Er schläft mit ihr, und im Gegenzug verlangt sie Malstunden von ihm.«

Als ich genauer hinsah, stutzte ich, denn ich erkannte in ihr das Mädchen mit dem roten Hut aus Renoirs *Tanz in Bougival.*

»Ein malendes Modell?«, stieß Camille hervor. »Sie sieht nicht so aus, als wäre in ihrem hübschen Köpfchen Platz für kluge Gedanken.«

Georges und Camille kicherten, und ich ärgerte mich. Sie waren genauso dumm wie die Steinmetze mit ihren antiquierten Vorstellungen. Wir schrieben immerhin das Jahr 1884.

»Nur weil eine Frau als Modell arbeitet, heißt das nicht zwangsläufig, dass sie dumm ist oder eine Schlampe«, widersprach ich. »Und überhaupt glaube ich, dass der meiste Tratsch über die Modelle von den Künstlern stammt, Männer, die mit ihren Eroberungen herumprotzen, auch wenn es die nur in ihrer Fantasie gegeben hat.«

Darauf lachte Georges noch ausgelassener. »O Jessie, ich weiß nicht, was ich reizender finde: deine Naivität oder deinen Glauben an die Tugend deiner weiblichen Mitstreiterinnen. Das ist zwar bewundernswert, aber auch hoffnungslos fehl am Platz. Wie du siehst, ist Suzanne Valadon höchstens neunzehn Jahre alt, aber sie hat schon ein uneheliches Kind. Ganz Paris kennt die Geschichte.«

»Wir aber nicht. Erzähl!«, forderte Camille ihn auf.

Ich verschränkte die Arme vor der Brust und schaute Georges herausfordernd an, aber ich konnte ihn nicht täuschen. Er hatte längst gemerkt, wie neugierig ich war.

Auf einen Wink von ihm rückten wir näher zusammen, und er senkte ein wenig die Stimme.

»Nun, zunächst einmal müsst ihr wissen, dass der kleine Maurice neun Monate nach ihrer Sitzung für Renoir geboren wurde. Als er auf die Welt kam, nahm sie das Baby auf den Arm und ging zu ihm. Er warf nur einen kurzen Blick darauf und bemerkte trocken: ›Der kann nicht von mir sein. Diese Farbe ist einfach unmöglich.‹ Danach ging sie zu Degas, der sagte: ›Der kann nicht von mir sein. Diese Form ist einfach unmöglich.‹

Verzweifelt erzählte sie dem spanischen Maler Miguel Utrillo von ihrem Unglück, der schließlich einwilligte, dem Kind seinen Namen zu geben. Als Begründung sagte er: ›Es ist mir eine Ehre, meinen Namen auf ein Werk von Renoir oder Degas zu setzen.‹«

Camille und Georges grölten und hielten sich die Bäuche vor Lachen. Ich verkniff mir ein Grinsen, obwohl ich auch kaum an mich halten konnte. Dann tippte ich Camille kurz auf die Schulter und wies sie zurecht: »Du solltest dich lieber auf die Seite der Künstlerinnen stellen.«

Sie wischte sich die Tränen aus den Augen. »Ich weiß, aber es ist einfach zu komisch. Georges, du bist unmöglich und eine schreckliche Klatschbase, aber genau deshalb haben wir dich so gern.«

Georges nahm uns beide in den Arm. »Das ist eine tolle Geschichte, und ich habe keine Hemmungen, sie herumzuerzählen, weil ich sie von Suzanne selbst gehört habe. Kommt mit, ich will sie euch vorstellen. Sie ist wirklich sehr lustig.«

Suzanne Valadon hatte einen Teint, der von Nahem so ebenmäßig und durchsichtig aussah wie feinstes chinesisches Porzellan. Dazu hatte sie einen verträumten Schlafzimmerblick, als sei sie gerade erst aufgewacht, mit Wimpern, die aussahen wie mit Kohle geschwärzt. Ihr breiter Kiefer und die kräftigen Augenbrauen verliehen ihr eine herbe, fast männliche Schönheit, die auf Männer und Frauen gleichermaßen anziehend wirkte. Es fiel mir schwer, den Blick von ihr zu lösen.

Mit einer kleinen Handbewegung scheuchte sie ihre beiden jugendlichen Bewunderer fort und gab uns ein Zeichen, uns zu setzen. »Die beiden wollten mich überreden, für sie Modell zu stehen, aber ich habe schon genug mit Henri zu tun. Er hat mich für Wochen im Voraus gebucht, und ich lerne so unendlich viel von ihm.«

»Sie sind Künstlerin und arbeiten gleichzeitig als Modell?«, fragte ich ohne Umschweife. Eigentlich hatte ich ihr offen und unvoreingenommen begegnen wollen, aber ehrlich gesagt war ich schockiert, als ich hörte, dass sie als Nacktmodell arbeitete. Für eine ernst zu nehmende Künstlerin war es damals undenkbar, sich auszuziehen und Modell zu stehen. Doch Suzanne schien sich ebenso wie Rosa alle Freiheiten herauszunehmen, die sie wollte. Sie hatte einen starken Charakter. Dabei war sie auf seltsame Art gleichzeitig kühn und arglos und verfügte über das grenzenlose Selbstvertrauen, das man nur bei wirklich schönen Menschen findet. Jedermann brachte ihr Respekt entgegen, trotz ihrer Freizügigkeit und der unkonventionellen Lebensweise.

Henri kam mit Rosa ins Zimmer. »Wie schön«, begann er, »ich freue mich immer, wenn ich neue Freunde kennenlernen darf. Das müssen wir feiern«, kündigte er an und hob eine Flasche und ein paar Gläser, die er in der Hand hielt. »Ich habe gerade meine Vorliebe für amerikanische Cocktails entdeckt. Sie müssen meine Eigenkreation probieren: *Le Tremblement de Terre.* Und ich verspreche Ihnen, der Drink wird seinem Namen alle Ehre machen, ein Erdbeben, Jessie, ein Erdbeben.«

Er sprach das Wort so genüsslich aus, dass jeder Laut einzeln durch seinen Mund zu rollen schien wie ein Zug durch einen Tunnel. Dann goss er Flüssigkeiten aus verschiedenen Flaschen in die Gläser. »Vier Teile Absinth, zwei Teile Rotwein und ein Hauch Cognac, nur für den Geschmack.« Er verteilte die trübe Flüssigkeit in unsere Gläser und rührte noch einmal um. Seins stürzte er in einem Zug herunter wie Wasser. »Schlicht und raffiniert!«

»Schlicht und tödlich«, kommentierte Georges trocken und schüttete den Inhalt meines Cocktails in sein Glas. »Ich glaube, Jessie und Camille werden lieber bei Wein bleiben.«

Aber Camille war schneller und trank einen großen Schluck. Im nächsten Augenblick wurde sie blass, und kurz darauf nahm ihr Gesicht eine grünliche Farbe an. Ich dachte schon, sie müsste sich übergeben, doch sie erholte sich rasch wieder.

Tapfer biss sie die Zähne zusammen und schluckte. »Dieses Rezept sollten Sie dem anatomischen Institut verkaufen. Das Zeug eignet sich bestimmt hervorragend zur Konservierung von Leichen. Warum …«

Suzanne rekelte sich träge und legte eine weiße, weiche Hand auf meinen Unterarm, wie eine Katze, die mit der Pfote daran erinnert, dass sie auch noch da ist. Dabei redete sie über Camilles Kopf hinweg, als sei diese gar nicht da. »Ich glaube, Jessie hat gerade gefragt, ob ich auch Künstlerin bin. Ja, das bin ich, allerdings bin ich noch in der Ausbildung. Zum Glück habe ich die besten Lehrer der Welt: Renoir, Degas, Puvis de Chavannes und natürlich Henri, den neuen Stern am Himmel. Ich sitze für sie Modell und schaue ihnen beim Arbeiten genau auf die Finger. So lerne ich alles, was sie mir beibringen können.«

Camille warf Suzanne einen bösen Blick zu, doch diese ignorierte sie weiterhin hartnäckig und lächelte zu Georges hinüber. Dabei beugte sie sich vor, sodass ihre Brüste fast aus dem tief ausgeschnittenen Mieder purzelten.

»Ich bin sicher, von Ihnen gibt es auch einiges zu lernen«, sagte Georges und schluckte. Wäre er ein Hund, er hätte sich sofort auf den Rücken gelegt und alle viere von sich gestreckt, um sich von ihr den Bauch kraulen zu lassen. Am liebsten hätte ich ihm gegen das Schienbein getreten.

Suzanne aber lächelte nur nachsichtig, während er bewundernd an ihren Blicken hing. Nun war es an mir zu schmollen. Camilles Haltung war eindeutig: Suzanne hatte es sich mit ihr verscherzt, und sie bemühte sich nicht länger, ihre Abneigung zu verbergen.

Suzanne legte den Kopf schief und betrachtete Camille kühl, als gelte es, die Gefährlichkeit des Gegners richtig einzuschätzen. »Sie sind Camille Claudel, stimmt's?«

»Na und?«

»Wie man hört, sind Sie auch bei einem großen Künstler in der Lehre.«

»Bei Rodin, ja.«

Suzanne zwinkerte Camille verschwörerisch zu. »Dann haben wir ja etwas gemeinsam, Sie und ich.«

Camille schoss die Zornesröte ins Gesicht, und sie setzte zu einer Erwiderung an, doch Rosa kam ihr zuvor. Schnell quetschte sie sich auf die Chaiselongue, dicht neben Suzanne, die ihr bereitwillig Platz machte. »Vergeuden Sie bloß nicht Ihre Zeit mit Duchamp, der ist ein Anfänger«, sagte Rosa. »Wann werden Sie für mich Modell sitzen? Oder soll ich die einzige Künstlerin in ganz Paris bleiben, die die Valadon noch nicht gemalt hat?«

Suzanne streifte Rosa mit einem kurzen Blick. »*Ah non, chérie,* Sie malen doch Tiere. Kühe und Pferde und Jagdhunde, aber keine schönen Frauen. Aber ich habe eine gute Idee: Warum malen Sie nicht einmal meine Katzen? Sie sind wundervoll!«

Suzanne glitt von der Chaiselongue, griff nach einem von Henris tödlichen Cocktails und trank ihn in einem Zug aus.

Sie geriet sichtlich in Fahrt und unterhielt uns mit amüsanten Geschichten über eine Ziege, die sie in ihrem Atelier hielt und der sie immer ihre misslungenen Zeichnungen zum Fraß vorwarf, und von ihren Katzen, die sie mit Kaviar fütterte – jedenfalls an den Freitagen, weil die Tiere so streng katholisch waren. Ich wusste zuerst nicht, was ich davon halten sollte, aber dann musste ich so sehr lachen, dass ich ihr sogar ihren aufdringlichen kleinen Flirt mit Georges verzieh.

Wir amüsierten uns prächtig, mit Ausnahme von Camille, die immer noch beleidigt dasaß. Wir anderen gaben Suzanne immer neue Stichworte, um sie bei Laune zu halten, und es stellte sich heraus, dass die Valadon eine glänzende Gesellschafterin war, geistreich und selbstironisch. Erst als wir anfingen, sie mit Fragen über Renoir und Degas zu löchern, wich sie aus.

»Das ist doch langweilig. Wer will denn hier über Technik reden? Schaut euch ihre Bilder an. Alles, was ihr wissen müsst, seht ihr auf der Leinwand. Doch was ganz anderes: Habt ihr schon mal ein Kaninchen mit einer Vorliebe für chinesisches Essen und Wein gesehen? Nein? Ich schon …«

Camille schnitt ihr unhöflich das Wort ab. »Henri, wo haben Sie eigentlich diesen Aufzug her?«

»Gefällt er Ihnen? Ja, ich finde ihn auch wunderbar. Sehr originell, nicht wahr?« Er stand auf und drehte sich einmal um seine eigene Achse. »Den habe ich in einem dieser japanischen Importläden gekauft. Da gab es sogar die dazu passenden *Zori*-Holzschuhe und *Tabi*-Socken aus weißer Seide.«

»Ich habe ein Faible für japanische Kunst«, sagte Camille. »Kennen Sie die Druckerei Goupil in der Rue Coulaicourt?«

Henri legte die Hände ans Kinn und schloss schwärmerisch die Augen.

»Ob ich die kenne? Ich *wohne* praktisch dort. Ich liebe diese japanischen Holzschnitte. Und ich habe mir schon ein paar neue Techniken von ihnen abgeschaut und weiterentwickelt. Wollen Sie sich das einmal ansehen?«

In Paris wimmelte es damals von Läden mit Keramik, Drucken und anderen Raritäten aus Japan, die erst vor Kurzem von europäischen Kaufleuten entdeckt worden waren und die nun mit großem Erfolg vertrieben wurden. Mir war dieser japanische Stil zu minimalistisch, ich mochte lieber die üppige Ornamentik und den Realismus, mit dem ich groß geworden war. Camille hingegen schwärmte schon lange von diesen Holzschnitten und redete immer wieder davon, dass sie endlich selbst einmal Skulpturen aus Jade oder Onyx anfertigen wollte.

Henri reichte Camille die Hand. »Kommen Sie, ich zeige Ihnen meine Bilder. Ich hoffe, Sie sind nicht so leicht aus der Fassung zu bringen?«

»Mich kann nichts umhauen – außer das Banale«, erwiderte sie.

Aber Henris Warnung war durchaus berechtigt gewesen. Obwohl er damals gerade erst angefangen hatte, seinen einzigartigen Stil zu entwickeln, waren seine Bilder nichts für Zartbesaitete. Seine freizügigen Darstellungen von Kaffeehaus- und Bordellszenen strahlten eine abgrundtiefe Traurigkeit aus. Aufgedunsene Körper von trunksüchtigen Frauen mit hageren, ausgemergelten Gesichtern, halb nackt auf schmutzigen Lagern ausgestreckt, die sich dem Betrachter einladend und gleichzeitig abstoßend präsentierten. Ich wollte mich nur auf Henris Arbeitsweise konzentrieren, deshalb ging ich voran und blieb vor einem der Bilder stehen. Zwei Freudenmädchen, eine Rothaarige und eine Brünette, mit harten, abgebrühten Gesichtszügen verhandelten mit einem Herrn in Zylinder. Mit wachsendem Entsetzen erkannte ich den Mann: Es war William, mein William. Seine Ohren waren rot, als Zeichen seiner Erregung, seine Gesichtszüge entgleist.

»Ach ja, Ihr englischer Freund. Ich sagte Ihnen ja, er war auf der ganzen Linie erfolgreich.« Henri war leise neben mich getreten. Ich fragte mich, wie viel er über William und mich wissen mochte, aber sein Lächeln war offen und vertrauensvoll. »Er hatte ein so ausdrucksvolles Gesicht, dass ich ihn einfach zeichnen musste.«

Rosa rief ihm eine Frage zu, und Henri eilte zu ihr. Unterdessen sah ich mir das Bild genauer an. Es gab keinen Zweifel:

Das war William. Ich zitterte vor Wut und wollte das Bild von der Wand reißen, um sein »ausdrucksvolles« Gesicht mit den Füßen zu treten. Wie hatte er das tun können?

Ich wusste selbst nur zu gut, dass Paris voller Verlockungen und rauschhafter Zügellosigkeiten war. Allerdings hatte ich diesen Versuchungen widerstanden, während William ihnen schon in der ersten Nacht erlegen war. Er hatte herumgehurt, obwohl er doch mit mir hätte zusammen sein können.

Vorsichtig blickte ich um mich, um herauszufinden, ob irgendeiner meiner Freunde das Bild schon entdeckt hatte, und dann sah ich Georges, der zu mir herüberschaute. Doch im nächsten Moment wandte er sich wieder Henri zu, um sich von ihm die Maltechnik erklären zu lassen.

»Ich verdünne die Ölfarbe mit Terpentin, damit ich sie gleichmäßiger auftragen kann, außerdem gebe ich den Figuren kräftige Konturen. Dadurch wirkt es wie ein japanischer Holzschnitt.«

Camille nickte, aber Rosa schnaubte nur. »Jaja, das sehe ich, aber warum um Gottes Willen bestehen Sie darauf, dieses üble Pack zu malen? Ich meine, auch ich laufe jedem Frauenzimmer hinterher, genau wie die Männer, aber die hier sehen aus, als würden sie im nächsten Augenblick an der Syphilis sterben. Da male ich lieber jeden Tag einen Preisbullen oder ein rassiges Rennpferd.«

Georges seufzte. »Du schon wieder. Rosa, denk daran, dass nicht jeder deine Leidenschaft für diese Viecher teilt. Ich habe mich noch immer nicht von dem Tag erholt, an dem du mich zu der Viehauktion mitgeschleppt hast. Es hat Wochen gedauert, bis ich den Gestank aus meinen Kleidern bekommen habe.«

»Unsinn. Du fandest es sehr lustig, bis du in einen Pferdeapfel getreten bist und die Bauern dich ausgelacht haben.«

Camille prustete, und Georges schaute dumm drein. »Ich

weiß nicht, was es da zu lachen gibt. Erinnert ihr euch nicht daran, wie wir mit Rosa aufs Land gefahren sind, und wie ihr über einen Zaun klettern musstet, um eine Kuh an den Hörnern festzuhalten, weil sie sie unbedingt zeichnen wollte?«

Camille wischte sich eine Lachträne aus den Augen. »Allerdings, Georges, wie könnte ich das vergessen? Und ich erinnere mich noch an dein Gesicht, als sie ihren Schwanz gehoben hat.«

Suzanne lächelte Georges an und hakte sich bei ihm unter. Dabei drängte sie Camille unhöflich beiseite. »Wie tapfer von Ihnen, überhaupt auf die Wiese zu gehen«, flüsterte sie. »Ich finde es grauenvoll auf dem Land.« Sie deutete auf eine Zeichnung. »Das hier bin ich. Henri hat mich gezeichnet, nachdem ich eine ganze Nacht durchgefeiert hatte. Stellen Sie sich das vor: Ich war völlig verkatert, als er mich malte, der alte Schwerenöter. Aber er ist so lustig, dass ich ihm nie lange böse sein kann.« Sie ließ ein tiefes Lachen hören und kaute auf einer ihrer goldblonden Haarsträhnen herum. Dabei blickte sie zu Georges auf.

Camille schäumte vor Wut. Sie stampfte durch den Raum und brachte mir ein Glas Wein. »Ich kann diesem schwachsinnigen Gerede keine Sekunde länger zuhören«, flüsterte sie mir ins Ohr.

»Wir könnten doch …« Sie brach ab und starrte auf das Bild von William. »Ist das …? O nein, Jessie, das kann nicht sein!« Sie legte den Arm um mich. »Ist er das wirklich?«

Ich nickte, brachte aber kein Wort heraus. Stattdessen trank ich einen Schluck Wein, aber er brannte mir sauer im Hals. Schließlich kehrte ich dem Bild den Rücken zu, aber dennoch bekam ich die verlebten Frauengesichter nicht aus dem Kopf. Eine Welle der Übelkeit stieg in mir hoch, sooft ich an Williams rote Ohren und sein idiotisches Grinsen dachte.

Camille rief laut: »Georges! Jessie fühlt sich nicht wohl! Kannst du uns eine Droschke rufen?«

Widerwillig machte Georges sich von Suzanne los und kam zu uns herüber. Er legte mir eine Hand auf die Schläfe, und ich genoss die angenehm kühle Berührung.

»Du glühst ja«, stellte er erstaunt fest. Ich konnte nicht anders und musste mich noch ein letztes Mal nach dem Bild umdrehen, und schließlich sah auch er, was ich entdeckt hatte. Einen Moment lang starrte er auf das Bild, dann verdüsterte sich seine Miene.

»Es tut mir leid, Jessie, dass du es auf diese Weise erfährst«, sagte er mitleidig. »Ich habe dir nichts davon gesagt, weil ich dir nicht wehtun wollte.«

Mir wurde schwindlig. Georges legte mir den Arm um die Taille und hielt mich fest. »Ich bringe euch jetzt nach Hause. Rosa, kommst du mit?«

Henri sagte bedauernd: »Sie wollen schon aufbrechen? Aber Sie haben doch noch gar keinen Blick auf meine Pferderennen geworfen!«

Rosa strahlte ihn an: »Pferderennen, sagen Sie? Das will ich sehen.« Sie wandte sich zu Georges und schubste ihn weg. »Fahrt ihr drei ohne mich. Macht euch keine Sorgen, ich kann gut allein auf mich aufpassen.«

Draußen war es kalt, und der Morgenhimmel glänzte in Rosa und Gold wie ein üppiger Rubensengel. Georges zog seine Jacke aus und legte sie mir um die Schultern. Ich spürte den rauen Tweed an meiner Wange, die Jacke war noch angenehm warm von seinem Körper. In der Droschke schlief Camille sofort ein, nachdem sie sich mir gegenüber auf den Sitz hatte fallen lassen, direkt neben Georges.

Während die Kutsche über das Kopfsteinpflaster von Montmartre rumpelte, sah ich mir sein Gesicht an, so wie ich erst kurze Zeit zuvor Williams Gesicht studiert hatte. Er hatte den Hut abgesetzt und fuhr sich mit der Hand durch das wirre Haar, das die Farbe eines reifen Kornfelds hatte. Da ich seine

Augen nicht erkennen konnte, hätte ich nicht sagen können, ob er meinen Blick auf sich spürte. Mir war es egal, er sollte es ruhig merken.

Die ganze Zeit über hatte ich mich zurückgehalten. William hingegen war mir schon bei der ersten sich bietenden Gelegenheit untreu geworden. Als Georges sich neben mich setzte, lehnte ich mich dankbar an ihn.

Darauf nahm er mein Kinn und drehte mein Gesicht zu sich. Er wartete einen Moment. »Jessie«, flüsterte er dann. Ich wünschte, er würde meinen Namen noch einmal aussprechen.

Als ich meine Arme um seinen Hals legte, beugte er sich zu mir herab und küsste mich, lang und heiß. Diesmal stieß ich ihn nicht zurück.

Kapitel Sechsundzwanzig

Montmartre, Paris

1929

Suzanne schenkte mir ein Glas Wein ein. Rings um uns hing an jeder Wand ihres Ateliers die junge Valadon, unsterblich gemacht von der Hand weltberühmter Künstler. Für eine Frau von über sechzig Jahren sah sie noch immer sehr gut aus, doch ihre frühere Schönheit war dahin. Es betrübte mich zu sehen, wie die Zeit uns alle verändert hatte. Besonders die Begegnung mit Georges hatte mich aus dem Konzept gebracht, und ich hatte einen Tag Ruhe gebraucht, bevor ich mich schließlich aufmachen konnte, um Suzanne in Montmartre zu besuchen.

Sie zeigte auf zwei der Porträts: »Dies hier hat mein Sohn gemalt, Miguel Utrillo, und das ist von meinem Mann, André Utter.« Sie lächelte mir über ihr Weinglas hinweg zu. »Er ist mein zweiter Mann. Anders als Camille ist es mir nie schwergefallen, einen Mann davon zu überzeugen, dass er mich heiratet. Du bist doch hier, um mit mir über Camille zu sprechen, oder nicht?«

Ich stellte mein Glas zurück, ohne davon zu trinken. Für

billigen Fusel war ich mittlerweile entschieden zu alt. »Hat Georges dir davon erzählt?«

Sie zuckte die Schultern und lächelte mit gespielter Unschuld. Dabei fragte ich mich, ob sie wohl miteinander geschlafen hatten, hielt es aber für unwahrscheinlich.

»Er hat mir geschrieben, dass du kommst und dass du etwas über Camille wissen willst.« Sie trank einen Schluck und verzog das Gesicht. »Mit diesem Wein sollte man allenfalls Farbe verdünnen, aber immer wenn ich teureren Stoff kaufe, trinken Miguel oder André mir das Zeug sofort weg.«

Sie kippte das Glas trotzdem in einem Zug herunter und fuhr sich anschließend mit dem Handrücken über den Mund. »Also, was willst du wissen über die eingebildete Schnepfe? Tut mir leid, sie war ja deine Freundin. Aber ich habe Camille nie leiden können. Sie ist immer allen Männern hinterhergelaufen.«

Meine Augenbrauen schossen in die Höhe, und sie fügte beschwichtigend hinzu: »Jaja, ich weiß schon, ich bin auch kein Unschuldslamm gewesen. Aber im Gegensatz zu ihr habe mich gegenüber meinen Freunden immer loyal verhalten. Camille aber war ein kaltes, herzloses Weib.«

Ihr Urteil verwunderte mich. Nie hatte ich Camille als kalt oder herzlos empfunden. Leidenschaftlich, ja, und schnell aufbrausend, aber niemals kalt.

Suzanne verzog das Gesicht. »Ich weiß, du hast immer geglaubt, sie wäre deine Freundin, Jessie, aber ich habe ihr nie vertraut, und am Ende ist ja auch eure Freundschaft zerbrochen. Warum eigentlich? Bestimmt stand ein Mann zwischen euch, oder?«

Ich überging die Frage. Darüber wollte ich wirklich nicht mit ihr sprechen. Das war Schnee von gestern.

Suzanne schüttelte unwillig den Kopf. »Camille kannte keine Skrupel, wenn es um ihre Karriere ging, und sie konnte es nicht ertragen, nicht im Rampenlicht zu stehen.«

Eine magere schwarze Katze sprang ihr auf den Schoß und rieb den Kopf an ihrem Kleid. Als Suzanne sie streichelte, rollte das Tier sich schnurrend auf einem Kissen zusammen. »Ich will sehen, ob ich dir helfen kann, allein schon der alten Zeiten wegen«, versprach sie. »Aber ich glaube gar nicht, dass ich dir überhaupt etwas Neues erzählen kann. Wie du weißt, standen Camille und ich uns nie sehr nah, aber immerhin verkehrten wir in denselben Kreisen, vor allem später, als sie endlich Rodins offizielle Geliebte wurde.« Sie warf einen Blick auf die Porträts, die über ihr an der Wand hingen, und seufzte: »Das ist schon so lange her. Vor dem Krieg war alles ganz anders.«

»Erzähl mir, was du über Camille aus der Zeit weißt, bevor sie verschwunden ist. Das wäre sehr hilfreich für mich«, bat ich.

Suzanne nahm ihre Palette zur Hand und fing an, grüne und violette Farbtupfer auf ein Aktbild aufzutragen, an dem sie gerade arbeitete. »Es macht dir doch nichts aus, oder?«

Ich schüttelte den Kopf. Ihre Arbeit war kühn, bunt, man könnte fast sagen, grob. Seit damals hatte sie sich zu einer erfolgreichen Künstlerin entwickelt. Als eine der ersten Frauen war sie in die *Société Nationale des Beaux-Arts* aufgenommen worden. Nun ja, dabei war ihr sicherlich der Umstand zugutegekommen, dass ausgerechnet Puvis de Chavanne, ein früherer Liebhaber von ihr, Präsident der Société gewesen war.

Bestimmt tat ich ihr unrecht, ihre Arbeiten waren gut und hatten eine starke Ausdruckskraft. Ihre Bilder waren mit Sicherheit besser als die Porträts manch anderer berühmter Künstler, die bei ihr an den Wänden hingen. Camille hatte immer behauptet, Suzanne würde mit allen Künstlern ins Bett gehen, von denen sie etwas wollte, aber das war sicher ungerecht. Natürlich ließ es sich bei ihrem großen Verschleiß an Männern nicht vermeiden, dass unter ihnen auch zahlreiche Künstler waren.

Ich hatte mich oft gefragt, ob Camilles Abneigung gegenüber Suzanne aus ihrer tief sitzenden Angst entsprang, in der Zukunft einzig und allein als Rodins Geliebte bekannt zu werden, nicht aber als die Künstlerin Camille Claudel, die sie war.

Eine zweite Katze strich an meinen Beinen vorbei, diesmal eine getigerte. Ich kraulte sie hinter den Ohren, und ein Schnurren stieg aus ihrer Brust hervor.

»Wie hast du das geschafft, Suzanne?«

»Was meinst du?«

»Künstlerin und Mutter zu sein. Camille hat immer gesagt, man kann nicht beides haben. Das habe ich ihr nie geglaubt, bis ich schließlich selbst Kinder bekam.«

Mit wütendem Blick drehte sich Suzanne zu mir um. »Denkst du etwa, ich hätte allein von meinem schönen Aussehen gelebt?«

»Nein, ganz bestimmt nicht. Ich wollte dich nicht kränken. Ich war nur neugierig, sonst nichts.«

Doch Suzanne achtete nicht auf meine Worte und schimpfte weiter. »Ich weiß, das hat Camille immer schon über mich behauptet. Sie meinte, ich sei nur ein x-beliebiges Modell und all meine Erfolge hätte ich nur erreicht, weil ich im richtigen Moment die Beine breit gemacht habe. Denkst du, ich hätte nichts gewusst von ihren bösartigen Verleumdungen? *Quelle salope!* Die Schlampe war doch auch nicht besser als ich! Glaubst du, ich hätte es leicht gehabt im Leben?«

Suzanne wartete meine Antwort nicht ab. Sie hob ihr Glas und leerte es in einem Zug, um sich sogleich nachzuschenken. Sie lallte schon ein bisschen, aber das war auch das einzige Zeichen, das darauf hindeutete, dass sie nicht mehr nüchtern war.

»Ich habe es so weit gebracht, weil ich Talent habe. Talent, Ausdauer und harte Arbeit – das braucht man als Künstler, und das haben alle Künstler, die es zu etwas gebracht haben, so einfach ist das. Camille hatte gut reden, aber am Ende hat sie verloren, denn sie war nicht zäh genug. Im Unterschied zu mir ist sie eben nicht in der Gosse aufgewachsen.«

Bei diesen Worten klopfte sie sich mit der Faust auf die Brust. »Ich bin die uneheliche Tochter einer einfachen Näherin. Schon mit elf hat sie mich zu einer Hutmacherin in die Lehre geschickt. Da war ich noch ein Kind. Mit sechzehn kamen die Künstler, für die ich Modell stehen musste. Ich war ihr kleines Püppchen, ihr Spielzeug, und jeder, der meinen Körper malte, glaubte, er hätte damit automatisch das Recht, mich zu bumsen.«

Ich zuckte zusammen, nicht wegen ihrer Ausdrucksweise, sondern vielmehr wegen der Härte und Bitterkeit in ihren Worten, und mir wurde schlagartig klar, dass auch in mir eine Zeitbombe schlummerte, eine uralte Enttäuschung, die ich seit jeher vor mir selbst verborgen hielt, ein düsteres Kapitel meiner eigenen Lebensgeschichte, in dem all das geschrieben stand, was ich nicht hatte erreichen können, weil ich nur eine Frau war.

Ein Sonnenstrahl drang durchs Fenster ins Zimmer und beleuchtete unbarmherzig Suzannes Gesicht mit den traurig hängenden Backen, den roten Äderchen auf ihren Wangen und dem grauen Ansatz unter ihrem braungefärbten Haar.

Eine Welle des Mitleids überfiel mich: Mitleid mit uns beiden, zwei vom Leben enttäuschte alte Frauen, die einstmals von Größe und Berühmtheit geträumt hatten. Wahrscheinlich stand mir die Traurigkeit ins Gesicht geschrieben, denn Suzannes Stimmung schlug urplötzlich um. Sie lachte auf, ihr großartiges ansteckendes Lachen, an das ich mich so gut erinnerte und in dem noch immer ihre alte Fröhlichkeit mitschwang.

Freundschaftlich tätschelte sie mir das Knie. »Du brauchst kein Mitleid mit mir zu haben, Jessie. Ich habe ein wunderbares Leben gehabt, voller Kunst und Liebe und Abenteuer. Wusstest du eigentlich, dass ich Zirkusartistin war und auf dem Seil tanzen konnte? Kaum zu glauben, oder?«

Ich schüttelte lächelnd den Kopf. Aber ich konnte mir

Suzanne nur zu gut vorstellen, wie sie zwischen zwei Laternenpfählen über ein Seil spazierte, während Feuerschlucker und Jongleure der gaffenden Menge in der Rue de l'Opera ihre Kunststücke zeigten.

Und wieder brach sie in schallendes Gelächter aus. »Du hättest mich sehen sollen. Berthe Morisot persönlich hat mich beim Seiltanzen gemalt, als ich fünfzehn war.« Sie schwenkte übermütig ihr Glas in der Luft und vergoss etwas Wein auf die schlafende Katze. »Ach, die gute Berthe, die war was Besonderes. Was waren das für Zeiten … Ich kannte sie alle, all die Künstler, Schriftsteller und Musiker von damals. Was macht es da schon aus, wenn mein armes Herz in der Zeit ein paarmal gebrochen wurde?«

Sie schlug sich auf die Schenkel, sodass die arme Katze den Kopf hob und zu miauen anfing. »Und auch ich habe das ein oder andere Herz auf dem Gewissen. Erik Satie, der arme Kerl, hat sich nie erholt von der einen Liebesnacht, die wir miteinander verbracht haben.« Bei der Erinnerung daran lächelte sie, wurde aber gleich wieder ernst. Mit verschwörerischem Blick beugte sie sich zu mir herüber, worauf die Katze ihr vom Schoß sprang und lautlos auf dem Fußboden landete. »Was ich damit sagen will, Jessie: Camille hat immer geglaubt, sie wäre etwas Besseres als ich, dabei waren wir am Ende beide gleich.«

Der Wein machte sich bemerkbar, und ich glaubte schon, Suzanne würde noch einmal zu ihren Erinnerungen zurückkehren. Deshalb unterbrach ich sie schnell: »War das bei Camille auch so?«

»Ja, natürlich, ihre Affäre mit Rodin – und war sie nicht auch mit Debussy zusammen?« Sie wedelte mit der Hand und nuschelte undeutlich: »Die Sache ist … die Sache ist, dass Camille … sie war nicht stark genug, um das alles zu schaffen, alleine leben und ein Außenseiter sein und den Rest der Welt zum Teufel jagen. Die gute Gesellschaft? Dass ich nicht lache!

Um die habe ich mich keinen Deut geschert. Die konnten mir nichts anhaben, weil es mir völlig egal war, was die von mir dachten.«

Sie rülpste und schenkte sich noch einmal Wein nach. »Einmal hab ich's versucht, das mit dem Spießbürgerleben, aber dazu bin ich nicht gemacht. Nicht ich, die Valadon. Mein erster Mann – in der Hölle soll er schmoren – war Börsenmakler. Wir zogen weg aus Paris, und ich wurde seine brave Ehefrau, aber das hätte mich um ein Haar umgebracht. Dann lernte ich André kennen, er war meine Rettung und hat mich da rausgeholt.«

Ihre Augen wurden feucht, und ich befürchtete schon, sie würde anfangen zu weinen. Aber sie trocknete sich die Tränen und fuhr fort: »Er hat mich nach Montmartre zurückgebracht, und hier gehöre ich hin. Bei Camille war das was anderes. *Sie* war anders. Sie war selbst eine Bourgeoise, und diese Meute würde eher ihre eigenen Kinder fressen, bevor sie zulassen, dass ihr guter Name beschmutzt wird. Sie hatte nie eine Chance, die Ärmste.«

Mir kam das Bild von Camille in den Sinn, wie sie mit krampfhaft im Schoß verknoteten Fingern über das trostlose Tal hinweg schaute, mit starrem Blick, weggesperrt und von aller Welt verlassen. Und ich fragte mich, ob es stimmte, was Suzanne sagte, ob ihre Familie sie hatte einsperren lassen, weil sie eine Schande für den guten Ruf der Claudels gewesen war.

»Aber hatte Camille nicht einflussreiche Freunde?«, wandte ich ein. »Rodin muss sie doch beschützt haben.«

Suzanne schüttelte den Kopf. »Sie hat alles falsch gemacht. Wir konnten praktisch zusehen, wie sich die Dinge zwischen Camille und Rodin veränderten. Am Anfang war sie die strahlende junge Schönheit, voller Lebenslust und Freude, und er der verzweifelte, wesentlich ältere Mann.

Sie hat den großen Fehler gemacht, sich in ihn zu verlieben. Und als sie schließlich merkte, dass sie nur noch seine Marionette war, sein kleines Äffchen, da war es schon zu spät, weil niemand sie mehr ernst nahm. Es war längst zu spät, als sie versuchte, sich auf ihre eigenen Füße zu stellen und allein, ohne Hilfe von außen, zurechtzukommen. Sie hatte kein eigenes Einkommen, ihre Familie gab ihr nur Almosen, gerade genug, um den Marmor und die Gusskosten davon zu bezahlen.

Dieses Leben hier«, dabei wies sie mit einer Handbewegung um sich, »ist hart, voller Rückschläge und Enttäuschungen, ein ewiger Kampf, um die Rechnungen bezahlen zu können. Dafür war Camille nicht stark genug. Darüber kann man durchaus wahnsinnig werden, das geht ganz schnell.«

Vielleicht hatte Suzanne recht. Ich wusste von vielen Künstlern, die sich das Leben genommen hatten, weil sie mit dem Misserfolg nicht zurechtkamen und die bittere Armut fürchteten, die sie erwartete. Einen von ihnen hatte man steifgefroren in seinem Atelier aufgefunden. Seine Jacke hatte er über die Skulptur gehängt, an der er gerade arbeitete, um sie vor der Kälte zu schützen.

Aber ich kannte Camille, und die Camille, die ich kannte, wäre nie vor der Armut oder vor einem spartanischen Leben zurückgeschreckt, und schon gar nicht vor dem Urteil der Kritiker. Sie hätte in ihrem Atelier weitergearbeitet, solange es ihr möglich gewesen wäre. Man hatte sie weggerissen von allem, was sie liebte. Noch einmal dachte ich an Camille an diesem schrecklichen Ort, wie sie dort allein und abgeschieden ihre Tage verbrachte, weit weg von Paris, obwohl sie doch eigentlich in einem Atelier wie diesem hier sein sollte, um zu arbeiten.

»Camille sollte hier in Paris sein, genau wie du, Suzanne«, sagte ich. »Sie sollte hier leben und arbeiten können. Sogar ich beneide dich um deine Existenz als Künstlerin.«

Suzannes Gesichtsausdruck verhärtete sich. Sie starrte mich aus kalten Augen an. Offenbar war sie weniger betrunken, als ich gedacht hatte. »Meinst du das im Ernst, Jessie? Denk erst mal nach, bevor du dir wünschst, mit mir zu tauschen. Ich habe hart gearbeitet und mir einen Namen gemacht. Aber was ist jetzt?

Nach all den Jahren harter Arbeit stehe ich heute im Schatten meines Sohnes. Ich war es, die ihm das Malen beigebracht hat, als er zum Trinker wurde, und ich habe meine eigene Arbeit vernachlässigt, um mich aufopferungsvoll um ihn zu kümmern. Und jetzt höre ich immer nur: ›Da läuft Utrillos Mutter! Früher war sie eine Hure, sie hat mit allen geschlafen, mit Renoir, Toulouse-Lautrec und mit de Chavannes.‹ Daran erinnern sich die Leute, meine Arbeit haben sie völlig vergessen, weil jeder sich nur dafür interessiert, mit wem ich gebumst habe.«

Sie stand auf und ging zurück zu ihrer Staffelei. »Es ist mir egal, was die *Connards* über mich erzählen. Ich lebe von meiner Kunst, und das reicht mir. Und im Unterschied zu Camille Claudel habe ich wenigstens überlebt.«

Ich stand ebenfalls auf und stellte ihr dieselbe Frage, die ich auch Georges gestellt hatte. Sie zögerte, bevor sie antwortete.

»Nein, ich glaube nicht, dass sie verrückt war. Sie war schwach, ja, und zornig, aber nicht verrückt. Vielleicht solltest du mit ihrem Bruder sprechen. Ich habe gehört, dass er gerade in der Stadt ist.«

»Paul ist in Paris? Das habe ich nicht gewusst. Ich danke dir, Suzanne.« Damit streckte ich ihr die Hand hin.

Erst als ich an der Tür war, schaute sie von ihrer Staffelei auf. »Nicht wahr, Jessie, wir hatten auch gute Zeiten zusammen, findest du nicht? Weißt du noch, die Nacht im *Chat Noir?*«

Ich blickte auf ein Gemälde von Suzanne im Bade, ihr berühmt gewordener Rücken mit dem Hinterteil in Form eines Cellos. »Wie könnte ich das vergessen? Du auf dem Treppengeländer?«

Sie lachte und klopfte sich auf ihren unvorteilhaft karierten Rock. »Ich glaub, die Splitter stecken noch heute in meinem wundervollen Hintern.«

Kapitel Siebenundzwanzig

Montmartre, Paris

Dezember 1884

Wir drei, Camille, Georges und ich, hatten gerade eine lange Schicht in Rodins Studio hinter uns. In dem kleinen Café am Ende der Straße wurden bereits die Läden heruntergelassen und die Lichter gelöscht, als wir ankamen und fragten, ob wir noch etwas zu essen haben könnten. Georges schlug vor, wir sollten stattdessen in sein Atelier gehen.

»Es ist nicht weit, einmal über die Straße, die Tür dort hinten unter der Straßenlaterne. Ich habe Brot da, Käse, Wein und natürlich Kaviar.«

Camille gähnte. »Warum nicht? Keiner wird es erfahren, es sei denn, du posaunst es herum, Georges.«

Ich zögerte. Allein mit Georges in Rodins Studio zu sein, war eine Sache, dort waren wir Kollegen. Auch wenn wir mit ihm ausgingen und Rosa ein wachsames Auge auf ihn hatte, ging das in Ordnung. Etwas anderes war es allerdings, mit ihm allein sein Atelier aufzusuchen. Seit dem Abend, an dem wir uns in der Droschke geküsst hatten, zeigte Georges deutlich, dass er mehr von mir wollte: ab und zu eine kleine Berührung am Arm, ein sehnsüchtiger Blick hier, eine liebevolle Geste dort. Und ich hatte ihn ermuntert, weil ich wütend auf William war.

Camille zog mich am Arm. »Los, Jessie, steh nicht rum, ich komme um vor Hunger.« Sie überquerte vor uns die Straße, aber ich rührte mich nicht vom Fleck. Inzwischen hatte es angefangen zu schneien, und die Schneeflocken blieben in meinen Wimpern hängen. Ich zwinkerte sie weg, fröstelte und zog mir das kurze Cape fester um die Schultern.

Georges knöpfte seinen warmen Mantel auf und legte ihn mir um. Der Kragen war mit einem wunderbar weichen rötlichen Pelz besetzt, der dazu einlud, ihn zu streicheln.

»Was ist das?«, fragte ich.

»Russischer Wolf.« Behutsam stellte er den Kragen an meinem Hals auf. »Der steht dir gut. Er hat die gleiche Farbe wie dein Haar.« Er zog sich die Handschuhe aus und bedeckte meine Wangen mit seinen Händen. Sie waren ganz warm. »Jessie, *viens avec moi.*«

Wieder dachte ich an William und das Bild von ihm, das ich gesehen hatte, seinen Verrat an unserer Freundschaft, die uns von klein auf verband. Er hatte kein Recht, sie zu beschmutzen. Warum sollte ich mich noch zurückhalten? Er hatte es auch nicht getan. Ich hob mein Gesicht zu Georges, und er küsste mich leicht, ganz leicht auf den Mund. Dann nahm er meinen Arm und führte mich fürsorglich durch den immer höher liegenden Schnee.

Camille wartete im Hauseingang auf uns. »Wieso braucht ihr so lange? Ich habe Eisfüße.« Dabei stampfte sie heftig auf den Boden auf. Schnee glänzte auf ihrem dunklen Haar, und ihre Haut schimmerte wie Mondstein.

Georges schloss die Wohnungstür auf und ging auf ein eisernes Bettgestell zu, auf dem sich unter einer Felldecke eine Gestalt abzeichnete. Er rüttelte daran und rief. »Sascha, aufwachen! Wir haben Besuch.«

Ein zerstrubbelter Kopf tauchte unter der Felldecke auf, und jemand blinzelte uns aus verquollenen Äuglein an, wie ein Bär, der aus dem Winterschlaf geweckt wird. »Wie spät ist es?«

»Früh. Kurz nach Mitternacht. Wir haben Gäste.«

Georges' russischer Mitbewohner schüttelte die Decke ab und stand gleich darauf in Unterhosen vor uns. Er kratzte sich am Kopf und grinste, dann zog er sich eine Militärjacke über den nackten Oberkörper und kam zu uns herüber.

Mit einer kleinen Verbeugung versuchte er, auf Strümpfen die Hacken zusammenzuschlagen. »Ich bin Aleksandr Cheburko Ivanovich. Sie dürfen mich Sascha nennen.«

Camille lachte los. »Also Sascha, ich bin Camille, und das hier ist Jessie, und wir sind so hungrig, dass wir gleich deine Pelzdecke verspeisen werden.«

»Nicht nötig. Ich habe Kaviar und Wodka.« Mit einer Handbewegung wischte Sascha Rasierzeug und Farbdosen mit Pinseln von einer Teekiste zu Boden. Wieder grinste er uns zu, dann holte er eine Flasche mit einer durchsichtigen Flüssigkeit, eine Dose Kaviar und ein Stück Brot und legte alles auf den improvisierten Esstisch. Dann wies er mit ausladender Handbewegung auf sein Bett.

»Bitte schön.«

Camille und ich setzten uns, Georges quetschte sich dazwischen und breitete die Pelzdecke über unseren Knien aus.

»Ihr Mädels werdet mich warm halten«, sagte er. »Was für ein Fest, Sascha. Aber der Wodka ist zu stark für Jessie und Camille. Es müssten noch ein paar Flaschen vom Weingut meines Vaters übrig sein. Gehst du sie holen, bitte?«

Der Russe brachte den Wein und einen Stuhl, auf den er sich rittlings setzte. »Sie müssen die Wodka probieren. In meiner Heimat auch Frauen trinken Wodka. Das macht warm.«

»Ich würde es gern mal versuchen«, sagte ich.

Camille schloss sich meinem Übermut an. Sie grinste, als Sascha uns die kleinen Gläser mit der klaren Flüssigkeit reichte. Ich trank einen Schluck und zog eine Grimasse, als ich spürte, wie der Schnaps sich brennend seinen Weg durch meine Kehle bahnte.

»Nein, nicht so.« Sascha legte den Kopf in den Nacken und leerte sein Glas in einem Zug.

Camille machte es ihm nach und bekam einen Hustenanfall.

Georges klopfte ihr auf den Rücken. »Ich hab dir doch gesagt, wie stark das ist. Warum musst du immer versuchen, die Männer zu übertrumpfen? Ich schwör's dir, Camille, mit dir wird es noch einmal ein böses Ende nehmen. Warum findest du dich nicht damit ab, dass ihr Frauen das schwache Geschlecht seid?«

»Niemals.« Ihr Protest wurde von einem weiteren Hustenanfall abgelöst.

Georges nahm mir das Glas aus der Hand. »Du solltest dir ein Beispiel an Jessie nehmen. Sie weiß sich zu benehmen.«

Ganz im Gegenteil. Ich war es so leid, immer das brave Mädchen zu sein. Das hatte mir bisher nichts eingebracht. So griff ich erneut nach meinem Glas und trank es in einem einzigen Schluck leer. Wärme breitete sich in meinem Inneren aus, und meine Lebensgeister erwachten: Ich war in Paris, und ich war allein. Ich konnte tun und lassen, was ich wollte. *Alles*, was ich wollte. Alle Regeln, die man mir beigebracht hatte, diese Regeln, die nur für Frauen galten und nicht für Männer – zum Teufel mit ihnen. Zum Teufel mit William.

»Noch einen«, keuchte ich und hielt Sascha mein Glas hin.

Georges schüttelte den Kopf. »Jetzt esst ihr erst mal was, alle beide.«

»Ja, Sir«, antwortete ich kichernd. Camille rülpste, und wir brachen schon wieder in Gelächter aus.

Georges verdrehte die Augen und brummelte irgendetwas von Frauen, die nicht trinkfest seien, aber nachdem wir beide ein bisschen von dem salzigen Kaviar auf Roggenbrot gegessen hatten, schenkte er uns noch etwas Wodka nach.

»Santé!«, rief Camille, und wir prusteten vor Lachen, jetzt nur noch albern und völlig ausgelassen.

»In der Ukraine wir sagen *Budmo*«, erklärte Sascha. »Und man muss *Hey!* dazu schreien. Das ganze dreimal hintereinander, und jeder muss jedes Mal sein Glas austrinken dabei.«

»Hey! Hey! Hey!« Und runter damit.

»Jessie, du bist Engländerin, *da?*«

Ich nickte nur, sprechen konnte ich nicht mehr. Meine Zunge war auf einmal größer als mein Mund, und ich spürte meinen Kiefer nicht mehr. Sascha schien das alles nicht zu bemerken und füllte sein Glas von Neuem.

»Ich viel schöne englische Bücher lesen, Mister Dickens, Mister Hardy. Mögen Sie berühmte ukrainische Dichter? Gogol? Dostojewski sagt, wir alle aus Gogols Mantel gekrochen.«

»Nein, nein, bitte nicht! Nicht über Bücher reden. Das ist verboten«, unterbrach ihn Camille. Sie warf die Bettdecke zu Boden und zog Sascha von seinem Stuhl. »Zeigen Sie mir lieber Ihre Arbeiten, Sascha, ich will sehen, was Sie machen.«

Er streckte die Hände aus, mit den Handflächen nach oben, eine Geste der Resignation. »Französische Frauen so streng – so unwiderstehlich.«

»Herrisch, solltest du besser sagen.« Georges stützte sich auf die Ellbogen und lehnte sich zurück auf die Kissen. »Lass dir nichts von ihr gefallen, Sascha. Wenn Camille dich ärgert, leg sie einfach übers Knie. Sie mag das.«

Camille drehte sich um und streckte Georges die Zunge heraus. »He, dir fehlt wohl jemand, der dich ordentlich bestraft, *coquin.*« Sie warf mir einen Blick zu und drohte mit dem Finger.

»Nimm dich in Acht, Jessie.«

Sascha zog einen Vorhang zurück, hinter dem sich der Eingang zum Nebenzimmer befand. Dort hingen zahlreiche Bilder an den Wänden.

Er schwenkte die Flasche, die er immer noch in der Hand hielt. »Zuerst ich muss Wodka kaufen. Bis zu Taverne ist nicht weit.«

Camille bestand lautstark darauf, mit ihm gehen zu dürfen, und so stolperten die beiden hinaus in die Kälte. Die Tür knallte hinter ihnen ins Schloss.

Georges rückte ein Stückchen von mir ab und sah mich aufmerksam an. Dann schob er mir eine Haarsträhne aus den Augen. »Findest du auch, dass ich eine Strafe verdient habe, Jessie?«

Ich tat, als müsste ich nachdenken. »Nun, bisher hast du dich immer wie ein Gentleman benommen.«

»Ich pfeife auf all das, auf all die Regeln für die sogenannten Leute unseres Standes und deren Ansichten darüber, wie wir uns benehmen sollen.«

Er beugte sich vor und nahm meine Hand. *Jetzt*, dachte ich, *jetzt nimmt er mich in den Arm, jetzt wird es geschehen.*

»Du siehst betrübt aus, Jessie, schon seit neulich Abend in Henris Studio. Was ist los?«

Genau das war der Unterschied zwischen ihm und William. Georges war aufmerksam, er machte sich Gedanken um mich und versuchte, mich zu verstehen, so wie ein Künstler das Gemälde eines anderen Künstlers studiert, seinen Pinselstrich verfolgt, die Farben und die Komposition des Bildes. William brachte diese Art Aufmerksamkeit ausschließlich für seine Arbeit auf. Er liebte mich auf eine zerstreute, spielerische Art, die eher zu Geschwistern passte als zu einer echten Liebesbeziehung.

Georges gab mir das Gefühl, dass er sich für mich interessierte, für mich und nur für mich, mehr als für alles andere. Er nahm mich ernst, wollte meine Meinung hören und behandelte mich als seinesgleichen, auch wenn er ab und zu seine Scherze über Künstlerinnen machte. Und er war ein ganzer Kerl, mit seiner sorglosen, draufgängerischen Art, die mir so gut gefiel. Er war einfach etwas Besonderes.

Noch immer schaute er mich an und wartete geduldig auf meine Antwort, und schon erzählte ich ihm von dem Bild, das ich gesehen hatte, von William, wie er mit den Frauen einen Preis ausgehandelt hatte. Schließlich begann ich zu weinen und versuchte, ihm meine Hände zu entziehen, um mir die Tränen abzuwischen, aber er hielt sie fest und küsste mir mit seinen warmen Lippen die Tränen von den Wangen.

»O Jessie, wenn du mein wärest, ich würde nie wieder eine andere Frau ansehen. Mit dir wäre alles anders. Er muss verrückt sein, dich aufs Spiel zu setzen. Ich würde dich niemals gehen lassen, nie.«

Er drückte meine Hände noch fester, und ich schrie auf. Dann war sein Mund auf meinen Lippen. Zuerst wehrte ich mich, doch er strich mir mit den Händen durchs Haar und zog mich an sich. Sein Hemdkragen stand offen, ich fühlte seine weiche Brust mit den gespannten Muskeln und ließ meine Finger an seinem Rücken hinabgleiten. Noch immer spürte ich die Wärme des Alkohols in meinem Körper pulsieren, als Georges seine Hände auf meine Hüften legte und mich mit sanftem Druck auf den Rücken rollte.

Ich wusste, es war nicht richtig, aber das interessierte mich nicht mehr. Welch ein Glück, endlich nachgeben zu können und mir das zu holen, wonach ich mich schon so lange gesehnt hatte. Genau das hatte William ja auch getan. Ich überlegte nicht länger und ließ mich in die Kissen sinken. Georges lag über mir und suchte meinen Blick. Dann streichelte er mein Gesicht.

»Mein Gott, wie wunderschön du bist. Wie eine Nymphe

von Bellini, aus feinstem weißem Marmor gehauen.«

Als wir Stimmen an der Tür hörten, hielten wir inne und schauten einander mit sehnsüchtigen Blicken an, bevor wir voneinander ließen. Ich brachte mit ungeschickten Fingern meine Kleider in Ordnung.

Camille und Sascha fummelten laut lachend am Türschloss herum. Georges griff nach meiner Hand und sagte schnell: »Jessie, ich kenne Rosa und Camille, sie machen sich immer lustig über mich und darüber, dass ich mich angeblich mit Mädchen so gut auskenne. Das stimmt, jedenfalls hat es bisher gestimmt. Für dich aber würde ich alles aufgeben, das musst du wissen. *J'en mettrais ma main au feu.*«

Camille kam mit Sascha ins Zimmer gestürmt und brach in Gelächter aus, als sie in der Tür zusammenstießen. Doch als sie uns sah, fragte sie überrascht: »Was ist los mit euch? Jessie, du hast riesig große Augen. Und du Georges, was ist mit dir? Ihr seht aus wie eins dieser wahnsinnig gewordenen Paare aus Rodins *Höllentor*. Habt ihr euch gestritten?«

»Ich glaube, wir haben zu viel getrunken, sonst nichts«, antwortete ich. »Georges hat mich davor gewarnt, so viel zu trinken.«

»Zeit, nach Hause zu gehen.« Camille nahm Saschas Arm von ihren Schultern. »Georges hat recht. Keinen Wodka mehr für dich«, bestimmte sie.

Ich folgte ihr wie eine Schlafwandlerin.

Schweigend liefen wir nach Hause, doch als wir an unsere Straße kamen, drehte sich Camille zu mir um.

»Was ist da eben wirklich passiert?«

»Georges hat mich geküsst.« Ich senkte den Blick. »Und noch mehr. Ich weiß nicht, was passiert wäre, wenn ihr nicht zurückgekommen wärt.«

Ich hörte sie laut atmen. »Wolltest du das?«

»Ja.« Ich stöhnte laut auf und vergrub mein Gesicht in den

Händen. »Ja, ich wollte das. Noch nie habe ich etwas so sehr gewollt.«

Wir blieben unter einer Straßenlaterne stehen und sahen einander an. Camilles Augen waren schwarz und kalt wie der Grund eines Sees. Rodin nannte sie seinen Traum von Stein, nach dem Gedicht von Baudelaire, und ich verstand jetzt, warum. Sie war wütend und eifersüchtig. Sie fühlte sich so, wie ich mich gefühlt hatte, als sie mir von Rodin erzählt und als ich die beiden zusammen überrascht hatte, nackt, in inniger Umarmung. Ich spürte den Wunsch, sie auf der menschenleeren Straße in die Arme zu nehmen und zu küssen, so wie wir es vor dem Ball getan hatten. Aber ich war zu erregt und wusste, diesmal würde ich nicht aufhören können.

Camille lachte kurz, es klang wie das harte Schlagen eines nassen Segels, und schon war der Moment vorbei. Sie beschleunigte ihr Tempo, wobei sich ihr Hinken verstärkte. Man merkte ihr immer sofort an, wenn sie zornig war. Ich beeilte mich, mit ihr Schritt zu halten.

Ihre Stimme klang gefährlich hoch. »Ich wette, Georges hat dir versprochen, sich für dich zu ändern, ganz brav zu sein und nur noch für dich da zu sein.« Als ich schwieg, schaute sie mich prüfend an. »Ach, sei kein Dummkopf! Fall nicht darauf rein, *ma petite anglaise.* Das sagt er jedem Mädchen, glaub mir. Ich hab schon eine Menge Modelle mit gebrochenen Herzen im Atelier sitzen gehabt, die sich an meiner Schulter ausweinen wollten. Ich gebe dir einen Rat: Georges ist amüsant und sieht gut aus, das stimmt, aber es wäre dumm von dir, auf seine schönen Worte hereinzufallen. Du solltest besser bei deinem William bleiben, da weißt du, was du hast.«

»Und was ist mit der Liebe, Camille?«, fragte ich schnell, um das Gespräch nicht abzubrechen. »Was ist mit der Liebe?«

»Ach, Liebe …« Sie brach ab und sah mich traurig an. »Die Liebe steht einem immer nur im Weg.«

Kapitel Achtundzwanzig

Montmartre, Paris

Dezember 1884

»Bon anniversaire, nos vœux les plus sincères. Que ces quelques fleurs vous apportent le bonheur …« Das Geburtstagslied wurde von *Santé*-Rufen unterbrochen, als wir im *Chat Noir* auf Camilles Wohl anstießen. Wir feierten ihren zwanzigsten Geburtstag. Den Kopf in den Nacken gelegt trank sie wie von Sinnen, begleitet vom Geschrei und Gelächter der Gäste an den Nebentischen. Ich sah, wie sich beim Schlucken ihre Kehle in ihrem weißen Hals auf und ab bewegte und wie ihr der Wein in roten Rinnsalen das Kinn hinunterlief.

Im Kerzenschein flackerten wilde Schatten auf den Gesichtern der Menschen an unserem Tisch, gleich einer Szene von Caravaggio. Rosa saß in voller Montur zurückgelehnt auf einem Stuhl, frenetisch Beifall klatschend. Suzanne, mittlerweile mit Haut und Haaren für Henri entbrannt, schmatzte ihm fette Küsse auf die Stirn und scherte sich nicht um die roten Lippenstiftspuren, die sie auf seinem Gesicht hinterließ. Henri unterhielt uns mit seinen Klatschgeschichten über die pikanten Abenteuer des Prince of Wales in den Pariser Bordellen, wo Henri als eine Art Maskottchen galt.

»Die Mädchen im *Le Chabanais* haben erzählt, dass Bertie ganz begeistert ist von seinem neuen Stuhl, ein höchst ungewöhnlicher Stuhl übrigens. Madame Kelly hat mich in sein Zimmer geschmuggelt und ihn mir gezeigt. Wollt ihr es genau wissen?«

Camille knallte ihr leeres Glas auf den Tisch. »Heute ist mein Geburtstag! Ich will alles wissen, alle Details!«

Henri sah zu mir herüber und wechselte anschließend einen Blick mit Georges, als müsste er ihn um Erlaubnis bitten. Bis jetzt hatten wir noch Stillschweigen bewahrt, aber an jenem Abend hatte Georges offenbar beschlossen, öffentlich allen zu zeigen, dass wir beide ab jetzt ein Paar waren. Er hatte seinen Hut abgenommen, die Haare standen wirr ab, weil er sich ständig mit den Händen über den Kopf fuhr, und ich wünschte mir nichts sehnlicher, als mich auf seinen Schoß zu setzen und ihn zu küssen, seine Lippen auf meinen zu spüren. Georges legte den Arm um mich und sah Henri fragend an.

Rosa rief über den Tisch hinweg: »Jessie ist eine erwachsene Frau. Ich wette, sie hat kein Problem mit ein paar zotigen Geschichten.«

Georges ermunterte mich: »Was meinst du, Jessie?«

Ich rückte auf meinem Stuhl etwas näher an ihn heran. »Die Zeitungen sind doch jeden Tag voll von dem Gerede über den Prince of Wales. Wenn Henri noch mehr darüber weiß, wollen wir das natürlich hören. Kommen Sie, erzählen Sie uns alles, keine falsche Zurückhaltung!«

Henri grinste. »Sehr gut. Aber machen Sie mir hinterher keine Vorwürfe, Mesdemoiselles, für den Fall, dass Sie bei meinen saftigen Schilderungen in Ohnmacht fallen.«

Suzanne kniff ihn scherzhaft in die Wange. »Nun mach schon, spann uns nicht länger auf die Folter.«

Er küsste sie flüchtig. »Also, als Erstes müsst ihr wissen, dass über dem riesigen Bett Seiner Königlichen Hoheit im *Le Chabanais* das königliche Familienwappen hängt. Er hat dort sein eigenes königliches Gemach. Dann gibt es da eine kupferne Badewanne, die ist so groß, dass ein Walfisch reinpassen würde, und die hat die Form eines Frauenkörpers oder einer Meerjungfrau oder was weiß ich. Die Mädchen füllen die Wanne mit Magnumflaschen Champagner, und dann hüpfen sie mit ihm zusammen hinein. Könnt ihr euch das vorstellen? Und jetzt kommt das Beste: Weil er so fett ist, haben sie einen Spezialstuhl für ihn anfertigen lassen, den sogenannten *Siège d'amour,* damit er es bequemer hat, wenn eine vor ihm kniet, um ihn zu erfreuen, während eine andere breitbeinig über seinem riesigen …«

»Es ist gut, Henri, das reicht«, schnitt Georges ihm das Wort ab, während Camille, Suzanne und ich lautstark protestierten.

»Was für ein Spielverderber du auf einmal bist, Georges. Was ist denn nur in dich gefahren?«, fragte Suzanne und zwinkerte mir zu.

Dann fing sie an, eine ihrer eigenen lustigen Geschichten zu erzählen. Wenn ich mich nicht irre, ging es dabei um die Ziege, die sie bei sich zu Hause hielt, aber ich hörte nicht länger zu, weil ich Georges' brennende Blicke auf mir spürte und mich davor fürchtete, seinen Blick zu erwidern, und Angst hatte, dass er mich womöglich bitten würde, jetzt gleich mit ihm fortzugehen, denn ich wusste genau, dass ich das, ohne zu zögern, auf der Stelle tun würde. Ich würde einfach aufstehen und ohne ein weiteres Wort mit ihm zusammen das Lokal verlassen. Alles war so anders geworden zwischen uns, und das nur wegen des einen Abends in seinem Atelier.

»Jessie.« Seine Lippen streichelten meine Wange, und sein Atem kitzelte mir das Ohr. »Wir müssen reden. Ich möchte wissen, wie du …«

Wir wurden von einem heftigen Wortwechsel zwischen Henri und Camille unterbrochen. Die beiden waren völlig betrunken. Camille hatte Rodin angeschmachtet, wie er an der Bar stand und mit einem Galeristen redete, und Henri, auf Krawall gebürstet, hatte sich darüber aufgeregt.

»Ich fürchte, ich habe nicht Ihre volle Aufmerksamkeit, Camille. Aber gut, wer könnte denn auch in der Gegenwart des allmächtigen, überragenden, unübertroffen ausdrucksvollen Rodin jemand anderem zuhören?«

Camille zog einen Flunsch. »Sie wagen es, sich über Rodin lustig zu machen? Nie werden Sie so ein großer Künstler sein wie er.«

»Leider Gottes stimmt das. Hätten meine Beine mit dem Wachstum meines Körpers Schritt gehalten … Aber, falls Sie das interessiert, der wichtigste Teil an mir ist völlig in Ordnung.«

Suzanne lachte laut, und Rosa gab ihr einen Stoß in die Rippen. »Glück gehabt!«

Camille zog eine Grimasse. »Immer noch die alte Geschichte, Henri? Ich glaube Ihnen kein Wort.«

Eine Frau vom Nebentisch mischte sich ein und rief: »Der Zwerg sagt die Wahrheit. Da, wo es drauf ankommt, ist er hervorragend ausgestattet.« Großes Gegacker. »Wir Mädchen nennen ihn auch Henri Dreifuß.«

Und wieder lautes Gelächter, diesmal von ihrer Freundin. »*Merde*, jetzt kommt mir der Wein schon aus der Nase wieder raus, du kleines Luder. Dreifuß. Der ist gut.«

Irgendetwas an den beiden Frauen kam mir bekannt vor, deshalb drehte ich mich nach ihnen um. Die zwei waren Straßenmädchen, *femmes des boulevards*, die sich dafür bezahlen ließen, dass sie Männer in Cafés lotsten, wo sie dann ein paar teure Drinks zu sich nahmen und vielleicht noch etwas anderes bekamen. Entweder das oder Freudenmädchen, *filles de joie,* die sich selbst von ihren Kunden aufgabeln ließen.

Rosa hatte mir den Unterschied erklärt, aber die Feinheiten verstand ich immer noch nicht. Jedenfalls waren sie eindeutig Huren – mein Vater hätte sie Nüttchen genannt – mit ihren scharfen weißgepuderten Gesichtern, den scharlachroten Lippen und ihren Hüten mit den ausgefransten Straußenfedern, eng anliegenden schwarzen Samtbändern um den Hals und einem skandalös tiefen Ausschnitt.

Die eine war rothaarig und trug ein schäbiges lindgrünes Kleid, die andere ein taubengraues. Wo hatte ich sie nur gesehen? Gleich darauf erkannte ich sie: Es waren die beiden Frauen von Henris Gemälde, die mit William auf dem Bild waren. Schnell stand ich auf, es hielt mich nicht länger auf meinem Stuhl. Ich musste wissen, was in jener Nacht geschehen war. Und ich wollte alle Einzelheiten hören, egal, wie schmutzig sie waren.

»Georges«, sagte ich, »ich gehe einen Moment zu diesen beiden Frauen dort drüben. Ich möchte sie fragen, ob sie für mich Modell sitzen wollen.« Es war mir peinlich, ihm den wahren Grund zu sagen, aber zum Glück hatte er sie nicht erkannt.

Georges schüttelte den Kopf. »Das ist keine gute Idee, Jessie, das sind zwei … Straßenmädchen.«

»Das macht nichts. Ich kann das.«

»Lass mich wenigstens mitkommen.«

Ich drückte ihm liebevoll den Arm. »Danke, aber ich gehe allein.« Damit trat ich an ihren Tisch und holte einmal tief Luft.

Die beiden sahen mich an. »Was willst du?«, fragte die kantige Brünette.

»Darf ich mich setzen?«

Sie zuckte mit den Schultern, aber ihre Feindseligkeit war nicht zu übersehen.

Die andere, die Rothaarige, fuhr mich an: »Warum sollte eine feine Lady wie Sie mit solchen wie uns etwas trinken wollen? Haben Sie keine Angst, Ihre teure Tugend zu verlieren, wenn Sie mit uns reden? Oder vielleicht sind Sie eine von diesen reichen Schlampen, die sich gerne mal unters gemeine Volk mischen, *hein?*«

Ich musste von Frau zu Frau mit ihnen sprechen und ganz aufrichtig sein. Also erzählte ich, dass ich Henris Bild gesehen hatte. Ich sprach über William und darüber, dass wir uns kannten, seit wir Kinder waren. Dass wir heiraten wollten und dass nun plötzlich alles ganz anders war. Ich sagte, dass ich ihn zur Rede stellen wollte und dass ich dafür die ganze Wahrheit wissen müsste. Es sei eine Qual für mich, keine Gewissheit zu haben, und ob sie mir helfen würden? Als ich zu Ende erzählt hatte, sah ich die beiden mit hängenden Schultern vor mir am Tisch sitzen. Die mit dem gelben Haarknoten legte ihre raue Hand auf meinen Handschuh.

»Oh, *ma mie,* Sie sind wohl richtig verschossen in ihn, was?«

Es war mir unangenehm, dass sie mich anfasste. In Gedanken sah ich, wie sie ihre Finger in Williams Kleidern vergrub. Unter dem Vorwand, mir die Augen zu trocknen, zog ich meine Hand zurück. Aus der Nähe betrachtet hatten die Frauen nichts Anziehendes mehr: Ihre Haut glänzte fleckig unter der dicken Schminkschicht, die fettigen Haare waren überpudert und strähnig. Ich konnte nicht verstehen, warum gebildete, kultivierte Männer wie William sich mit solchen Frauen einließen, die doch eher Mitleid erregten als Begierde.

Die Rothaarige tätschelte mir die Hand und nannte mir ihre Namen. Sie hieß Claudine. »Na komm, Kleines, jetzt wein doch nicht. Yvette, hast du eine Ahnung, von wem sie spricht?«

Yvette legte ihren Arm um mich, und ich roch ihren scharfen Achselschweiß vermischt mit billigem Rosenparfüm. »Ist er Engländer, *ton petit ami?*«

Ich nickte, und sie tat so, als müsste sie angestrengt nachdenken. Dann stieß sie einen kleinen Schrei aus und zeigte auf Rodin: »War er mit dem da unterwegs, mit dem da drüben an der Bar?« Ich nickte noch einmal, und sie stieß ihrer Freundin den Ellbogen in die Rippen. »Dieser Künstler, weißt du noch? Der, der uns so viel bezahlt hat, damit wir uns gegenseitig lecken, dieser dreckige Bock.«

Claudine zog eine Grimasse. »Wie könnte ich das vergessen? Ich hatte noch tagelang den ekligen Geschmack im Mund.«

»Dieses Schwein – keine Klasse, nicht wie der Engländer. Der war ein echter Gentleman«, bestätigte ihre Freundin.

Sie waren also tatsächlich mit William zusammen gewesen. Ich stand auf und schwankte, aber Claudine zog mich am Rock und forderte mich auf, mich wieder hinzusetzen. Ihr Gelächter machte einem bellenden Husten Platz, und sie spuckte auf den Boden, ehe sie weitersprechen konnte.

»Lassen Sie uns zu Ende erzählen, Mademoiselle. Ach übrigens, haben Sie nicht vielleicht ein paar *Sous* für uns hart arbeitende Mädchen übrig? Mein Glas ist leer, und so was ist immer 'ne trübe Aussicht.«

Ich kramte in meiner Geldbörse und gab ihr ein paar Münzen, die sie sofort einsteckte.

»Er war wirklich gut aussehend, für einen Engländer«, fuhr sie fort. »Ich mag solche Typen wie ihn, dunkelhaarig, mit breiten Schultern und einer ordentlichen Brust zum Draufsitzen. Der war richtig stark, war der. So einer muss sich gut abstützen, wenn er auf einem drauf ist.« Sie drängte sich an mich, und ich wich zurück. »Wenn du nicht aufpasst, versenkt er dich in der Matratze.« Und wieder ließ sie ihr kreischendes Gelächter hören.

Yvette, die Dunkelhaarige, trieb sie zur Eile an: »Mach zu, es geht gleich los.«

Claudine fuhr sich ungeniert mit dem Handrücken unter der Nase her. »Er war ein wirklich attraktiver Mann, und gesund sah er auch aus. Ich hätt's ihm glatt umsonst gemacht, stimmt's, Yvette? Stimmt's?«

Wieder lachte sie heiser, und wieder blitzte ihre Freundin sie böse an. »Na, jetzt beruhige dich mal.« Sie gähnte und fasste sich unter den Rock, um sich am Bein zu kratzen. »Aber als wir ihn rannehmen wollten, war's reine Zeitverschwendung.« Mit verstellter Stimme versuchte sie, den englischen Akzent nachzuahmen: »Er sagte *›désolé modomazelle‹*, aber er hätte eine Freundin.«

»Wen hätte das je an etwas gehindert?«, höhnte Yvette. »Sie brauchen nicht zu jammern, *chérie*, Ihr englischer Freund ist Ihnen treu. Ein wahrer Gentleman ist er, ich hab's ja gesagt. Nicht so einer wie die anderen treulosen Tomaten, die uns hier unterkommen. Einmal gegen die Wand gelehnt, 'ne halbe Minute lang, und dann prügeln sie auf dich ein oder versuchen, den Preis runterzuhandeln.«

Ich rieb mir die Stirn und versuchte, den Lärm und das Gegröle von den Nebentischen auszublenden. Ich hatte mich also geirrt, was William anbetraf. Wie hatte ich an ihm zweifeln können? William, der mich als kleiner Junge mit einer toten Kröte in der Hand durch den Garten gejagt hatte und der mich, als ich hinfiel und mit blutenden Knien dalag, getröstet und mir Blätter auf die Wunde gelegt hatte. William, der geduldig zugehört hatte, als ich ihm meinen Traum vom Bildhauen anvertraut hatte und der mich ermutigt hatte, diesen Traum zu leben. William, der noch immer der Mann war, den ich seit Ewigkeiten kannte und liebte. Der Schmerz, der sich in meiner Brust festgesetzt hatte, ließ urplötzlich nach. Ich legte ein paar Münzen auf den Tisch und bedankte mich bei den beiden Frauen, aber sie hatten mich längst vergessen und spähten neugierig auf die Bühne, wo sich langsam der rote Samtvorhang hob.

»Oh, sieh mal, Yvette, die Show fängt an. Das irische Püppchen ist heute dran, die mit den dreckigen Kinderliedern, du weißt schon, das Lied mit dem Kätzchen auf dem Schätzchen mit dem Lätzchen. Letztes Mal habe ich mir vor Lachen in die Hosen gepinkelt.«

Ich ging zurück an unseren Tisch und setzte mich neben Camille. Georges saß uns gegenüber, und Camille schaute mich fragend an, während ich mit den Lippen das Wort »Recherche« bildete. Daraufhin nickte sie zufrieden und wandte sich ebenfalls der Bühne zu.

Ich war froh, als das Licht ausging. Mein Gesicht glühte, und so legte ich mir die Hände auf die Wangen, um sie zu kühlen. Dort in der Dunkelheit wurde mir erst richtig bewusst, was ich mit Georges getan hatte, und dass es aus Wut über William geschehen war. Aber ich wusste auch, dass ich es genau so gewollt hatte.

Ich sah Georges' Profil im Kerzenlicht, er wandte das Gesicht zu mir. Ob er mich absichtlich in die Irre geführt hatte? Nein, sicher nicht. Verwirrt schaute ich weg und versuchte, mich auf die Show zu konzentrieren.

Der Vorhang ging auf, und Salis, der Besitzer des Cafés, sprang auf die Bühne. Energisch bat er um Ruhe: *»Mesdames et Messieurs, votre attention s'il vous plaît. Je vous présente le formidable, l'unique Aristide Bruant!«*

Ein kalter Schreck durchzuckte mich plötzlich, als mir noch etwas einfiel: der Brief! Ich hatte William einen wütenden Brief geschrieben, in dem ich ihm mitteilte, dass ich nichts mehr mit ihm zu tun haben wollte. Ich beschuldigte ihn des Verrats, und, was am schlimmsten war, ich gestand ihm darin, dass ich mich in Georges verliebt hätte und dass die Dinge nun schon zu weit fortgeschritten seien, um sie rückgängig zu machen. Ich hätte mich kompromittiert und warf ihm vor, dass er sich nicht allein das Recht herausnehmen dürfte, seine Instinkte frei auszuleben.

Du lieber Gott, hatte ich den Brief wirklich Eugénie gegeben, damit sie ihn zur Post brachte? Ich war so durcheinander, dass ich mich nicht mehr erinnern konnte. Wenn William diesen Brief lesen würde, wäre alles zu spät. Er war ein moderner, aufgeklärter Mensch, aber niemals würde er mir verzeihen, wenn er annehmen müsste, ich hätte meine Ehre aufs Spiel gesetzt.

Ich schloss die Augen und versuchte krampfhaft, mich daran zu erinnern, was ich mit dem Brief gemacht hatte. Mit unbeschreiblicher Erleichterung fiel mir schließlich ein, dass ich ihn auf meinem Frisiertisch hatte liegen lassen.

Erst als ich die Augen wieder öffnete, merkte ich, dass das Publikum vor Begeisterung außer sich geraten war. Alle klatschten und stampften mit den Füßen, viele brüllten »Bruant! Bruant!«

Ein Mann mit schwarzem Umhang und rotem Kragen, einen Filzhut auf dem Kopf, glitt ins Scheinwerferlicht und wartete darauf, dass das Publikum sich wieder beruhigte. Seine markanten Gesichtszüge zeigten einen vage verächtlichen Ausdruck. In rauem Ton begann er, ein Chanson zu singen, eine Straßenballade über das harte Leben der armen Leute. Die Menge verstummte, und auch ich lauschte aufmerksam seiner Geschichte.

Bruant sang von den *Faubourgs*, dem Leben in den armen Vororten von Paris, von den Prostituierten, die dort hausten und die ihre sadistischen Zuhälter liebten und ihren heimlichen Kummer um ihre verlorenen Kinder im Alkohol ertränkten. Er sang von Waisenkindern, die mutterseelenallein durch die Straßen wanderten, die bettelnd mit kleinen Zirkuskunststückchen ein bisschen Geld verdienten, bis sie schließlich selbst ihre kleinen Körper für ein paar Sous zum Kauf anboten.

Als Bruant zum Ende kam, sah ich, dass eine der beiden Frauen, mit denen ich vorher gesprochen hatte, in Tränen aufgelöst war und hemmungslos schluchzte. Den Kopf hatte sie in ihren dünnen Ärmchen vergraben, während ihre Freundin mit trauriger Miene reglos dasaß. Die Tränen hatten ihr gespensterhaft weiß geschminktes Gesicht mit kleinen nassen Pfaden durchzogen.

Auch ich trocknete mir die Augen. Das melancholische Lied hatte sich meinen eigenen Sorgen hinzugesellt und eine Welle der Melancholie in Gang gebracht, die nun meinen Zorn ablöste. Schon bald weinte ich ebenso hemmungslos wie die beiden Prostituierten, die ich kurz zuvor so verachtet hatte. Am Ende waren wir gar nicht so verschieden – wie überheblich war es von mir gewesen, ihren Berührungen auszuweichen.

In England hatte ich eine so behütete Kindheit und Jugend gehabt, jetzt aber zeigte sich mir das wirkliche Leben, mit all seinen Freuden und Schmerzen, die sich nicht darum scherten, ob jemand hoch oder niedrig geboren war. Genau das hatte mir gefehlt. Genau diese Einsicht, diese Beobachtungen und diese Gefühle waren nötig, um meine Arbeit lebendig zu machen, ihr Leben einzuhauchen und Bewegung, so wie es bei Rodin und Camille sichtbar war. Als die Lichter wieder angingen, klatschte ich, bis mir die Hände wehtaten.

Um die Stimmung wieder etwas aufzuheitern, rief Salis Tänzerinnen auf die Bühne. Sie kamen radschlagend in den Saal, warfen die Beine hoch und bahnten sich ihren Weg in einem wilden *galop infernal*. Die Frauen schwenkten ihre steifen Petticoats und die gerüschten Unterhosen, ließen ihre Beine in der *Ronde de jambe* kreisen, vollführten Flickflacks und wilde Sprünge.

Sie tanzten den *Chahut*, die wilde Originalversion des Cancan, der sich mit der Zeit von einer Touristenattraktion zu einem richtigen Tanz entwickelt hatte. Eine der Tänzerinnen sprang von der kleinen Bühne herunter und zog einen Mann im Abendanzug hoch zu sich in die Truppe. Sie stand vor ihm, legte ihm die Hände an die Hüften, dann hob sie mit einem Ruck ein Bein in die Höhe und stieß ihm den Hut vom Kopf. Als das Publikum in wilden Beifall ausbrach, lächelte sie breit, drehte sich ein paarmal um sich selbst, beugte sich vor und präsentierte der Menge unter donnerndem Applaus ihr Hinterteil.

Als die Tänzer fertig waren, sprang eine seltsame Gestalt auf die Bühne. Das grelle Scheinwerferlicht verzerrte die weißen Gesichtszüge mit den roten Wangen zu einer grotesken Karikatur eines unschuldigen Kindes. Dazu trug sie eine Spitzenhaube und ein Baumwollnachthemd und hielt eine schwarze Katze im Arm, der eine blaue Schleife um den Hals gebunden war. Mit Lispelstimme fing sie an, ein Kinderlied voll schmutziger Anspielungen vorzutragen, die das Publikum zum Lachen brachten.

Georges ließ sich auf dem Stuhl neben mir nieder. »Das ist May Belfort, der neue Star am Himmel. Henri hat sie unter seine Fittiche genommen. Er fragt überall rum, ob jemand einen Kater hat, der ihr kleines Kätzchen schwängern kann. Suzanne will eine ihrer Katzen hinschicken. Sie meint, das gäbe ein schönes Hochzeitsfest, und sie würde uns alle dazu einladen. Wie findest du das?«

Er lachte leise und küsste mich im Dunkeln. Ich hätte ihn gerne fortgeschickt, gleichzeitig wünschte ich mir, dieser Moment würde niemals aufhören, genau wie an jenem Abend. Es war alles so schnell gegangen, und ich wusste nicht, ob und wie ich die Dinge würde aufhalten können. Ich hätte nicht in sein Atelier mitgehen sollen. Nie würde ich vergessen, was zwischen uns geschehen war. Ich war eine Närrin gewesen, mehr als das.

Im Halbdunkel des *Chat Noir* beobachtete ich eingehend Georges' Profil, während er begeistert dem frechen Liedchen von Mary und ihrem nicht so kleinen Lamm lauschte. Er schaute mich liebevoll an und nahm meine Hand, als sei zwischen uns alles klar und einfach. Ich musste ihm unbedingt erklären, dass die Dinge sich geändert hatten und dass ich William immer noch liebte.

Unruhig drückte ich seine Hand. »Georges, ich muss unbedingt mit dir reden.«

Neugierig schaute er mich an, gerade in dem Moment, als die Türen des Cafés lärmend aufgestoßen wurden. *»Attention tout le monde! Police!«*

Eins der Flittchen vom Nebentisch kreischte: *»Les flics!«* Tische und Stühle wurden umgestoßen, und alles drängte zum Eingang. Wir hörten Glas splittern und schreiende Frauenstimmen. May Belfort, inzwischen nackt bis auf ihre langen Unterhosen, hielt die Katze im Arm und presste sie an ihre Brüste mit den hellrosa Spitzen. Dann sprang sie von der Bühne, mitten in die aufgeregte Menge. Als sie an mir vorbeilief, hörte ich sie rufen: »Jesus, Maria und Josef, die verfluchten Gendarmen!«

Am anderen Ende des Raums sah ich Suzanne, wie sie, von Henri angestachelt, das Treppengeländer herunterrutschte. Henri schwang eine Reitgerte und galoppierte die Treppen hinab, dabei klammerte er sich am Hinterteil einer Tänzerin fest. Sein Gesicht war rot wie eine Tomate. Suzanne landete in einer Petticoatwolke direkt vor den Füßen der Gendarmen und streckte die Beine in die Luft, sodass alle sehen konnten, was sie nicht darunter trug.

Georges zog mich vom Stuhl. »Komm schnell, das ist eine Razzia.«

»Wieso das?« Ich musste schreien, um gegen den Lärm anzukommen.

»Bei uns gibt es ein Gesetz zur Wahrung von Anstand und Moral. Prostitution ist denen egal, aber diese Shows sind ihnen zu öffentlich.« Er half auch Camille auf die Beine und rief Rosa zu: »Bring die Mädchen hier raus! Lauft über die Bühne, da entlang. Da ist eine Hintertür. Ich versuche, mit den Gendarmen zu verhandeln. Ich kenne den Polizeichef. *Vite! Va-t'en!*«

Rosa führte uns in eine versteckte Gasse und von dort aus auf die Hauptstraße, wo es vor Menschen wimmelte. Als wir weit genug vom Café entfernt waren, pfiff sie auf zwei Fingern, um eine Droschke herbeizurufen. Die Nacht war kalt und sternenklar, und ich zitterte am ganzen Leib. Wir hatten unsere Capes drinnen gelassen, um so schnell wie möglich rauszukommen, doch Camille schien von der Kälte nichts zu spüren. Sie breitete die Arme aus und drehte sich um ihre eigene Achse wie ein Kreisel, dabei lachte sie dem samtblauen sternenübersäten Himmel mit dem kreisrunden Mond entgegen.

»Was für ein Geburtstag! Was für ein Leben, was, Jessie?«

Kapitel Neunundzwanzig

Villeneuve

Weihnachtsabend, 1884

»Nun mach es endlich auf!« Camille nahm ein fest verschnürtes braunes Päckchen in die Hand, an dem ein kleines weißes Kärtchen hing. Darauf stand in Georges' Schrift: *Ich werde die Nacht mit dir in meinem Atelier niemals vergessen. Tout mon amour de tout mon cœur. Mille bisous. Je t'aime.*

»Seine ganze Liebe von ganzem Herzen, ja? Und nicht nur einer, sondern gleich tausend Küsse. Und ein *Ich liebe dich.* Welch eine Leidenschaft! Welch hartnäckiges Werben!«, spottete Camille. »Das ist wirklich bewundernswert.« Sie reichte mir das Paket. »Schnell, schnell! Mach es auf, bevor ich vor Neugier umkomme.«

Wir waren im Landhaus der Familie in der Champagne, in dem kleinen Dorf Villeneuve-sur-Fère und machten uns gerade zum Abendessen fertig. Ich legte das Päckchen zur Seite und nestelte am Verschluss meiner Perlenkette herum, um ein bisschen Zeit zu gewinnen. Seit jener Nacht mit der Razzia hatte ich Georges nicht mehr gesehen. Ich war zu feige gewesen, ihm zu sagen, dass sich die Dinge zwischen uns geändert hatten.

Als wir aus dem *Chat Noir* nach Hause kamen, war ich die Treppe hinaufgestürmt, erleichtert, den bösen Brief, den ich William geschrieben hatte, noch auf meinem Frisiertisch vorzufinden, wo ich ihn liegen gelassen hatte. Sofort zerriss ich ihn in tausend Stücke und setzte mich unverzüglich hin, um einen neuen zu verfassen, diesmal voller Liebeserklärungen. Ich schrieb, dass ich ihn vermisste und dass es mir leidtäte, ihm so lange nicht geschrieben zu haben. *Sorry, sorry, sorry,* fügte ich hinzu, dann küsste ich den Brief, versiegelte ihn und legte ihn auf das Tischchen in der Diele.

Aber trotz allem hatte ich Georges' Gefühlen keinen Einhalt geboten, und vielleicht wollte ich das auch gar nicht.

Während ich noch immer mit meiner Perlenkette beschäftigt war, dachte ich wieder und wieder über alles nach, bis Camille schließlich die Geduld verlor und sich hinter mich stellte. Sie hob mein Haar im Nacken an. »Na komm, lass mich das machen. Siehst du, schon geschehen. Und jetzt das Päckchen. Keine Widerrede!«

Ich saß auf dem Bett, mit dem Geschenk auf dem Schoß, und strich das braune Packpapier glatt. Irgendwie hatte ich Angst vor dem, was mich erwartete.

Camille stöhnte. »Jessie, *tu m'emmerdes!* Wenn du es jetzt nicht aufmachst, tu ich's.«

Ich riss das Papier auf. Darunter kam eine ockerfarbene Kreidezeichnung in einem einfachen Rahmen zum Vorschein. Sie zeigte das Bild einer jungen Frau mit kühnen Augen und verheißungsvollen Lippen, zart wie eine Rosenknospe. Ich holte tief Luft. Georges musste es aus dem Gedächtnis gezeichnet haben, aber es war voll besonderer Details, angefangen bei dem amüsierten Ausdruck der Augen und Mundwinkel bis hin zu den sorgfältig mit den Fingern verwischten Umrissen des Gesichts.

Camille nahm mir das Bild aus der Hand und studierte es gründlich. »Er ist gar kein so schlechter Zeichner. Dein Ausdruck ist gut getroffen.«

Ich versuchte zu verbergen, wie sehr mich das Geschenk freute, und untersuchte es kritisch. »Es sieht mir überhaupt nicht ähnlich. Meine Wangen sind viel schmaler, und irgendwie hat er meine Nase schöner gemalt, als sie ist.«

»Warum nimmst du es immer so genau, Jessie? Das hier ist das Liebesgedicht eines Künstlers. So sieht er dich, und so will er dich sehen.«

Camille gab mir das Bild zurück. Es war nicht signiert, aber ich kannte Georges' Stil genau. Diese einfache Gabe, die lediglich ein Zeichen seines künstlerischen Talents und seiner Gedanken an mich war, freute mich über die Maßen. Noch nie hatte ich ein so romantisches Geschenk bekommen.

Camille schaute mir über die Schulter, um sich das Bild genauer anzusehen. »Nun, ich muss zugeben, dass unser lieber Georges mich überrascht. Bisher hat er es noch nie so ernst mit jemandem gemeint. Vielleicht habe ich mich geirrt, als ich dich vor ihm gewarnt habe. Vielleicht ist er ja wirklich bereit, sein Leben für dich zu ändern.«

Ich schloss die Augen und dachte nach. Noch vor ein paar Tagen war alles so einfach und klar gewesen: William hatte mich betrogen, und ich wäre Georges gegenüber um ein Haar schwach geworden. Allerdings hatte ich mich zurückgehalten, weil ich wusste, dass er ein Schürzenjäger war, dem man nicht trauen durfte. Und nun war wieder alles anders, und ich wusste überhaupt nichts mehr.

Es klopfte an der Tür, und Louises strenges kleines Gesicht erschien. »Na los, ihr beiden, wo bleibt ihr denn nur? Zeit für den Tannenbaum und die Bescherung.« Bei Camilles Anblick verzog sie das Gesicht: »Willst du so gehen? Maman wird einen Anfall bekommen.«

Camille stand auf und schaute an sich herunter. Sie trug ihr schlichtes blaues Kleid aus Kammgarn mit dem weißen Kragen und den weißen Manschetten. »Was stimmt damit nicht?«

»Wenn es wenigstens sauber wäre – aber hier ist ein Fleck auf dem Mieder, und die Manschetten sind schmuddelig.«

Camille zuckte die Schultern, nahm aber ein Handtuch aus Leinen, tunkte es in eine Waschschüssel und fing an, an dem Fleck herumzureiben.

Louise seufzte. »Um Himmels willen, du machst es nur noch schlimmer. Komm rüber in mein Zimmer, dann leihe ich dir was zum Anziehen.« Als Camille sich weigerte, fing Louise lautstark an zu jammern. »Mach uns nicht wieder das Weihnachtsfest kaputt, Camille! Nur dieses eine Mal. Kannst du nicht wenigstens Maman den Gefallen tun? Und Papa ist immer so dankbar, wenn du dich ein bisschen hübsch machst.«

Camille gab nach. »*D'accord, calme-toi*. Aber nur, wenn du mir dein graues Kleid mit den Perlmuttknöpfen leihst. Ich mag nicht dieses *Froufrou*-Getue. Jessie, wir sehen uns später unten. Ich muss mit der kleinen Heulsuse mitgehen, damit sie endlich Ruhe gibt.«

Erst als die Schwestern den Raum verlassen hatten und ich sie auf dem Flur miteinander reden hörte, drehte ich das Bild um und suchte auf der Rückseite nach einer Nachricht. Ganz unten standen die Worte: *Choose me* – Nimm mich.

Ich presste die Schrift an meine Lippen und legte die Zeichnung zusammen mit Georges' Karte in meinen Schmuckkasten. Meine Gefühle waren in hellem Aufruhr. Ich hatte weder die Möglichkeit noch den Mut gehabt, mit Georges zu sprechen. Mit Camille hatte ich über William geredet, ich hatte ihr erzählt, dass er überhaupt nicht mit den beiden Mädchen aus dem Café geschlafen hatte, aber da gab es noch etwas anderes. Etwas, wovon ich ihr nichts erzählt hatte.

Da war nämlich noch ein Päckchen angekommen, aus England. Darin befand sich ein kleines Samtkästchen mit einem Smaragdanhänger. Der Edelstein leuchtete grün wie Absinth im Kerzenschein, und auf der Karte stand: *Remember me* – Denk an mich.

Ich nahm die Halskette heraus und legte sie mir um. Dabei sah ich, wie der Smaragd den kupferroten Schimmer in meinem Haar zum Leuchten brachte. Ich dachte an Georges und daran, wie er in Rodins Studio an den Türrahmen gelehnt dagestanden hatte, mit hochgekrempelten Ärmeln, und über irgendetwas gelacht hatte, das ich gesagt hatte. Ich nahm die Smaragdkette ab, legte sie zurück und schloss den Deckel meines Schmuckkästchens.

* * *

Unten klagte Louise weiter: »O Jessie, Camille ist schrecklich. Sie sagt, ich sehe in meinem neuen Abendkleid dick aus. Was meinst du?« Sie hielt die Luft an und stemmte die Hände in ihre Wespentaille. Das Mieder war nach der neuesten Mode tief ausgeschnitten und brachte ihre Schultern und einen großen Teil ihres Busens zum Vorschein.

Camille schnaubte. »Sie sieht aus wie eine Bardame. Pass bloß auf, Kleine, wenn dich Monsieur Renoir in die Finger kriegt, nimmt er dich für eins seiner Gemälde, und dann lacht ganz Paris über dich.«

Das war eine unverschämte Bemerkung von Camille, aber ich biss mir auf die Zunge. Schließlich hatte ich ihr nie erzählt, dass meine Mutter früher als Bardame gearbeitet hatte.

Louise streckte ihr die Zunge raus und kniff Camille in den Unterarm.

»Autsch! Du kleines Biest!« Camille griff mit Klauenhänden nach ihrer Schwester.

Louise schrie auf und duckte sich. »Maman! Maman!

Camille hat versucht, mich zu kratzen.«

Madame Claudel kam eilig ins Zimmer, und Louise rannte sofort zu ihr, um ihr eine angebliche Kratzspur auf der Wange zu zeigen.

Madame Claudel schimpfte los: »Camille, entschuldige dich sofort bei deiner Schwester. Wenn du dich weiter so benimmst, kannst du Heiligabend oben in deinem Zimmer bleiben und wirst die Bescherung verpassen.«

Camille machte ein trotziges Gesicht, murmelte aber dennoch eine Entschuldigung. Wir hatten den ganzen Tag gefastet, und natürlich wollte sie sich das Festmahl nach der Mitternachtsmesse nicht entgehen lassen. Wir hatten schon vorher einen Blick in die Küche geworfen, wo Marie, die Köchin, einen Gänsebraten und die traditionelle Blutwurst zubereitete. Der große Weihnachtskuchen mit Maronen und Schokolade wartete bereits auf der Tortenplatte aus Marmor, und Marie hatte uns in gespieltem Zorn aus der Küche verjagt, als sie Camille dabei erwischt hatte, wie sie sich ein kleines Stück vom Kuchen abgebrochen hatte.

* * *

Auf dem Weg zur Dorfkirche ging es bei den Claudels nicht anders zu als sonst: laut debattierend, gestikulierend, lustig und ein bisschen zum Verzweifeln. Es war kalt, und ich war froh über meinen Pelzmantel, während ich Arm in Arm mit Camille durch die Straßen lief. Die Nacht war stockfinster, die Sterne versteckten sich hinter schneebeladenen Wolken, und wir fanden nur mühsam unseren Weg im schwankenden Lichtschein von Pauls Laterne.

Die Kirche lag im Kerzenschein, die Luft schwer von Weihrauchdunst. Ein Knabenchor in rot-weißen Kutten sang mit engelsgleichen Stimmen, während sich die Familien in einem

Seitenschiff der Kirche drängelten, um die sorgfältig aufgebaute Krippenlandschaft zu bewundern. Das Dorf Villeneuve war als Miniatur dargestellt, mit der kleinen originalgetreuen *Boulangerie* und der *Pâtisserie*, dem kleinen Marktplatz, auf dem die Hausfrauen umhereilten und Marktweiber ihre Waren feilboten. Im Vordergrund standen als etwas größere Figuren die Hirten, und die drei Weisen aus dem Morgenland knieten anbetend vor der noch leeren Krippe.

Während der Messe saß ich andächtig auf meiner Bank, eingelullt vom Gesang des Priesters und den gemurmelten Gebeten der Gemeinde. Ich betete um Halt und Stärke, um der Versuchung zu widerstehen und das Richtige zu tun. Nach dem Segen hielt der Priester das neugeborene Jesuskind in die Höhe, das bis hin zu den drallen Ärmchen und Beinchen naturgetreu und akkurat gearbeitet war. Dann wiegte er es in seinen Armen, während die Dorfbewohner sich anstellten, um dem Kind die Füße zu küssen. Ich stand neben Camille und sah, wie sie, als die Reihe an ihr war, die Lippen bewegte, um dem kleinen Kerl aus Gips irgendetwas zuzuflüstern.

Kapitel Dreissig

Villeneuve

1. Weihnachtstag, 1884

Beim ersten Tageslicht erwachte ich mit einer düsteren Vorahnung. Ich hatte Kopfschmerzen von der Feier am Abend. Die Stimmung bei den Claudels war ausgelassen gewesen, wir hatten lange miteinander geplaudert und gescherzt. Während wir uns durch das üppige Festmahl aßen, merkte ich bald, dass ich allmählich genug von allem hatte. Man fühlt sich schnell allein, wenn man Weihnachten nicht im Kreis der eigenen Familie verbringt. Das ewige Gezänk der Claudels ging mir auf die Nerven, und ich vermisste die ruhige, liebevolle Atmosphäre bei uns zu Hause. Deshalb war ich erleichtert, als Madame Claudel gegen drei Uhr die Tafel aufhob und ich endlich ins Bett gehen konnte.

Ich rekelte mich unter den Leinentüchern. Sie waren kalt und klamm. Das Dienstmädchen hatte um die Zeit noch kein Feuer angemacht, und die Luft klirrte vor Kälte. Fröstelnd setzte ich mich in meinem Bett auf, zog die Decke hoch bis ans Kinn und sah Camille im Nachthemd barfuß am Fenster stehen.

»Ich finde es wunderschön hier«, sagte sie, ohne ihren Blick von der kargen Landschaft zu wenden, die sich vor ihr erstreckte.

»Als Paul und ich noch klein waren, haben wir jeden Tag hier verbracht.« Sie setzte sich zu mir auf die Bettkante. Dunkle Schatten lagen unter ihren Augen, und in dem fahlen Licht sah sie müde aus. »Ich möchte dir was zeigen, da draußen im Moor. Kommst du mit? Ich halte es nicht mehr aus hier mit der Familie. Jedes Mal denke ich, ich muss ersticken.«

Ich wusste schon, dass ich nicht wieder würde einschlafen können. Vielleicht wäre ein kleiner Spaziergang gut, um den Kopf freizubekommen. Ich hatte eine schlaflose Nacht hinter mir und war es leid, dass meine Gedanken dauernd um Georges und William kreisten. Also schlug ich die Decke zurück und zog mich in Windeseile an.

Die Welt lag in dichtem Nebel, und ich fröstelte trotz meiner warmen Wintersachen, dem dicken Wollmantel und den gefütterten Fellstiefeln. Camille trug wieder ihr blaues Kleid und einen Herrenmantel aus Tweed.

»Das ist Papas alter Gartenmantel. Zum Glück macht er nie Gartenarbeit, deshalb vermisst er ihn nicht«, erklärte sie. Zwischen den hochgestellten Ecken ihres Mantelkragens sah ihr Gesicht im blassen Morgenlicht schmal und verletzlich aus, wie das eines Kindes.

Der Boden war uneben und hart gefroren, und ich merkte, wie schwer Camille das Gehen fiel. Immer wieder blieb sie stehen und rang nach Luft, schwerfällig stützte sie sich mit einer Hand in der Hüfte ab.

Besorgt fasste ich sie am Arm. »Ist alles in Ordnung? Wir können umkehren, wenn du willst.«

Doch sie schüttelte heftig den Kopf. »Es ist nichts. Ich habe nur manchmal Schmerzen in der Hüfte. Mein linkes Bein ist von Geburt an kürzer als das rechte.«

Es war das erste Mal, dass sie mit mir über ihre Gehbehinderung sprach. Ich hatte mich stets bemüht, es ihr gegenüber nicht zu erwähnen, da ich wusste, wie schwer es Camille fiel, eine Schwäche zu zeigen.

Deshalb nickte ich nur. »Wirst du es schaffen?«, fragte ich und schob ihr eine Hand unter den Arm, doch sie schüttelte sie unwirsch ab.

»Natürlich schaffe ich das. Als Kind bin ich ständig hier herumgerannt.« Mit diesen Worten ging sie eilig weiter. »Komm schon, wir sind bald da.«

Nach einer Weile erreichten wir ein kahles Feld, das mit massiven Felsbrocken übersät war, die Wind und Wetter zu seltsamen Formen glatt geschliffen hatten. Der Nebel war dichter geworden und hing in undurchdringlichen Schwaden an den Felsen.

Schwer atmend blieb Camille stehen. *»La Hottée du Diable.«*

»Wolltest du mir das hier zeigen?«

Sie nickte und presste die Lippen aufeinander.

Ich setzte mich auf einen flachen Stein, und sie ließ sich mit einem Seufzer neben mir nieder.

»Warum heißt es ›Teufelskorb‹?«, fragte ich.

»Eine alte Legende besagt, dass der Teufel einmal den Schwur abgelegt hat, in einer einzigen Nacht ein Kloster zur Belohnung für die Wiederkehr einer Seele bauen zu lassen. Ich glaube, es ging dabei um die Seele des Mannes, der das Kloster später erbaut hat. Allerdings gab es da einen Hahn, der früher als gewöhnlich aufwachte und zu krähen anfing, sodass der Teufel in aller Eile davonrannte, und dabei sind ihm diese Steine hier aus seinem Korb gefallen.« Sie versetzte einem der kleineren Steine einen Fußtritt mit ihrem dünnen Pariser Lederstiefel. Auf ihre kleinen Füße war Camille ungeheuer stolz. Das war auch der Grund, weshalb sie niemals Überschuhe trug.

Fröstelnd hüllte ich mich enger in meinen Mantel. Camille hatte ihren nicht einmal zugeknöpft. Sie schien die Kälte nicht zu spüren. Dann begann sie urplötzlich, auf einen Felsen von der Größe eines Elefanten hinaufzuklettern. Als sie fast oben angekommen war, winkte sie mir zu. »Hier unten ist eine Höhle. Paul und ich haben uns immer dort versteckt, wenn Maman schlechte Laune hatte. Komm und sieh dir das an.«

Mühsam tastete ich mir meinen Weg nach oben und kletterte hinter ihr her auf den Felsen, der nur wenig Halt für Hände und Füße bot. Camille saß oben und ließ die Beine in ein schwarzes Loch baumeln. Doch mit einem Mal war sie verschwunden.

Ich stellte mich oben an den Rand und rief in die Dunkelheit: »Camille! Hast du dich verletzt?«

Lachend rief sie zurück: »Nein, keine Sorge, mir ist nichts passiert, Jessie. Komm runter, du kannst einfach rutschen wie auf einer Rutschbahn.«

Ihr blasses Gesicht schimmerte matt in der Dunkelheit unter mir, und ich sah ihr Lächeln. »Hast du etwa Angst?«, fragte sie spöttisch.

Solcher Art sportlicher Herausforderungen hatte ich noch nie widerstehen können. Deshalb hob ich meinen Rock ein bisschen an, setzte mich auf den Felsrand und rutschte in die Dunkelheit zu ihr hinab. Im nächsten Augenblick landete ich auf einem gut gepolsterten Bett aus trockenen Zweigen, wobei mein Rock über mir zusammenschlug.

Vorsichtig zupfte ich mir ein paar kleine Äste und Zweiglein aus dem Haar und blies die Backen auf. »Eine tolle Rutschpartie!« Wir lachten, und meine trübe Stimmung verflog im Nu. In der Höhle war es richtig gemütlich. Sie war völlig windgeschützt, und wir hörten das Heulen am Höhleneingang nur von Ferne.

Camille holte ein paar Streichhölzer aus der Tasche. »Schau

mal da«, sagte sie und zeigte auf einige Kritzeleien an den Wänden. »Diese Zeichnungen habe ich gemacht, und Paul hat Verse dazu geschrieben. Das hier war unser Geheimversteck.« Das Streichholz erlosch, und wir standen wieder in völliger Dunkelheit da. »Fass mal den Felsen an, Jessie«, flüsterte Camille. »Fass ihn so an, wie Rodin es uns beigebracht hat, so, als würdest du eine Skulptur berühren.«

Ich schloss die Augen und spürte die Wölbungen und Vertiefungen an dem kalten Stein. »Fühlst du es?«, fragte sie in die Dunkelheit hinein.

Unter meinen Fingerspitzen kribbelte es, als sei dort eine lebendige Kraft verborgen. »Ja, ich kann es fühlen«, antwortete ich leise.

Camilles Stimme klang schläfrig und heiser und schien völlig körperlos in der Dunkelheit. »Hier habe ich entschieden, dass ich mit Stein arbeiten will. Ich hatte schon ein paarmal mit dem roten Ton herumprobiert, der überall in Villeneuve zu finden ist. Die Handwerker verwenden ihn für ihre Ziegeldächer, und Großvater hat extra einen Brennofen für die Dachpfannen gebaut. Aber als ich diesen Felsen hier berührt habe, den Teufelsfelsen, das hat mir eine solche Kraft gegeben. Ich wusste, es würde mein Schicksal sein, diese im Stein gefangene Kraft zu befreien.«

Camille nahm meine Hände und führte die Finger zu ihrem Mund. Ich wollte meine Handschuhe ausziehen, um ihre Zungenspitze zu spüren, die ich mir warm und rau vorstellte wie die eines Kätzchens. Sie rückte näher an mich heran und sprach flüsternd weiter, so als hätte sie Angst, jemand könnte uns belauschen, hier, mitten in der Tiefe des Felsens.

»Du bist die Einzige, der ich das jemals erzählt habe. Selbst Rodin würde mich für verrückt erklären.«

»Du bist nicht verrückt.« Ich schlang den Arm um sie, und sie legte ihren Kopf auf meine Schulter. Jetzt erst merkte ich, wie schmal sie geworden war. »Du zitterst ja«, sagte ich. »Lass uns nach Hause gehen.«

»Nein, ich möchte noch etwas hierbleiben. Du kannst mich doch wärmen.«

Ich öffnete meinen Mantel und knöpfte ihn über uns beiden wieder zu. So saßen wir eine Weile schweigend im Dunkeln, und ich fühlte, wie die Wärme sich zwischen uns ausbreitete.

»Wie war das bei dir?«, fragte Camille. »Wie hast du gemerkt, dass du Bildhauerin werden willst?«

»Auch ich kann mich noch erinnern, wie ich zum ersten Mal mit Ton gespielt habe«, antwortete ich. »Das war draußen im Wattenmeer in East Anglia. Ich hockte am Strand und quetschte den Schlick durch meine Hände. Dabei konnte ich beobachteten, wie sich kleine Würmchen aus dem Schlamm zwischen meinen Fingern kringelten. Von da an hat es mich nicht mehr losgelassen. Ich entdeckte, dass ich daraus alles Mögliche formen konnte und dass ich allein mit meinen zwei Händen so etwas Simples wie Schlamm in alles verwandeln konnte, was ich wollte.«

Camille nickte an meiner Schulter. »Ich habe eine ganz ähnliche Erinnerung aus der Zeit, als ich ein Kind war und im Garten von Villeneuve gespielt habe. Vor allem aber werde ich nie vergessen, wie ich das erste Mal einen Meißel in der Hand hielt und ihn an ein Stück Marmor ansetzte. Der Stein war spröde wie ein Stück Blätterkrokant, man konnte ihn ganz einfach in zwei Teile spalten, und dann, wenn man begann, ihn zu schleifen und zu polieren, und er von innen zu leuchten anfing wie die Sonne …« Während sie sprach, streichelte sie abwesend meinen Bauch unter dem Mantel, und ich hielt den Atem an. Als sie merkte, was sie da tat, hörte sie auf. »Spürst du, wie die Kälte in den Knochen hochkriecht?«, fragte sie und setzte sich gerade hin.

»Ja, du hast recht, wir sollten jetzt nach Hause gehen.«

Camille half mir, über eine Art natürliche Leiter aus der Höhle hinauszuklettern.

»Geh du zuerst hoch. Mir tut die Hüfte weh, ich komme langsam hinterher.«

Als ich den Kopf aus dem Felsloch streckte, bemerkte ich, dass alles um uns herum in dichten Nebel getaucht war. Man sah die Hand vor den Augen nicht, und ein beängstigendes Nichts war um uns herum. Besorgt schaute ich mich nach Camille um und sah, dass sie schon fast oben angelangt war. Gerade tastete sie mit den Fingern nach einem Felsvorsprung, doch der Stein brach, und sie fiel mit einem unschönen dumpfen Aufprall zurück in das Loch. Unten hörte ich sie vor Schmerzen aufschreien.

»Camille, bist du verletzt?«

Ein lautes Schluchzen war die Antwort.

»Ich kann mich nicht bewegen. Ich glaube, ich hab mir den Knöchel verstaucht.«

»Rühr dich nicht vom Fleck, ich hole Hilfe«, rief ich.

Hastig kletterte ich über den rutschigen Felsen nach unten und lief los in die Richtung, aus der wir gekommen waren. Zumindest glaubte ich das, doch der Nebel war so dicht, dass ich schnell die Orientierung verlor und merkte, dass ich mich rettungslos verlaufen würde. Also kehrte ich um, stieg zurück auf den Felsen und rief Camille zu: »Der Nebel ist zu dicht. Wir müssen warten, bis er sich lichtet.«

Inzwischen bekam ich es mit der Angst zu tun. Kein Mensch wusste, wo wir waren. Es würde sicherlich Stunden dauern, bis wir hier fortkämen, und Camille würde in der Zwischenzeit eine Lungenentzündung bekommen. Die Tränen schossen mir in die Augen, doch ich schluckte sie herunter und atmete tief. Wie sagte William immer? Für jedes Problem gibt es eine Lösung. Also zwang ich mich zur Ruhe und versuchte, vernünftig zu überlegen.

Ich stellte mich oben an den Eingang zur Höhle und rief: »Camille, sind noch Streichhölzer übrig?«

»Ja.«

»Warte, ich komme gleich zu dir runter.«

Fieberhaft begann ich, trockenes Reisig und kleine Zweige aufzusammeln, und stopfte so viel, wie ich konnte, in meinen Mantel. Viel war es nicht, es standen nur ein paar verkümmerte Bäumchen in der gottverlassenen Gegend, gebeugt und verkrüppelt von Wind und Wetter, aber es gelang mir, ein paar Äste zu finden, die ich über meinem Knie zerbrach, bevor ich sie sorgfältig in meinen Manteltaschen und in den Mantelschößen verstaute.

Ich musste mehrmals hin und her, immer wieder den Felsen hoch- und runterklettern, um meine Ausbeute oben abzulegen und gleich darauf wieder zurückzukraxeln, um noch mehr Brennholz heranzuschaffen. Meine Finger waren blutig und steifgefroren, die Nägel abgebrochen, als ich endlich, völlig erschöpft, die letzte Tour antrat. Ich rief zu Camille hinunter, sie solle ihre Augen schützen, ehe ich nach und nach das ganze Holz hinunterwarf, um am Ende mit den Füßen zuerst selbst nach unten zu rutschen. Dabei rammte ich meine Absätze in den Boden, um nicht auf Camille zu stürzen.

In der Höhle war es eiskalt. Camille zitterte am ganzen Leib. Ich rieb ihr die halb erfrorenen Hände und hauchte sie an, um sie mit meinem Atem zu wärmen. Dann baute ich eine Feuerstelle, indem ich die größeren Äste aneinander türmte und kleine Zweiglein dazwischen schob. Am Ende bedeckte ich alles mit trockenem Farn.

Camille schaute mir mit klappernden Zähnen zu. »Wo hast du das gelernt?«, fragte sie.

»Von unserem Dienstmädchen zu Hause in Peterborough. Sie konnte das natürlich viel besser als ich.«

Ich legte meine Arme um sie, und wir beobachteten, wie

bläuliche Flämmchen durch die Zweige züngelten. Das Farnkraut fing an, gelb zu glühen, und dann hörten wir die Äste knacken. Dichter Rauch erfüllte die Luft, aber wenigstens wurde es etwas wärmer.

Camille legte den Kopf wieder auf meine Schulter. Ihre Haare rochen nach Lagerfeuer. »Wie schön wäre es, wenn wir etwas Cognac hätten«, sagte sie. »Wo ist nur Henri? Immer wenn man ihn braucht, ist er nicht da.«

Erleichtert stimmte ich in ihr Lachen ein. Solange sie noch Witze machen konnte, bestand Hoffnung, dass wir überleben würden, bis sie uns fanden – falls man das je tat. Niemand wusste, dass wir noch einmal weggegangen waren, und es würde Stunden dauern, bis jemand unser Fehlen bemerkte. Außerdem war es Winter, und der Nebel machte keinerlei Anstalten, sich zu verziehen. Das Feuer würde nicht ewig brennen, und ich würde noch einmal losziehen müssen, um Holz zu holen. Mir fielen vor Müdigkeit schon die Augen zu, und ich merkte, wie der Schlaf mich übermannte. Erschrocken fuhr ich hoch. Das durfte nicht passieren. Ich musste mich bewegen, jetzt sofort. Andererseits fühlte ich Camilles Wärme, sie kuschelte sich an mich, und ich wollte nicht zurück nach draußen in die Kälte.

Ihre Stimme klang noch schläfriger als vorher. »Was wirst du tun?«

»Wie meinst du das?«

Sie gähnte. »Na, mit Georges, was denn sonst?«

»Das weiß ich auch nicht.« Ich rieb mir die Augen, die vom Qualm anfingen zu brennen, auch meine Stimme klang rau, als ich versuchte zu sprechen. »Ich werde bald eine Entscheidung treffen müssen. William hat mir zu Weihnachten eine Smaragdkette geschickt, die seiner Großmutter gehört hat. Zu der Kette gibt es noch einen Ring, einen Verlobungsring.«

Sie wurde still. »Das heißt, er wird um deine Hand anhalten.«

Ich nickte.

Ein kleiner Seufzer, dann wieder ihre Stimme, diesmal noch schläfriger als vorher. »Wenn du auch nur einen Funken Verstand hast, Jessie, musst du ihn heiraten. Das würde jedenfalls Maman sagen.«

»Und Georges? Was ist mit ihm? Soll ich ihn einfach vergessen?«

»Ich hab es dir schon ein paarmal gesagt: Die Liebe steht einem immer im Weg. Sie ist eine verdammte Plage. Wenn du William heiratest, kriegst du Kinder von ihm und ein Zuhause. Das werde ich jedenfalls von Rodin bekommen. Ich muss nur Geduld haben, und er muss endlich die schreckliche Hexe loswerden.«

Ich legte noch einen Zweig aufs Feuer und sah zu, wie die Funken durch unseren natürlichen Schornstein nach oben gewirbelt wurden. Entweder hatte Rodin seine Ansicht über Kinder geändert, oder er hatte Camille das gesagt, was sie von ihm hören wollte. Ich bemühte mich, meine Stimme möglichst unbeteiligt klingen zu lassen. »Ist es das, was du dir wünschst? Kinder von Rodin? Will er das auch?«

Sie zuckte die Schultern. »Natürlich. Kannst du dir vorstellen, was für ein Kind wir bekommen würden?« Sie lachte und schubste mich ein bisschen. »Lenk nicht vom Thema ab. Wir haben über dich gesprochen und darüber, dass du bei William bleiben solltest. Georges ist ein Pulverfass. Vielleicht stimmt es, und er hat sich wirklich geändert, aber du solltest in jedem Fall auf der Hut sein.«

Ich rutschte ein Stück zur Seite und spürte den Farn an meinen Beinen. »Ich weiß doch auch nicht, was ich glauben soll. Was würdest du an meiner Stelle tun, Camille?« Ihr Atem ging jetzt ganz gleichmäßig, und ich rüttelte an ihrer Schulter. »Camille?«

Sie bewegte sich matt und raffte sich noch einmal zu einer

Antwort auf: »Ich? Das, was ich immer tue: genau das, was ich will.« Sie gähnte wieder. »Aber du, pass nur auf, dass William nichts von Georges erfährt.«

Als sie eingeschlafen war, legte ich etwas Farn unter ihren Kopf. Wir hatten das letzte Holz aufgebraucht, und ich wusste, was zu tun war. Mit Mühe kletterte ich wieder aus der Höhle heraus und fing an, Kleinholz für unser Feuer zu sammeln. Als ich das fünfte Mal den Felsen hinabstieg, war der Nebel so dicht, dass ich eine Spur aus Steinen auslegen musste, um den Rückweg wiederzufinden, falls ich mich zu weit von der Höhle entfernte.

Mittlerweile war mir jegliches Zeitgefühl abhandengekommen. Es war fast dunkel, und wir waren bestimmt schon seit Stunden unterwegs. Meine Finger hatten jedes Gefühl verloren, sodass mir die Äste zwischen den Fingern wegrutschten. Um mich wachzuhalten, redete ich die ganze Zeit mit mir selbst und murmelte »noch einer, und hier noch einer« vor mich hin, bis ich plötzlich einen schwankenden Lichtschein erblickte.

»Da drüben sind sie!« Ein Schatten löste sich aus dem Nebel, die Umrisse der Gestalt leuchteten wie ein Gespenst. Doch dann erkannte ich ein vertrautes Gesicht. William! Das konnte nur ein Fiebertraum sein. Aber er sah so echt aus! Ich schüttelte mich und sah eine durchbrochene Nebelwand, die um ihn herum waberte.

Dann rief jemand meinen Namen. Ich versuchte zu antworten, aber meine Stimme war heiser vom Rauch, und ich brachte keinen Ton heraus. Heftig gestikulierend sprang ich auf und ab. Nach ein paar angsterfüllten Augenblicken löste sich die Gestalt aus dem Nebel und fing an zu rufen. Es war William. Er rannte los, ich stürzte auf ihn zu und warf mich ihm mit letzter Kraft in die Arme. Gerade noch rechtzeitig, bevor mir die Beine versagten, konnte er mich auffangen.

»Jessie, dem Himmel sei Dank!«

»Das versteh ich nicht. Was machst du hier, William? Bist du es wirklich? Ich glaub, ich träume. Wie kommst du hierher?«

»Ich wollte dich unbedingt sehen, nachdem ich deine Nachricht bekommen hatte. Was für ein seltsamer Brief, mein Liebling. Als ich ankam, war das ganze Haus in Aufruhr – Suchtrupps, Hunde, das ganze Dorf ist auf der Suche nach euch. Sie sind sogar durch den Fluss gewatet. Sie sagten, da sind schon Leute ertrunken. Ich weiß nicht, was ich gemacht hätte, wenn …« Er hielt mich noch fester, und ich merkte, dass ihm die Stimme versagte. »Jess, meine liebste Jess. Ich dachte schon, ich hätte dich verloren.«

Kapitel Einunddreissig

Villeneuve

Zweiter Weihnachtstag, 1884

Ich schlief tief und traumlos bis zum Abend des nächsten Tages. Als ich mich schließlich auf wackligen Beinen Stufe für Stufe die Treppe hinuntertastete, erwartete mich William mit zwei Gläsern Champagner in der Hand unter dem Tannenbaum. Eins davon hielt er mir entgegen.

»Wie geht es Camille?«

»Der Arzt hat ihr den Knöchel verbunden und Bettruhe verordnet.«

»Dann hab ich dich ganz für mich allein?«

Mit seinen warmen, vertrauten Lippen küsste er mich auf den Mund. Ganz kurz dachte ich an Georges und daran, wie er seinen Mund auf meinen gepresst hatte und an die wilde Gier, die wir miteinander geteilt hatten. Es war ein Fehler von mir gewesen, es so weit kommen zu lassen. Erst in allerletzter Sekunde hatte ich ihm Einhalt geboten.

William schaute an meinem Kleid herunter. »In diesem grünen Samtkleid siehst du umwerfend aus.«

»Ich wusste doch, dass es dein Lieblingskleid ist.«

»Und ich freue mich, dass du es heute Abend angezogen hast. Solange wir hier noch alleine sind, will ich dir den zweiten Teil deines Weihnachtsgeschenks geben.«

Mit einer Hand griff William in den mit Äpfeln, Schleifen und bunten Lichtern geschmückten Tannenbaum. Er zog eine mit Geschenkpapier beklebte Pappschachtel heraus, die genau so aussah wie die, die meine Mutter zu Weihnachten immer benutzte, um darin Süßigkeiten aufzubewahren.

»William, woher hast du gewusst, wie sehr ich mich nach Mamas Zuckerkästchen gesehnt habe? Sag bloß, du hast die Schachtel selbst gebastelt? Wie süß!«

Im Innern der Schachtel kam ein kleines Samtkästchen zum Vorschein. Darin lag ein Smaragdring. Ich griff mir an den Hals. »O William, was soll ich dazu sagen?«

»Sag einfach, dass du mein bist, Jessie. Es war immer schon klar, dass wir zusammengehören, schon seit du ein kleines Mädchen mit Rattenschwänzen warst.« Damit nahm er eine meiner Haarsträhnen und wickelte sie sich um den Finger. »Aber jetzt sollen es alle wissen. Ich will nicht länger warten. Und ich habe mir so große Sorgen gemacht, als ich deinen Brief bekam. Er war mir völlig unverständlich, ich begreife nicht, warum du mir immer wieder geschrieben hast, dass es dir leidtut, Jessie. Ich weiß, du hast dich verändert, seit du in Paris bist. Du ziehst dich anders an, dein Stil ist freier, unbekümmerter geworden, aber es ist nicht nur das. Du bist jetzt selbstbewusst, irgendwie mehr du selbst als vorher. Paris hat dir geholfen, dein eigenes Wesen zu finden, und deswegen liebe ich dich noch mehr als früher. Aber ich will dich vor allem nicht verlieren.«

Bei diesen Worten steckte er mir den Ring an den Finger. »Willst du mich heiraten, liebste Jessie?« Er lächelte. »Wirst du allen Versuchungen versagen mit allem, was dazugehört? Ich habe ein Angebot aus Manchester bekommen, ein sehr gutes

Angebot, ich soll dort an der neu gegründeten Universität eine Professur für Chemie übernehmen. Du müsstest nur einmal die Labors dort sehen, die allerneuesten Geräte, und ein paar der hervorragendsten Köpfe arbeiten dort. Du könntest weiter bildhauern, jedenfalls so lange, bis die Kinder kommen. Wir werden uns dort ein schönes Leben aufbauen.«

Der Gedanke an Georges, wie er mit hochgekrempelten Ärmeln und dem Ausdruck höchster Konzentration auf seinem schönen Gesicht an einer Skulptur arbeitet, kam mir in den Sinn. Dann dachte ich an Camille und Rosa, Henri und Suzanne, wie sie in Montmartre in einem Café sitzen, in einem Meer von Farben und Musik. Mit Manchester dagegen verband ich das Bild qualmender Schornsteine, die in einen grauen Himmel ragten, und kilometerlange eintönige Häuserreihen, von denen eins wie das andere aussah. William missverstand mein Zögern und lachte laut auf.

»Das ist sicher eine Überraschung für dich, das kann ich mir vorstellen, nach allem, was du gestern durchgemacht hast. Aber du hast ja vielleicht schon damit gerechnet, als ich dir das Gegenstück geschickt habe? Sie gehören doch zusammen.« Er runzelte die Stirn. »Du hast die Kette nicht umgelegt? Ich habe schon so lange davon geträumt, dich mit Grandmas Smaragdschmuck zu sehen. Wo ist sie denn?« Als ich mit dem Kopf zur Treppe wies, hellte sich seine Miene auf. »Ja natürlich, in deinem Schmuckkästchen. Ich gehe schnell nach oben und hole sie dir.«

Unterdessen hielt ich den Ring in das bunte Licht, das vom Tannenbaum her strahlte. Der Stein war fast so groß wie der Kettenanhänger. Die Kette, die in meinem Schmuckkasten lag, der auf dem Bild von Georges stand …

Eilig raffte ich meine Röcke zusammen und rannte noch oben, immer zwei Stufen auf einmal nehmend. In meinem Zimmer stand William, das Bild in der einen Hand, die Karte in der anderen.

»William, ich …«

Sein Blick war düster. »Ich verstehe.« Noch nie hatte ich eine solche Kälte in seiner Stimme gehört. »Hier, das ist es also, was du willst.« Die Karte schnitt mir in die Handfläche, und ein Nagel, der aus dem Holzrahmen ragte, riss mir das Handgelenk auf. Ich sah, wie Blut aus der Wunde rann, während die Tür hinter William ins Schloss fiel.

Kapitel Zweiunddreissig

Salon de Paris

August 1885

William kehrte nicht zurück. Er reiste ohne ein weiteres Wort ab, und ich versuchte nicht, ihn aufzuhalten. Was hätte ich zu meiner Verteidigung auch vorbringen sollen? Ich hatte William verloren, und erst, als er für mich verloren war, merkte ich, wie sehr ich ihn liebte.

Den folgenden Sommer verbrachte ich mit meinen Eltern in Norwegen, erstarrt vor Schmerz, während wir durch die eisigen Schluchten wanderten, drei einsame Gestalten, die sich ihren Weg über türkisfarbene Gletscher suchten. Meine Eltern waren besorgt über mein schwermütiges Schweigen, aber ich schämte mich, ihnen zu erzählen, was geschehen war. Nachts stand ich am offenen Fenster und starrte in den blassen arktischen Himmel, tränenlos und stumm. Morgens lagen Schneeflocken auf meiner Bettdecke.

Paris im August war heiß und wie ausgestorben. Ich kehrte zurück in mein stickiges Atelier, in dem Heerscharen von Fliegen brummten. Ein Brief wartete dort auf mich. Meine Skulptur war nicht für den Pariser Salon ausgewählt worden. Ich sank auf meinen Koffer und fing endlich an zu weinen. Als Camille etwas später hereinkam, trocknete ich mir die Augen, doch sie hatte meine Tränen nicht bemerkt. Atemlos lachend stürmte sie ins Atelier, riss sich den Hut vom Kopf und warf ihn in eine Ecke.

»Jessie! Du errätst es nie! Ich bin drin, meine Skulptur ist dabei, im Salon, stell dir vor!«

Ich war baff vor Staunen. Ein hässlicher Gedanke kam mir in den Sinn: *Kein Wunder, dass Camille dabei ist, sie hat ja auch mit Rodin geschlafen, und er ist sehr einflussreich, der Einflussreichste von allen.* Das war gemein von mir, ich wusste es, aber ich konnte nicht anders. Der Triumph meiner besten Freundin steckte mir wie ein Stachel im Herzen. Zuerst William und jetzt auch noch das. Ich hatte mich geirrt, was mein Talent betraf. Ich hatte nichts gelernt in Paris, und ich hatte William für einen flüchtigen Traum aufs Spiel gesetzt und verloren. Camille sah mich erwartungsvoll an, und ich versuchte zu lächeln.

»Das ist ja großartig, ganz wunderbar.« Ich zwang mich, sie zu umarmen, aber sie machte sich los, sie war viel zu aufgeregt. Wie ein Tiger lief sie im Atelier auf und ab, nahm hier und da ein Werkzeug in die Hand, legte es wieder hin und rückte Figuren von der Stelle. Mit einem Mal fuhr sie herum.

»*Sang bleu!* Die Vernissage, sie ist heute! Schnell, wir müssen sofort in den Salon. Jetzt gleich. Beeil dich, Jessie, wir dürfen nicht zu spät kommen.« Damit drückte sie sich den Hut auf den Kopf, und wir rannten gemeinsam nach draußen.

Auf der Treppe hielt ich inne. »Meine Handschuhe.«

»Herrgott noch mal, vergiss deine Handschuhe. Wir wollen doch nicht am Tag der Eröffnung zu spät zur Ausstellung kommen.«

An jenem Abend war der Himmel von einem ausgeblichenen Violett, und die frische Abendluft summte vor Stimmengewirr. Die schwere Last, die den ganzen Sommer lang mein Herz beschwert hatte, fiel plötzlich von mir ab, als wir durch die Menschenmengen in den Straßen liefen. Auf den Champs-Élysées eilte offenbar jedermann in dieselbe Richtung, um so schnell wie möglich zum *Salon de Paris* zu gelangen, der größten und wichtigsten Kunstausstellung der Welt. Wenn es einem Künstler gelang, eines seiner Werke dort auszustellen, besaß er die Eintrittskarte zum Club der Elite.

An den Stufen vorm Eingang blieb ich kurz stehen. Die Türen waren weit geöffnet und ließen das letzte Tageslicht in das Gebäude dringen. Ich streckte den Rücken. Wenn ich es in diesem Jahr nicht geschafft hatte, bedeutete das nicht, dass es mir nicht im nächsten gelingen würde. Warum auch nicht, selbst Rodin war früher ein ums andere Mal abgelehnt worden. Camille schaute mich fragend an, diesmal war ihr Lächeln breit und herzlich.

Ich strich ihr übers Haar und steckte ihr liebevoll eine lose Strähne hinters Ohr. »Das hast du verdient, meine Liebe.«

Camille krauste die Nase und lachte. »Natürlich habe ich das! Schließlich bin ich die am härtesten arbeitende Künstlerin von ganz Paris.« Sie hakte sich bei mir unter. »Und nächstes Jahr, Jessie, stellen wir unsere Werke hier nebeneinander aus, du wirst sehen.«

Gerade als wir hineingehen wollten, stieß ein Künstler, der eine riesige Leinwand über seinem Kopf balancierte, beinahe mit uns zusammen.

»Oh, entschuldigen Sie vielmals, *Mesdemoiselles.*«

Er nahm das Bild herunter und stieß grüßend die Hacken aneinander.

»Sascha!«, rief Camille.

Der Russe strahlte und umarmte uns heftig und ungeschickt.

Es dauerte, bis er uns losließ, doch dann nickte ich und wies mit dem Kinn auf sein Bild. »Für die Ausstellungseröffnung?«

»*Da*. Ich arbeiten ganze Nacht an diese Leinwand. Ganze Tag. Aber immer noch nicht fertig und jetzt zu spät.« Er war unrasiert und sah übernächtigt aus, mit dunklen Schatten unter den Augen.

Ich versuchte, einen Blick auf das Bild zu erhaschen, wobei ich darauf achtete, nicht mit den Fingern die feuchte Ölfarbe zu berühren. Ein goldenes Weizenfeld erstreckte sich unter einem lichtblauen Himmel. Bauernmädchen mit bauschigen Röcken beugten sich über ihre Heubündel, die Arme und Gesichter von der Sonne gebräunt.

Das Bild war gut gemacht, auch wenn das Thema nicht eben originell war – hatten sich doch alle, von Millet bis Courbet und Bastien-Lepage daran schon bis zum Umfallen versucht. Die Kritiker jedoch würden begeistert sein. Sascha ging schnurstracks in den Salon und mischte sich unter die Zuschauer und Künstler, die schnell noch letzte Hand an ihre Gemälde legten und sich vergewisserten, dass auch alles richtig hing.

Camille packte mich am Arm. »Die Juroren müssen blind sein, dass sie so eine langweilige Arbeit zulassen und deine Skulptur nicht angenommen haben.« Ihre Worte trösteten mich. Camille war eine strenge Kritikerin und hatte einen sehr geübten Blick. Genau aus diesem Grund traf Rodin in seinem Studio M nicht eine einzige Entscheidung ohne sie. Er vertraute ihr, so wie wir alle.

Camille und ich folgten Sascha durch die Menge elegant gekleideter Menschen. Ganz Paris hatte sich versammelt, die Frauen herausgeputzt in leuchtend bunten Kleidern, Männer mit Frack und Zylinder, wie Krähen auf dem Telegrafenmast.

»Schau sie dir an«, flüsterte ich Camille zu. »Da drüben, in dem rosafarbenen Rüschenkleid mit der dunkelroten Jacke. Sehr elegant, findest du nicht?«

»Lächerlich, würde ich sagen. Sie sehen aus, als wollten sie in die Oper anstatt zu einer Kunstausstellung.« Camille trug ein einfaches dunkles Kleid, aber trotz ihrer schlichten Aufmachung stach sie aus der Masse heraus. Neben ihr sah ich aus wie ein lächerlich herausgeputzter tropischer Vogel in grünem Samt und gelber Seide.

Mein neues Kleid hatte Mama in London gekauft, um mir eine Freude zu machen, aber es war viel zu warm, und ich schwitzte in der stickigen Pariser Luft. Der Schweiß lief mir den Rücken herunter, als wir uns endlich einen Weg in die Mitte der großen Halle gebahnt hatten, wo die Bilder in Zweier-, Dreier- und manchmal sogar Viererreihen vom Boden bis zur Decke hingen.

Sascha blieb vor einer riesigen Leiter stehen, die an einer Wand lehnte, und schaute ängstlich nach oben. »Schweine von Organisationskomitee haben mir einen Platz ganz oben unter der Decke zugeteilt. Bin ich Michelangelo? *Njet.* Ist dies Sixtinische Kapelle? *Njet.*« Er fuhr sich mit der Hand durch das blonde Haar, und es sah aus, als würde er gleich zu weinen anfangen.

Camille klopfte ihm tröstend auf den Rücken. »Nur Mut, mein Freund.« Sie fasste das Bild an der einen Seite und schob ihn vor sich her die Leiter hinauf, während sie ihn beschimpfte und mit den wildesten Flüchen bedachte. Ich hielt die Leiter fest und feuerte sie an, dabei konnte ich mich vor Lachen kaum halten.

Eine kleine Menschentraube sammelte sich um uns und beobachtete neugierig Camilles Tun. Ein ängstliches Stöhnen ging durch die Menge, als sie endlich oben ankam und unter dem Gewicht des Bildes ins Schwanken geriet, dann Applaus, als sie sich wieder fing und Sascha ihre Hälfte übergab. Unbeeindruckt von den Zuschauern fuhr sie fort, ihm Anweisungen zuzurufen, die Hände in die Hüften gestützt, eine kleine Gestalt im Licht der elektrischen Kerzenleuchter.

Sobald das Bild richtig hing und Sascha damit beschäftigt

war, noch letzte Hand an der Leinwand anzulegen, kletterte sie die Leiter wieder herunter. Ich machte mir Sorgen wegen ihres kranken Beins und beobachtete sie aufmerksam, sodass ich überhaupt nicht bemerkte, dass Georges plötzlich hinter mir stand.

Er machte ein beleidigtes Gesicht. »Ich habe dir diesen Sommer so viele Briefe geschrieben, und du hast nicht einen einzigen beantwortet.«

Mit einem heftigen Stich des Verlangens bemerkte ich, dass er sein Haar länger trug als früher und dass sich ein paar Locken auf dem Kragen seines schwarzen Samtjacketts kringelten. William hatte sich von mir zurückgezogen und es mir selbst überlassen, in dieser Welt ohne ihn zurechtzukommen. Hier aber stand ein Mann vor mir, der mich begehrte, jemand, der mich nicht verurteilte und der mich anziehend fand.

Prüfend sah er mich an, während er auf eine Antwort wartete.

»Georges, du hast mich erschreckt.«

Eine Bewegung in der Menschenmenge um uns herum schob ihn näher zu mir heran, sodass seine Lippen mein Gesicht streiften.

»Jessie, warum hast du meine Briefe nicht beantwortet?«

Hinter mir war jetzt wieder Platz, deshalb trat ich einen Schritt zurück. »Ich … ich habe sie erst letzte Woche bekommen, als ich von meinem Wanderurlaub zurückgekehrt bin. Ich war fast den ganzen Sommer mit meinen Eltern in Skandinavien unterwegs, und dann hatte ich es eilig, nach Paris zurückzukommen. Ich konnte dir nicht schreiben. Es tut mir leid.« Ich biss mir auf die Unterlippe und wich seinem Blick aus.

Er runzelte die Stirn. »Was ist los? Du bist schmal geworden und siehst aus, als hättest du geweint. Was ist passiert?« Georges war besonders anziehend, wenn er sich um mich sorgte. Und so kam es, dass ich ihm unter Tränen erzählte, wie William das

Porträt gefunden und die dazugehörige Karte gelesen hatte. Und dass ich seitdem nichts mehr von ihm gehört hatte. Als ich zu Ende gesprochen hatte, sah ich ihn an und entdeckte irritiert eine Spur von Triumph auf seinem Gesicht.

»Begreifst du nicht, wie schrecklich das alles für mich ist?«, fragte ich verärgert.

»Im Gegenteil. Genau das war nötig, damit du endlich von diesem Engländer loskommst. Jetzt können wir beide zusammen sein. Das ist doch ganz wunderbar, alles ist genau nach Plan gelaufen.«

Ich war verwirrt. »Was meinst du damit: Alles ist nach Plan gelaufen? Das ist alles ein Missverständnis. Das kannst du doch nicht geplant haben!«

Er grinste. »Kann ich nicht? Jetzt kann ich es dir ja erzählen, und du wirst es bestimmt lustig finden. Erinnerst du dich an das Bild? Das mit William und den beiden Prostituierten?«

Ich zuckte zusammen und nickte. Warum nur hatte ich damals so voreilig falsche Schlussfolgerungen gezogen?

Georges klopfte sich prahlerisch mit der Hand auf die Brust. »Ich war es. Ich habe Henri dazu überredet, diese Szene zu malen und sie in seinem Atelier aufzuhängen, damit ich dich dort hinbringen konnte und damit du es dir ansiehst und das Schlimmste vermutest. Genial, oder? Und was das Porträt und meine Karte angeht, nun, da habe ich eine gehörige Portion Glück gehabt.«

Ich starrte ihn ungläubig an, aber er hörte gar nicht mehr auf zu lachen. Was für eine Närrin war ich gewesen! Ich war wie ein Kind auf seine dummen Lügengeschichten hereingefallen, hinter denen sich die hässliche Wahrheit einer grausamen Erwachsenenwelt verbarg. Endlich hörte Georges auf zu lachen.

»Na komm, Jessie, du wirst mir doch nicht böse sein? Du kannst mir doch nicht übel nehmen, dass ich alles versucht habe, um dich für mich zu gewinnen! *Après tout* ist in der Liebe alles erlaubt und so weiter. Du weißt schon.«

Ich fauchte ihn an: »Das ist so …«

Mit einem »*Salut,* Georges!« sprang Camille die letzten zwei Leitersprossen herunter. Ihr Gesicht war von der Anstrengung leicht gerötet. »*Dis donc,* Duchamp, wo bist du den ganzen Sommer über gewesen?«

Georges küsste Camille dreimal auf die Wangen. »Vor Langeweile beinahe umgekommen im Landhaus meiner Eltern. Und du, Claudel?«

»In Villeneuve, mit meiner Familie, *comme d'habitude.* Das Landleben ist so sterbensöd, wenn man aus Paris kommt. Ich wäre verrückt geworden, wenn uns nicht Monsieur und Madame Rodin besucht hätten. Sie sind an einem Sonntag zum Mittagessen zu uns gekommen.«

Für einen Moment war es still. Camille war ebenso schamlos wie Georges. Rosa hatte ganz recht: Die beiden waren zwei wilde Bestien, unersättliche Raubtiere, die vor nichts Halt machten. Und das Schlimmste war: Sie kamen mit ihrem Benehmen überall durch. Hier stand Camille, die zur Belohnung dafür, dass sie mit Rodin geschlafen hatte, im Salon de Paris ausstellen durfte, während ich William und die Hoffnung auf eine gute Partie verloren und obendrein meinen guten Ruf aufs Spiel gesetzt hatte. Und wofür das alles? Ein kleiner Fehltritt, vor dem ich mich in allerletzter Minute gerettet hatte. Und wiederum Camille, die sich regelrecht damit brüstete, ihre Liebesaffäre unter den gestrengen Augen ihrer Eltern und auch unter den Augen von Rose Beuret ausgelebt zu haben.

Tugend lohnt sich um ihrer selbst willen, hatte meine Mutter mir beigebracht. Zur Hölle mit der Tugend! Ich blickte Georges verächtlich an, doch er schien nur belustigt. Ich begriff, wie wenig er mich kannte, doch da wurde er wieder ernst.

»Ach wirklich?«, fragte er. »Da wäre ich gern dabei gewesen. Eine interessante Zusammenstellung.«

Camille ging, ohne zu zögern, darauf ein. »O ja, der Besuch war ein großer Erfolg. Rodin, Papa und ich haben uns über Kunst unterhalten, während Madame Rodin und meine Mutter darüber sprachen, wie man einen Hohlsaum näht und was man beim Auskochen von Suppenknochen beachten muss.« Sie lachte laut auf. »Sie haben sich prächtig verstanden, die beiden alten Weiber, und das wundert mich nicht, schließlich sind sie ja zwei *bonnes femmes*, wie sie im Buche stehen.«

Eine Sekunde lang sah ihr hübsches Gesicht grässlich verzerrt aus, und mir wurde klar, wie sehr sie Rose Beuret hassen musste. Und ich erkannte, dass diese kleine Grausamkeit das Einzige war, was Camille in der Hand hatte, um diese Frau, an die sie nicht heranreichte, obwohl sie jünger und hübscher war als sie, herabzusetzen. Im Grunde war es Camille, die Mitleid verdiente, nicht Rose. Was hatte sich Rodin nur dabei gedacht? Camille und er hatten offenbar jegliches Maß verloren. Mir wurde klar, dass die Affäre zwischen den beiden eine gefährliche Wendung genommen hatte, und ich bekam Angst um meine Freundin.

Die drehte sich zu mir um und nahm meine Hand. »Der Rest des Sommers ist so furchtbar langsam vergangen. Und ich habe meine liebste Jessie so elendig vermisst.«

Sie hatte mich vermisst! Camille hatte mir kaum einmal geschrieben und wenn, dann nur ein paar eilig dahingekritzelte Zeilen, voller Tintenkleckse und Rechtschreibfehler, sodass ich schon geglaubt hatte, sie hätte mich über ihrer großen Liebe zu Rodin völlig vergessen.

Trocken erwiderte Georges: »Oh, Jessie war viel zu beschäftigt, um an uns zu denken. Sie ist in Fjorden herumgeschwommen und auf Gletscher geklettert. Ich hatte schon immer die Befürchtung, dass sie zu diesen furchterregenden englischen Ladys gehört, die ganz allein, nur in Begleitung eines Lastesels, den Himalaya besteigen.«

»Weil sie ja auch Esel so sehr mag, nicht wahr, Georges?«,

scherzte Camille und versetzte ihm einen freundschaftlichen Stoß.

Georges rieb sich den Arm. »Wieder ganz die Dame, was, Camille? Ich würde ja zu gern behaupten, ich hätte dich vermisst, aber trotz der Langeweile in den großen Ferien bin ich froh, dass ich Gelegenheit hatte, mich von deinen tätlichen Angriffen zu erholen und meine blauen Flecken auszukurieren.«

»Hör bloß auf zu jammern, du Mimose.« Sie legte die Arme um uns beide. »Wie schön, dass wir wieder zusammen sind. *Alors, mes copains,* lasst uns nachsehen, wo sie meine Skulptur hingestellt haben. Was hast du denn eingereicht, Georges?«

»Ich habe im Sommer keine Zeit gehabt.« Er winkte mit der freien Hand ab. »Außerdem ist das alles hier, der Salon und das ganze Drumherum, ein alter Hut. Angeblich gibt es eine neue Veranstaltung, den *Salon des Indépendants,* wo wirkliche Avantgarde-Kunst gezeigt wird. Da werde ich es vielleicht versuchen, wenn ich Zeit dafür finde.«

In der Halle mit den Skulpturen entdeckte Georges seinen ehemaligen Lehrer und ging hinüber zu ihm, um mit ihm zu plaudern. Camille gab mir einen Stoß.

»Das ganze Gerede darüber, dass der Salon nicht mehr aktuell sein soll, das glaube ich nicht. Und Georges glaubt es selbst auch nicht. Er ist nur eifersüchtig, weil ich besser bin als er, der Schwindler.«

Ich war zwar wütend auf Georges, aber das konnte ich nicht auf ihm sitzen lassen. »Du bist unfair. Er hat einen guten Ruf in unserem Studio, und du hast selbst seine Arbeiten gesehen. Sie sind außerordentlich gut.«

Sie zuckte die Achseln. »Nur wenn er sich wirklich hineinkniet, oder besser gesagt, wenn Jules Debois ihn dazu bringt, sich hineinzuknien. Erinnerst du dich an sein Atelier?« Ich sah sie misstrauisch an, aber sie schaute ganz unschuldig drein. »Es war voll mit halb fertigen Sachen. So ist es schon immer, seit ich ihn kenne. Er ist einfach faul. Egal. Heute ist mein Tag. Lass uns meine Skulptur suchen gehen.«

Hinter einem großen Blumentopf mit einer Palme lugte ihr *Giganti* hervor. Vereinzelte Besucher schlenderten vorüber und hoben nur kurz den Kopf von ihren Katalogen, um im Vorbeigehen einen Blick auf die Figur zu werfen und dann gleich zum nächsten Werk weiterzugehen. Arme Camille. So viel harte Arbeit und so viele Erwartungen, um am Ende nicht beachtet zu werden.

Camille bückte sich und fasste den Blumentopf an einer Seite an. »Hilf mir, das hier wegzubringen.« Mühsam schoben wir die Pflanze an die hintere Wand und hinterließen dabei eine schwarze Spur von Blumenerde auf dem glänzenden Marmorboden. Danach brachen wir in schallendes Gelächter aus.

Ich griff nach Camilles Hand und drehte sie zu mir um.

»Sieh mal, da sind zwei Männer, die sich den *Giganti* anschauen. Lass uns rübergehen, so können wir hören, was sie sagen.« Wir schlichen uns an und stellten uns hinter einen sehr dicken Mann mit rotem Gesicht und breiten Koteletten, der in seinem Programm blätterte und es weit von sich fernhielt. »Das hier ist eine Schülerin von Rodin, soweit ich weiß.« Er blätterte weiter. »Ah ja, dacht ich's mir doch. Hier steht's: Camille Claudel. Das sieht ganz vielversprechend aus, was meinst du, Jean-Louis? Na los, du bist doch der Kritiker«, ermunterte er seinen Begleiter, einen vogelartigen Mann mit kleinen Knopfaugen.

Camille sah hocherfreut aus, und ich drückte aufgeregt ihre Hand.

Der Vogelmann sagte: »Du hast doch selbst ein gutes Auge, Gaston. Die Figur ist etwas leichter und weicher, aber Rodins Einfluss ist deutlich erkennbar. Auf jeden Fall.«

Er beugte sich vor, um sich die Figur noch genauer anzusehen, und stieß beinahe mit seiner Nase an *Gigantis* Löwenkopf. Als er sich aufrichtete, winkte er müde ab.

»Das hier ist nur eine fade Kopie von Rodins kraftvollem Stil, viel zu zaghaft. Hier fehlt Rodins männliche Hand. Aber was soll man von einer Frau auch anderes erwarten? Ich habe schon immer behauptet, dass Frauen nicht zum Bildhauen geeignet sind. Sie sollten lieber bei den dekorativen Künsten und beim Kunsthandwerk bleiben, beim Ausschneiden und Sticken. Und wenn sie unbedingt malen wollen, dann allenfalls mit Wasserfarben – Landschaften, Blumenbilder oder gefällige Haus- und Hofszenen, das passt besser zu ihrem zarten Gemüt.

Diesen schwachen Geschöpfen fehlt einfach die Körperkraft, die es zum Bildhauen braucht. Es ist wissenschaftlich nachgewiesen, dass sie ein kleineres Gehirn haben als wir und dass sie, wenn sie in so unnatürlicher Weise diesen Tätigkeiten nachgehen, den Verstand verlieren können. Ein beklagenswertes Schicksal. Nur Männer, *mon vieux,* sind in der Lage, den physischen und geistigen Ansprüchen der Kunst gerecht zu werden.«

Mein Leben lang hatte ich diesen Schwachsinn gehört, aber hier im Salon, wo eine Jury Camille als den Männern ebenbürtig eingestuft und zur Ausstellung zugelassen hatte, war dieses Urteil ein Affront. Die Wut, die in mir aufstieg, reichte für uns beide, für Camille und für mich und für alle Frauen der Welt. Warum sollte eine Frau nicht auf ihren eigenen Füßen stehen? Sollten wir für immer und ewig der Gnade der Männer ausgeliefert bleiben? Zu lange war ich zwischen William und Georges hin und her gerissen gewesen. Es reichte mir. Jetzt musste ich meiner Freundin zur Seite stehen. Ich würde ihn zur Rede stellen, den ignoranten Kerl, ich würde das kleine armselige Knochengestell packen und schütteln, bis er winselnd um Gnade bettelte. Schon machte ich einen Schritt auf ihn zu, als Camille mich festhielt. Sie sah leichenblass aus.

Der Vogelmann redete weiter: »Kommen Sie, Gaston, ich zeig Ihnen jetzt richtige Kunst.« Der kleine Mann führte den anderen zu einer Gruppe von Leuten, die dicht gedrängt um eine andere Skulptur herumstanden, und wir folgten ihnen. *Ohs* und *Achs* waren zu hören, hier und da auch unterdrücktes Gekicher. Camille bahnte sich ihren Weg nach vorne und zog mich hinter sich her. Und dann standen wir vor einer unglaublichen Skulptur. So etwas hatte ich noch nie gesehen. Niemals wieder hat mich ein Kunstwerk so stark berührt.

Eine junge Frau, aus schneeweißem Marmor gehauen, kniete vor unseren Füßen. Das Gesicht war hinter ihrem lose herabhängenden Haar versteckt, und ihr Nackenansatz lag bloß vor unseren Augen. Ihr blasser steinerner Rücken verlief wie ein kunstvoll gearbeitetes Saiteninstrument in einer sanften Kurve hinab bis zum Gesäß. Sie machte gleichzeitig einen sinnlich hingegebenen, aber auch einen sehr verletzlichen Eindruck. Mit einem Blick erkannte ich, dass dieser wunderbar muskulöse Körper Camilles war.

Ich riss die Augen auf, und Camille bestätigte nickend.

»Es ist wunderschön. Du bist wunderschön«, hauchte ich.

»Gefällt dir meine Pose?«, flüsterte sie zurück. »Das war meine Idee.« Wir tauschten ein Lächeln, bevor sie sich plötzlich umdrehte. Die Hand des ungewöhnlich winzigen Kritikers strich über die nackte Figur, und es war, als würde er Camille selbst berühren.

»Sehen Sie nur, diese durchgehende Linie, der Ausdruck höchster Sinnlichkeit in dieser verzerrten Pose«, verkündete er mit etwas zu lauter Stimme, deutlich hörbar für alle Umstehenden. »Ich erkläre dies hiermit zu Rodins bestem Stück.«

»Das ist ja wirklich, ähm, erregend«, fügte der dicke Mann mit den hervorstehenden Augen hinzu. Er leckte sich die Lippen. »Bestimmt hat Rodin Beischlaf mit ihr gehabt, man weiß doch, wie er ist.«

»Wie ich gehört habe, ist sie seine neueste Geliebte. Sie ist seine Schülerin und noch feucht hinter den Ohren, ts, dieser Wüstling«, äußerte mit süffisantem Lächeln ein Mann mit buschigem Schnurrbart und provozierte damit noch mehr Gelächter.

Der Kritiker verzog angewidert das Gesicht. »Die kleine Hure hat offenbar verborgene Talente. Oder vielleicht gar nicht so verborgen, was, Gaston?« Er versetzte seinem dicken Freund einen derben Stoß in die Rippen, sodass dieser in wieherndes Gelächter ausbrach und dem Mädchen aus Marmor mit vor Geilheit entstelltem Gesicht kräftig den Hintern tätschelte. Camille streckte den Arm aus und stieß seine Hand mit einem Ruck weg. Erstaunt starrte er sie an. Seine Vogeläuglein verengten sich. »Sind Sie etwa …?«

»Mademoiselle Claudel hat völlig recht. Bedauerlicherweise ist es nicht gestattet, die Skulpturen anzufassen. Das sind die Vorschriften hier im Salon.« Rodins Spazierstock stieß hart und geräuschvoll auf den Fliesen auf, und die Menge wich vor ihm zurück. Schon stand er dem Kritiker Auge in Auge gegenüber und funkelte ihn durch seine Brillengläser zornig an.

Ich hielt den Atem an. Würde er ihn schlagen, so wie ich es vorgehabt hatte? Der kleine Mann schien dasselbe zu befürchten und sank in sich zusammen. Rodin hob die Hand, aber überraschenderweise streckte er sie dem Kritiker hin und sagte: »Sind Sie nicht Jean-Louis Breton? Ich habe schon viele Ihrer Artikel in der Kunstzeitschrift gelesen.«

Breton zögerte, doch Rodin sah freundlich und versöhnlich aus, sodass er ihm schließlich die Hand schüttelte. »Es ist mir eine große Ehre, Monsieur Rodin. Erlauben Sie, dass ich Ihnen meine allergrößte Bewunderung für Ihr Werk ausspreche. Und diese Arbeit hier ist einfach atemberaubend. Diese Linie! Dieses Leuchten!«

»Danke schön.« Rodin klopfte ihm auf den Rücken, und der Vogelmann fing an zu husten. »Nun, ich hoffe nur, Sie haben nicht die Arbeit meiner begabtesten Schülerin übersehen. Mademoiselle Claudel …« Er ging hinüber zu Camilles Büste von *Giganti*, und die Menschenmenge folgte ihm wie in Trance. »Sie hat einen einzigartigen Stil. Ich habe ihr gezeigt, wie und wo man Gold suchen kann, aber sie findet ihre eigenen Goldminen. Mademoiselle Claudel hat es gewiss verdient, dass Sie ihr und ihrem Werk einen eigenen Artikel in Ihrer Zeitung widmen, nicht wahr, Monsieur Breton? Erlauben Sie, dass ich sie Ihnen vorstelle.« Er gab Camille ein Zeichen, die sich jedoch nicht von der Stelle rührte. Rodin wartete, und kurz darauf trat sie zu ihm.

Breton verbeugte sich und streifte dabei mit seiner langen Nase beinahe den Boden. »Mademoiselle, darf ich Ihnen zu Ihrer bemerkenswerten Arbeit gratulieren? So viel Talent bei einem so jungen Menschen, das findet man in der Tat nicht häufig. Dieses Stück ist außerordentlich, ganz außerordentlich.«

Camille erwiderte kühl: »Finden Sie es nicht etwas ausdruckslos?«

Breton schaute nervös zu Rodin und dann wieder zu Camille. »Ausdruckslos?«, stammelte er. »Nein, überhaupt nicht! Das ist die pure Kraft, animalische Kraft, wenn Sie mir den Ausdruck verzeihen wollen. Und es zeugt von hohem handwerklichem Können. Sie müssen einen fähigen Steinmetz in Ihrem Atelier haben.«

Camille stemmte die Hände in die Hüften und warf Breton einen aufgebrachten Blick zu. »Sind Sie verrückt? Niemals würde ich zulassen, dass jemand Hand an meine Skulpturen legt. Das ist alles meine eigene Arbeit.« Damit klopfte sie sich auf die Brust. »*Je me répète:* alles … meine … eigene … Arbeit.«

Rodin legte seine Arme um Camille und mich und betrachtete uns stolz. »Ich habe das große Glück, mit diesen beiden begabten Schülerinnen in meinem Atelier arbeiten zu dürfen. Merken Sie sich ihre Namen, Monsieur, für Ihre nächsten Zeitungsartikel: Das sind Camille Claudel und Jessie Lipscomb. Ich empfehle Ihnen dringend, sich mit den Arbeiten dieser beiden jungen Talente zu befassen. Mehr noch: Es ist Ihre Pflicht gegenüber Ihren Lesern, ihnen die Existenz der beiden besten jungen Künstlerinnen von ganz Paris nicht vorzuenthalten.«

So hatte er sich immerhin auch an mich erinnert! Rodin fing an, eine Reihe von Fragen zu beantworten, die ihm aus einer Gruppe begeisterter weiblicher Besucher heraus gestellt wurden, die sich um ihn geschart hatte. Triumphierend drehte ich mich zu Camille um. Wir hatten gewonnen, und der ekelhafte kleine Mann hatte einen Dämpfer bekommen. Doch so leicht sollte die Schlacht nicht geschlagen sein. Hinter Rodins Rücken zwinkerte der Kritiker Camille zu und winkte sie zu sich.

»Sie können wirklich von Glück sagen, dass Sie so einen guten Mentor haben, Mademoiselle. Ich kann Ihnen versichern, dass Ihr Name morgen in meiner Zeitung erscheinen wird. Allerdings nicht in der Kunstkritik – da ist leider, leider kein Platz mehr frei –, sondern in der Klatschspalte, die mein Freund Gaston betreut.«

Die beiden Journalisten warfen ihr noch einen anzüglichen Blick zu, tippten sich an den Hut und gingen davon. Dabei lachten sie laut und schlugen einander gegenseitig auf die Schultern.

Camille ballte die Fäuste und starrte den beiden wütend hinterher. *»Salauds.«* Sie spuckte aus, und eine Frau, die gerade an uns vorüberging, sprang zur Seite.

Und schon nahte der Albtraum, den ich befürchtet hatte, schon stand Camilles guter Ruf auf der Kippe. Ein gehässiger kleiner Kommentar in einer der meistgelesenen Zeitungen von Paris, und es wäre um sie geschehen. Camille würde untergehen, und ich konnte nichts tun, um die Katastrophe zu verhindern. Sie hätte diesen unangenehmen Menschen nicht auch noch provozieren dürfen, aber diese Geduldsprobe hatte sie nicht bestehen können. Niemals hätte ein männlicher Künstler sich derartige Beleidigungen gefallen lassen müssen.

Camille zitterte am ganzen Leib, und halb zog, halb trug ich sie zum Ausgang, ungeachtet der Zuschauer, die wir anrempelten. Georges sah uns und gab uns ein Zeichen, dass wir zu ihm kommen sollten. Als er merkte, dass wir einfach weitergingen, kam er hinter uns her gerannt. Vor dem Gebäude setzten wir uns auf die Stufen. Es war uns egal, dass unsere Kleider schmutzig wurden und dass wir inmitten all der eilends auf und ab laufenden Füße auf der Treppe saßen. Camille war in Tränen aufgelöst, und die Leute schauten auf uns.

Schützend legte ich meinen Arm um sie, um sie vor den neugierigen Blicken abzuschirmen. »Sch, sch«, murmelte ich beruhigend. Dabei wurde mein Hals von ihren Tränen benetzt.

Georges hockte sich neben uns, und ich war ihm dafür dankbar. Er nahm sein Taschentuch, um Camilles Tränen zu trocknen. »Was ist los? Geht es ihr nicht gut?«, fragte er mich.

»Es ist wegen Rodins Skulptur. Da war so ein schrecklicher Mann, ein Kritiker. Er war böse, richtig böse.«

Sein Gesicht wurde grimmig. »Ich habe die Figur gesehen. Ganz Paris wird sie sehen, und alle werden wissen, wer das Modell ist. Das wird ein Riesengetratsche geben.« Georges richtete sich auf und bat die Umstehenden: »Gehen Sie doch etwas zur Seite, wir kriegen hier keine Luft.«

Dann hob er Camille auf seine Arme und ging mit ihr in Richtung der langen Reihe wartender Droschken, deren Kutscher rauchend bei ihren Pferden standen und auf Kundschaft warteten. Er half mir, hinter Camille einzusteigen, und schloss fürsorglich die Tür.

Ich streckte den Kopf aus dem Fenster und fasste ihn am Arm. »Kommst du nicht mit?«

Doch er überhörte meine Frage. »Dieser Kritiker«, sagte er, »weißt du, wie der hieß?«

»Breton. Jean-Louis Breton.«

Er versetzte dem Gefährt einen Schlag mit der flachen Hand, und der Kutscher schnalzte mit den Zügeln. Als wir losfuhren, rief ich: »Georges, was wirst du tun?«

»Ich werde mir diesen Breton vorknöpfen.«

Kapitel Dreiunddreissig

Rodins Studio

August 1885

Die Steinmetze standen dicht gedrängt beieinander und steckten ihre Köpfe über der zerfledderten Ausgabe einer Kunstzeitung zusammen. Rodolphe, ein besonders ungehobelter Kerl, der es von Anfang an auf Camille und mich abgesehen hatte, sah uns kommen und versetzte seinem Nebenmann einen Rippenstoß.

»Da kommt sie ja, das *aufregende junge Talent*. Wahrscheinlich hat sie eine Zeit lang jemand anderem den Arsch geküsst, deshalb hatte Rodin mal ein bisschen Ruhe vor ihr.« Er wedelte mit der Zeitung vor Camilles Nase herum.

Doch Camille klatschte ihm Beifall. »Wie klug Sie sind, Rodolphe. Wie ich sehe, schauen Sie sich eine Zeitung ohne Bilder an. Wir dachten alle, Sie könnten gar nicht lesen!«

»Oh, haben Sie eine Ahnung. Und wie ich lesen kann.« Damit zitierte er laut und mit affektierter Stimme: »›Mademoiselle Claudel zeigt ein einzigartiges Talent für die Bildhauerei, wie man es selten bei Frauen findet, schon gar nicht in so zartem Alter. Unser Kritiker möchte seinen geschätzten Lesern dieses aufregende junge Talent vorstellen, das gerade aus dem Nest von Monsieur Auguste Rodin geschlüpft ist.‹« Er schleuderte die Zeitung in eine Ecke. »Aufregendes Talent? Da mach ich mir in die Hose vor Lachen. Was glauben Sie denn, wer Sie sind? Kaum sind Sie hier reinspaziert, und schon gibt's ein riesiges Tamtam hier!«

Mitten in sein Gezeter hinein hob ich die Zeitung auf und verbarg sie hinter meinem Rücken.

Rodolphe brüllte inzwischen mit hochrotem Kopf: »Ich bin ein zehnmal besserer Steinmetz als diese kleine aufgeblasene Hure!«

Camille stellte sich ihm entgegen. »Ach wirklich? Dann habe ich wohl Ihr Werk bei der Ausstellung im Salon übersehen, ja? Oder vielleicht hatten Sie nur keine Zeit, es einzureichen, weil Sie damit beschäftigt waren, sich Ihre behaarten …«

»Mademoiselle Claudel!« Mit einem lauten Knall fiel das Hoftor hinter Jules Desbois ins Schloss.

Camille gab das Unschuldslamm: *»Oui, Monsieur?«*

»Kann ja sein, dass Sie ein großes Talent sind, aber da hinten im Hof wartet noch ein Haufen Marmor darauf, von Ihren ach so begabten Händchen behauen zu werden.«

»*Oui m'sieu.* Ich fange sofort an.«

Als wir an Desbois vorbeikamen, brummte er: »Es stimmt, was in den Kritiken steht. Gut gemacht. Das gilt auch für Sie, Mademoiselle Lipscomb. Hat dieser Dummkopf Breton wenigstens einmal die Wahrheit gesagt.«

Breton war am Tag nach der Vernissage in unser Atelier gekommen, um ein bisschen herumzuschnüffeln, ekelhaft lächelnd und sich die Hände reibend, ach bitte, verzeihen Sie, ich möchte mir doch nur gern Ihre Arbeiten anschauen. Zähneknirschend hatte ich ihn in unserem Atelier herumgeführt, froh darüber, dass Camille nicht da war. Und nun hatte er offenbar eine Lobeshymne über uns beide geschrieben. Ich fragte mich, was den Sinneswandel bei ihm ausgelöst haben mochte – und ob wohl Georges etwas damit zu tun hatte.

Camille und ich beeilten uns, an unseren Arbeitsplatz zu kommen, stürzten uns aber vorher, im Schutz des Paravents, beide auf die Zeitung. Tatsächlich erging sich Breton in Lobpreisungen Camilles und auch meiner.

In der Zwischenzeit hat Mademoiselle Lipscomb, auch sie eine vielversprechende Schülerin aus Rodins Stall, gezeigt, wie genau und technisch perfekt sie bereits arbeitet, zu sehen an ihrem anrührenden und detailgetreuen Porträt eines jungen Mädchens. Es ist sicher nur eine Frage der Zeit, bis sie an der Seite ihrer talentierten Kollegin ausstellen wird. Vielleicht ja schon beim nächsten Salon?

Begeistert strahlte ich sie an. Wir umarmten uns, und die Enttäuschung des ersten Abends war im Nu vergessen.

»Er hat völlig recht, Jessie, deine Arbeiten sind wirklich anrührend. Es ist nur eine Schande, dass er nicht auch deinen *Giganti* erwähnt hat.«

Ich schwebte auf Wolken. Jetzt konnte uns nichts und niemand mehr aufhalten: Jessie Lipscomb und Camille Claudel – die beiden aufstrebenden Künstlerinnen. Und dies war erst der Anfang. »Ich werde den *Giganti* im nächsten Sommer für die Royal Academy anmelden.« Aufgeregt drückte ich Camilles Hände. »Weißt du was? Warum zeigen wir sie nicht zusammen, unsere beiden *Gigantis*? Da hätten die Londoner Kritiker ordentlich was zu reden.«

Sie zog die Brauen hoch. »Ich? In England?«

»Warum nicht? Du kannst mit mir bei meiner Familie wohnen, und dann fahren wir mit dem Zug nach London. Das wäre ein tolles Abenteuer!«

Ich wartete ab, während sie in ihrer Kitteltasche nach der Zigarettenschachtel kramte. Dann zündete sie in aller Ruhe zwei Zigaretten auf einmal an und reichte mir eine herüber.

Blinzelnd grinste sie mich an. Ich riss den Mund auf und erwiderte ihre Geste mit einem stummen Schrei der Begeisterung. »Du kommst mit?«

Sie lachte und umarmte mich. »*Mais oui.* Wie könnte ich der Aussicht widerstehen, all diese ausgemergelten englischen Ladys dabei zu beobachten, wie sie meinen großartigen *Giganti* angaffen?«

Damit war es abgemacht: Camille und ich würden den nächsten Sommer zusammen verbringen, einen ganzen Sommer! Ich konnte es kaum erwarten, sie meinen Eltern vorzustellen und sie in unserem Haus herumzuführen, Wootton House, mit unserem schönen Garten, wo wir im Schatten der Ulmen zusammen arbeiten und uns unterhalten würden. Ich stellte mir vor, wie ein kühles englisches Lüftchen mir das Haar zerzauste, während das Sonnenlicht seine funkelnden Reflexe auf Camilles Gesicht warf und wir beide in stiller Eintracht nebeneinander unsere Skizzen anfertigten.

»Na komm, du Träumerin.« Sie zog mich auf die Füße. »Vorerst haben wir hier in Paris noch genug zu tun.« Mit diesen Worten warf sie energisch den Kopf in den Nacken und band sich das Haar zusammen. Dann sagte sie: »Beeil dich, Jessie, wir werden diesem *fils de pute* Rodolphe keinen Anlass bieten, uns noch einmal als Trittbrettfahrer auf Rodins Erfolgskurs zu bezeichnen.«

»Das könnte er aber nicht halb so gut ausdrücken«, scherzte ich.

»*C'est vrai.* Aus seinem großen Maul kommt außer dem Wort ›Arsch‹ kaum was anderes raus. Er ist eine echte Landplage.«

Lachend kletterten wir auf das Gerüst, das um das *Höllentor* aufgebaut war. Zuerst waren wir abgelenkt und strahlten einander immer wieder an, doch schon bald waren wir völlig in unsere Arbeit vertieft. Als Georges gegen Mittag hereinschneite, war ich gerade mit einem Schleier fertig geworden, der eine der gequälten Seelen umwehte, die sich in die wartenden Arme ihres ehebrecherischen Liebhabers stürzte. Camille hielt einen gebogenen Fuß in der Hand und arbeitete die Einzelheiten der gespreizten Zehen heraus, mit denen die Figur in die Luft zu greifen schien.

Georges schaute zu uns hoch. *»Allô!«,* rief er. »Ich nehme nicht an, dass ihr beide mit mir essen gehen wollt, jetzt wo ihr berühmt seid, oder?«

Camille warf von oben mit ihrem Lappen nach ihm. »Du meinst wohl, wir sollen dir ein Mittagessen bezahlen, d'Artagnan.« Sie kletterte herunter, stemmte die Arme in die Hüften und pflanzte sich vor ihm auf. »Ich weiß ja nicht, was du diesem Kritiker gesagt hast, um ihm sein dreckiges Maul zu stopfen, aber jedenfalls danke ich dir.« Sie fasste ihn bei den Ohren und zog seinen Kopf zu sich herunter, um ihn mit einem lauten Schmatz auf den Mund zu küssen.

Er lachte und strich sich übers Haar. »Wie? Keine Prügel? Ich habe mir vorsichtshalber meine gefütterte Jacke angezogen.« Dann schaute er hoch und legte eine Hand über die Augen. »Und wo ist die einfühlsame, detailverliebte Jessie?«

Winkend stieg ich von der Leiter und warf ihm beim Hinunterklettern eine Kusshand zu. Ich hatte beschlossen, ihm seine Machenschaften zu verzeihen oder wenigstens so zu tun, als sei es mir egal. Außerdem war ich mittlerweile der Ansicht, dass William ja auch nicht gleich das Schlimmste hätte vermuten müssen, als er – auch das immerhin eine traurige Tatsache – in meiner privaten Post herumgeschnüffelt hatte.

Georges fächelte sich Luft zu. »Ich bin überwältigt. Gleich zwei Küsse. Was wäre hier erst los, wenn ich euch das Leben gerettet hätte?« Er schloss die Augen und tat, als müsste er gleich in Ohnmacht fallen. Camille boxte ihn auf den Arm. »Autsch, Camille! Ich muss dir wirklich ein Kompliment machen für deine formidablen Fortschritte beim Boxkampf. So würde das Monsieur Breton vermutlich ausdrücken? Oder, besser gesagt: Deine Linke haut mich um, auch wenn du nur ein Mädchen bist.«

Camille verzog sich hinter den Wandschirm, und ich flüsterte ihm zu: »Georges, was hast du mit Breton gemacht, als ihr euch getroffen habt? Du hast ihm doch nicht wehgetan?«

Er runzelte die Stirn. »Da überschätzt du mich. Sagen wir es so: Ich kenne seine Geliebte. Sie ist eine alte Flamme von mir, und ich habe ihm angedroht, ich würde sie ihm wieder ausspannen, wenn er böse Gerüchte über Camille verbreitet.«

Ich erschrak. »Willst du damit sagen, er hat gar nicht wirklich gemeint, was er da geschrieben hat?«

»O doch, er hat immerhin zugegeben, dass Camilles Arbeit großartig ist, und ich habe ebenso wenig einen Zweifel daran, dass er auch von deinen Arbeiten beeindruckt war. Aber bis ich ihn mir vorgeknöpft habe, war er einzig und allein an seinen Klatschgeschichten interessiert. Die Kunst ist ihm egal. Dieser miese Schreiberling ist sich nicht zu schade dafür, aus purer Bosheit den Ruf einer Frau zu ruinieren.«

»Danke, Georges.« Ich legte ihm eine Hand auf den Arm und lächelte.

»Für dich würde ich doch alles tun, Jessie.«

Er schob mich hinter Rodins *Kuss* und nahm mich in die Arme. Damit schwand der letzte Rest meines Widerstands. William war Vergangenheit. Ab jetzt hatte ich nichts mehr zu verlieren.

Ich legte ihm eine Hand auf die Brust. »Nicht so schnell, d'Artagnan. Was wäre denn passiert, wenn der Kerl sich geweigert hätte? Hättest du deine Drohung wahr gemacht?«

Er drückte mich fester an sich. »Was meinst du damit?«

»Deine alte Flamme …«

»Was glaubst du?« Er beugte sich zu mir herunter, um mich

zu küssen, doch ich wehrte ihn scherzhaft ab.

»Genug geküsst für heute. Selbst für einen Helden wie dich.« Wenn er seine Spielchen mit mir spielte, konnte ich mir auch einen kleinen Scherz erlauben.

Zärtlich nahm er meine Hand, drehte sie mit der Handfläche nach oben und küsste sie. »Ich habe wirklich viel Geduld bewiesen, aber jetzt kann ich nicht länger warten.«

Bevor ich etwas antworten konnte, presste er mich an sich und küsste mich leidenschaftlich. Im Grunde war es mir egal, was richtig und was falsch war. Was machte das schon? Wir waren in Paris …

Schließlich schob ich ihn weg und lächelte, als ich sah, wie seine Brust sich in schnellem Rhythmus hob und senkte. Wir gingen hinaus auf die Straße, und Camille schloss sich uns an. Die Sonne stand hoch am Himmel, das Pflaster glühte von der Hitze, die ich durch meine Schuhsohlen hindurch spüren konnte. Ich zog mir den Strohhut tief ins Gesicht, um mich vor der Sonne zu schützen, schloss die Augen und lauschte einen Moment lang der Melodie der Stadt: das Hufgeklapper der Kutschpferde, Gesprächsfetzen, die aus den Cafés zu uns herüberflogen, das Hämmern von Eisen auf Marmor, Camille und Georges, die miteinander scherzten und lachten, eine junge Frau, die vor überbordender Freude laut singend durch die Straßen lief.

Kapitel Vierunddreissig

Paris

Oktober 1885

Trotz allem gelang es Georges am Ende nicht, dem Gerede Einhalt zu bieten. Während wir noch auf der Wolke unseres Triumphes schwebten, bahnten sich schon die ersten widerlichen Gerüchte ihren Weg durch Paris. Viele Menschen hatten Rodins Skulptur gesehen, und sie alle rätselten, wer wohl das Modell sein mochte, und so kam es, dass der Name Camille Claudel schon bald in aller Munde war.

Als der Sommer in einen kühlen Herbst überging und wir immer noch fleißig und arglos in Rodins Studio unserer Arbeit nachgingen, bahnte sich das giftige Gespinst aus Lügen und Hörensagen seinen Weg und ballte sich zu einem festen Kokon um Rodin und sein Studio zusammen. Die dünnen Fäden schwollen zu einem unaufhaltsamen Strom von Gerede an, gegen den auch die Wände des Studios schon bald keinen Schutz mehr boten. Und als der Frühling kam, konnte selbst Rose Beuret nicht länger ihre Ohren vor dem Spott und der üblen Nachrede verschließen.

Normalerweise hatten wir ab dem späten Nachmittag die Werkstatt für uns allein, und so war ich überrascht, als eines Abends Rose auf den Hof marschiert kam. Während ich noch auf der Bank saß und auf Camille wartete, las ich in dem neuen Buch von Thomas Hardy, *Der Bürgermeister von Casterbridge.* Gerade war ich an der Stelle angekommen, wo der Trunkenbold Henchard seine Frau und sein Baby auf einer Auktion verkauft, deshalb bemerkte ich Rose erst, als sie schon drinnen an der Tür zu unserer Werkstatt stand. Hastig sprang ich auf, sodass das Buch mir vom Schoß rutschte und auf die Steine fiel.

»Madame Rodin, warten Sie bitte.«

Doch Rose beachtete mich nicht und ging hinein. Obwohl ich sofort hinter ihr herrannte, konnte ich sie nicht mehr einholen. Sie wusste anscheinend genau, wo Rodin und Camille ihre heimlichen Zusammenkünfte abhielten, denn sie ging schnurstracks auf die hinter den Gipsmodellen verborgene Tür zu. Zu allem Überfluss hatten die beiden vergessen abzuschließen. Wie unvorsichtig von ihnen – mit der Zeit waren sie immer leichtsinniger geworden und nahmen einfach an, dass jedermann über die Sache hinwegsehen und es niemals wagen würde, über die Affäre zwischen dem berühmten Künstler und seiner Lieblingsschülerin ein Wort zu verlieren. So stand ich vollkommen hilflos da und konnte überhaupt nichts tun.

Schon im nächsten Augenblick stürzte Camille aufgelöst, mit offenem Haar, aus dem kleinen Hinterzimmer und warf sich mir in die Arme, wo sie laut schluchzend ihr Gesicht an meiner Schulter barg. Drei blutige Kratzer verunstalteten ihre Wange. Eine Tür knallte, und Rose Beurets wütendes Geschrei schallte durch das leere Studio. Camille und ich kauerten uns hinter das *Höllentor* und hörten verängstigt das beschwörende Gemurmel von Rodins Stimme, der versuchte, die aufgebrachte Rose zu beruhigen.

Dann wurde es plötzlich still. Die Luft war stickig, als

drohte ein Gewitter, und ich wartete förmlich auf den Knall. Und dann erhob sich ein schreckliches Klagegeschrei, das wie das Gewimmer eines verwundeten Kalbs klang. Diese Art Geheul habe ich später nur noch von Müttern gehört, die ihre Söhne im Weltkrieg verloren hatten. Zum damaligen Zeitpunkt war mir jedoch noch nie so etwas Furchtbares zu Ohren gekommen. So klingt es, wenn einem das Herz bricht.

Ich fasste Camille am Arm. »Komm, lass uns gehen.«

»Nein, nein«, wehrte sie ab. »Rodin braucht mich womöglich.«

Ich packte sie und zwang sie, mich anzusehen. »Wir müssen gehen, Camille. Jetzt.«

Dann hörten wir den Knall einer Ohrfeige, und mit schreckgeweiteten Augen drehten wir die Köpfe zur Tür. Camille schlug sich die Hand vor den Mund, sie nickte entsetzt, und wir verließen fluchtartig das Studio, wie zwei Straßendiebe.

Zurück in unserem Atelier, dem Refugium in der Rue Notre-Dame-des-Champs, rauchten wir und warteten auf Rodin. Camille konnte nicht still sitzen und lief unentwegt auf und ab, ihr Hinken war seit dem Sturz im Moor ausgeprägter denn je.

»Wo bleibt er nur? Er muss doch endlich kommen! Er müsste schon längst hier sein.«

Sie schob sich die Ponyfransen aus der Stirn, ihr Blick wild und voller Aufruhr. »Gut, dass sie es endlich weiß. Jetzt ist Schluss mit der Geheimnistuerei. Er wird sie verlassen, und wir können zusammen sein. Ich bin froh, dass es so gekommen ist.«

»Camille, jetzt setz dich endlich hin. Du bist schon völlig erschöpft.«

»Ist noch Brandy da?«

Ich schenkte ihr den letzten Rest ein, der noch in der Flasche war, und stand auf, um Wasser zu holen.

»Kein Wasser, bitte.«

Sie kippte das Glas in einem Zug herunter und schluckte gierig. Noch nie hatte ich sie so aufgebracht gesehen. Ich wünschte, ich hätte das alles ungeschehen machen können, aber ich konnte gar nichts tun.

Als wir Schritte auf der Treppe hörten, lief Camille zum Fenster, zog den Vorhang zur Seite, in Erwartung, Rodin zu sehen. Doch sie schrak zusammen, als sie Rose erblickte: Die Frau hielt eine Pistole in der Hand.

»*Putain!*«, kreischte Rose.

Camille starrte gebannt in die schwarze Mündung der Waffe. Die Zeit schien stillzustehen wie in einem bösen Traum, und ich konnte mich weder rühren noch ein Wort herausbringen. Zu Tode erschrocken sah ich, wie Rose ihren Finger auf dem Abzug krümmte. Ihre Hand schnellte nach oben, und ein ohrenbetäubender Knall war zu hören. Der Raum füllte sich mit dem beißenden Geruch nach Schießpulver. In dem Bruchteil der Sekunde, die auf den Schuss folgte, konnte ich sehen, wie sich dünne, bläuliche Rauchfäden in der Luft kringelten.

Camille ging in die Knie, endlich aus ihrer Trance erwacht. Ich eilte zu ihr und barg ihren Kopf in meinen Händen. Da war kein Blut. Ihre Haut fühlte sich warm an. Ich versuchte, mir ins Gedächtnis zu rufen, was ich in Anatomie gelernt hatte, und suchte nach ihrer Halsschlagader. Sie schlug, Gott sei Dank. Camille stöhnte und öffnete die Augen.

Aufgeregt tastete ich ihre Kleider ab, um zu fühlen, ob irgendwo Blut war. Doch nein, sie schien nirgendwo verletzt zu sein. Rose Beuret musste sie verfehlt haben.

»Camille, hörst du mich? Tut dir irgendwas weh? Brauchst du einen Arzt?«

Sie schüttelte den Kopf und begann zu schluchzen. Ich nahm ihren Kopf, legte ihn an meine Brust und wiegte sie in meinen Armen. Dann ein metallisches Klappern, als die Waffe zu Boden fiel. Ich warf den Kopf nach hinten und fragte Rose entgeistert: »Sind Sie verrückt geworden? Sie hätten sie umbringen können.«

»Ich wünschte, sie wäre tot. Ich wünschte, ich wäre tot.« Rose verbarg das Gesicht in den Händen und fing an zu weinen.

Draußen wurden Rufe laut, das Scharren schwerer Stiefel war auf der Treppe zu hören, und schon stand Rodin in der Tür und versuchte, die Lage zu überblicken: Camille und ich, nebeneinander auf dem Boden kniend, und Rose, die vor uns stand, die Waffe zu ihren Füßen.

Rodin ging mit erhobenen Händen auf Rose zu. Die wich zurück, doch er zog sie an sich und umarmte sie. Er strich ihr übers Haar, das wild und ungebändigt abstand, schwere Strähnen aus Silber und Bronze.

»*Allons, allons,* mein Vögelchen. Du darfst dich nicht aufregen, denk an dein schwaches Herz. Ich bin hier, dein Auguste, mach dir keine Sorgen. Ich bring dich nach Hause.« Rose nickte und legte ihren Kopf an seine Brust, dann schluchzte sie in unterbrochenen Stößen, wie ein kleines Kind nach einem Wutanfall. Rodin redete über ihre Schulter hinweg mit mir: »Können Sie sich um Camille kümmern?« Ich nickte und konnte kaum glauben, was da gerade vor sich ging.

Als die beiden fort waren, starrte Camille auf den Vorhang, der mit einem Schwung hinter ihnen zurückgefallen war und sich immer noch leicht bewegte. Erst jetzt, auf dem staubigen Dielenboden hockend, begann auch ich, heftig zu zittern. Ekel stieg mir die Kehle hoch, ich musste würgen und erbrach mich auf unsere Kleider.

Camille schlang die Arme um sich und begann, heftig hin und her zu schaukeln, den Mund vor Kummer verzerrt, mit geröteten Wangen und tränenüberströmt. Ich kam mühsam auf die Beine und beförderte die Pistole mit einem Fußtritt in eine Zimmerecke. Auf keinen Fall wollte ich sie anfassen. Dann ging ich wieder zu Camille, packte sie an den Schultern und schüttelte sie, bis sie mich endlich ansah.

»Was wirst du jetzt tun?«, fragte ich.

Sie sog geräuschvoll die Luft ein, wie ein Ertrinkender, der nach Atem ringt. »Nichts. Es ist aus. Nie wieder darf der Höllenhund mich anrühren. Das werde ich ihm nie verzeihen. Niemals.«

Wieder fing sie an zu weinen, und es war mir unmöglich, sie zu trösten.

* * *

Am nächsten Morgen kam Camille nicht aus dem Bett, am übernächsten Tag auch nicht. Sie weigerte sich zu essen und drehte das Gesicht zur Wand, wenn ihre Mutter mit einem Teller klarer Suppe oder einem Schälchen Himbeerpudding in ihr Zimmer kam. Ich saß neben ihr und legte ihr feuchte Tücher auf die Stirn.

Madame Claudel stellte einen Teller mit unberührtem Essen zurück aufs Tablett und schüttelte den Kopf. »Sie ist völlig erschöpft. Ich habe ihrem Vater immer schon gesagt, dass die Bildhauerei zu viel für eine Frau ist.«

Normalerweise hätte Camille mit einer scharfen Antwort auf diese herzlose Bemerkung ihrer Mutter reagiert, doch jetzt schloss sie nur die Augen. Die Tränen liefen ihr ungehindert ins Haar.

Nachdem eine Woche so verstrichen war, ging ich zu Rodin ins Studio.

Im Hof der Steinmetze blickte Rodolphe von seinem Gehämmer auf und schnitt eine Grimasse. »Ach, da ist ja die eine der beiden. He, Fräulein Hochwohlgeboren, wo ist denn Ihre hochnäsige Freundin? Hat wohl Angst, sich hier blicken zu lassen. Wetten? Hab mir sagen lassen, dass Madame Rodin sie aus dem Studio geschmissen hat. Irgendwer muss hier wohl was rumerzählt haben. Wer tut denn so was?« Er grinste beifallheischend zu seinen Kumpanen hinüber, die in lautes Grölen ausbrachen.

So also hatte Rose Beuret davon erfahren: Rodolphe war es gewesen, der sie informiert hatte, der räudige Hund. Ich beachtete ihn nicht und fing an, Werkzeuge in eine Tasche zu werfen, dabei hielt ich unentwegt Ausschau nach Rodin. Tatsächlich tauchte er nach ein paar Minuten auf und legte mir die Hand auf die Schulter.

»Ach, Sie sind es.« Ich schaute kurz auf und fuhr fort, mein Werkzeug auszusortieren.

»Oui, c'est moi. Votre maître.« Er nahm mir die schwere Tasche aus der Hand und stellte sie vorsichtig auf den Boden. »Wie geht es Camille?«

Ich wischte mir die Hände ab und sah ihn an. »Was glauben Sie, wie es ihr geht? Sie ist außer sich, natürlich.« Ich hatte ihm so viele Dinge sagen wollen, aber es war gar nicht so leicht, ihm böse zu sein. Noch immer hatte ich gewaltigen Respekt vor ihm, aber um Camilles willen musste ich es wenigstens versuchen.

»*Maître,* ich weiß nicht, was ich Ihnen sagen soll.«

Er lächelte und gab mir ein Stück Papier. »Sagen Sie mir, dass Sie unserer *féroce amie* das hier geben werden.« Er legte seine große Pranke auf meine Hand und hielt sie fest. »Bitte Jessie, *je vous en supplie.* Ich muss sie sehen.«

»Sie will Sie nicht sehen, nicht nach dem, was geschehen ist.«

Traurig schüttelte er den Kopf. »Ah, *la pauvre Rose.*«

Ich entzog ihm meine Hand, nahm aber den Brief nicht an mich. »Arme Rose? Sie hat versucht, Camille umzubringen.«

»Sie würde ihr nie etwas zuleide tun. Diese alte Pistole funktioniert doch überhaupt nicht. Die war von ihrem Vater. Haben Sie sie noch?«

Ich griff in die große Werkzeugtasche und nahm die in einen Öllappen gewickelte Waffe heraus. Seufzend steckte er sie ein.

»Sie waren keinen Augenblick in Gefahr, glauben Sie mir. Rose hat sich vom vielen Nähen die Augen verdorben und kann nur noch sehr schlecht sehen. Sie hatte nur eine kleine … Nervenkrise. Sie … sie hat es nicht leicht gehabt in ihrem Leben. Unser Sohn ist … Ach, egal.« Er holte tief Luft. »*Enfin,* ich habe mit ihr geredet, und sie hat versprochen, dass sie sich Camille nie wieder nähern wird.« Er rieb sich das Kinn. »Ich weiß auch nicht, was in meine *petite mignonne* gefahren ist. Sie war schon immer sehr eifersüchtig und leidenschaftlich, aber so etwas? Ich habe immer geglaubt, sie wüsste nichts davon.«

Diskret wies ich auf Rodolphe, der laut pfeifend mit seinem Marmorblock beschäftigt schien und absichtlich nicht in unsere Richtung sah. »Vielleicht gibt es eine ganz einfache Erklärung.«

Rodin schüttelte den Kopf. »Nein, das kann nicht sein. Rose hört nie auf das ganze Gerede über mich.«

Sicher nicht, dachte ich. Es war besser, im Ungewissen zu sein, wenn man mit einem Mann wie Rodin lebte, der jeder Frau nachlief, egal wie alt, wie schön oder wie groß sie war. Ich überlegte einen Moment.

»Vielleicht haben Sie selbst sich verplappert, vielleicht ist Ihnen eine Bemerkung rausgerutscht? Haben Sie mit Rose über Camille gesprochen?«

Er sah verlegen aus. »Kurz vor dem, na ja, Zwischenfall, waren wir wegen meiner neuen Ausstellung in Georges' Petits Galerie. Dort hat Rose die *Danaïde* entdeckt. Die Vorgängerversion haben Sie ja im Salon gesehen.« Nervös schob er seinen Stock von einer Hand in die andere. »Sie hat mich gefragt, wer das Modell ist.«

»Und? Haben Sie es ihr gesagt?«

Er nickte.

La Danaïde ist eine von Rodins anrührendsten Skulpturen. Noch heute gehört sie zu meinen Lieblingsfiguren. Manche seiner tabulosen weiblichen Aktdarstellungen sind eher grob und provokant, aber diese bewegende Skulptur schien aus reiner und aufrichtiger Liebe gemeißelt. Kein Wunder, dass Rose verrückt gespielt hatte. Dieser Dummkopf! Offenbar war Rodin so vernarrt in Camille, dass er sogar vor seiner Frau mit ihr prahlen musste.

Ich spürte, wie er mich am Arm fasste. »Sagen Sie Camille, dass sie zurückkommen soll?«

»Warum sollte sie das? Schließlich haben Sie sie doch alleingelassen und sind mit Rose fortgegangen.«

Sein Mund wurde zu einer schmalen Linie. Rodin war immer noch Rodin, und er ertrug es nicht, wenn seine Autorität infrage gestellt wurde. »Ich habe getan, was unter den gegebenen Umständen zu tun war. Ich bin Rose gegenüber verpflichtet, auch wenn sie mir nur noch eine Last ist.« Etwas milder fügte er hinzu: »Aber diese Last habe ich jetzt lange genug getragen. Meine Gedanken gelten allein Camille, ihr ganz allein, bei Tag und bei Nacht. Seit sie fort ist, kann ich nicht mehr arbeiten, ich kann kaum noch denken.«

Er fuhr sich mit der Hand über die geröteten Augen, und ich merkte, dass er weinte. Rodin litt genauso unter Camilles Abwesenheit wie umgekehrt, und ich war die Einzige, die ihnen helfen konnte.

»Geben Sie mir den Brief«, bat ich.

Eifrig, wie ein frisch verliebter junger Bursche, entgegnete er: »Werden Sie es wirklich tun?«

»Geben Sie her.«

Diese Entscheidung würde ich noch heftig bereuen.

Kapitel Fünfunddreissig

Peterborough

Mai 1886

Die Sonne drang durch die Erkerfenster im Frühstückszimmer und malte helle Lichtflecken auf die Zeitung, die auf dem Tisch ausgebreitet lag. Die silbrigen Strahlen schienen durch das Marmeladenglas und ließen die Orangenschalen aussehen, als seien sie aus goldenem Bernstein.

»Und? Was schreiben die Kritiker?«, fragte Camille.

»Dein *Giganti* ist gut angekommen.« Da Camille kaum Englisch konnte, übersetzte ich den Artikel für sie. »›Ein unentdecktes neues Talent. Diese außergewöhnliche Büste zeugt von einer sicheren Hand, obwohl das Werk noch etwas unfertig wirkt.‹«

Sie zerkrümelte eine Scheibe Toastbrot. »Und was steht noch drin?«

»Nicht viel, nur ein bisschen dummes Zeug von einem Journalisten, der überhaupt nichts von Kunst versteht.«

»Lies vor.«

Ich war selbst neugierig, aber ich wollte Camille auch schützen. Nach dem Zwischenfall mit Rose waren ihre Nerven noch immer angegriffen. Während der letzten Monate hatte Rodin Camille pausenlos verfolgt, sowohl privat als auch in beruflicher Hinsicht; Letzteres galt auch für mich. Wir verbrachten jede verfügbare Stunde im Studio, um an den *Bürgern* zu arbeiten, und in den kurzen Pausen nahm er Camille beiseite, um mit ihr über seine Ideen für neue Skulpturen zu sprechen.

Sie arbeiteten fieberhaft an einem Projekt, von dem Camille mir nichts erzählen wollte. *Das wird Rodins größtes Werk, und wir machen es zusammen. Es soll eine Darstellung unserer gegenseitigen Liebe sein, für alle und jeden sichtbar.* Ihre eigene Arbeit lag brach, sie kümmerte sich nicht mehr um die halb fertigen Skulpturen, die in unserem Atelier auf sie warteten, und als wir nach England aufbrachen, war sie völlig ausgelaugt, schlief die meiste Zeit und stocherte appetitlos in ihrem Essen herum.

In Paris hatte ich gesehen, wie Camilles fester Panzer unter dem großen Druck von Rodins Liebe feine Risse bekommen hatte, und wie ihr starker Geist unter seinen hohen Anforderungen allmählich brach und sie ihr kreatives Talent an Rodins unersättlichen Schöpfergeist verschwendete. England konnte ein Zufluchtsort für sie werden, ein neutrales Terrain, wo ihre völlig verstörte Seele unter dem gleichförmigen grauen Himmel zur Ruhe kommen würde. Und ganz egoistisch hoffte ich natürlich auch, Camille wieder für mich zu gewinnen.

Aber Rodin verfolgte uns. Unter dem Vorwand eines Besuchs bei einem Künstlerkollegen in London wollte er uns anlässlich der Ausstellung der Royal Academy besuchen, ein klug eingefädelter Plan, der außerdem meine Eltern mit einbezog, denn sie waren es, die ihn nach Wootton House einluden.

Ungeduldig klopfte Camille mit der Hand auf die Zeitung. »Lies weiter.«

Widerstrebend nahm ich die Zeitung wieder zur Hand.

»›… Unglücklicherweise wurde Miss Claudels eher grob

und plump gearbeitetes Werk unmittelbar neben der technisch vollendet ausgeführten Arbeit von Miss Lipscomb ausgestellt. Beide Büsten stellen dasselbe Modell dar, allerdings schnitt Miss Claudel in diesem eigenartigen Wettbewerb zwischen den beiden Damen wesentlich schlechter ab.‹«

Einen Moment lang war es ganz still, und ich hielt die Luft an. Eine Amsel sang ihr durchdringendes Lied in der Ulme vor dem Haus.

Camilles Stimme war gefährlich ruhig. »Und deine *Tagträume*?«

»Nur eine kurze Erwähnung.«

»Übersetze es mir.«

»Ich weiß nicht, ob mein Französisch dafür gut genug ist.«

»Wovon redest du? Du sprichst Französisch wie deine eigene Muttersprache.«

Als ich nicht reagierte, riss sie mir die Zeitung aus der Hand, kniff die Augen zusammen und starrte wütend auf die klein gedruckten Buchstaben. »Nicht gut. Das ist alles, was ich verstehen kann. *Jessie, tu m'emmerdes. Raconte-moi, tout de suite.*«

Ich zitierte aus dem Gedächtnis: »›Eine edle, zarte Schönheit geht von dieser höchst anrührenden Arbeit aus. Miss Lipscomb zeigt eine bemerkenswerte emotionale Reife für ihr Alter. Die Skulptur zeugt von der leichten Hand und weiblichen Sensibilität der Künstlerin. Wir haben die Ehre, Ihnen hier eine vielversprechende junge Künstlerin vorzustellen, die zweifellos einmal den Ruhm Großbritanniens und des British Empire beträchtlich vergrößern wird.‹« Ich hielt inne. »Ich sagte es doch: schrecklicher Quatsch.«

Argwöhnisch wartete ich auf Camilles Reaktion und den sicherlich unvermeidlichen Wutausbruch. So etwas war in letzter Zeit immer häufiger vorgekommen. Seit jenem traurigen Zwischenfall mit der Pistole war sie noch aufbrausender, labiler und misstrauischer geworden als zuvor.

Camilles dunkle Augenbrauen schoben sich zusammen, und ich hielt den Atem an. Doch dann glätteten sich ihre Gesichtszüge wieder, als hätte jemand ein zerknülltes Blatt Papier glatt gestrichen. Als sie anfing zu sprechen, klang ihre Stimme ungewöhnlich hell und hoch wie eine Porzellanglocke.

»In England ist man nicht auf dem Laufenden, was die moderne Kunst angeht, das hier ist nicht Paris. Die Royal Academy hat sogar Rodins *Idylle* für diese lächerliche kleine Sammlung von sentimentalem Kitsch abgelehnt, die wir neulich gesehen haben. Lauter bescheuerte Ritter und Prinzessinnen mit ihren verblödeten Gesichtern. Und hast du das Bild von dem kleinen Mädchen mit dem Kätzchen gesehen? Ich hätte kotzen können.«

Sie stand auf und öffnete das Fenster. Ein Windstoß fuhr in die Ärmel ihres Musselinkleids. Sie trug kein Korsett, sodass ich deutlich die Umrisse ihres Körpers unter dem weißen Stoff erkennen konnte. Einen Moment lang hasste ich sie wegen der Verunglimpfung meines Werks, die mit der Herabwürdigung der Akademie einherging. Sie konnte es nicht ertragen, dass diesmal meine Arbeit gelobt wurde anstatt ihrer. Nun, jetzt war eben ich an der Reihe.

Gerade wollte ich den Mund auftun und ihr eine scharfe Antwort geben, da drehte sie sich um, und ich sah ihr Gesicht, das die Sonne wie mit einem Heiligenschein einrahmte. Sie lächelte mich mit entwaffnender Freundlichkeit an.

»Es tut mir leid, Jessie. Ich hätte dir gratulieren sollen. Deine Arbeit stellt den Rest der Ausstellung in den Schatten.« Sie ging auf mich zu und umarmte mich, und mir wurde sofort leichter ums Herz. Der Sturm war an uns vorübergegangen. So dachte ich jedenfalls.

Rodin traf noch am selben Abend ein, während ein heftiges Sommergewitter über uns hereinbrach. Als ich die Haustür öffnete, sah ich unseren *Maître* bis auf die Knochen durchnässt vor mir stehen. Seine Mütze klebte ihm auf dem Kopf, und aus dem Bart rann der Regen.

»Wie können Sie dieses schreckliche Klima bloß ertragen?«, begrüßte er mich und schüttelte sich wie ein nasser Pudel, während er dem neuen Dienstmädchen, das eilig angerannt kam, seinen nassen Mantel in die Hand drückte.

»Es tut mir leid, Miss«, sagte sie und knickste. »Ich war noch in der Küche und habe der Köchin geholfen. Sie ist so aufgeregt, weil sie gerade das Rezept für die französische Suppe aus dem Kochbuch von Mrs Beeton ausprobiert, mit Zwiebeln und Rinderbrühe. Immerhin sind keine Frösche oder Pferde drin. Wie die Leute so was essen können, ist mir schleierhaft.« Sie schauderte und schnitt eine Grimasse.

»Danke, Liza. Ich werde Monsieur Rodin in den Salon führen. Gehen Sie nur zurück in die Küche. Ich bin sicher, das Abendessen wird köstlich wie immer.«

Rodin trat in die Diele, rieb sich lebhaft die Hände und blieb vor dem Kamin stehen. Anerkennend schaute er sich um und bewunderte die mit honigfarbenen Paneelen aus Kaurifichte verkleideten Wände. »Wie geht es ihr?«

Er musste mir nicht erklären, wen er meinte. Natürlich hätte er mich zuerst fragen können, wie es mir ging, oder andere Artigkeiten. Doch das war nicht Rodins Art. Schnell schluckte ich meinen Ärger herunter.

»Ihre Nerven sind ziemlich strapaziert«, antwortete ich. »Sie ist überarbeitet und braucht Ruhe. Sie werden Sie doch heute Abend nicht aufregen?«

Er streckte mir beschwichtigend die Handflächen entgegen, wie ein Zauberer, der seinem Publikum beweisen will, dass er nichts zu verbergen hat. »Meine liebe Jessie, es ist anrührend zu sehen, wie sehr Sie sich für Ihre Freundin einsetzen.«

Noch immer wartete er darauf, dass ich seine Hände nahm. »Keine Sorge. Ich werde mich tadellos aufführen. Ich kann mich durchaus in der guten Gesellschaft benehmen.« In seinen blassblauen Augen erschien ein belustigtes Funkeln, als er mich anlächelte.

Da hörten wir ein Schnauben hinter uns, und wir sahen Camille oben auf der Treppe stehen, auf dem Gesicht ein Ausdruck tiefster Verachtung. Sie begrüßte Rodin mehr als unterkühlt. Ich seufzte. Es stand zu befürchten, dass sie erneut aneinandergeraten würden und dass ich zwischen ihnen stehen und immer wieder würde vermitteln müssen, bis die beiden zu einer dieser für sie typischen leidenschaftlichen Versöhnungen finden würden. Meine Rolle als Mittlerin fing an, mir gehörig auf die Nerven zu gehen.

Lachend streckte Rodin die Arme nach Camille aus.

»Mein Traum von Stein!«

Die Gedichtzeile von Baudelaire war zu seinem Kosenamen für Camille geworden. Eigentlich war diese Intimität nicht für meine Ohren bestimmt, aber ich wusste sowieso schon alles über die Affäre. Gerne zog mich Camille nachts zu sich ins Bett, um mir im Schutz der Dunkelheit ihre intimen Geheimnisse anzuvertrauen. Flüsternd erzählte sie mir alle Einzelheiten, bis ich zwischen Ekel und Faszination hin und her gerissen war. Jetzt glitt sie an Rodin vorbei ins Speisezimmer, ohne seine ausgestreckten Hände zu beachten, und ich wusste, das Spiel ging von Neuem los, mit der fest zugeteilten Rolle, die auch mir in diesem Drama zukam.

Beim Abendessen, während Rodin meiner Mutter Komplimente für das Essen und das Haus machte und meinen Vater mit kleinen Brosamen über die neuesten Skandale aus der Kunstwelt fütterte, die dieser so sehr liebte, machte sich Camille nicht einmal die Mühe, ihre Langeweile zu verbergen. Sie gähnte ostentativ und rührte keinen Bissen an.

Rodin schenkte ihr keine Beachtung und widmete sich ganz seiner Aufgabe, meine Eltern bei Laune zu halten. Meine

Mutter nickte höflich zu allem, hatte wohl auch Mühe, dem Redefluss auf Französisch zu folgen, während mein Vater sich bemühte, ihr die seltsamen Geschichten, immer unterbrochen von heftigen Lachanfällen, zu übersetzen. Rodin konnte sehr charmant sein, wenn er wollte, und jetzt wollte er, das war klar, und ich nahm an, es steckte der Wunsch dahinter, Camille zu ärgern. Nicht nur sie saß mit versteinerter Miene am Tisch, auch ich war wütend auf die beiden, weil sie meine Eltern als Marionetten in ihrem Spiel benutzten.

Mein Vater schien an der Situation nichts Seltsames zu finden, aber meine Mutter war schon immer eine gute Menschenkennerin gewesen – diese Fähigkeit hatte sie während ihrer jahrelangen Tätigkeit als Bardame in einem Bahnhofshotel entwickelt. Aufmerksam beobachtete sie Rodin, der Camille lüstern anstarrte, während mein Vater Vorträge über die irische Frage hielt.

Nach einer Weile legte Mutter ihre Serviette auf den Tisch. »Jessie, wir sollten uns jetzt zurückziehen und die Männer ihrem Portwein und ihren Zigarren überlassen.«

Ich stand auf, aber Camille machte keine Anstalten und blieb erst einmal mit mürrischer Miene sitzen. Einen schrecklichen Moment lang dachte ich, sie würde sich weigern, aber als sie den ernsten Blick meiner Mutter auf sich spürte, schob sie schließlich ihren Stuhl zurück und erhob sich ebenfalls. Im Salon stampfte sie mit den Füßen auf den Teppich und versetzte ihm einen heftigen Tritt, als er sich unter ihren Füßen wellte.

Mutter ließ sich davon beim Kartenmischen nicht stören. »Jessie, erkläre doch bitte deiner Freundin, dass das hier ein äußerst kostbarer Voysey-Teppich ist.«

Die nächste Stunde verging quälend langsam, bis mein Vater und Rodin sich schließlich mit vom Portwein geröteten Gesichtern zu uns gesellten.

»Ein bisschen Musik wäre jetzt gut für die Verdauung, was

meinst du, Liebling?«, sagte Vater. »Jessie, sing uns doch eins von deinen schottischen Liedern vor. Meine Tochter singt wie ein Engel, Auguste«, wandte er sich an Rodin.

»Wenn sie eine ebenso gute Sängerin wie Bildhauerin ist, wird es himmlisch sein«, gab Rodin mit breitem Lächeln zurück. »Vielleicht kann Mademoiselle Claudel sie begleiten?« Damit wies er auf den Stutzflügel, dessen dunkles Holz im Kerzenlicht schimmerte.

Camilles Gesicht verdüsterte sich noch mehr. »Wie du weißt, kann ich Musik nicht ausstehen. Ein Künstler malt mit den Augen und nicht mit den Ohren.«

Vater schien die Spannungen zwischen Rodin und Camille nicht zu bemerken, aber für mich waren die Anzeichen unübersehbar.

»Macht nichts«, sagte er, »Jess kann sich auch selbst begleiten. Sie hat wirklich Talent.«

Ich fing ein süffisantes Lächeln auf, das Rodin Camille zuwarf, ebenso wie den giftigen Blick, mit dem sie sein Lächeln erwiderte.

»Papa«, wandte ich ein. »Unsere französischen Freunde mögen vielleicht keine einfachen Volkslieder. Ich bin müde und werde jetzt ins Bett gehen.«

Doch Rodin kam auf mich zu, packte mich am Arm und zog mich zum Klavier. »*Mais Jessie! Chantez, chantez!* Ihre schottischen Lieder sind doch äußerst charmant.«

Mutter krauste die Stirn. »Das kenne ich nicht von dir, dass du schüchtern bist oder deine guten Manieren vergisst, Liebes. Tu, worum dich Mr Rodin bittet.«

»Wenn du darauf bestehst.« Damit hob ich den Klavierdeckel an und ließ meine Fingerknöchel knacken, um meine Mutter zu ärgern. Sie überhörte das und wandte sich wieder ihrer Patience zu.

Es war eine ganze Weile her, seit ich zuletzt gespielt hatte, aber meine Finger fanden wie von selbst den Weg über die vertrauten Tasten, und schon bald war ich versunken in die alten Balladen von verlorener Liebe, gebrochenen Herzen und gewaltsamen Trennungen. Ich dachte an William, der sich noch nicht ein einziges Mal in Wootton House hatte blicken lassen, obwohl er wusste, dass ich in der Stadt war. Er hatte die neue Stellung in Manchester angenommen, und ich hatte am Ende auch den Mut gehabt, ihm dorthin zu schreiben und ihm zu sagen, dass ich gerne erklären würde, was passiert war, aber er hatte mir auf den Brief nicht geantwortet. Am Ende war es mir gelungen, mich davon zu überzeugen, dass ich im Recht war und er ein Sturkopf.

Beim nächsten Lied, in dem es um verbotene Liebe ging, wanderten meine Gedanken zu Georges. Er hatte mir unzählige Briefe geschrieben, seit ich Frankreich verlassen hatte, einer leidenschaftlicher und heißblütiger als der andere. »Ich wünschte, du würdest nicht fahren«, hatte er kurz vor meiner Abreise in drängendem Ton gesagt und dabei meine Hände gehalten. »Ohne dich ist Paris für mich die reinste Folter. Überall begegne ich den Erinnerungen an dich. Du wirst zurückkommen, versprichst du mir das? Und wenn du zurückkommst, muss ich wissen, wie du dich in Bezug auf uns beide entschieden hast. Ich kann einfach nicht länger warten.«

Wie im Traum kam ich zum Ende des Liedes. Der letzte Ton hing noch in der Luft, und der Raum füllte sich mit Stille. Dann wurde ich von Rodin unterbrochen, der begeistert in die Hände klatschte.

»Bravo! Bravo! Noch einmal bitte! *Une exécution géniale!* Gleich zwei große Talente auf einmal – bildende Kunst und Musik –, das ist überaus erstaunlich.« Er kam mit ausgestreckten Armen auf mich zu und küsste mich dreimal auf die Wangen. Dann wandte er sich an meine Mutter und sagte: »Madame Lipscomb, ich gratuliere Ihnen zu Ihrer begabten Tochter. Sie müssen sehr stolz auf sie sein, auch nach dem großen Erfolg in der Academy.« Aus den Augenwinkeln beobachtete er Camille und fügte hinzu: »Sie ist zweifellos der begabteste Mensch in diesem Raum.«

Ich verstand sofort, was er im Schilde führte. Allerdings war ein so überschwängliches Lob aus Rodins Mund etwas Seltenes, und so konnte ich nicht umhin, mich über die Anerkennung auch zu freuen. Man konnte Rodin kaum widerstehen, wenn er charmant sein wollte und sich richtig ins Zeug legte.

Er streckte eine Hand aus. »Jessie, ich habe etwas für Sie, als Dank für alles, was Sie für mich getan haben.« Er senkte die Stimme, sodass nur ich ihn hören konnte. »Für Ihre große Hilfe.« Wir sahen beide zu Camille hinüber, die den Blick nicht von dem Buch hob, das auf ihren Knien lag, und ganz still dasaß. »Ich habe ein Geschenk für Sie, von Künstler zu Künstler. Warten Sie hier.«

Er entschuldigte sich, und als er zurückkam, überreichte er mir eine Schachtel. Darin war eine kleine Skulptur, ein Familienmotiv. Ein echter Rodin, für mich!

Ich konnte eine Zeit lang nichts sagen. Als ich meine Sprache wiederfand, hatte ich Tränen in den Augen. »Ich danke Ihnen, *Maître.*«

Camilles Gesicht kündete von einem drohenden Gewitter, aber ich war zu überwältigt von Rodins Aufmerksamkeit, um zu bemerken, was sich über mir zusammenbraute. Ich genoss den kurzen Augenblick, der mir gegönnt war, um mich in meinem Ruhm zu sonnen. In Paris hatte ich immer die zweite Geige neben Camille gespielt, sowohl bei Rodin als auch beruflich. Dies hier aber war mein Zuhause, meine Familie, und ich hatte den unglaublichen Erfolg in der Royal Academy davongetragen.

Heute weiß ich, dass ich auch nur eine Schachfigur in dem Spiel der beiden Liebenden war. Ohne mich hätte das alles an jenem Abend nicht funktioniert. Von meinem Stolz und meiner

Eigenliebe geblendet, schenkte ich Camilles Zorn keine Beachtung und folgte dankbar Rodins Aufforderung, noch etwas vorzutragen. Ich stellte die Skulptur auf den Flügel und legte meine Hände auf die Tasten. Doch schon nach wenigen Takten hielt sich Camille schreiend die Ohren zu.

Ich hörte sofort auf zu spielen, und wir starrten sie alle entgeistert an. Im Raum war nichts zu hören außer dem Regen, der gegen die Fenster schlug. Unsere ganze Aufmerksamkeit galt Camille.

Sie warf das Buch, das sie in den Händen gehalten hatte, mit voller Kraft auf den Boden, sodass der Buchrücken knackend zerbrach und die Seiten über den Teppich flatterten. »Keinen Ton mehr! Ich will keinen einzigen Ton von dieser grässlichen Kakofonie mehr hören. Diese süßlichen Verse, die abgedroschenen Melodien, das alles ist billiger sentimentaler Quatsch, genau wie deine ganze Arbeit, Jessie.«

Camille stürmte aus dem Zimmer und ließ meine Eltern mit vor Entsetzen weit aufgerissenem Mund zurück. Meine Mutter erholte sich als Erste. »Ich habe keine Ahnung, was hier los ist, aber du solltest besser zu ihr gehen, Jessie. Bestimmt fühlt sie sich schrecklich, die Arme.«

Ich wollte nicht, aber meine Mutter hatte diesen Gesichtsausdruck, der jeden Widerspruch sinnlos macht. Sie wollte, dass ich den Frieden wiederherstellte, aber ich wusste auch, dass sie kein Verständnis für Camille hätte, wenn sie auch nur ein Wort von dem verstanden hätte, was sie zu mir gesagt hatte. Aber sie konnte kein Französisch. Mein Vater allerdings verstand die Sprache ebenso gut wie ich. Er hatte uns den Rücken zugekehrt und schaute angelegentlich aus dem Fenster, als könnte er durch die schwarzen Scheiben hinaus in den Garten sehen.

Mutter sah mich an, als sei ich diejenige gewesen, die sich falsch verhalten hatte, und nicht Camille. »Jessie, worauf wartest du noch?«, fragte sie schneidend.

Ich hatte keine Wahl. Ich musste zu Camille gehen und Frieden schließen, auch wenn ich noch immer vor Wut über die Kränkung zitterte. Nach allem, was ich für sie getan hatte – ich hatte ihre Affäre mit unserem Lehrer gedeckt, mich um sie gekümmert und sie während ihrer schrecklichen Weinkrämpfe getröstet, sooft sie und Rodin sich gestritten hatten.

Und jetzt hatte sie mich hier, bei mir zu Hause, in Gegenwart meiner Eltern, auf so furchtbare Weise beleidigt. Sie war zu weit gegangen. Ich hatte genug von ihr, und das würde ich ihr sagen. An der Tür straffte ich mich noch einmal und blickte zurück, um Rodin Gute Nacht zu sagen. Er lehnte am Kaminsims und lächelte in sich hinein wie eine Katze, die soeben eine Maus gefangen hat.

Kapitel Sechsunddreissig

Camille war nicht in ihrem Zimmer. Sie hatte es vorgezogen, die Nacht über zu verschwinden. Das hatte sie schon einmal gemacht, als wir in London gewesen waren. Da war sie von der Pension, in der wir wohnten, losgelaufen und allein durch den Hyde Park marschiert, und ich hatte mir große Sorgen um sie gemacht. Hier war sie wenigstens in Sicherheit, und ich würde meinen Eltern nichts davon erzählen, um sie nicht unnötig zu beunruhigen.

Seufzend legte ich mich auf Camilles Bett, um auf sie zu warten. Als ich erwachte, war es schon hell draußen, und die Vögel zwitscherten munter. Camille war nicht zurückgekommen. Schnell warf ich mir einen Schal über und lief aus dem Haus. Das Gras war noch feucht vom nächtlichen Regen, und schon bald war mein Rocksaum völlig durchnässt. Camille war nirgends zu sehen. In immer größerer Sorge suchte ich sie im Rosengarten und lief vor bis zu dem kleinen Bach, der am unteren Ende unser Grundstück begrenzt. Sie war doch bestimmt nicht durchs Tor nach draußen gelaufen.

Verzweiflung stieg in mir auf, und ich rannte, so schnell ich konnte, zurück zum Haus, bis ich unter der Ulme stand, von wo aus ich den Wiesenhang, an dem unten eine weiße Sandsteinmauer entlanglief, besser sehen konnte. Da knackte über mir ein Zweig, ich schaute nach oben, und da saß sie. Camille. Sie hockte auf dem Ast, mit dem Rücken an den Baumstamm gelehnt. Völlig teilnahmslos starrte sie zu mir herunter.

»Camille«, rief ich vorsichtig, und sie schreckte auf wie aus einem tiefen Traum. Dann kletterte sie langsam zu mir herunter. Zitternd stand sie vor mir. Ihr Haar hing in wirren Strähnen herab, und ihre Kleider waren völlig durchnässt. Ich legte ihr meinen Schal um und brachte sie zurück ins Haus.

Drinnen holte ich ein Handtuch und rieb sie trocken, so wie meine Mutter es mit mir nach dem Baden immer gemacht hatte. Dann brachte ich sie ins Bett. Als ich meine eigenen nassen Sachen ausgezogen hatte, kroch ich zu ihr unter die Decke und hielt sie fest umschlungen, um sie zu wärmen. Schon bald hörte sie auf zu zittern.

Ihr Atem ging langsam und regelmäßig, und ich dachte schon, sie sei eingeschlafen, als sie auf einmal anfing zu sprechen: »Jessie, es tut mir leid.« Sie fing an zu weinen und schluchzte, untröstlich, wie ein kleines Kind. Ich hielt sie noch fester und küsste sie vorsichtig auf die Stirn.

»Mach dir keine Sorgen, mein Lämmchen, sei ganz still«, beruhigte ich sie mit denselben Worten, die mich als Kind immer getröstet hatten.

Sie trocknete sich die Tränen und rückte ein Stückchen von mir ab. »Alles, was ich über dich gesagt habe, Jessie, das hab ich nicht so gemeint. Wie könnte ich? Das weißt du doch, oder?« Unter Camilles Augen standen dunkle Ringe, und sie hatte ängstlich die Brauen zusammengezogen. Als ich nickte, wurde sie etwas ruhiger. »Rodin und ich, weißt du, wir haben uns gestritten.«

Am liebsten hätte ich laut losgelacht. Stattdessen sagte ich nur: »Ach ja?«

Auch um ihre Mundwinkel zuckte ein Lächeln. »Na ja, das

war wohl nicht zu übersehen. Ich habe mich wie eine Närrin benommen.«

Jetzt, da ich sie wiedergefunden hatte und sie in Sicherheit war, konnte ich endlich auch meinem Ärger Luft machen. »Du hast dich schrecklich benommen, nicht nur mir gegenüber, sondern auch gegenüber meinen Eltern.«

Camille rieb sich die Stirn. »Ich weiß, ich weiß. Aber hör mich an, vielleicht verstehst du es dann.«

Ich verschränkte die Arme und sah sie an. »Womit willst du diese Ungezogenheit entschuldigen? Du bist bei uns zu Gast, Camille.«

»Rodin hat gesagt, dass er Rose niemals verlassen wird. Er sagt, wir können nicht heiraten. Niemals.«

»Wie bitte? Aber er hat es dir doch versprochen! Heißt das, dass ihr, dass du und er …«

Sie vergrub ihr Gesicht in den Händen und fing wieder an zu weinen.

* * *

Rodin war schon vor dem Frühstück abgereist. Auf dem Tischchen in der Diele fanden wir eine Nachricht von ihm, in der er sich verabschiedete und sich für unsere Gastfreundschaft bedankte. *Désolé,* aber dringende Geschäfte hätten ihn unverzüglich nach Paris zurückgerufen. Offenbar gab es ein Problem wegen seiner Ausstellung mit Monet. Wütend zerriss Camille den Zettel in tausend Stücke, sodass ich ihn noch einmal neu schreiben musste, mit Rodins Handschrift, um ihn beim Frühstück meinen Eltern auszuhändigen.

Meine Mutter warf nur einen kurzen Blick auf den Brief. »Was für eine unmögliche Handschrift der Mann hat. Wie jammerschade, dass er so überstürzt abreisen musste, er ist wirklich ein netter Mensch.« Lächelnd schaute sie Camille an. »Geht es

Ihnen besser, meine Liebe? Sie sehen ein bisschen blass aus.«

Was für ein seltsamer Sommer! So hatte ich mir das nicht vorgestellt. Camilles Stimmungen wechselten von einem Moment auf den anderen: Einen Tag war sie aufmerksam und liebevoll zu mir, und am nächsten zeigte sie sich distanziert und kühl. Sie mietete sich bei Amy Singer und ihrer Familie ein, als Zeichen dafür, dass sie lieber allein sein wollte. Jedes Mal wenn wir uns trafen, redete sie unaufhörlich über die Singers, die große Künstlerfamilie. Offenbar fühlte sie sich in der ungezwungenen Atmosphäre unter ihresgleichen wohler als in unserem stillen Wootton House mit unserem eher gemächlichen Tagesablauf.

Mit einer alten Schulfreundin von mir, Florence, fuhren wir auf die Isle of Wight. Ich hatte gehofft, wir könnten endlich ein paar schöne Tage zusammen verbringen, lange Spaziergänge über die Felsen unternehmen und ein bisschen zeichnen. Aber Camille freundete sich schnell und heftig mit Florence an, sodass ich mich wie das dritte Rad am Wagen fühlte und sehr darunter litt, wie die beiden mir auf diese unter Frauen sehr oft übliche Art zu verstehen gaben, dass meine Anwesenheit nicht erwünscht sei.

Aber noch immer nahm ich Camille in Schutz. Sie war durcheinander, sie durchlebte eine schwere Zeit wegen der Trennung von Rodin, sie war labil. Und noch immer kam aus Paris ein Strom von Briefen in Rodins unverwechselbarer Handschrift an. Manche zerriss sie auf der Stelle und trampelte wütend auf den Fetzen herum, andere küsste sie liebevoll und steckte sie in ihre Tasche, um sie später noch einmal zu lesen.

Endlich kam der September und damit die Zeit für ihre Rückkehr nach Paris. Meine Mutter hatte mich gebeten, noch bis Weihnachten zu Hause zu bleiben, und ich hatte eingewilligt. Als einziges Kind wusste ich, wie sehr sie mich vermisste. Außerdem hatte meine Freundschaft zu Camille unter diesem langen Besuch gelitten. Eine kleine Pause würde uns vielleicht guttun.

So kniete ich auf dem Boden und half Camille beim Kofferpacken. Wir legten Seidenpapier zwischen ihre Kleider und verstauten alles sorgfältig in ihrem Schrankkoffer. Wir schwiegen, und ich dachte darüber nach, wie anders die Dinge zwischen uns zu Beginn unserer Freundschaft gewesen waren, als ich noch über alles mit ihr hatte reden können, ohne einen Gedanken daran zu verschwenden, ob es ihr passte oder nicht; im Gegenteil, sie hatte meine Offenheit immer mit lautem Gelächter oder Spott quittiert.

Inzwischen aber achtete ich sorgfältig auf meine Worte, stets darauf bedacht, bei ihr keinen Wutanfall zu provozieren. Ich war immer stolz auf meine offene und unverblümte Art gewesen und verachtete mich wegen meiner unnatürlichen Zurückhaltung. Obendrein schien Camille dadurch eher noch ungeduldiger mir gegenüber zu werden. Ohnmächtig musste ich immer wieder mit ansehen, wie sich ihre Lippen in einem Ausdruck der Geringschätzung zu kräuseln begannen, während ich irgendeine sinnlose Höflichkeitsfloskel murmelte.

Sie entglitt mir von einem Tag zum anderen ein Stück mehr, und ich wusste, wenn es mir nicht gelänge, die Dinge zwischen uns zu klären, würde ich sie endgültig verlieren. Ich setzte mich auf die Füße zurück und beschwor die alte, furchtlose Jessie herauf, die ich einmal gewesen war.

»Camille, sieh mich an.«

Sie blickte auf, ließ sich aber nicht stören und faltete weiter einen Schal zusammen. Ich packte sie am Handgelenk, worauf sie versuchte, mich abzuschütteln, aber ich ließ nicht locker.

»Was ist denn?«, fragte sie.

»Ich fand diesen Sommer schwierig, ich fand *dich* schwierig. Manchmal war es, als wärest du meine Feindin und nicht meine Freundin.«

Camille seufzte, und ich ließ ihr Handgelenk wieder los. »Du hast recht«, erwiderte sie. »Ich war nicht ich selbst, und das tut mir leid. Können wir wieder Freunde sein?«

»Nein, das geht nicht. Es sei denn, wir schaffen es, das zu klären. Mit einer Entschuldigung ist es nicht getan.«

Camille stand auf und ging zum Fenster. Sie blickte hinaus zum Laubdach der Ulme, das sich allmählich kupferrot färbte. »Das alles ist allein Rodins Schuld.«, sagte sie, ohne sich umzudrehen. »Er macht alles kaputt. Er will alles unter Kontrolle haben, dich, mich … Ich konnte einfach keinen klaren Gedanken fassen.« Sie wandte sich zu mir. »Aber es stimmt, so kann es nicht weitergehen. Das ist für uns alle eine Qual. Wenn ich nach Paris zurückkehre, bringe ich alles in Ordnung, das verspreche ich dir. Ich weiß, dass es dir zuwider ist, ständig zwischen uns zu vermitteln und unsere Launen zu ertragen, aber das wird sich bald ändern.«

Sie kam auf mich zu und kniete sich neben mich, dann legte sie die Arme um mich. Ich schloss die Augen. Das war es, was ich von ihr hören wollte. Ich wollte mit ihr darüber sprechen, wie es werden würde, wenn wir wieder zusammen in unserem Atelier arbeiten würden, jede an ihrer Skulptur. Vielleicht würde alles werden wie früher, als wir zusammen an unserem Tischchen gesessen und Tee getrunken hatten, rauchend und voller Pläne für die Zukunft. Noch einmal nur Camille und ich, wir zwei gegen den Rest der Welt.

»Jessie«, flüsterte sie. »Du bist meine einzige wahre Freundin. Ich wüsste nicht, was ich ohne dich tun sollte. Kannst du mir verzeihen?«

Ich nickte unter Tränen. Jetzt war sie wieder meine Camille. Alles würde gut werden.

Mühsam machte ich mich von ihr los. »Da gibt es nichts zu verzeihen. Komm, wir packen zu Ende.«

Sie fasste sich in die Rocktasche und grinste: »Nur noch eine letzte Zigarette …«

Kapitel Siebenunddreissig

Peterborough

Februar 1887

Und wieder wühlte ich in Seidenpapier – diesmal allerdings in Begleitung meiner Mutter, mit der zusammen ich meine Seidenkleider und -röcke faltete und die Pelzmäntel, -kragen und -manschetten ausbürstete. Ich arbeitete geistesabwesend, wie in einem Tagtraum verloren: Im Geiste sah ich die Boulevards von Paris vor mir, wo ich Arm in Arm mit – mit wem denn eigentlich? – auf und ab spazierte. Ganz sicher nicht mit William.

Meine zahlreichen Briefe nach Manchester waren mit bleiernem Schweigen beantwortet worden, und nach einer Weile hatte ich aufgehört, ihm zu schreiben. Stattdessen stellte ich mir nun Georges vor, einen Schal locker um den Hals geschlungen, um sich vor der immer noch kühlen Frühlingsluft zu schützen. Erst gestern war wieder ein Brief von ihm angekommen.

Jessie! Wo bleibst Du nur, um Himmels willen? Ich komme hier um vor Langeweile. Ohne Dich ist Paris eine trostlose Wüste. Komm schnell! Komm zurück an den Ort, wo Du hingehörst – nach Paris und zu mir. Je t'embrasse mille fois. Georges.

»Einen Cent für deine Gedanken.« Mama sah mich fragend an.

»Hmm?«

»Jessie, Liebes, du bist meilenweit weg von hier.«

»Entschuldige bitte, ich habe so viele Dinge im Kopf.«

»Komm her, Kleines. Ich werde dich sehr vermissen.« Sie umarmte mich, und ich überließ mich dankbar ihrer schützenden Wärme. So saßen wir eine Weile, Wange an Wange.

Auf einmal war ich müde, gegen meine Gefühle anzukämpfen, mich ständig zwischen William und Georges entscheiden zu müssen. William hatte klar und deutlich gezeigt, dass er mich nicht mehr wollte, Georges hingegen wartete ungeduldig auf mich.

»Mama, weißt du noch, wie du mir einmal gesagt hast, ich könnte jederzeit über alles mit dir reden?«

Sie richtete sich auf und hielt mich auf Armeslänge von sich entfernt.

»Du bist doch nicht etwa … Hör zu, wir können eine Hochzeit arrangieren, niemand muss etwas davon erfahren. William wird es nichts ausmachen. Du wärst nicht die Erste, deren Baby vor der Zeit zur Welt kommt.«

Ich starrte sie entgeistert an, dann fing ich an zu lachen. »Aber Mama! Ich bin doch nicht schwanger! Außerdem sind wir nicht verlobt. Weißt du, William und ich, wir haben uns nicht ein einziges Mal gesehen, seit ich aus Frankreich zurück bin. Ich habe dir doch gesagt, dass wir uns gestritten haben.«

Sie machte eine abwehrende Handbewegung. »Versuch nicht, mir einen Bären aufzubinden, Jessie Lipscomb. Ich bin immer noch deine Mutter, und vor mir kannst du nichts geheim halten. Williams Mutter hat mir erzählt, dass er den Familienschmuck aus dem Safe genommen und zur Reinigung gebracht hat. Und das kann nur eins bedeuten: eine Hochzeit. Ich dachte, du wärst zur Vernunft gekommen und würdest endlich einwilligen. Aber leider sieht es so aus, als dächtest du noch immer nicht daran, eine Familie zu gründen. Noch nicht, jedenfalls.«

Ich musste lachen. So sorgsam hatte ich mir meine kostbare Jungfräulichkeit aufgespart, trotz Georges' gegenteiliger Bemühungen, und auch von William ging derzeit wohl nicht die Gefahr aus, dass er versuchen würde, meinen Widerstand zu brechen.

Sie sah mich verwundert an. »Ich verstehe nicht, was es da zu lachen gibt. Du wärst nicht das erste Mädchen, das auf dem Weg zum Altar etwas hinter einem großen Blumenstrauß versteckt.«

Es war keine gute Idee gewesen, von William anzufangen. Ehe ich es verhindern konnte, ging mein Lachen urplötzlich in Weinen über.

Mama nahm meine Hand und streichelte sie sanft. »Was hast du auf dem Herzen? Nur raus damit, keine Angst. Ich habe das alles schon gehört, schließlich habe ich jahrelang in einer Bar gearbeitet. Meine Güte, da könnte ich Geschichten erzählen. Na los, sag deiner Mama, was los ist.«

Bestimmt würde ihr alles, was ich jetzt über Georges erzählen würde, vollkommen belanglos erscheinen, nachdem sie mich in ihrer Vorstellung schon schwanger vor dem Traualtar gesehen hatte.

»Mama, William hat mich zwar gefragt, aber trotzdem sind wir nicht verlobt.«

»Wie bitte? Sag nicht, du hättest abgelehnt und damit die beste Chance auf eine gute Partie vertan?« Sie verschränkte abwartend die Arme vor der Brust.

Bei dem, was ich jetzt zu sagen hatte, wurde ich rot und fing an zu stottern: »Es ist … Wir haben uns gezankt, und ja, es war meine Schuld. In Paris, weißt du, in Paris gibt es einen anderen Mann, einen Franzosen. Er ist Künstler, aber … er hat viel Talent, und er wird richtig berühmt werden, sobald er seinen

Durchbruch hat. Und er sieht richtig gut aus, und er ist lustig und so … romantisch. O Mama, ich bin völlig durcheinander, und ich weiß nicht, was ich tun soll. In der einen Minute denke ich, William ist der Mann, mit dem ich mein Leben verbringen will, und dann wieder bekomme ich von Georges einen Brief oder einen Kuss, oder … «

Meine Mutter packte mich so fest am Arm, dass ich laut aufschrie. Ihre Stimme klang streng und hart: »Jetzt hör mir mal gut zu, Jessie Lipscomb. Wir haben dich dein ganzes Leben lang verwöhnt. Wahrscheinlich war es ein großer Fehler, dass wir, dein Vater und ich, das getan haben, am Ende hast du jedenfalls immer gekriegt, was du wolltest. Du hast ja keine Ahnung vom Leben.«

»Mama, du tust mir weh.« Sie ließ meinen Arm los, und ich rieb mir die Stelle, wo sie zugefasst hatte. Meine Stimme klang wie die eines ungezogenen Mädchens. »Ich weiß sehr wohl etwas vom Leben. Ich bin kein kleines Kind mehr. Schließlich habe ich als alleinstehende, unabhängige Frau in London und Paris gelebt.«

»Unabhängig?«, schnaubte sie. »Mit dem Geld deines Vaters, willst du wohl sagen.«

»Mama, lass uns jetzt nicht über Geld reden, das ist so gewöhnlich.«

»Gewöhnlich? Ich sag dir, was gewöhnlich ist, meine Liebe: eine Frau, die Tag für Tag hart arbeiten muss, um sich ihr Brot zu verdienen. Hast du auch nur einen Moment darüber nachgedacht, ob dieser Kerl jemals für dich sorgen kann?«

Das Gespräch entwickelte sich anders, als ich es gehofft hatte. Warum war meine Mutter so grausam zu mir? Warum verstand sie mich nicht?

»Dieser Kerl heißt Georges. Und ich brauche niemanden, der für mich sorgt. Ich kann für mich selber sorgen, ich kann arbeiten. Sobald ich ein paar Aufträge bekomme …«

Sie unterbrach mich ungeduldig. »Arbeiten? Du weißt doch überhaupt nicht, was das heißt. Glaubst du im Ernst, du könntest von der Kunst deine Miete bezahlen? Versuch du mal, vierzehn Stunden hinter einem Tresen zu stehen, dir das dämliche Gerede der Gäste anzuhören, oder im Schweiße deines Angesichts in einer Fabrik zu arbeiten und abends so müde ins Bett zu fallen, dass du nicht mal mehr die Kraft hast zu heulen.«

Ich machte den Mund auf, um sie zu unterbrechen, aber sie hob abwehrend die Hand.

»Sei still, ich bin noch nicht fertig.«

Ich machte den Mund wieder zu. Noch nie hatte meine Mutter so mit mir geredet.

»Und was ist, wenn du schwanger wirst?«, fragte sie. »Wie willst du dann arbeiten? Du müsstest das Baby bei einer alten Vettel lassen, der du ein paar Pennies bezahlst, damit sie auf das Kind aufpasst, und sie würde das Geld wahrscheinlich sofort in Gin umsetzen und damit sich und das Baby ruhigstellen. Und bald schon wärst du zu müde und völlig ausgelaugt, um weiterzumachen, und dann geht es erst richtig los. Wenn du erst ein paarmal die Beine breit gemacht hast, merkst du, wie schnell das geht und dass du in einer Nacht so viel verdienen kannst wie sonst in einem Monat nicht und dass du das Kind dafür nicht mal allein lassen musst. Ich hatte auch so einen *Georges*, der mir nachlief und ständig Süßholz geraspelt hat, aber auf solche Männer kann man sich nicht verlassen. Gott sei Dank ist dann dein Vater aufgetaucht. Er hat mich gerettet.«

Ich konnte nichts antworten. Ich stellte mir meine Mutter in meinem Alter vor, allein und mit gebrochenem Herzen, im Stich gelassen von einem schrecklichen Mann, der sie vorher ausgenutzt hatte.

Aber das würde mir doch nicht passieren. Heutzutage war alles anders, die Welt war anders, modern, und Frauen konnten unabhängig sein, wenn sie wollten. Noch einmal versuchte ich, ihr meinen Standpunkt klarzumachen.

»Ich kenne auch solche Frauen, arme Frauen, die hart arbeiten müssen, aber ich liebe meine Arbeit, außerdem hat Papa doch genug Geld.«

Ihre Stimme klang eisig, als sie spöttisch fragte: »Und du glaubst, Papa kann jetzt alles wieder gut machen? Glaubst du etwa, er würde dir verzeihen, dass du William den Laufpass gegeben und dich mit einem dahergelaufenen brotlosen Künstler eingelassen hast?«

»Er hat dir doch auch deine Vergangenheit verziehen.«

Sie lief vor Wut rot an und grub ihre Fingernägel in die Handflächen, als müsste sie sich davon abhalten, mich zu schlagen. Ich zuckte zurück, aber sie holte nur tief Luft und schloss die Augen. Als sie anfing zu sprechen, war ihre Stimme wieder ruhig und unter Kontrolle.

»Hör mir jetzt gut zu, Jessie, und dann wollen wir nie wieder darüber sprechen. Dein Vater hat mich geheiratet, weil er mich liebte, und er hatte die große Güte, mir meine Vergangenheit und meine Fehler zu verzeihen. Bei dir ist das etwas anderes – du bist sein angebetetes kleines Mädchen. Er hat dich immer auf einen Sockel gestellt, aber wenn du deine Verlobung mit William löst und dich – und uns – ins Unglück stürzt, indem du mit einem charakterlosen Menschen davonläufst und seine Geliebte wirst, dann ist alles vorbei. Mach keinen Fehler. Die Leute der guten Gesellschaft werden dir den Rücken kehren, und dein Vater wird dasselbe tun. Du wärst ruiniert.«

Ich biss mir auf die Lippen, um nicht in Tränen auszubrechen, und schaute aus dem Fenster, wo die kahlen Äste der Ulme im Wind hin und her schlugen.

Meine Mutter klang müde. »Und selbst wenn Papa dir verzeihen sollte, wir haben nicht mehr so viel Geld wie früher. Ich hätte dir nichts davon erzählt, aber Vater hatte ein schlechtes Jahr, und er hat ein Vermögen an der Börse verloren. Wir waren uns nicht einmal sicher, ob wir dich überhaupt wieder nach Paris schicken können. Wir zahlen für deine Miete bei den Claudels und für dein Atelier mehr, als wir uns im Moment erlauben können. Aber wie immer hat dein Vater darauf bestanden, dass es seiner Jessie an nichts fehlen soll.«

Mit steifen Beinen stand sie auf, dabei knackte es in ihren Gelenken. »Ich kann dir diese Entscheidung nicht abnehmen. Aber wenn du mit diesem Mann fortgehst, wirst du ab jetzt auf eigenen Beinen stehen müssen.« Mutters Augen verengten sich zu schmalen Schlitzen. »Und vielleicht ist dein feiner Franzose ja auch schon nicht mehr so begeistert von dir, wenn er mitkriegt, dass bei dir nicht viel zu holen ist.«

Ich war sprachlos. Was für eine Frechheit! Ich ballte die Fäuste und zerknüllte den Stoff meines Seidenkleids mit den Fingern. »Georges liebt mich, dass du es weißt. Und er würde mich genauso lieben, wenn ich arm wäre wie eine Kirchenmaus.«

Sie schüttelte nur den Kopf. An der Tür drehte sie sich noch einmal zu mir um. »Es wäre sehr töricht von dir, William zu verlassen. Da hast ja keine Ahnung, wie glücklich du dich schätzen kannst, jemanden wie ihn als Ehemann gefunden zu haben. Gut aussehende junge Männer ohne Zukunftsaussichten, die dir die Sterne vom Himmel versprechen, sind keinen Heller wert. Dazu brauchst du nicht erst nach Paris zu gehen, die findest du in London an jeder Straßenecke. Auch wenn du das ungern hören willst, Jessie, aber die Liebe, diese Art Liebe, ist es nicht wert, dass du dein Leben dafür wegwirfst.«

Ich wartete, bis ich ihre Schritte auf dem Treppenabsatz hörte, bevor ich Georges' Brief aus meiner Rocktasche kramte. Ich strich ihn glatt und las noch einmal, mit verschwommenem Blick, die Worte, die er mir geschrieben hatte. Er liebte mich. Natürlich liebte er mich. Und es kümmerte mich nicht, was die anderen darüber dachten.

Kapitel Achtunddreissig

Paris

Februar 1887

Gleich nach meiner Rückkehr nach Paris eilte ich in Rodins Studio, um Camille zu suchen. In der Wohnung hatte ich sie nicht angetroffen, und ich hatte große Mühe gehabt, Madame Claudel loszuwerden, die unbedingt wollte, dass ich mich nach der langen Reise erst einmal ausruhte. Ich hielt mich nur kurz dort auf, um mich frisch zu machen und die staubigen Kleider zu wechseln.

Im Studio M angekommen, sog ich begierig den vertrauten Duft nach feuchtem Gips und Marmorstaub ein. Es war das Ende eines normalen Arbeitstags, aber im Innenhof, wo um diese Zeit normalerweise noch die Steinmetze arbeiteten, war es seltsam leer. Ich eilte durch die Tür nach drinnen, wo mich ein überraschender Anblick erwartete. Camille stand auf einem Tisch und hatte sich einen Arbeitskittel im Stil einer römischen Matrone umgelegt, dazu trug sie eine Papierkrone auf dem Kopf. In der Hand hielt sie eine Weinflasche wie ein Leuchtfeuer, und rings um sie herum standen die Steinmetze beieinander. Camille nahm einen kräftigen Schluck, und alle jubelten ihr zu und pfiffen.

»Wie sehe ich aus, Rodolphe?« Sie lallte ein wenig.

»Zum Anbeißen, wie ein Bonbon, das nur darauf wartet, aus dem Silberpapier gewickelt zu werden.« Rodolphe grinste anzüglich mit seinem Affengesicht, worauf Camille den Kopf in den Nacken warf und hemmungslos lachte.

»Schaut her, ich bin die Freiheitsstatue!«, rief sie.

Camille trank in großen Zügen und schwankte, um ein Haar hätte sie den Halt verloren. Rodolphe fasste sie um die Taille, um sie zu stützen. »Hier, *mon ami,* trink ein bisschen«, sagte sie zu ihm. Sie schüttete ihm den Wein direkt aus der Flasche in den Mund, als sie mich plötzlich erblickte.

»*Salut,* Jessie!« Camille winkte mir zu. »Komm, und mach mit. Wir haben gerade erfahren, dass Eiffel demnächst einen riesigen Turm in Paris bauen wird, der noch hässlicher werden soll als die Freiheitsstatue, an der er mit Bartholdi gearbeitet hat.«

Wieder setzte sie die Flasche an die Lippen und fuhr sich mit dem Handrücken über den Mund. »Diese armen New Yorker, die sich jeden Tag diese enorme Scheußlichkeit ansehen müssen. Und demnächst haben wir in Paris unser eigenes Mahnmal des schlechten Geschmacks.«

Ich wusste nicht, was ich sagen oder tun sollte. Vor unserer Reise nach England waren Camille und ich immer aus der eingeschworenen Gemeinschaft der Steinmetze ausgeschlossen gewesen, und sie hatten für unsere Arbeit nichts als Spott und Hohn übrig gehabt und darauf bestanden, dass für Frauen kein Platz in einer Werkstatt wäre, und schon gar nicht in Rodins Studio. Und nun stand sie hier und spielte die Anführerin.

Mir dämmerte, dass Rodin sie vielleicht zum Steinmetz befördert hatte und dass sie damit eine der ihren war. Während ich noch in Peterborough gewesen war und die Tage bis zu unserem Wiedersehen gezählt hatte, war sie schon damit beschäftigt gewesen, sich neue Verbündete zu suchen und Ränke zu schmieden, indem sie sich mit diesen ungehobelten Burschen anfreundete, die vorher alles Menschenmögliche getan hatten, um uns schnell wieder loszuwerden. Jetzt hatten sie Camille offenbar als Rodins Protegé akzeptiert, wahrscheinlich, um es sich mit dem großen Meister nicht zu verderben.

Camille sprang zu Boden und flog mir um den Hals. Sie roch nach Wein, und ihre Lippen zeigten einen dunkelroten Rand. »Trinkst du mit?« Sie wedelte mit der Flasche vor meinem Gesicht herum, doch ich schob sie zur Seite.

»Nein, danke.«

»Nein, danke«, äffte sie mich nach und schnitt eine Grimasse in Richtung der Arbeiter, die brav in Gelächter ausbrachen. Camille kniff ein Auge zu und fixierte mich, dann stellte sie die Flasche auf den Tisch. »Wenn es unter deiner Würde ist, ein bisschen Spaß mit uns Steinmetzen zu haben, solltest du lieber an deine Arbeit gehen, kleine Miss. *Allez!*«

Sie klatschte vor mir in die Hände, als sei sie der Chef im Studio und ich eine kleine Anfängerin. Dann drehte sie mir, als Zeichen, dass unser Gespräch beendet war, den Rücken zu und verließ unter beifälligem Schulterklopfen ihrer Gefolgsleute den Raum.

Ich kratzte den letzten Rest meiner Würde zusammen, wie eine Bettlerin ihre zerrissenen Kleider rafft, und verließ das Studio. Erst auf der Straße ließ die Spannung nach, und ich lockerte die Schultern. Mit dem Rücken an die Hofmauer gelehnt ließ ich mich langsam nach unten gleiten, bis ich schließlich in der Hocke saß und mein Gesicht in den Armen verbarg. Wie hatte sie mich nur so demütigen können! Ich hob den Kopf und wischte mir mit dem Handrücken die Tränen ab. Dann redete ich laut mit mir selbst, ungeachtet der Passanten, die an mir vorbeiliefen.

»Wie kann sie nur? Dieses Miststück! Wie kann sie es wagen, nach allem, was ich für sie getan habe?«

»Geht es dir gut, Liebes?« Eine alte Frau beugte sich zu mir herab. »So schlimm kann es doch gar nicht sein, oder?« Sie tätschelte mir die Schulter, und ich fing wieder an zu weinen. Dann hörte ich etwas rascheln und entdeckte zu meinem Entsetzen, dass die alte Vettel meine Tasche durchwühlte, die offen neben mir lag. Die Alte versuchte, mich zu bestehlen.

»*Va-t'en!*«, schrie ich, und sie schrak zurück. Ich kam auf die Füße, und sie trippelte, so schnell sie konnte, davon. Ich suchte nach den schlimmsten Schimpfwörtern, die ich auf Englisch und Französisch kannte, und rief sie ihr hinterher, bis sie hinter der nächsten Straßenecke verschwand.

* * *

Als Camille am nächsten Morgen zum Frühstück erschien, hielt sie sich den schmerzenden Kopf. Ich erstarrte, als ich sie sah, aber sie schien davon nichts zu merken und kam zu mir herüber, um mich zu umarmen, als sei nie etwas geschehen. Offenbar hatte sie keine Erinnerung mehr daran, was sie mir angetan hatte. Ich erwiderte die Umarmung nicht. Allmählich war ich ihre ewigen Ausbrüche leid. Ich hatte auch keine Ahnung, woher diese unvorhersehbaren heftigen Szenen kamen und was dahinter steckte.

Ich fragte mich, ob sie vielleicht zur Trinkerin geworden war – ich hatte schon einige Künstler gesehen, die regelmäßig tranken und von dieser schlechten Angewohnheit nicht mehr loskamen, aber im Grunde steckte dahinter eine viel schlimmere Befürchtung: Ich hatte Angst, Camille könnte den Verstand verloren haben.

Sie lächelte mich freundlich an, doch ich erwiderte den Blick nicht. »Was ist los, Jessie? Freust du dich nicht, mich zu sehen?«

»Ich habe dich gesehen, gestern Nachmittag bei den Steinmetzen.«

Camille rieb sich die Schläfen. »*Sang bleu!* Rodolphe, dieses Schwein, hat mich betrunken gemacht, und ich kann mich an nichts mehr erinnern. Du bist im Studio gewesen? Bitte erinnere mich daran, nie wieder mit diesen Affen zu trinken.«

Sie nahm meinen Arm und legte ihren Kopf auf meine Schulter. »Ich habe dich so vermisst, *ma petite anglaise.* Bitte lass mich nie wieder allein.«

Mein Zorn schmolz dahin. Camille hatte mir einen Anlass gegeben, ihr zu verzeihen, und ich ergriff die Chance. Es wäre zu schrecklich gewesen, das nicht zu tun.

Kapitel Neununddreissig

Paris

April 1887

Am Ende war es das Geld, das zwischen uns stand und einen dunklen Schatten auf meine letzten drei Monate in Paris warf.

Im April kam es zum Eklat, im April, wenn die Stadt besonders anziehend ist. Seit meiner Rückkehr hatte ich Camille kaum gesehen. Sie hatte angefangen, in unserem Atelier zu schlafen, und von dort ging sie morgens früh schon fort und kam erst spät abends zurück. Rodin hatte sie tatsächlich in den Stand eines Steinmetzes erhoben, und sie musste dafür viele Stunden hart arbeiten. Was mich anbetraf, so hatte mir der Leiter des Studios, Jules Desbois, herzlich für meine Arbeit an den Faltenwürfen für die *Bürger* gedankt, aber jetzt waren sie vollendet. Man brauchte mich nicht mehr.

Ich ging weiter in unser Atelier, wo Emily Fawcett zu meiner täglichen Begleiterin geworden war. Wir arbeiteten ruhig und fleißig, machten vormittags eine Teepause und aßen mittags etwas Brot und Käse. Sie war eine angenehme Studiokollegin, aber es war nicht so wie früher. Das Einzige, was von

Camille noch übrig war, war ihre einfache Pritsche in der Ecke und ein kleiner Holzhocker. Manchmal fand ich morgens ein paar schmutzige Gläser oder ein fallengelassenes Unterkleid am Boden. Anscheinend war sie noch immer mit Rodin zusammen.

Ich achtete sorgfältig darauf, immer alle Spuren wegzuräumen, bevor Emily ins Atelier kam. Es fiel mir gar nicht so leicht, die alten Gewohnheiten aufzugeben. Ich war nicht länger ihre Helfershelferin und hatte auch nicht mehr dafür zu sorgen, dass die Liebenden nicht aufflogen. Obwohl ich ihrer so überdrüssig gewesen war, vermisste ich meine frühere Rolle.

Von Rodin gab es keine Spur. Nach einem geflüsterten Streit mit meiner Mutter hatte mein Vater einen Scheck als Bezahlung für die Unterrichtsstunden ausgestellt. Sie hatte schwer geseufzt und ihn in einen Briefumschlag gesteckt. Obwohl ich schon seit einem Monat wieder in Paris war, hatte ich noch keine einzige Unterrichtsstunde von unserem *Maître* bekommen. Eines Tages beklagte ich mich bei Emily, nachdem ich Rodin einen Brief geschrieben und ihn gefragt hatte, wann wir den Unterricht wieder aufnehmen könnten. Seitdem waren schon zwei Wochen vergangen, und ich hatte noch immer keine Antwort bekommen.

»Es ist wirklich unmöglich«, sagte ich. »Was nutzt es mir hier zu sein, wenn wir nichts lernen?«

Emily verzog ihr Gesicht zu einem bitteren Lächeln. »Ich fürchte, unsere Rolle besteht darin, dem *Maître* seinen Lebensunterhalt und Camille das Atelier zu finanzieren.«

»Was meinst du damit? Camille bezahlt doch auch ihren Anteil!«

»O nein, das tut sie nicht. Schau, ich zeig es dir.« Emily holte ein großes schwarzes Heft aus der Teekiste, die wir als Tisch benutzten. »Das habe ich neulich gefunden. Ein Rechnungsbuch mit den Zahlungen an den Vermieter. Siehst du? Das ist die gesamte Miete, und davon zahle ich allein fast die Hälfte.«

Ich nahm ihr das Buch weg und fuhr mit dem Finger die Seite herunter. »Und ich die andere Hälfte.«

»Siehst du? Camille zahlt fast gar nichts.«

Es ist erstaunlich, was man alles aushält, wenn es sein muss – ihr Tobsuchtsanfall in Peterborough, als ich für Rodin gesungen hatte, wie sie mir bei dem Ausflug mit Florence die kalte Schulter gezeigt hatte, meine Demütigung in Gegenwart der Steinmetze – und dann reicht eine Kleinigkeit, um das Fass zum Überlaufen zu bringen. Camille betrog mich. Oder wie sollte man das sonst nennen?

Ich rief mir einen sarkastischen Brief in Erinnerung, den ich kurz vor meiner Rückkehr nach Paris von ihr bekommen hatte. Ich hatte eine Schmiederechnung angezweifelt, die sie mir für eine meiner Skulpturen geschickt hatte. Die Rechnung schien mir übertrieben hoch, zumal ich wusste, dass meine Eltern gegenwärtig in finanziellen Schwierigkeiten steckten. Es war sogar schon die Rede davon gewesen, Wootton House zu vermieten. Mir tat es weh, dass meine Eltern sich solche Sorgen machen mussten, deshalb versuchte ich zu sparen, wo ich nur konnte. Also hatte ich damit angefangen, die Rechnungen, die aus Frankreich eintrafen, zu überprüfen. Camilles Antwort darauf war höchst empört, und ich hatte das Thema schnell wieder fallengelassen. Nun aber war ich überzeugt davon, dass die Rechnung gefälscht war.

Wieder schaute ich in das Rechnungsbuch. Die mit schwarzer Tinte geschriebenen Zahlen sprachen ihre eigene Sprache. Camille hatte Bemerkungen über das Vermögen meiner Eltern und die Kosten meiner Kleider gemacht. Hielt sie mich für dumm? Für ein reiches Dummchen?

Mit einem Knall schlug ich das Buch zu. »So ist das also. Ich werde Camille bitten, uns die Miete zu verringern. Und ich werde es schriftlich tun, damit sie merkt, dass es mir ernst ist.«

Emily schaute mich aus großen Augen an, aber sie nickte. »Ich denke, das wird das Beste sein.«

Wenige Tage darauf fand ich meinen Brief in Fetzen zerrissen auf dem Fußboden im Atelier verstreut, rings um ihr ungemachtes Bett.

Ich schrieb außerdem einen Brief an Rodin, und diesmal bekam ich eine Antwort, die mich nur noch wütender machte. Er ging überhaupt nicht auf meine Bitte ein, fragte nach, ob ich Camille gesehen hätte, und bat mich, sie und Emily zu ihm ins Studio zu bringen. Dann würde er uns dreien eine Unterrichtsstunde geben. Ich nahm an, dass Camille und Rodin sich wieder einmal gestritten hatten und dass er die Unterrichtsstunde als Vorwand nahm, um sie wiederzusehen. Ich schrieb ihm zurück und kündigte an, dass ich mit Emily kommen würde. In der Zwischenzeit fand ich heraus, eher durch Zufall, warum Rodin seine Pflichten als Lehrer uns gegenüber vernachlässigt hatte.

* * *

Ein langer Tag im Atelier in der Rue Notre-Dame-des-Champs lag hinter uns. Danach erwartete mich ein sich endlos dahinquälender Abend in der Wohnung der Claudels, ich würde Louises Klavierspielen lauschen und mir Madame Claudels Gejammer anhören müssen. Camille fehlte mir. Mir war nicht bewusst gewesen, wie viel Zeit wir vorher miteinander verbracht hatten, und die durch unsere Entfremdung entstandene Lücke hatte ich nicht so leicht füllen können, selbst wenn ich es gewollt hätte: Rosa war derzeit mit einem neuen Auftrag beschäftigt, und Georges war bei seinen Eltern auf dem Land.

Eigentlich machte es mir nicht viel aus, dass er weg war, denn ohne Camille oder Rosa als Anstandsdame hätte ich mich sowieso nicht mit ihm treffen können. Und hätte ich es dennoch gewagt, ihn allein zu sehen, und würde Madame Claudel das herausbekommen, dann würde sie mich mit dem nächsten Zug nach Hause schicken. Ich war allein.

An dem Abend trödelte ich und lief langsam über das Straßenpflaster. Als ich an einem Café vorbeikam, blickte ich sehnsüchtig auf die Leute drinnen, die tranken und sich unterhielten, und dann hörte ich auf einmal, wie jemand meinen Namen rief.

»Huhu, Jessie! Komm her!« Suzanne Valadon und Toulouse-Lautrec winkten mir von ihrem Tisch aus zu.

Mein Herz schlug schneller, und ich eilte zu ihnen. Ich beugte mich zu Suzanne herab und gab ihr einen Kuss, dann lächelte ich Henri an, der den silbernen Deckel am oberen Ende seines Spazierstocks aufschraubte und mir einen Brandy eingoss.

Mit seinem starken Akzent sprach er mich auf Englisch an: »*Why so glum, my little English plum?* Sehen Sie, wie schön ich reimen kann? Finden Sie nicht auch, dass mein Englisch sich seit unserer letzten Begegnung ganz großartig verbessert hat?« Er rückte näher an mich heran und senkte die Stimme. »Ich habe mit einer Hure aus Leeds geschlafen – das war überaus lehrreich.«

Ich freute mich. Wie schön, endlich wieder in der Gesellschaft von früher zu sein. Suzanne aber sah verstimmt aus.

»Auf Französisch, bitte, Henri. Prahlst du schon wieder mit deinen Abenteuern bei den Huren? Hältst du mich für blöd? Ich habe das Wort genau verstanden, auch wenn du versuchst, Englisch zu sprechen. Du kannst mir glauben, dass Jessie sich kein bisschen für deine dreckigen kleinen Vertraulichkeiten interessiert. Schließlich ist sie eine ehrbare junge Dame.« Sie hob eine Augenbraue und erwischte mich dabei, wie ich gerade einen großen Schluck Brandy trank. Ich musste lachen. »Eine englische Lady, der Cognac aus der Nase läuft … Henri, gib ihr ein Taschentuch.«

Suzanne legte die Arme auf den Tisch und entblößte dabei die schneeweißen Ansätze ihrer prachtvollen Brüste. Ein Mann, der am Tisch vorbeikam, pfiff anerkennend, und sie schenkte ihm eins ihrer bezaubernden Lächeln, wobei die Grübchen in ihrer Wange zum Vorschein kamen. Doch sogleich wandte sie sich wieder mir zu und kam direkt zur Sache.

»Du musst mir einen Gefallen tun.«

»Was für einen Gefallen?«, fragte ich.

»Kannst du für mich ein gutes Wort bei Rodin einlegen? Den ganzen Winter schon laufe ich ihm hinterher und bitte ihn, mir ein paar Stunden zu geben. Ich hatte ihm versprochen, für ihn Modell zu stehen – sogar in diesen unanständigen Posen, die er immer so gerne hat und die er von den anderen Mädchen verlangt –, aber er behauptet, er kann nicht.«

»Hat er gesagt, warum?« Es sah Rodin gar nicht ähnlich, so ein verlockendes Angebot von der begehrenswerten Suzanne abzulehnen.

Sie knallte ihr Glas auf den Tisch. »Camille, diese Schlange, sie ist der Grund.«

Ich runzelte die Stirn. »Camille? Was hat sie damit zu tun?«

»Sie hat ihn unter Vertrag, sagt er.«

»Wie meinst du das?«

»Es ist so absurd, dass ich es kaum erzählen kann. Ich dachte, du wüsstest das alles.«

Ich schüttelte den Kopf. Nur ungern wollte ich zugeben, dass ich Camille so gut wie nie mehr zu Gesicht bekam und dass sie mir jedes Mal, wenn wir einander über den Weg liefen, unmissverständlich klarmachte, dass sie in Eile war, um jemanden zu treffen, der ihr wichtiger war als ich.

»Camille hat Rodin gezwungen, irgendein albernes Papier zu unterschreiben, in dem er sich verpflichtet, niemanden außer ihr zu unterrichten«, erklärte Suzanne. »Nicht einmal unter dem Vorwand, ich müsste für ihn Modell stehen, lässt sie mich zu ihm. Und in diesem dummen Vertrag steht auch, dass er nur Modelle einstellen darf, die von ihr genehmigt sind. Glaubst du etwa, Camille würde mich zulassen?« Suzanne hatte recht; sie und Camille hatten einander noch nie leiden können. »Im Gegenzug hat das kleine Flittchen Rodin zugebilligt, sie mehrmals im Monat zu ›besuchen‹.« Suzanne schnaubte. »Die Beine breit machen, heißt das wohl eher.«

Es dauerte eine Weile, bis ich verstand, was Suzanne mir gerade erzählt hatte. Aber als ich es schließlich begriffen hatte, wusste ich auch, warum Rodin in letzter Zeit nicht mehr in unser Atelier gekommen war und vielleicht auch, warum er mich im Grunde aus seinem Studio geworfen hatte. Mir wurde klar, warum all meine Briefe, in denen ich ihn um die Unterrichtsstunden bat, für die ich bezahlt hatte, unbeantwortet geblieben waren. Diesmal war Camille eindeutig zu weit gegangen.

»Das ist unerhört«, entgegnete ich.

Sie zuckte die Schultern und drückte ihre Zigarette auf dem Teller aus.

»Du solltest mit Rodin sprechen. Er hat dich immer gemocht, und er wird auf dich hören«, sagte Suzanne.

Henri griff über den Tisch hinweg nach meiner Hand. »Vielleicht wollen Sie ja mich als Ihren neuen Lehrer? Ich könnte Ihnen jede Menge interessante Techniken beibringen.«

Kopfschüttelnd lächelte ich ihm zu. Henri konnte man unmöglich böse sein. Er gehörte zu den Menschen, die ungeheuerliche Dinge sagten und am Ende immer damit durchkamen.

»Henri«, sagte ich. »Sie wären bestimmt ein wunderbarer *Maître*. Aber leider bin ich keine Malerin!« Ich nahm meine Sachen und sagte zu Suzanne: »Ich kann kaum glauben, dass es so einen Vertrag geben soll. Bist du wirklich sicher?«

»Rodin hat ihn mir selbst gezeigt«, antwortete Suzanne. »Es

ist alles schriftlich festgelegt. Er musste sogar unterschreiben. Frag am besten Camille. Und vielleicht gelingt es dir ja, ihr mal ordentlich die Meinung zu sagen. Sie hat wirklich einen Dämpfer verdient. Der Erfolg ist ihr zu Kopf gestiegen, wie eine Diva stolziert sie durch die Salons, und Rodin immer hinterher. Er nimmt sie jetzt mit zu offiziellen Abendessen und Ausstellungen, und sie machen sich nicht einmal mehr die Mühe, ihre Affäre geheim zu halten. Mir persönlich ist das völlig egal, das Einzige, was mich stört, ist, dass Camille immer noch glaubt, sie wäre was Besseres als ich. Dabei ist sie doch auch nur ein Modell wie alle anderen, das mit einem Künstler ins Bett geht.«

Fluchtartig machte ich mich davon. Das musste ich erst einmal verdauen. Camille steckte also dahinter, dass Rodin ganz offensichtlich überhaupt nicht mehr die Absicht hatte, unsere Abmachung einzuhalten und mich zu unterrichten, ebenso wenig wie sonst irgendjemanden.

Doch in einem Punkt irrte sich Suzanne: Ich hatte nicht den geringsten Einfluss auf Rodin. Er hörte einzig und allein auf Camille. Ich musste mit ihr reden und sie dazu bringen, dass sie Rodin von seiner absurden Verpflichtung befreite. Wenigstens das musste sie für mich tun.

Kapitel Vierzig

»Verschwinde! Und lass dich hier nicht wieder blicken, hörst du? Ich will dich nie wieder sehen!«

Die Tür zum Atelier knallte hinter mir ins Schloss, und ich stolperte in aller Eile die Treppe hinunter. Auf dem ganzen Weg nach unten hörte ich Camille noch toben und das Klirren von Gegenständen, die an den Wänden und auf dem Boden zerschellten. Ich stürzte zur Tür hinaus auf die Straße, und just in dem Augenblick landete krachend eine Gipsskulptur vor meinen Füßen. Ich sah nach oben und erblickte Camille, die sich gefährlich weit aus dem Fenster lehnte.

Fluchtartig verließ ich die Rue Notre-Dame-des-Champs, diese Straße, die ich so sehr liebte und die mich ab jetzt für alle Zeiten an diesen schrecklichen Streit mit Camille erinnern würde. Ich stolperte in ein Café, dasselbe, in dem ich kurze Zeit vorher Henri und Suzanne begegnet war. Schwer atmend ließ ich mich auf einen Stuhl fallen und bestellte einen Schnaps. Als ich das Glas an die Lippen hob, zitterten meine Hände, allerdings nicht aus Kummer, sondern vor Wut.

Camille war sofort explodiert, als ich angefangen hatte, mit ihr über die Miete für das Atelier zu sprechen und über den lächerlichen Vertrag, zu dem sie Rodin gezwungen hatte. Schon früh am Morgen hatte ich mich zum Atelier begeben, weil ich Camille unbedingt hatte erwischen wollen, noch bevor sie aufbrach. Geduldig wartete ich draußen, bis Rodin fort war, erst dann ging ich zu ihr, um sie zur Rede zu stellen.

Zuerst hatte sie sich schweigend angehört, was ich ihr mit vernünftigen Argumenten klarzumachen versuchte. Ich hatte mich bewusst zurückgehalten und redete mit ihr wie eine Erwachsene mit einem störrischen Kind. Als ich fertig war, schaute sie mich mitleidig lächelnd an.

»Jessie, ich erkenne dich nicht wieder. Was sind denn das für abenteuerliche Anschuldigungen? Deine Fantasie ist mit dir durchgegangen. Aber ich verzeih dir.«

»*Du* verzeihst *mir?*« Meine Ruhe schwand dahin.

»Ah, oui, toi!« Sie lachte leise. »Na klar, ich verstehe, Jessie. Du hast dich mit Georges gestritten, stimmt's? Meines Wissens war er wieder einmal bei seinen Eltern zum Schnorren, aber ich habe gehört, er ist schon zurück in der Stadt.« Damit nahm sie ein Werkzeug zur Hand und begann zu arbeiten. »Du wirst ja inzwischen auch schon erfahren haben, dass er keinen *Sou* hat.«

»Wovon redest du?«

Mit Unschuldsmiene drehte sich Camille zu mir um. »Hat er dir nichts erzählt? Oh, oh, das ist böse. Ich hoffe nur, Georges hat nicht auch deine Gutgläubigkeit ausgenutzt. *Tu es une petite ingénue, toi.*«

Um ein Haar wäre ich in die Luft gegangen, aber mein Zorn verpuffte. Ein kalter Windstoß fuhr durchs Fenster und ließ mich frösteln.

Mit einem Mal war ich zu Tode erschöpft. Ich setzte mich auf einen Stuhl. »Wie meinst du das, Camille?«

Sie fingerte eine Zigarette aus der Schachtel und zündete sie in aller Seelenruhe an. Dann nahm sie einen tiefen Zug.

»Camille!«

»Na schön. Ich wollte dir nichts davon erzählen, aber

anscheinend ist es jetzt an der Zeit, dass du die Wahrheit erfährst. Schließlich ist es meine Pflicht als deine Freundin, dir zu sagen, dass Georges einzig und allein an deinem Geld interessiert ist.«

In meinen Eingeweiden brannte es wie Feuer. »Das ist doch lächerlich!«, brachte ich heraus.

Camille zupfte sich einen Tabakkrümel von der Zunge. »Allerdings. Wusstest du, dass die Duchamps arm wie Kirchenmäuse sind? Nein? Falls dir das neu sein sollte: Ganz Paris weiß darüber Bescheid, mein armes Ding.«

Ich war wie vor den Kopf geschlagen. »Aber er lebt doch in Saus und Braus – seine teuren Anzüge, das goldene Zigarettenetui, die ewigen Droschken, die Restaurants.«

»Seine kleine monatliche Unterstützung gibt er aus, sobald er sie in die Finger bekommt, den Rest borgt er sich zusammen. Die Geldverleiher in ganz Paris kennen seinen Namen.«

Ich zermarterte mir das Hirn auf der Suche nach Indizien, die darauf hindeuten könnten, dass Georges ein Mitgiftjäger war, aber mir fiel nichts ein. Ich hatte ihm zwar niemals absichtlich etwas verschwiegen, konnte mich aber auch nicht erinnern, dass ich ihm jemals erzählt hätte, wie Papa durch glückliche Investitionen im Kohlenhandel plötzlich reich geworden war.

Georges und ich, wir hatten über Kunst gesprochen, über unsere Arbeit, aber niemals über Geld. Natürlich war mein Vater großzügig und ermöglichte mir meine schönen Kleider, die Pelze und den Schmuck. Aber in Paris hatte ich gelernt, mit weniger auszukommen und mich einfacher zu kleiden. Camille musste sich irren oder, noch schlimmer, eine böse Intrige spinnen.

Abrupt erhob ich mich und baute mich vor ihr auf. »Nur damit wir uns richtig verstehen: Du glaubst also, dass Georges, unser gemeinsamer Freund, sich nur für mich interessiert, weil meine Eltern reich sind? Das ist absurd. Woher sollte er das wissen?«

Sie zuckte die Schultern auf diese in Frankreich weitverbreitete Art, die mir früher einmal so gut gefallen hatte und die ich jetzt verabscheute, weil es ein Zeichen völliger Missachtung der Gefühle anderer Menschen bedeutete.

»Ich habe es ihm gesagt«, antwortete sie.

»Warum? Warum solltet ihr darüber sprechen?«

»Weil er mich gefragt hat. Ich habe ihm gesagt, dein Vater sei ein wahrer Krösus. Du kennst doch Georges, er liebt schöne Kleidung. Er hat zwar kein Geld, aber er war immer schon sehr geschickt, an welches ranzukommen. Schau dir dich an, in deinen teuren Kleidern und Pelzen. Man muss kein Hellseher sein, um zu erkennen, dass du aus wohlhabenden Verhältnissen stammst.« Vorsichtig sah sie mich an. »Bist du jetzt böse?« Ihr Lachen klang schrill. »Nimm es Georges nicht übel. Denkst du, er war blind und hat nicht gesehen, welche Vorteile dein Reichtum für ihn mit sich bringt? Die Freiheit, zu tun, was er will. Na komm, sei nicht so naiv, du bist ja schlimmer als die *Grisettes.*«

»Und was ist mit der Zeichnung und der Karte? Und all die Liebesbriefe, die er mir nach England geschrieben hat?«

Camille wedelte mit ihrer Zigarette durch die Luft. »Natürlich *glaubt* er, dass er dich liebt. Georges ist zwar ein Halunke, aber er ist auch ein Romantiker. Schließlich ist er Franzose … Er hat sich selbst eingeredet, dass er dich liebt, und er liebt dich auch, aber eben auf seine Art. Seine eigenen Interessen wird er jedoch niemals hintanstellen. Er ist nicht so einer wie William, der ist ein echter englischer Gentleman. Aber du hast ihn ja nicht gewollt. Wärst du klug gewesen, hättest du ihn dir warmgehalten, und wenn du Französin wärst, dann könntest du sie beide haben.«

Camille kam auf mich zu und kniff mich ins Kinn, auf dieselbe Art, wie sie es bei unserer allerersten Begegnung mit dem Dienstmädchen getan hatte. »Wisch dir die Tränen ab. Ich sage das alles nur, weil ich dich so gern habe, und ich bin froh, dass wir wieder Freundinnen sind. Jetzt vergiss diesen Unsinn. Wir zahlen doch alle dieselbe Miete.«

Bei dem Stichwort ging ich zu unserem Teetisch und nahm das Rechnungsbuch zur Hand, dann zeigte ich auf die Zahlen darin, die ihre eigene Sprache sprachen. Und das war der Moment, in dem sie in die Luft ging. Sie schoss ihre Anklagen ab wie giftige Pfeile: Ich sei die Schlange an ihrem Busen, ich hätte ihre Ideen gestohlen, ich würde ihr Rodin wegnehmen wollen, ich hätte nicht die geringste Spur von Talent, ich sollte William heiraten und seine Bälger zur Welt bringen, denn das sei alles, wofür ich gut wäre.

Wie ein Taifun wüteten ihre Worte in meinem Innern. Als sie mit erhobenen Armen und ausgefahrenen Krallen auf mich zukam, floh ich. In dem kleinen Café war ich halbwegs in Sicherheit und bestellte noch einen Schnaps, aber auch das half nur wenig. Ich legte den Kopf auf den Tisch und fing an zu weinen. Die Leute starrten mich an, aber ich konnte nicht mehr aufhören. Camille hasste mich. Wie sonst könnte sie solche Lügen über Georges verbreiten. Georges. Ich trocknete meine Augen. Camille hatte gesagt, er sei in Paris. Ich musste ihn sehen. Sofort. Und ich würde zu ihm gehen, auch ohne Anstandsdame.

Kapitel Einundvierzig

»Jessie!« In Hemdsärmeln öffnete Georges mir die Tür zu seinem Atelier. »Du bist allein hier?«, fragte er und sah mich besorgt an. »Du hast ja geweint!«. Nach einem prüfenden Blick auf die leere Straße ließ er mich hinein.

Drinnen war es dunkel, die Fensterläden geschlossen, von Sascha keine Spur. Georges entging nicht mein fragender Blick zu dem Bett mit dem Bärenfell.

»Keine Sorge, er ist nicht hier.«

Wir setzten uns hin, und ich fing an zu erzählen: von Camilles heftigen Ausbrüchen während unserer gemeinsamen Zeit in England, ihrer immer abweisenderen Haltung mir gegenüber und von dem Vertrag, zu dessen Unterzeichnung sie Rodin gezwungen hatte. Als ich fertig war, vergrub ich meinen Kopf in den Händen und klagte: »Jetzt bleibt mir gar nichts mehr. Ich habe keinen Lehrer mehr und kein Atelier zum Arbeiten. Warum hat sie das getan? Ich habe immer geglaubt, Camille wäre meine Freundin.«

Georges wartete geduldig, bis ich mich beruhigt hatte. Dann räusperte er sich und sagte: »Camille hat sich in der letzten Zeit sehr verändert. Auch in Rodins Studio macht sich das bemerkbar: Sie kommandiert die Steinmetze herum, schwingt große Reden und hält sie von der Arbeit ab. Jeder dort weiß, dass Camille Rodins Liebling ist und dass man sie auf keinen Fall verärgern darf. Ein Wort von ihr, und man ist seinen Job los.«

Er nahm eine Zigarette aus seinem Etui und reichte sie mir. Dabei sah ich, dass die Vergoldung an seinem Zigarettenetui abblätterte. Georges zündete ein Streichholz an, hielt es mir hin, und ich beugte mich vor und legte meine Hände um seine.

»Als mein Urlaub auf dem Land vorbei war und ich nach Paris zurückkam, habe ich dich überall gesucht«, erklärte er. »Ich habe in Rodins Studio nach dir gefragt, aber dort sagte man mir lediglich, dass du nicht mehr für ihn arbeitest. Ist es meinetwegen, Jessie? Versuchst du, mir aus dem Weg zu gehen?«

Ich schüttelte heftig den Kopf. »Jules hat gesagt, dass sie mich dort nicht mehr brauchen. Die *Bürger von Calais* sind fertig.«

»Aber du hast doch auch am *Höllentor* mitgearbeitet, und das wird nie fertig werden, wenn Rodin weiterhin täglich seine Pläne ändert.« Nachdenklich lehnte er sich zurück. »Dahinter muss Camille stecken. Sie hat dich ausgebootet, weil ihr der Erfolg zu Kopf gestiegen ist, und jetzt wird sie von Tag zu Tag rücksichtsloser, vor allem im Hinblick auf ihre Affäre mit Rodin.« Als er meinen erschrockenen Blick sah, lächelte Georges amüsiert. »Dachtest du, ich wüsste nichts davon?«

»Nun ja, ich habe schon vermutet, dass du eine Ahnung hast, aber ich war mir nicht sicher.«

»Ich habe es von Anfang an gewusst. Und jetzt wissen es immer mehr Leute. Die beiden machen sich nicht einmal mehr die Mühe, es geheim zu halten. In unseren Kreisen ist inzwischen auch der Allerletzte im Bilde, dass Camille Rodins Geliebte ist, und bald wird ganz Paris darüber sprechen.«

Er trat seine Zigarette auf dem Boden aus und hinterließ eine schwarze Spur auf den Dielen. »Camille sollte sich in Acht nehmen. Was hier im *Quartier Latin* noch als lustige Anekdote gehandelt wird, kann sich schon morgen zum Skandal im *Faubourg Saint-Germain* auswachsen. Die ganzen Kritiker, Galeristen und Kulturbeauftragten, die den Künstlern ihre Aufträge verschaffen, legen großen Wert auf ihren guten Ruf und wollen als unbescholtene Leute angesehen werden. Deshalb gibt es für ihre Ehefrauen nichts Schöneres, als wenn sie eine Frau wie Camille durch den Schmutz ziehen können. Sie wird nie wieder einen Auftrag bekommen. Und wenn das ihre Familie erfährt, werden auch die Claudels ihr unweigerlich den Hahn abdrehen. Und das bedeutet ihr Ende.«

Georges hatte recht, Camille setzte sich über alle Regeln hinweg, die für Frauen aus unserer Gesellschaftsschicht galten. Noch immer hatte ich die warnenden Worte meiner Mutter im Ohr, und mich fröstelte. »Ich muss etwas dagegen unternehmen.«

Er streichelte mir die Wange, und ich schmiegte mich an seine warme Hand.

»Du treue Seele, Jessie. Du liebst sie immer noch, nach allem, was sie dir angetan hat. Aber du kannst nichts machen. Sie ist wie besessen. Glaub mir, ich kenne sie. Wenn sie einmal in dieses Fahrwasser gerät, lässt sie sich durch nichts und niemanden aufhalten. Du willst einen Rat von mir? Vergiss Camille. Du brauchst sie nicht mehr. Du hast jetzt mich.« Seine Augen glänzten in der Dunkelheit, und er schob mich sanft aufs Bett.

Seine Lippen waren warm, und seine Zunge erforschte zärtlich meinen Mund. Ich konnte nicht länger widerstehen und ließ mich rücklings auf das Bärenfell sinken, während er sich heftig an mich drängte. Ein kleines Rascheln, und schon spürte ich seine Hand unter meinem Rock, die langsam an meinem Schenkel hochfuhr und den dünnen Baumwollstoff nach oben schob.

Mühsam trennte ich meine Lippen von seinem Mund.

Meine Stimme gehorchte mir kaum, als ich stammelte: »Nein, Georges, ich kann nicht, noch nicht.«

Er stöhnte. »Ich kann nicht aufhören. Ich will dich.« Dabei suchte seine Hand sich unablässig ihren Weg nach oben, bis ich seufzend nachgab und mich ebenfalls an ihn schmiegte. Er küsste mich wieder, seine Zunge drang tiefer ein, während er mit der anderen Hand die Knöpfe an meinem Kleid öffnete. Er hielt kurz inne und lachte sanft. »Das hier ist wie ein Überfall auf die gut gesicherte *Banque de France.*«

Zart küsste er meine Brüste und fing an, die Spitzen zu lecken und an ihnen zu saugen. Er hob meinen Rock hoch und schob sich zwischen meine Beine. Ich spürte seine Lippen, die sanft die Innenseiten meiner Schenkel streiften, seine feuchte Zunge, und dann war plötzlich sein heißer Mund da, an dieser Stelle, wo er mich leckte und küsste, bis ich die Augen schloss, mich nach hinten aufbäumte und alles um mich herum vergaß. Da war nur noch pure Lust und Wonne, alles andere war verschwunden, auch die Gedanken an Camille.

* * *

Georges half mir mit den Knöpfen. »Du weißt, dass ich dich jetzt heiraten muss?« Er hielt inne, umfasste mein Gesicht und fing wieder an, mich zu küssen. Obwohl mein Mund sich schon ganz wund anfühlte, ließ ich ihn gewähren.

Allmählich lichtete sich auch der Nebel in meinem Kopf. Ich legte ihm eine Hand auf die Brust und fragte: »Meinst du das im Ernst?«

Er sah mich unverwandt an und antwortete: »Noch nie habe ich etwas so ernst gemeint.«

»Selbst wenn ich es fertigbrächte …« Williams Name kam mir nicht über die Lippen. »Es wäre wahnsinnig schwierig für uns.«

Statt einer Antwort knabberte er zärtlich an meinem Daumen.

»Warum denn?«

Ich setzte mich auf und ordnete mein Kleid. »Es gibt praktische Gründe, die dagegen sprechen.«

Er seufzte, und ich hörte, wie er sein Zigarettenetui aufklappte. »Praktische Gründe? Ich hasse alles Praktische.« Ein Streichholz flammte auf und erleuchtete sein Gesicht, sodass ich für einen Augenblick seinen wunderschönen Mund sehen konnte, ehe er wieder in der Dunkelheit versank.

»Nun, da ist die finanzielle Seite«, sagte ich langsam. »Wenn wir heiraten würden, stünden wir ohne einen Cent da.«

»Na ja, deine Eltern werden sicherlich erst einmal ärgerlich sein, wenn du deine Verlobung auflöst, aber sie würden es ihrer einzigen Tochter doch verzeihen. Oder glaubst du, sie würden dich enterben?«

»Genau das ist der Punkt, Georges. Das ist es, was ich dir vorhin erklären wollte. Da ist nämlich nichts mehr. Es gibt kein Geld mehr. Mein Vater hat bei einer großen Fehlinvestition sein gesamtes Vermögen verloren.«

Die Glut an seiner Zigarette glomm kurz auf, als er daran zog und den Rauch einatmete. Ich wartete und hoffte, er würde sagen, dass Geld, *mein* Geld, überhaupt keine Rolle spielte und dass ihm das vollkommen egal war. Ich wünschte, er würde sagen, dass er einen Beruf ergreifen könnte und dass seine Familie mit ihren Weinbergen und dem großen Weingut uns unterstützen würde. Doch sein Schweigen zog sich in die Länge.

»Jessie, ich kann doch nicht … Verstehst du denn nicht … Ich brauche eine Geldheirat. Für ein Leben in Armut bin ich nicht geschaffen.«

Ich sprang auf und nahm meinen Hut. »Dann stimmt es also: Du bist Abschaum! Das Schlimmste, was einem bei einem Mann begegnen kann: ein Mitgiftjäger! Camille hatte völlig recht: Wie konnte ich nur so dumm und naiv sein!«

Eilig verließ ich sein Atelier. Als eine Droschke vorbeikam, sprang ich hinein, und erst beim Losfahren hörte ich Georges meinen Namen rufen. Er rannte noch ein paar Schritte hinter dem Wagen her, doch ich schlug energisch die Tür zu. Erst als die klappernden Pferdehufe auf dem Pflaster immer schneller wurden, gab ich der Anspannung nach und brach in verzweifeltes Schluchzen aus.

Kapitel Zweiundvierzig

Ich konnte weder zurück zu den Claudels noch in mein Atelier, also suchte ich Unterschlupf bei Rosa. Sie war so etwas wie eine Institution in Montmartre – jeder Droschkenkutscher kannte sie als die Frau, die sich kleidete wie ein Mann –, und so war es nicht schwierig, ihre Wohnung zu finden.

Das Dienstmädchen führte mich in einen Raum, wo eine kleine, dickliche Matrone in einem schwarzen Seidenkleid mit Spitzenhäubchen am Feuer saß und stickte. Zu ihren Füßen stand eine Kaffeekanne, die am Feuer warm gehalten wurde. Sie lächelte mich freundlich an.

»Kommen Sie ruhig näher. Rosa hat mir schon so viel von Ihnen erzählt«, begrüßte sie mich und streckte eine kleine Hand aus. »Ich bin Nathalie Micas, und ich freue mich, Sie endlich kennenzulernen.«

Ihre Stimme war hoch, fast zirpend, und ihre Hände flatterten wie kleine Schmetterlinge, während sie sich bemühte, Kaffee aus der Kanne in ein kleines Porzellantässchen einzuschenken. Stumm stand ich vor ihr, so niedergeschlagen und beschämt von meinem Kummer, dass ich nur apathisch in die Glut mit den knisternden Zweigen im Kamin starren konnte.

Ohne zu fragen, ließ Nathalie zwei Zuckerstückchen in

meinen Kaffee plumpsen und gab einen ordentlichen Schuss Cognac hinzu. »Trinken Sie das, dann geht's Ihnen gleich besser, *chérie,* und kommen Sie her, setzen Sie sich zu mir ans Feuer. Rosa wird sicher auch gleich hier sein. Schieben Sie nur den Otter zur Seite.«

Ich folgte ihrem Blick und sah aufs Sofa, wo das pelzige Etwas, das ich für ein Hündchen gehalten hatte, mit glänzenden Knopfaugen zu mir aufschaute. Das Tier öffnete seine stumpfe Schnauze unter den dünnen Barthaaren und stieß ein seltsames kleines Bellen aus, wobei eine Reihe spitzer Zähnchen zum Vorschein kam. Ich wich einen Schritt zurück.

»Keine Angst, Zola ist ganz harmlos, nicht wahr, *mon petit chou?*« Nathalie hob den Otter hoch und setzte ihn sich auf den Schoß. Dann streichelte sie hingebungsvoll das glänzende Fell des Tiers und tätschelte seine Pfoten mit den Schwimmhäuten.

In kleinen Schlucken trank ich von dem starken Kaffee. Der Cognac begann, seine Wirkung zu entfalten, und ich lehnte mich seufzend zurück. Mit leicht getrübtem Blick schaute ich mich in dem mit Möbeln und zahlreichen Gegenständen vollgestopften Zimmer um. Überall standen ausgestopfte Tiere; auf einem kleinen Tischchen unmittelbar neben mir fixierte mich ein Fuchs aus gläsernen Augen. In seinem Maul klemmte eine schlaffe Wühlmaus. An den Wänden hingen dicht an dicht Tierbilder mit den verschiedensten Abbildungen von Haustieren, Arbeitstieren und Wildtieren. Gerade bewunderte ich die fein ziselierte Bronze eines Jagdhunds, als ich laut aufschrie, weil ein großes Fellbündel dabei war, an meinen Beinen hochzuklettern.

»Oh, du hast Rimbaud schon kennengelernt.« Rosa stand in der Tür. Sie trug einen Künstlerkittel, ausgestellte Segeltuchhosen und grobe Arbeiterstiefel. »Keine Angst, er ist ganz zahm, nicht wahr, *mon petit ange?*«

Das Löwenbaby drehte sich zu seiner Herrin um, und seine Augen glänzten dunkel im Feuerschein. Vorsichtig strich ich mit den Fingern durch das dichte Fell, worauf das Tier sofort anfing, mit meinem Rock zu spielen, und begeistert versuchte, sich mit seinen kleinen Pfoten an mir hochzuziehen.

Rosa kam näher und wischte sich die Hände mit einem Lappen ab. »Herzlich willkommen, Jessie. Es tut mir leid, dass ich nicht hier sein konnte, um dich selbst in Empfang zu nehmen, aber ich war gerade beim Sezieren.«

»Putain! Putain! C'est combien? Je suis un bon coup, tu sais!« Eine raue Stimme schallte durch den Raum, und ein kleiner Schwarm Federn landete auf meiner Schulter. Das Löwenjunge stieß ein warnendes Knurren aus, und ein schwarzer Vogel mit langem gelben Schnabel landete auf dem Kaminsims. Er hob einen Flügel und hinterließ einen weißen Klecks Vogelkot auf dem edlen Marmor.

Rosa ging in die Knie und küsste mich flüchtig auf die Wange. »Keine Sorge, das ist nur Baudelaire, mein vorwitziger asiatischer Hirtenvogel. Seine Kraftausdrücke musst du ihm bitte verzeihen, aber bei so hübschen Mädchengesichtern kann er einfach nicht widerstehen. Baudelaire, benimm dich bitte!« Sie streichelte dem Vogel den Rücken, worauf er einen gurrenden Laut von sich gab. »Er hat früher mal einem Seemann gehört, der die afrikanische Küste entlangsegelte, deshalb spricht er Französisch, Suaheli und Afrikaans. Nicht wahr, mein kluger Liebling?«

Der Vogel legte den Kopf schief und riss den Schnabel auf: *»Fokof jou bliksem!«*

»Du freches kleines Biest«, schimpfte Rosa vergnügt. »Und wie ich sehe, hast du auch schon die reizende Nathalie getroffen, die liebenswerteste Frau auf Gottes Erdball und obendrein eine verdammt talentierte Künstlerin. Gott weiß, was sie an mir findet.«

Sie setzte sich neben Nathalie und legte liebevoll den Arm um sie. »Und jetzt erzähl uns, was los ist, liebste Jessie.«

»Sieht man mir an, dass etwas nicht stimmt?«

»Ja. *Allez, raconte-nous.* Uns kannst du alles sagen.«

Verlegen zupfte ich an den Ohren des Löwenbabys herum, das gerade eingeschlafen war, und erzählte den beiden die Geschichte von Anfang an. Wie Georges mich ausgetrickst hatte, indem er mir weismachte, William hätte mich betrogen. Wie William mich verlassen hatte, nachdem er Georges' Porträt und seine Karte gefunden hatte. Noch konnte ich ihr nicht sagen, was wenige Stunden zuvor zwischen Georges und mir geschehen war, deshalb redete ich zunächst von Camille. Als ich geendet hatte, zitterte ich wieder vor Zorn und Verzweiflung.

Rosa legte den Kopf schief, als müsste sie über eine Rechenaufgabe nachdenken. »Camille ist süchtig nach Liebe und Erfolg. Und diese gefährliche Mischung kann jedem Künstler zu Kopf steigen. Allerdings ist sie eine Närrin, wenn sie ihre Freunde vor den Kopf stößt. Du bist nicht die Erste, der sie so übel mitspielt – erst vor Kurzem hat sie uns aufs Korn genommen, eine nach der anderen. Sie hat sogar versucht, mich bei einem offiziellen Abendessen für Puvis de Chavannes bloßzustellen, allerdings habe ich sie energisch in die Schranken verwiesen. Niemand beleidigt ungestraft die Bonheur.«

Ich beugte mich vor, und der kleine Löwe fing an zu knurren. »Kannst du nicht mit ihr reden, Rosa? Sie denkt anscheinend, ich könnte ihr irgendwie gefährlich werden.«

»Versuchen kann ich es, aber ich bezweifle, dass sie auf mich hören wird. Camille ist wahnsinnig dickköpfig, und sie denkt, sie sei immer im Recht.«

Rosa strich sich mit der Hand durchs Haar, das sie kurz geschnitten trug wie ein Chorknabe. »Ich mache mir Sorgen um sie. Die Leute reden schon, und sie erzählen nichts Gutes. Die Sache mit Rodin wird ihrem Ruf als Künstlerin sehr schaden. Das Beste für sie wäre, wenn Rodin sie heiraten und sie dadurch wieder gesellschaftsfähig machen würde. Aber Männer wie er sind nicht so leicht unter die Haube zu kriegen. Außerdem gibt es da noch Rose Beuret, die Rodin niemals freigeben wird.«

»Aber er liebt sie doch gar nicht«, erwiderte ich. Es war unglaublich – nach allem, was Camille mir angetan und zu mir gesagt hatte, konnte ich immer noch nicht den Impuls unterdrücken, sie zu verteidigen.

»Woher weißt du das?«, fragte Rosa. »Rodin und die Beuret haben sich perfekt arrangiert. Sie war übrigens einmal eine richtige Schönheit – alle wollten sie ins Bett kriegen.« Lächelnd sah sie mich an. »Ich übrigens auch, ich ganz besonders. Aber Rodin wird niemals seine erste große Liebe im Stich lassen. In unserem fortgeschrittenen Alter ist eine junge Geliebte immer ein willkommener Zeitvertreib, aber am Ende ist so etwas auch lästig und anstrengend. Im Grunde sehnt man sich nach jemandem, der einen schon als junger Mensch gekannt hat und der in einem noch immer denjenigen sieht, der man früher einmal gewesen ist.«

Rosa lächelte Nathalie zu und küsste sie zärtlich. Ich dachte an Camilles warmen Atem an meinem Hals, damals in der Teufelsgrotte, der *Hottée du Diable*, ihre weichen Lippen, als wir uns vor dem Irrenhausball geküsst hatten, und ich fragte mich, wie es wohl wäre, auf solche Art mit Camille zusammenzuleben, als Liebespaar. Wenn wir unseren Lebensabend Seite an Seite verbringen würden, in Räumen voller Skulpturen, nach einem langen, arbeitsamen Leben, unbehelligt von den Ansprüchen von Männern und Kindern.

Ich schüttelte mich, als müsste ich erst die Nebelschwaden aus dem Moor von Villeneuve aus meinem Gedächtnis vertreiben. »Aber du lebst hier mit Nathalie, wie du es frei entschieden hast«, sagte ich mit erhobener Stimme. »Dir ist es egal, ob du eine angesehene Frau bist oder nicht, und was die gute Gesellschaft von dir denkt. Warum sollten Camille und Rodin das nicht auch so halten?«

Nathalie hatte mir schweigend zugehört, doch jetzt erhob sie ihre klare, hohe Stimme. »Rosa und ich, wir können nur deshalb hier in Frieden miteinander leben, weil wir eigenes Geld haben und weil wir weiteres Geld mit unserer gefälligen Kunst verdienen. Kunst, die viele Leute kaufen wollen, eine Art Kunst, die viele Ihrer Freunde mit Sicherheit verachten.«

Da hatte sie recht: Georges, Henri und auch etliche andere Künstler aus Montmartre würden die realistischen Bilder von Pferden und gefleckten Schweinen, die hier ringsherum an den Wänden hingen, sicherlich mit spöttischem Gelächter quittieren.

Rosa griff Nathalies Argument auf und führte ihren Gedanken zu Ende, wie bei einem alt eingesessenen Ehepaar. »Wir sind von niemandem abhängig, Jessie. Hinter uns steht keine Familie, die mit Argusaugen über uns wacht, immer auf dem Sprung, uns beim kleinsten Vergehen den Hahn abzudrehen. Bei Camille ist das anders: Ihre Arbeit ist vollkommen unorthodox, für viele Menschen ist das schockierend, vor allem, weil sie eine Frau ist. Sie hat kein eigenes Geld und ist ganz und gar der Willkür ihrer Familie ausgeliefert. Sie braucht Rodins Einfluss, um an Aufträge zu kommen. Stattdessen macht die kleine Närrin denselben Fehler wie so viele andere Frauen: Sie steckt all ihre Energie in Rodins Arbeit und überlässt ihm sogar ihre Ideen. Wie dumm von ihr! Aber ich wüsste nicht, weshalb sie mir leidtun sollte. Sie hat sich dir gegenüber wie ein Schuft benommen, Jessie.«

Mein Gesicht fing an zu glühen. »Das darfst du nicht sagen. Ich liebe sie.«

Bis hierher hatte ich stumm zugehört. Noch war ich sprachlos angesichts der heftigen Angriffe, die ich zuerst von Camille und dann von Georges hatte ertragen müssen. Aber als ich diese Worte laut aussprach, erkannte ich endlich meine wahren Gefühle, und mein Kummer bahnte sich hemmungslos seinen

Weg. Ich heulte los und schrie meine Trauer hinaus, meine Verzweiflung über all das, was ich verloren hatte: zuerst William, dann Camille und jetzt auch noch Georges.

Erschrocken sprang das Löwenbaby von meinem Schoß auf den Boden. Nathalie und Rosa kamen zu mir, umarmten und wiegten mich liebevoll. So geborgen schloss ich die Augen und erzählte ihnen mein Geheimnis – ich erzählte von Georges und von dem, was ich mit ihm getan hatte und wie er mich hatte fallen lassen, als er herausfand, dass ich kein Vermögen hatte und ihm deshalb auch nichts nutzen würde.

»Mein armer Liebling«, sagte Rosa sanft. »Hab ich dich nicht damals gewarnt? Sie sind wie wilde Tiere! Und jetzt haben sie dir so wehgetan.«

»Ich fühle mich so allein«, schluchzte ich, und die Tränen schnürten mir die Kehle zu.

»Du bist nicht allein«, tröstete Rosa. »Bleib hier bei uns. Ich werde den Claudels eine Nachricht zukommen lassen – Louis-Prosper kennt mich. Wir kümmern uns um dich.«

* * *

Ich habe keine Ahnung, warum man von einem gebrochenen Herzen spricht. Mein Herz fühlte sich ganz im Gegenteil so an, als sei es plötzlich zu groß für meine Brust. Es war bis zum Platzen angefüllt mit Kummer und drohte, mich zu ersticken. Der Fluch einer glücklichen Kindheit, so wie ich sie erlebt hatte, bestand meiner Ansicht nach darin, dass man nicht auf Schmerz und Kränkungen vorbereitet wurde. Ich war immer davon ausgegangen, dass alle Menschen mich lieben würden, und hatte nicht gewusst, wie schnell man diese Liebe verlieren kann.

Wenn man jung ist, glaubt man außerdem, man könnte niemals über eine verlorene Liebe hinwegkommen, nie wieder lachen oder lieben oder glücklich sein. Aber natürlich tut man das, aber das machte mich nur noch trauriger. Die Zeit heilt alle Wunden, heißt es, aber der Verlust von Camille und Georges hatte mich verändert. Er hatte mir den Mut geraubt.

In den Tagen danach konnte ich weder arbeiten noch essen. Sogar im Schlaf war mir keine Ruhe vergönnt. In meinen Träumen war Camille die Frau, die ich einst gekannt hatte. Sie war es, mit der ich mir lachend eine Zigarette geteilt hatte. In ihrer Gesellschaft hatte ich höchst konzentriert an meinen Skulpturen arbeiten können. Ich sah ihr offenes Gesicht vor mir, wenn sie den Blick zu mir hob.

Deshalb blieb ich lieber wach. Immer und immer wieder wollte ich mir vor Augen halten, auf welch grausame Weise Camille unsere Freundschaft zerstört und wie Georges mich zum Narren gehalten hatte. Die Wunden hörten nicht auf zu brennen, und mein verzweifeltes Schluchzen rief Nathalie an mein Lager, die mich mit feuchten Tüchern und Laudanum-Tinktur zu beruhigen versuchte.

Allein Rosas Haustiere vermochten meinen Schmerz zu lindern: Der kleine Löwe gewöhnte sich an, in dem Bett zu schlafen, das Nathalie in eine Ecke der Diele gestellt hatte und das sie das Nest nannte. Nachts kam das junge Tier herüber und streckte sich neben mir aus, sein warmer Atem dicht an meinem Hals. Wenn die Tränen wieder zu fließen begannen, setzte er sich auf die Hinterfüße und fing an, mir das Gesicht zu lecken, bis seine raue Zunge sich in meinem Haar verfing. Am Tag kam der Otter und spielte vor meinem Bett, zwickte mich in die Zehen, die unter der Bettdecke hervorlugten, und stupste sie mit seinen Hinterfüßen an. Der Vogel hielt sich in sicherer Entfernung auf, wo er leise vor sich hin plapperte und pfiff.

Eines Abends strich mir Rosa über die Stirn, während ich meinen Tränen wieder einmal freien Lauf ließ. »Auch wenn du dir das im Moment nicht vorstellen kannst, Jessie, aber eines

Tages wird der Schmerz nachlassen. Du wirst immer weniger daran denken, und dann, eines Tages, merkst du plötzlich, dass du dich nicht mehr daran erinnerst, wie sie überhaupt ausgesehen haben.«

»Ich kann Camille nicht vergessen. Ich muss immer und immer daran denken, weil ich nicht verstehe, was ich ihr getan habe und warum sie sich so gegen mich gewandt hat. Hat ihr unsere Freundschaft denn überhaupt nichts bedeutet? Ich hätte sie nie im Leben so leichtfertig weggeworfen, wie sie das gemacht hat. Ich kann einfach nicht verstehen, warum sie mir das angetan hat. Wenn ich nur einen Grund wüsste, dann könnte ich vielleicht Frieden finden.«

Rosa reichte mir ein kleines Fläschchen. »Trink das, und schlaf ein bisschen.«

Erschöpft sank ich zurück in die Kissen. Als sich die Laudanum-Wolke über mich herabsenkte, merkte ich, wie mein Bett weggeschoben wurde. Ich sah Rosa, und durch meine halbgeschlossenen Lider sah ich auch, wie Nathalie ihr von der Tür aus ein Zeichen gab.

»Schläft sie, Marie-Rose?«, fragte Nathalie.

»Ja, *la pauvre.* Bestimmt träumt sie von dieser Hexe. Was gibt's denn?«

»Georges Duchamp ist hier. Er fragt nach Jessie.«

Mit einem Schlag war ich hellwach.

Rosa seufzte. »Er sollte sie besser nicht so sehen. Hilf mir, den Paravent aufzustellen, so können wir mit anhören, was Monsieur Duchamp zu seiner Verteidigung vorzubringen hat.«

Gleich darauf richtete ich mich vorsichtig auf und spähte durch die Zwischenräume der Stellwand, ohne einen Laut von mir zu geben. Georges kam herein und setzte sich ans Feuer. Sorgenvoll stützte er den Kopf in die Hände, dabei fiel ihm eine Locke ins Gesicht. Er war unrasiert und trug ein unordentliches, zerknittertes Jackett. Nathalie verschwand, und nun stand

Rosa mit verschränkten Armen vor ihm.

»So, Duchamp«, sagte sie. »Was führt dich hierher?«

»Es ist wegen Jessie. Ich fürchte, ich habe mich ihr gegenüber nicht besonders gut benommen.«

Rosa schnaubte. »So? Glaubst du das? Was für eine Überraschung. In ganz Montmartre gibt es kein Arbeitermädchen und im Faubourg Saint-Germain nicht eine einzige Gräfin, deren Herz du nicht mit deinen leeren Versprechungen gebrochen hättest. Jessie ist allerdings aus einem anderen Holz geschnitzt.«

Er stand auf und packte Rosa am Arm. »Weißt du, wo sie ist? Ich habe überall nach ihr gesucht. Ist sie hier?« Er sah sich im Zimmer um, und ich wich erschrocken vom Paravent zurück.

Rosa schüttelte seine Hand ab. »Sie ist ein paar Tage hier zu Besuch, ja, aber jetzt ist sie mit einigen Freunden spazieren gegangen. Was willst du von ihr, Georges?«

»Was für Freunde? Mit wem ist sie ausgegangen?« Er setzte sich wieder und bedeckte die Augen mit seinen Händen. »Das ist doch absurd. Was ist nur los mit mir?«

Er beugte sich vor, packte Rosa bei den Händen und zog sie zu sich aufs Sofa. »Rosa, *je t'en prie,* du musst Jessie davon überzeugen, dass ich sie sehen muss. Auf dich wird sie hören.«

»Sei nicht lächerlich. Jessie kann für sich selbst entscheiden. Sie will dich nicht sehen, und ich kann das, ehrlich gesagt, gut verstehen.«

»Hat sie dir erzählt, was geschehen ist?«

»Ja, sie hat mir alles erzählt. Gute Arbeit, Duchamp.«

Er stöhnte. »Das musst du verstehen. Ich war völlig überrumpelt, als sie auf einmal anfing, mir von der Situation ihrer Familie zu erzählen. Ich dachte, sie hätten Geld – ihre Kleider, die teuren Hüte, das große Haus in England, die Art, wie sie redet und sich kleidet. Ich habe einen Blick für so was.«

»Allerdings, du bist ein großer Kenner reicher junger Damen.«

»Das ist doch nicht meine Schuld. Mein Vater, dieser gemeine Kerl, hat fast mein gesamtes Erbe beim Kartenspiel und mit seinen jungen Geliebten verprasst. Von ihm habe ich gelernt, was es braucht, um wie ein Gentleman aufzutreten, leider hatte ich dazu nur das Einkommen eines Dienstboten zur Verfügung. Das Geld – das bisschen, das noch übrig ist – geht zur Neige, und in wenigen Jahren werde ich völlig mittellos dastehen. Es stimmt, am Anfang war es das Geld, das mich an Jessie interessiert hat, aber letztendlich habe ich mich in sie verliebt.«

Ich zerknüllte meine Bettdecke zwischen den Händen.

Georges rieb sich die Augen. »Wenn Jessie mich noch will, können wir in meinem Atelier wohnen und dort zusammen arbeiten, vollkommen gleichberechtigt. Dieses verfluchte Geld!«

»Ach wirklich?«, fragte Rosa. »In dem heruntergekommenen winzigen Atelier, das du dir mit deinem verrückten russischen Freund teilst? Und wovon würdet ihr leben?«

»Kunst und Liebe.«

Rosa lachte. »Du bist gut. Selten so gelacht. Kunst und Liebe … Ich verstehe, und ich sehe es vor mir: Jessie, wie sie blaugefroren in deinem armseligen Atelier hockt. Und wie lange wird es dauern, bis ihre Schönheit schwindet und ihr Blick fahl wird vor lauter Armut und nach all den Schwangerschaften? Wie lange, bis du anfängst, anderweitig nach Abenteuern zu suchen? Und von Heiraten ist selbstverständlich nicht die Rede, klar. Kunst und Liebe. Pah!« Sie spuckte ins Feuer, dass es zischte.

Georges stand auf und vergrub die Hände in den Hosentaschen. Er sah aus wie ein gescholtener Schuljunge, der vom Direktor zur Rede gestellt wird. »Suzanne Valadon ist auch nicht verheiratet«, sagte er. »Sie ist ein Freigeist, eine moderne Frau mit einem unehelichen Kind, und sie hat es überlebt.«

»Ihre Mutter kümmert sich um den Jungen«, sagte Rosa. »Und die Valadon kommt von der Straße, sie hat gelernt, sich durchzuschlagen. Jessie ist anders. Ihr Leben wäre ruiniert, und vielleicht würdest du sie irgendwann verlassen. Willst du ihr das antun?«

Der Vogel begann zu krächzen: *»Crétin! Crétin! Va-t'en!«*

Georges sprang auf und sah sich um. Als er den Vogel hinter sich entdeckte, lachte er zum ersten Mal. Bei dem vertrauten Geräusch aus seinem Mund durchfuhr mich eine Welle bitteren Schmerzes.

»Sogar deine Tiere haben sich gegen mich verbündet«, sagte er vorwurfsvoll. »Du hast recht, natürlich hast du recht. Ich darf nicht so egoistisch sein.«

Rosa stand auf und fachte mit einem Schürhaken das Feuer an. »Ja, das bist du. Du siehst gut aus, bist witzig, und ... du bist ein egoistischer Nichtsnutz. Aber Jessie wird darüber hinwegkommen, vorausgesetzt, du lässt sie in Ruhe.«

Er seufzte.

»Du und Camille, ihr habt ihr übel mitgespielt.«

»Hast du noch einmal mit Camille gesprochen, nachdem die Mädchen sich zerstritten haben?«, fragte er.

Rosa nickte, und ich rückte näher an die Stellwand heran, um mir kein Wort entgehen zu lassen, dabei stieß ich aus Versehen mit dem Knie gegen das Holz. Georges drehte sich um und sah in meine Richtung, und ich hielt für einen Moment den Atem an.

»Was war das?«, fragte er.

»Rimbaud oder Zola. In dieser Ecke spielen die beiden immer Verstecken.«

»Kannst du dir nicht einfach einen Pudel halten wie alle anderen *Grandes Dames* in Paris? Das werde ich nie verstehen.«

»Wo wäre da der Witz?«

Georges steckte die Hände in die Hosentaschen. »Hast du

einen Drink für mich, Rosa?«

Während sie für Georges und für sich einen Brandy einschenkte, erklärte Rosa: »Camille wollte natürlich nichts davon hören, als ich ihr sagte, wie dumm es von ihr war, Jessie fallen zu lassen, und dass sie auf Freunde wie Jessie angewiesen ist. Ich hab ihr klar gemacht, dass sich schon ganz Paris über sie und Rodin das Maul zerreißt, aber da fing sie sofort an zu zetern wie ein Waschweib und faselte irgendwas von Verschwörung.

Sie bildet sich ein, wir alle hätten uns gegen sie verschworen, allen voran Jessie, sie spricht von ihr als der *Schlange, die sie an ihrem Busen genährt hat,* und noch ein paar andere unhöfliche Dinge, die ich hier nicht in den Mund nehmen möchte. *Enfin,* sie glaubt, dass Jessie die Leitung des Ateliers übernehmen will, dass sie die Modelle aufhetzt und dass sie ihr die Schülerinnen ausgespannt hat.«

Das war gar nicht so aus der Luft gegriffen. Ich hatte einige junge Engländerinnen unterrichtet, um mein schmales Einkommen aufzubessern, das Papa zwangsweise hatte kürzen müssen. Aber was war daran so schlimm? Wenn ich gehofft hatte, herauszufinden, was Camille so sehr gegen mich aufgebracht hatte, so war ich keinen Schritt weitergekommen. Ihre Anschuldigungen ergaben noch immer keinen Sinn.

Georges sprach meine Gedanken aus: »Warum sollte Jessie keine Schülerinnen annehmen? Das mache ich auch, wenn das Geld knapp wird – jedenfalls, wenn sie hübsch genug sind. Und was meint Camille mit ›Verschwörung‹?«

»Ich habe keine Ahnung, *c'est complètement fou.* Das sind alles Hirngespinste, natürlich. Wichtig ist nur, dass Camille glaubt, Jessie sei ihre Feindin, und sie lässt sich nicht vom Gegenteil überzeugen. Ich kann da nichts mehr tun.«

Georges erhob sich. »Und ich nehme an, ich kann auch nichts für Jessie tun?«

»Nein, das kannst du nicht.«

»Wirst du ihr einen Gruß bestellen?«

»Es ist besser, wenn ich das nicht tue.«

Und dann war er weg.

Ich sank in die Kissen zurück und versuchte zu begreifen, was ich gehört hatte. Wegen Georges hatte ich William verloren, doch jetzt, nachdem ich gehört hatte, dass Georges mit mir zusammen sein wollte – ob mit oder ohne Geld –, jetzt wollte ich ihn nicht mehr. Er hatte mir sein wahres Gesicht gezeigt, als ich ihn so dringend gebraucht hätte, und er hatte sich von mir etwas geholt, das ihm nicht zustand. Das hätte William nie getan, doch ich war so dumm gewesen und hatte die Chance auf ein gemeinsames Leben mit ihm verspielt, nur weil mir ein anderer den Kopf verdreht hatte.

Somit hielt mich nichts mehr in Paris, weder Camille noch Georges. Und auch was meine Arbeit anging, vergeudete ich hier meine Zeit. Ohne Rodin als Lehrer, ohne ein eigenes Atelier – was hatte ich hier noch verloren? Mein Herz war so schwer, als läge ein dicker Felsbrocken auf meiner Brust. Wenn wenigstens William hier wäre – er allein könnte diese Last von mir nehmen. Aber es war zu spät. Ich hatte ihn verloren. Verzweifelt vergrub ich mein Gesicht in den Kissen, damit niemand mein Schluchzen hörte.

Rosa schob den Paravent zur Seite. Sie flüsterte: »Jessie, bist du wach?«

»Ja.«

»Das heißt, du hast alles mit angehört?«

Ich setzte mich hin und wischte mir die Tränen ab. »Ja, ich habe alles gehört.«

Sie setzte sich neben mich, und ich lehnte mich an ihre Brust. Sie tätschelte mir liebevoll die Schulter und küsste mich auf die Stirn. »Ich fahre ein paar Tage weg. Aber Nathalie wird sich um dich kümmern, während ich fort bin.«

* * *

Die *Tuilerien* versanken in einem Meer von Blütenblättern, die Bäume steckten in riesigen Wolken, die aussahen wie aus Zuckerwatte, sodass ich Lust bekam, meine Zunge auszustrecken und von dem süßen Zeug zu naschen. Nathalie hatte mich am Morgen mit sanfter Überredung aus dem Bett gescheucht. Wie ein kleines Kind hatte sie mich in dem kupfernen Zuber vor dem großen Holzfeuer gebadet und liebevoll mit dem Schwamm eingeseift.

Zuerst hatte ich überhaupt keinen Hunger und wollte nichts essen, aber dann konnte ich der süßen Versuchung aus heißer Schokolade und frischen Brioches in dem kleinen Parkcafé nicht widerstehen. Wir ließen uns von der warmen Frühlingssonne bescheinen und sahen ein paar Kindern zu, die sich eine Karte fürs Ponyreiten gekauft hatten und stolz an uns vorbeizuckelten.

Ein pummeliger kleiner Junge zerrte fortwährend an den Zügeln, bis das Tier anfing zu bocken. Er rutschte aus dem Sattel, griff nach der Mähne und hing dort fest, während sich das Pony in aller Ruhe bückte, um etwas Gras abzurupfen. Das Kindermädchen schimpfte und zeterte, und ich konnte nicht anders, als in Lachen auszubrechen. Die zentnerschwere Last, die so lange auf meiner Brust gelegen hatte, war plötzlich leicht geworden, und ich dachte: An einem Tag wie heute kann ich wieder glücklich sein, hier in Paris.

Und dann sah ich Camille.

Rodin lief neben ihr, sie kamen offenbar aus dem Louvre. Die beiden unterhielten sich angeregt, Camilles Gesicht strahlte, als er über eine ihrer Bemerkungen lachte. Als sie näher kamen, beschloss ich, sie anzusprechen. Camille musste gespürt haben, dass sie beobachtet wurde, denn sie schaute in meine Richtung, als sie an unserem Tisch vorbeikam.

Doch als ich meine Hand zum Gruß erhob, erstarrten ihre Gesichtszüge, und sie drehte sich so schnell um, dass ich sicher war, sie hatte mich gesehen. Natürlich hatte sie das. Sie konnte mich unmöglich nicht gesehen haben. Gleich darauf zupfte sie Rodin am Ärmel, und ich konnte an ihren Mundbewegungen ablesen, wie sie sagte: *Lass uns gehen.* Rodin schaute mich unter seinem Hut hervor an, dann hob er die Schultern, als wollte er sagen: *Was kann ich tun?*

Als Camille nicht aufhörte, an seinem Arm zu zerren, drehten sie sich um und gingen zurück in Richtung Louvre. Camille rannte fast, als könnte sie nicht schnell genug von mir fortkommen. Dachte sie etwa, ich würde ihr eine Szene machen? Dachte sie, ich würde ihr das Gesicht zerkratzen wie eine betrunkene Bettlerin? Es war, als hätte sie mir eine Ohrfeige verabreicht.

Wütend und hilflos saß ich auf meinem Stuhl. Vielleicht hatte sie ja recht, aber dennoch musste ich gegen den heftigen Wunsch ankämpfen, aufzuspringen und hinter ihr her zu laufen, sie an der Schulter zu packen und sie zu zwingen, mir ins Gesicht zu sehen. War es schon so weit gekommen? Besaß sie nicht einmal den Anstand, hier in diesem öffentlichen Park stehenzubleiben und ein paar belanglose Worte mit mir zu wechseln?

Ich ballte die Fäuste. Und ob sie mit mir sprechen musste. Ich stand auf und wollte loslaufen, doch da spürte ich Nathalies Hand auf meinem Arm. Ich setzte mich wieder und reckte den Hals, um zu sehen, ob Camille sich vielleicht nach mir umdrehte, doch nichts. Ich sah, wie sie geradewegs aus meinem Leben spazierte. Auch wenn ich es damals noch nicht wusste, war es doch unsere letzte Begegnung für vierzig lange Jahre.

* * *

Auf dem Heimweg war ich hin- und her gerissen zwischen blinder Wut und einer Art stummer Verzweiflung. Jetzt gab es für mich in Paris wirklich nichts mehr zu tun. Andererseits konnte ich nicht einfach nach Peterborough zurückkehren, denn dort würde ich täglich an William erinnert. Er würde zweifellos bald eine andere kennenlernen, und ohnmächtig würde ich mit ansehen müssen, wie seine Schwestern seine Verlobung bekanntgaben. Wie hatte ich nur so dumm sein können!

Ich war dermaßen versunken in meine trüben Zukunftsfantasien, dass ich nicht auf den Weg achtete und beim Überqueren der Straße zu Rosas Wohnung um ein Haar von einer Droschke überfahren worden wäre. Das Pferd scheute und blieb in letzter Sekunde stehen, doch ich rutschte aus und griff haltsuchend ins Leere. Dann stürzte ich zu Boden. Ich war zu Tode erschrocken, doch im nächsten Moment spürte ich, wie eine Männerhand mich wieder auf die Füße zog. Ich klopfte mir den Straßenstaub und einige Reste Pferdemist vom Kleid, bevor ich mich umdrehte, um meinem helfenden Retter zu danken.

»Hallo, Jess.«

Es war William. Er war dünner, und unter seinen Augen lagen dunkle Schatten. Aber es war William, mein William.

»Ich bin gekommen, um dich nach Hause zu holen, Liebling. O Jessie! Ich bin so dumm gewesen! Kannst du mir verzeihen?«

Meine Knie wurden weich, und William musste mich festhalten. Er küsste mich.

* * *

Ich war gerettet, und diese Rettung hatte ich allein Rosa zu verdanken. Sie war nach England gereist, um William dort aufzusuchen.

»Es war gar nicht schwer«, gestand sie mir später. »Ich habe Kontakte dort. Als ich ihn traf, erklärte ich ihm, ich müsse ihm ein Geständnis machen, und ich sagte ihm, dass ich das Porträt von dir gezeichnet und die Karte dazu geschrieben hätte. Ich sagte, dass ich dich eines Abends in meinem Atelier betrunken gemacht und versucht hätte, dich zu verführen – so wie ich es mit all meinen hübschen jungen Künstlerfreundinnen tue. Aber du hättest auf ganz reizende Art abgelehnt, und wir hätten beschlossen, Freundinnen zu bleiben. Das Porträt von dir hast du als Zeichen unserer Freundschaft behalten.«

Ich drehte den Smaragdring an meinem Finger. »Und? Hat er dir geglaubt?«

»Aber natürlich. Er liebt dich, Jessie.«

»Ich weiß nicht, wie ich dir danken soll, Rosa.«

»Da gibt es etwas. Du musst es mir versprechen.«

»Alles – was du willst.«

»Bitte sag ihm niemals die Wahrheit über Georges. Das bist du ihm schuldig. Wirst du mir das versprechen?«

Mit hängendem Kopf stand ich vor ihr. »Ja, Rosa.« Und damit vergrub ich die Scham über die Schande in meinem Herzen und hielt mein Versprechen für immer.

Kapitel Dreiundvierzig

Paris

1929

Paul und ich hatten uns zum Abendessen bei Maxim's verabredet. Also lief ich den Tag über durch Paris, bis ich schließlich in der Rue Notre-Dame-des-Champs ankam. Inzwischen gab es Autos auf den Straßen, die Frauen trugen kürzere Röcke und kürzere Haare als früher, aber ansonsten hatte sich kaum etwas verändert. Noch immer drang der Lärm der Schmiedehämmer aus den Künstlerateliers, und der Duft von frisch gebackenem Brot wehte aus derselben alten *Boulangerie.* Eine junge Concierge öffnete die grüne Doppeltür zu unserem ehemaligen Atelier und fuhr dann fort, einen Teppich an der Hauswand auszuklopfen.

»Guten Tag, Mademoiselle«, sagte ich.

Sie lächelte, ohne ihre Arbeit zu unterbrechen.

»Das hier war früher einmal mein Atelier, vor vielen, vielen Jahren, als ich so alt war wie Sie.«

»*Ah oui?* Ich würde Sie ja gerne reinlassen, damit Sie einen Blick hineinwerfen können, Madame, aber leider wohnt hier jetzt ein Notar, ein sehr ordentlicher Mann. Nach den letzten Bewohnern, die wir hatten, wollte der Hausbesitzer nicht mehr an Künstler vermieten. Das war so ein junges Künstlerpaar, die haben die Räume in einem furchtbaren Zustand hinterlassen.

Amerikaner waren das, mit ihrem kleinen Sohn. Sie kam aus gutem Haus, und das Baby war ein richtiger Wonneproppen, aber ihr Mann – so ein Schriftsteller, wissen Sie? Was soll man von solchen Leuten schon erwarten. Die waren jeden Tag unterwegs und ließen sich volllaufen, der Kleine blieb so lange bei mir, *Dieu merci.* Und was für schreckliche Streitereien die beiden hatten! Da wurde gebrüllt und geschrien, Flaschen flogen durch die Luft, bis die Polizei kam. Künstler eben, mit denen hat man nichts als Ärger.«

»*Oui, c'est vrai, ça*«, entgegnete ich lächelnd.

* * *

Paul kam zu spät, und er entschuldigte sich wortreich. Sein Haar war schütter geworden, und er wies einen deutlichen Bauchansatz auf, was ihn entsprechend schwerfällig machte. Seine Lippen unter dem akkurat gestutzten Schnauzbart waren zu zwei schmalen Strichen zusammengepresst. Niemals hätte ich ihn erkannt, wäre da nicht die frappierende Ähnlichkeit mit seinem Vater gewesen.

Er küsste mir die Hand. »Jessie! Wie schön, dich wiederzusehen. Du hast dich überhaupt nicht verändert. Ich wusste sofort, dass du es bist.«

»Wie lieb von dir. Allerdings hoffe ich sehr, dass ich mit Anfang zwanzig noch nicht so alt ausgesehen habe wie heute.«

»Ach, wir werden doch alle nicht jünger. Wann war das, als du aus Paris weggegangen bist? Ich war im Jahr vorher gerade mit dem *Lycée* fertiggeworden. *Mon Dieu,* ist das schon wieder so lange her? Über vierzig Jahre … Wo ist nur die Zeit geblieben? Ich bin jetzt einundsechzig, aber in meinem Herzen bin ich immer noch der Grünschnabel von damals.«

»Da geht es mir nicht anders als dir«, erwiderte ich. »Aber wir sind trotzdem nicht mehr dieselben. So vieles hat sich geändert.«

»Oui, la Grande Guerre.«

Einen Moment lang schwiegen wir und hingen unseren eigenen Erinnerungen nach. Der Krieg hatte unser aller Leben aus dem Lot gebracht. Dabei hatte ich noch Glück gehabt. Meine Gebete waren erhört worden, und der Krieg hatte meine drei Söhne verschont. Während dieser schlimmen Zeit hatte ich jedes Mal, wenn der Postbote sich unserem Haus näherte, vor Angst nicht zu atmen gewagt. Und ich habe auch später nie den Mut aufgebracht, mir auszumalen, was meine Söhne wohl durchgemacht haben mochten in Frankreich, diesem Land, das sich urplötzlich in ein matschiges Schlachtfeld verwandelt hatte, wo junge Männer, gerade aus der Schule entlassen, reihenweise abgeschlachtet wurden.

»Das hier ist eine andere Welt, auch wenn wir das nicht wahrhaben wollen«, bemerkte Paul und nickte in Richtung der Nouveau-Art-Kunst, die überall im Raum zu sehen war. Das Paris der Belle Époque mit seinen vergoldeten Spiegeln und verschnörkelten Blumenelementen war hier, in diesem Restaurant, noch durchaus lebendig, so als hätte es den Weltkrieg nie gegeben.

Bei unserem reichhaltigen Mahl fing Paul an, mir zu berichten, wie es Camille ergangen war, nachdem ich Paris verlassen hatte.

Er griff zu seinem Messer, um den Fisch zu entgräten. »Ich hatte ja keine Ahnung, warum du so plötzlich aus Paris abgereist bist. Aus Camille war nichts rauszukriegen, außer dass du nach England zurückmusstest. Das Nächste, was ich von dir hörte, war, dass du geheiratet hattest.«

»Ja, ich weiß nicht, ob du William je kennengelernt hast?«

»Nein, leider hatte ich nicht das Vergnügen. Aber er darf sich glücklich schätzen, dass er dich zur Frau bekommen hat, *chère* Jessie. Jetzt kann ich es dir ja sagen: Ich war damals sehr in dich verschossen. Du bist immer so freundlich zu mir gewesen.«

Ich lächelte und dachte an Paul, wie er mit siebzehn gewesen war: ein ernsthafter, sensibler Junge mit feinen Gesichtszügen.

Unruhig spielte er mit seiner Serviette. Dann, endlich, erzählte er mir, was ich wissen wollte.

»Nach deiner Abreise kam Camille kaum noch nach Hause. Sie schlief im Atelier – das Atelier, in dem ihr vorher zusammen gearbeitet hattet –, jedenfalls behauptete sie das. Und dann, eines Tages, kamen Maman die Gerüchte zu Ohren. Eine ihrer Freundinnen hatte ihr davon erzählt und sie gefragt, ob sie denn nicht wüsste, dass Camille Rodins Geliebte sei und dass er sie in einem halb verfallenen alten Schloss einquartiert habe. Man munkelte, er hätte obszöne Zeichnungen von ihr angefertigt, die er angeblich bei seinen wilden Partys im Schloss der Öffentlichkeit zeigte.«

Angelegentlich schob er ein paar Krümel auf dem Tischtuch hin und her, und ich hätte ihm am liebsten meine Gabel in den Handrücken gerammt.

»Wilde Partys? Das klingt wunderbar«, sagte ich.

Paul blickte überrascht auf, dann lachte er, als hätte er entschieden, dass ich einen Witz gemacht hatte. »Nun, du kannst dir die Reaktion meiner Mutter vorstellen.«

»Was hat sie getan?«

»Oh, es gab eine schreckliche Szene«, antwortete er. »Sie zitierte Camille zu sich in die Wohnung, und sie hat alles zugegeben, ohne einen Funken Reue oder Gewissensbisse. Wenn es nach Maman gegangen wäre, hätten wir Camille aus der Familie verstoßen und den Kontakt zu ihr abgebrochen. Sie hätte keinen Sou mehr bekommen. Besonders empört war sie, weil Camille sie dazu überredet hatte, Rodin und Rose Beuret zum Mittagessen zu uns nach Villeneuve einzuladen.«

Ich schüttelte den Kopf. Das war typisch für Madame Claudel, dass sie vor allem darauf bedacht war, nicht selbst zum Narren gehalten zu werden, anstatt sich Gedanken über die Affäre ihrer Tochter mit einem wesentlich älteren Mann zu machen. In diesem Leben würde es mir nicht mehr vergönnt sein, diese Frau zu verstehen.

Paul fuhr fort: »Allein Papa ist es zu verdanken, dass Camille dieses Schicksal erspart blieb. Er reagierte wie immer besonnen und pragmatisch. Er sagte, wir würden ihr ein eigenes Atelier einrichten und ihr eine kleine Pension zahlen. Auf diese Weise wäre sie wenigstens nicht darauf angewiesen, mit Rodin zusammenzuleben.«

Ich hatte mich schon lange gefragt, wie es Camille wohl gelungen sein mochte, diese Katastrophe zu überstehen, und ich bewunderte sie, weil sie diese Situation ausgehalten hatte. Jede andere Frau mit einem weniger verständnisvollen Vater wäre daran zerbrochen. Einmal mehr dachte ich voller Wärme an den großherzigen Louis-Prosper. Trotz seiner sarkastischen Art und seiner Allüren hatte er seine hochtalentierte Tochter vor der Armut und dem sozialen Abstieg bewahrt.

»Das war gut von ihm«, sagte ich.

Paul blieb der Mund offen stehen. »Meinst du das im Ernst? Na komm, du als Mutter … Wenn er ein richtiger Vater gewesen wäre, ihr nicht alles hätte durchgehen lassen, hätte er ihr verboten, Rodin jemals wiederzusehen. Er hätte sie zu Hause behalten und sie vielleicht davor bewahren können, weiter zu sündigen.«

Ich schob meinen Teller zur Seite, der Kellner nahm ihn und trug ihn mit einem bedauernden Kopfschütteln in die Küche.

»Warum bist du nur so streng, Paul? Camille hat dich immer geliebt. Als ich sie besucht habe, dort, an diesem ... Ort, da hat sie mit so viel Wärme von dir gesprochen. Und du fragst nicht einmal, wie es ihr geht?«

Paul senkte die Stimme, als müsste er noch immer dafür sorgen, dass die große Familienschande nicht bis zum Nebentisch vordrang. »Ich weiß genau, wie sie ist: Sie ist verrückt, geistesgestört und nicht bei Sinnen.« Er warf seine Serviette auf den Tisch und sah mich böse an. »Du findest, ich bin nachtragend und intolerant? Wie kannst du dir anmaßen, mich zu verurteilen! Du kennst ja gar nicht die ganze Geschichte. Du weißt ja nicht, wie verdorben Camille ist und welche moralischen Abgründe in ihr lauern.«

Bei dem Wort »Abgründe« schlug er so heftig mit der Faust auf den Tisch, dass das Besteck auf der Tischdecke klirrte. Der Kellner kam wieder an den Tisch, aber Paul scheuchte ihn fort. »Bringen Sie den Kaffee, und lassen Sie uns in Ruhe.« Mit brennendem Blick sah er mich an und beugte sich zu mir herüber. »Nicht genug, dass sie gesündigt hat – sie traf sich auch weiterhin mit dem Ehebrecher.«

»Wohl kaum. Rodin war kein Ehebrecher, denn er war gar nicht verheiratet.«

»In Gottes Augen war er das. Rose Beuret und Rodin hatten einen Sohn miteinander.«

Ich konnte seine Moralpredigt nicht länger ertragen. Er klang wie ein verbohrter Missionar. »Camille hat ihn geliebt. Es gibt schlimmere Verbrechen. Um Himmels willen, Paul, hast du nicht einen Funken Mitleid für sie übrig?«

Seufzend sank er in sich zusammen. »Du hast recht. Ich bin ein Heuchler. Tatsächlich betrachte ich die ganze Sache nach all den Jahren heute mit anderen Augen. Auch ich bin nicht ohne Sünde. In China habe ich mich in eine verheiratete Frau verliebt. Ich kam einfach nicht los von ihr, obwohl sie sich weigerte, ihren Mann zu verlassen. Wie du siehst, kenne ich die Macht der Liebe nur zu gut, und ich weiß, wozu Liebende fähig sind.«

Er sah so elend aus, und einen Moment lang war er der alte Paul, so wie ich ihn in Erinnerung hatte. Leicht strich ich ihm über den Handrücken. »Es ist schwer, der Versuchung zu widerstehen, wenn man liebt. Wir haben alle Fehler gemacht. Aber du hast das Richtige getan, das weiß ich, denn ich habe die Fotos von deiner Frau und den Kindern gesehen, die du mir geschickt hast.«

Er hielt meine Hand. »Ja, Reine ist meine Rettung – ebenso wie unsere fünf prächtigen Kinder.« Sein Gesicht verdüsterte sich wieder. »Aber da gibt es noch etwas im Zusammenhang mit Camille, etwas, das ich einfach nicht akzeptieren kann, weil es gegen meinen christlichen Glauben verstößt. Du hattest recht, als du gesagt hast, dass es noch Schlimmeres gibt.« Er fuhr sich mit der Hand durchs Gesicht und sah mich düster an. »Den Mord an einem unschuldigen Kind, zum Beispiel. Frag dich einmal selbst: Wie kann jemand weiterleben, der so etwas auf dem Gewissen hat?«

Ich zog meine Hand weg. »Wovon redest du?«

»Eines Tages ging ich zu Camille, um sie zu besuchen, und fand sie in Tränen aufgelöst. Ihr Atelier war völlig verwüstet, sie hatte alle ihre *Maquettes* zerstört. Sie raufte sich die Haare und schrie, völlig außer sich. Ich wollte einen Arzt holen, aber sie flehte mich an, das nicht zu tun. Sie war schwanger. Sie erwartete ein Kind von Rodin. Aber es war klar, dass er Rose Beuret auch unter diesen Umständen nicht verlassen würde, obwohl er meiner Schwester einen Bastard gemacht hatte.«

Ich konnte mir denken, wie entsetzt Rodin bei der Vorstellung gewesen sein musste, seinen Traum von Stein mit schwangerem Bauch zu erleben. Er wäre nicht der einzige Künstler, der sich schaudernd von seiner Muse abgewandt hatte, weil sie sich plötzlich in eine ständig erschöpfte Mutter und Matrone verwandelt hatte.

Als der Kellner zurück an den Tisch kam, bat ich ihn um Zigaretten. Seit dem Tag vor vielen Jahren, als ich aus Rosas Wohnung ausgezogen war, hatte ich keine mehr angerührt. Das Restaurant war fast leer, und die Kellner waren damit beschäftigt, die Tischdecken abzunehmen und Gläser zu polieren. Paul wartete ab, bis ich mir die Zigarette angezündet hatte, ehe er weitersprach.

»Rodin wollte das Baby unbedingt loswerden. Ich fragte sie, was sie tun wolle, und weißt du, was sie mir geantwortet hat? ›Ich habe keine andere Wahl.‹ Ich versuchte es mit Argumenten, erklärte ihr, dass wir immer eine Wahl haben. Gott hat uns einen freien Willen gegeben, damit wir uns zwischen Gut und Böse entscheiden. Weißt du, was sie getan hat? Sie hat mich ausgelacht. ›Oh, mein kleiner Paul, jetzt hast du mich wirklich zum Lachen gebracht. Was für eine lächerliche Kreatur du doch bist, du mit deiner Kirche und deinem Gott.‹«

»Und dann?« Ich wusste, was jetzt kommen würde, aber ich war mir nicht sicher, ob ich es wirklich hören wollte.

Er legte sich die Hand über die Augen, als würde er geblendet. Dann seufzte er.

»Für Rodin hätte sie alles getan. Für die Kunst und die Liebe. War das nicht damals euer Mantra? Ihr habt es immer wieder gesagt: *Kunst und Liebe.*«

Ich beachtete ihn nicht weiter und versuchte mir vorzustellen, was Camille durchgemacht haben musste: die brennenden Schmerzen, das Fieber, der starke Blutverlust nach dem Eingriff. Die Modelle in Rodins Studio hatten immer wieder von spitzen Drähten und bitteren Gifttränken erzählt, die die armen Mädchen trinken mussten, wenn sie schwanger waren, vom Arzt, der sich gegen eine entsprechende Gebühr ›ihrer annehmen‹ würde. Arme Camille.

»Es ist keine leichte Sache, ein Kind allein großzuziehen«, sagte ich. »Für sie muss das furchtbar gewesen sein, eine grauenhafte Entscheidung.«

»Und was ist mit dem Kind, das sie getötet hat?« Er hatte die Stimme erhoben, sodass der Kellner schon wieder angelaufen kam. Paul wehrte ab und hob mit bebender Hand sein Weinglas.

Als er ausgetrunken hatte, schien er etwas ruhiger zu sein. »Danach ist Camille nie wieder sie selbst gewesen. Die Sache hat sie völlig aus der Bahn geworfen. Und am Ende ist es auch mit Rodin nicht gut ausgegangen. Als sie endlich begriffen hat, dass er Rose Beuret niemals aufgeben würde, hat Camille ihn verlassen. Das war das Ende ihrer Karriere. *Er* hat ihre Karriere zerstört. Vorher hatte sie immerhin einige Aufträge, aber nach der Trennung wurden alle zurückgezogen, und dafür machte sie Rodin verantwortlich.«

»Und stimmte es denn? War er tatsächlich so rachsüchtig?«

»Ich würde nicht ausschließen wollen, dass jemand wie er meine Schwester nicht einfach nur ruiniert, sondern dass er auch ihr Talent stiehlt, obwohl er immer und überall betont hat, dass er ihr doch nur helfen wollte und dass er, wo er nur konnte, ein gutes Wort für sie eingelegt hat.«

»Aber du hast ihm das nicht abgekauft?«

Paul schüttelte den Kopf. »Er hat sie zerstört.«

Das konnte ich einfach nicht glauben. Es schien mir unmöglich, dass Rodin Camille so etwas angetan haben sollte, auch nach dem Ende ihrer Affäre nicht. Er war kein grausamer Mensch, und er selbst hatte sie einstmals als Genie bezeichnet, *une femme de génie.*

Paul strich mit den Händen die Tischdecke glatt. »Camille fing an zu trinken, sie gab ihr sämtliches Geld für Wein aus und aß nur noch das, was sie in Mülltonnen fand. Dann ging sie runter an die Seine und lud die Bettler und Vagabunden zu sich ins Atelier ein, um mit ihnen zu trinken. Die Nachbarn riefen die Polizei, und Maman schickte mich zu ihr. Ich sollte versuchen, mit ihr zu reden. Als ich ankam, hatte sie die Fenster zugenagelt und die Tür verbarrikadiert. Ich musste sie mit einem Stemmeisen aufbrechen.

Drinnen stank es, überall streunten wilde Katzen herum. Als einzige Beleuchtung flackerte ein kleines Feuer, das sie mit ihren Wachsplastiken am Brennen erhielt. Als ich sie fragte, warum sie das alles verbrannte, und warum die Fenster zugenagelt waren, antwortete sie, das sei, ›damit der Hurensohn Rodin meine Arbeit nicht stiehlt‹. Sie krächzte mit gebrochener Stimme, und ihr Gesicht war vom Alkohol völlig aufgedunsen. Meine Schwester, meine wunderschöne Schwester.«

Er griff nach meiner Hand. »Du musst das verstehen, Jessie, ich konnte nicht anders! Als Vater starb, war ich das Familienoberhaupt, und ich war dafür verantwortlich, das Richtige zu tun.«

In diesem Moment verabscheute ich ihn wegen seiner Heuchelei, wegen seines Verrats an Camille und dafür, dass er sie lebendig begraben hatte.

»Erzähl mir bloß nicht, du hättest keine andere Wahl gehabt«, schleuderte ich ihm entgegen.

Er antwortete nicht, sah mich aber auch nicht an. Ich wartete ab und wünschte, er würde mir erklären, warum er das getan hatte.

Als er anfing zu sprechen, klang seine Stimme flach und schal.

»Sie kamen mitten in der Nacht, um sie zu holen. Sie brachen die Bretter an den Fenstern mit Brechstangen auf und zerrten sie durchs Fenster nach draußen. Sie schrie, Rodin und seine Bande wollten sie entführen und dass man ihr Essen vergiftet und ihre Ideen gestohlen hätte. Sie haben sie abgeholt und in ein Irrenhaus gebracht.«

»Ihr hattet nicht das Recht dazu.«

Noch immer brachte Paul es nicht fertig, mir in die Augen zu sehen. »Es war das Richtige. Camille wäre umgebracht worden, oder Schlimmeres. Was sonst hätte ich tun sollen? Ich war die meiste Zeit außer Landes, Louise hatte mit sich und ihrer Familie genug zu tun, und Maman wurde alt und war all dem nicht mehr gewachsen.«

»Sieh mich an, Paul.«

Als er mich endlich anblickte, war sein Gesichtsausdruck gequält.

»Du hast Camille etwas Schreckliches angetan, du hast sie im Stich gelassen.« Er zuckte zusammen, aber ich fuhr fort. »Noch ist Zeit, das wieder in Ordnung zu bringen. Du hast es in der Hand, die Dinge zu ändern und sie dort rauszuholen. Ich habe sie gesehen, sie ist harmlos, nur ein armes, verlorenes Wesen. Wenn du dich nicht um Camille kümmern willst, lass mich es tun. Ich nehme sie mit nach England und sorge dafür, dass es ihr an nichts fehlt.«

Er sah mich lange an, und ich begann, Hoffnung zu schöpfen. Dann senkte er den Blick.

»Geh nach Hause zu deiner Familie, Jessie, und vergiss meine Schwester. Ich werde diesen unvernünftigen Plan nicht unterstützen. Du kannst nichts für sie tun.«

»Paul, bitte.«

Als er gegangen war, legte ich den Kopf auf die Arme und fing an zu weinen. Ich hatte Camille ein zweites Mal verloren. Meine bitteren Tränen erinnerten mich an den Tag, an dem die Suche nach meiner alten Freundin begonnen hatte.

Kapitel Vierundvierzig

Peterborough

1897

»Wer ist diese schöne Dame, Mama?«

Ich war vertieft in meine Arbeit an der Büste meines siebenjährigen Sohnes und schaute nicht auf. Gerade war ich mit der schwierigen Aufgabe beschäftigt, die verschlungenen Windungen seines Ohrs auszuformen.

»Mama!«

Seufzend legte ich mein Messer zur Seite. »Was ist denn, Sydney?«

Als ich aufschaute, sah ich mich Camille gegenüber. Sydney stand vor mir und hielt ihre Büste im Arm. Er hatte die alte Teekiste im Geräteschuppen durchwühlt, den ich noch immer als Atelier nutzte, und war dort auf die Skulptur gestoßen, die ich zehn Jahre zuvor von Camille angefertigt hatte.

Ich nahm ihm den Terrakottakopf ab und wischte vorsichtig die Spinnweben aus dem Gesicht. Sie sah sehr ernst aus, trotz des kindlichen Ausdrucks, der durch die runden Wangen entstand. Wie alt müsste sie jetzt sein? Zweiunddreißig? Jahrelang hatte ich mich bemüht, den Kontakt zu Rodin aufrechtzuerhalten. Ich hatte ihm eine Nachricht zu meiner Hochzeit geschickt sowie die Geburtsanzeigen meiner Kinder. Als Antwort hatte er mir kurze, höfliche Briefchen in seiner unleserlichen Handschrift geschickt. Camille hatte keinen meiner Briefe beantwortet, und nach einiger Zeit kamen sie mit dem Vermerk »Empfänger unbekannt« zurück.

Ich hatte versucht, die Trümmer unserer Freundschaft hinter mir zu lassen, aber ich konnte Camille einfach nicht vergessen. Als mein erstes Kind zur Welt kam, ein kleines Mädchen mit himmelblauen Augen, war ich so voller Liebe und Zärtlichkeit, dass mir jede Form von Zorn oder Ärger unmöglich erschien, und ich beschloss, Camille zu verzeihen. Es war, als sei plötzlich eine dicke Schicht Schmerz in meinem Inneren zusammengeschmolzen.

Als junge Mutter erinnerte ich mich manchmal, in den stillen Momenten, wenn alle Kinder schliefen, an die erste Zeit unserer Freundschaft und an die glücklichsten Tage meines Lebens. Jetzt aber hatte ich seit Jahren nicht mehr an Camille gedacht. Ich fuhr mit den Fingern über die Tonfigur, die ihre Gesichtszüge trug, und fühlte tiefstes Bedauern. Ich hätte hartnäckiger um sie kämpfen müssen, hätte sie nicht aufgeben dürfen. Nie wieder würde ich eine Freundin finden, die mir so viel bedeutete wie sie.

»Mama, warum weinst du denn?« Sydney legte mir seine kleinen Händchen aufs Knie. Ich zog ihn an mich und überhäufte ihn mit Küssen, bis er sich sträubte und sich in meinen Armen wand.

»Mama ist ein bisschen traurig, sonst nichts. Ich habe mich an ein Mädchen erinnert, das ich einmal gekannt habe – meine beste Freundin.«

* * *

Nachdem William mich nach England zurückgeholt hatte, war ich lange Zeit krank gewesen. Auf der Überfahrt mit der Fähre hatte ich mich verkühlt, und die Erkältung hatte sich zu einer Lungenentzündung ausgewachsen. So verbrachte ich den Rest des Sommers in meinem alten Bett in Wootton House und beobachtete, wie die Blätter der Ulme ihr Grün verloren und sich rötlich färbten. Meine Mutter umsorgte mich hingebungsvoll, aber sie war vor allem erleichtert, weil sie von unserer bevorstehenden Verlobung wusste. Sie war klug genug, nicht zu genau nachzufragen.

Zu Anfang waren meine Briefe an Camille noch aufgebracht und wütend, voller Anschuldigungen, die ich ihr kreuz und quer auf die Seiten schrieb, ungeachtet der Tintenflecke und der verschmierten Schrift. *Wie konntest du mich so behandeln, nach allem, was ich für dich und Rodin getan habe? Ich habe geglaubt, dich zu kennen. Jetzt frage ich mich, ob ich das überhaupt je getan habe.*

Doch ich verbrannte diese Briefe. Ich hätte ihre wütenden Entgegnungen und Anschuldigungen nicht ertragen, die sie unweigerlich nach sich gezogen hätten und die mir, schwarz auf weiß, noch größere Schmerzen zugefügt hätten. Ebenso unerträglich war mir die Vorstellung, dass sie meine heftigen Worte in diesen Briefen tatsächlich lesen würde. Also schickte ich sie nicht ab.

Im Fieberwahn fragte ich mich wieder und wieder, warum sie unsere Freundschaft zerstört hatte. Wie hatte sie mich vergessen können? Warum liebte sie mich nicht mehr so, wie ich sie noch immer liebte? Zu wissen, dass sie weiterhin in Paris lebte und keinen Gedanken an mich verschwendete, war mir eine Qual.

Ich fragte mich ständig, was sie wohl gerade tun mochte, wo sie hinging und mit wem sie sich traf. Ich stellte sie mir vor, wie sie in Rodins Studio hoch oben auf dem Gerüst stand und höchst konzentriert am *Höllentor* arbeitete oder im *Chat Noir*, und wie sie über Georges lachte, wenn er mit einem Mädchen auf dem Schoß dort herumsaß, oder wie sie im Spaß Beleidigungen mit Rosa austauschte.

William kam, so oft es ging, zu mir, hielt meine Hand und erzählte mir von gemeinsamen Freunden und den kommenden Londoner Ausstellungen. Kurz, er tat alles, um meine Gedanken von Paris abzulenken. Ich aber war wie ein Tier, das sich die Wunden leckt, und kehrte immer und immer wieder zu Camille zurück. Nur Georges ließ ich nicht in meine Erinnerungen hinein.

»Ich weiß nicht, was ich tun soll, William. Soll ich ihr schreiben?«

Seufzend sah er aus dem Fenster auf die Ulme, deren Äste schon fast blattlos in den zinngrauen Himmel ragten. »Wenn du dir davon deinen Seelenfrieden versprichst.«

»Und was soll ich ihr sagen? Soll ich sie fragen, warum sie sich von mir abgewandt hat? Warum hat sie das nur getan, William?« Meine Stimme klang wie ein Winseln, und ich hasste mich dafür. Ich klammerte mich an meinen Kummer, als Ersatz für Camille.

Williams Stöhnen verriet seinen Ärger. Ich ahnte, dass er sich insgeheim fragte, wo bloß das mutige Mädchen geblieben war, als das er mich früher gekannt hatte.

»Darüber mach dir mal keine Gedanken, sonst wirst du nur wieder krank, gerade jetzt, wo du schon so viel besser aussiehst.« Er erhob sich von meinem Bett und ging hinüber zum Kamin. »Du hast nichts Böses getan, Jess. Du solltest ihr ganz vernünftig schreiben, damit sie sieht, dass sie dich nicht verletzt hat.«

William half mir dabei, die kurze Nachricht an Camille zu verfassen. Anstatt sie zu bedrängen und den Verlust ihrer Liebe und Freundschaft zu beklagen, war dieser Brief höflich und neutral. Ich erkundigte mich nach ihr, nach ihrer Familie und ihrer Arbeit. Ich schrieb ihr, dass wir im Dezember in London heiraten würden.

Ein großes Fest war geplant, denn Papa war es schließlich gelungen, das Familienvermögen zu retten, indem er rechtzeitig in Paraffinöl investierte, das in Schottland seit Neuestem aus Schiefer gewonnen wurde. Davon schrieb ich allerdings nichts. Stattdessen fragte ich sie, wie es ihr ging, und fügte als Nachsatz hinzu, dass es mir sehr leidtäte, wenn irgendwelche Missverständnisse zwischen uns lägen, und dass ich hoffte, wir würden Freundinnen bleiben.

William nahm den Brief an sich. »Ich werde ihn gleich mit der Nachmittagspost abschicken«, versprach er und küsste mich auf die Stirn. »Denk nicht länger an Paris. Du bist jetzt hier zu Hause.«

* * *

Eine Woche später erhielt ich einen in Paris abgestempelten Brief. Mein Herz klopfte wie wild vor Aufregung, als ich Rodins raumgreifende Handschrift erkannte. Es war eine kleine, ganz persönliche Note, in der er William und mir Glück wünschte. Sofort fragte ich mich, ob denn Camille selbst auch schreiben würde, aber die Tage vergingen, und es kam kein Brief von ihr. Nach einiger Zeit war ich so von meinen Hochzeitsvorbereitungen in Beschlag genommen, dass es mir gelang, die Gedanken an Camille zu verdrängen.

Am Tag unserer Hochzeit in London waren alle Säulen in der großen Sankt-Helens-Kirche mit gelben Rosen umwunden, und am Ende jeder Bankreihe steckten ebenfalls üppige Rosensträuße. Ich trug Williams Smaragdkette und den dazu passenden Ring. William sah so gut aus, mit den gelben Rosenknospen im Knopfloch. Als er mir seine Hand hinhielt, hatte ich das Gefühl, einen sicheren Hafen zu erreichen.

»Jessie, meine wunderschöne Jess.«

Als wir den Mittelgang entlangschritten, zwischen all meinen englischen Tanten, Onkels, Cousins und Cousinen hindurch, sah ich auf einmal eine Gestalt, die nicht recht in diese Umgebung passen wollte. Es war Rosa, in ihrem besten Gesellschaftsanzug und mit Nathalie an ihrer Seite. Sie schienen die Blicke der anderen Gäste nicht zu bemerken.

»*Salut,* Jessie! Wir sind hier, um uns zu vergewissern, dass William sich auch wirklich um dich kümmert.«

Ein Hoffnungsfunke durchzuckte mich, und ich musterte aufmerksam die anderen Gäste auf der Kirchenbank. Aber Camille war nicht unter ihnen. Ich drückte Williams Arm ein bisschen fester, und er beugte sich leicht zu mir herunter.

»Es sind alle gekommen, die dich lieben, Jessie«, flüsterte er.

Als er mich küsste, klatschte die Kirchengemeinde jubelnd Beifall.

Zum Abschluss brauste Widors Toccata von der Orgel durch die Kirche, und ich sagte lächelnd: »Kommt, lasst uns Champagner trinken.« Und dann gingen wir hinaus in den hellen, freundlichen Morgen unseres Hochzeitstags.

* * *

William übernahm den Posten am Owen's College in Manchester, und damit begann mein neues Leben an der Seite eines angesehenen Wissenschaftlers. Ich bemühte mich, nicht mehr an Paris zu denken, und vertrieb mir die Zeit als Gastgeberin von Teegesellschaften für die anderen Professoren und einige von Williams Studenten, durchweg kluge, ernsthafte junge Männer, die sich am liebsten in chemischen Formeln ausdrückten.

Doch während ich dort tapfer Sherry und Rosinenkuchen herumreichte, wanderten meine Gedanken immer wieder zum *Chat Noir*, in unser Atelier in der Rue Notre-Dame-des-Champs, zu Georges und zu Camille. Ich hatte mich bemüht, Paris in unserem neuen Zuhause ein bisschen sichtbar werden zu lassen, indem ich die Tische in Spitzenschals hüllte und überall Zeichnungen von Henri und Rosa aufhängte. Die kleine Skulptur, die Rodin mir geschenkt hatte, prangte auf dem Kaminsims und ermunterte mich, diese langen, öden Zusammenkünfte durchzustehen.

Aber sobald ich im Bett lag, nach einem weiteren, trostlosen Abend, den ich zusammen mit den anderen Ehefrauen in einem Eckchen hockend verbracht hatte, nahm William mich in den Arm und fing an, mir süße Worte ins Ohr zu flüstern. Die Leidenschaft unserer gemeinsamen Nächte war überraschend für mich und schweißte uns zusammen. William hatte recht gehabt: Wir waren aus unterschiedlichem Holz geschnitzt, aber zusammen bildeten wir eine schöne Intarsie.

Und dann passierte das Wunder. Helen kam zur Welt, und mit ihren dunkelblauen Augen erinnerte sie mich an Camille. Sie liebte es, mit meinem Ton zu spielen, und so war es nicht verwunderlich, dass sie Künstlerin wurde. Ob vielleicht ein Teil von Camilles Geist so fest in meinem Herzen verwurzelt war, dass sie ihren Weg zu meinem Kind gefunden hatte? Das war sicher eine wahnwitzige Spinnerei, deshalb habe ich den Gedanken nie mit William geteilt.

Wir bekamen noch drei weitere Kinder, lebhafte Söhne, und mit jedem von ihnen verschwand ich ein bisschen mehr. Ich versuchte, die Bildhauerei nicht aufzugeben, aber in jenen ersten Jahren, als die Kinder klein waren, nahmen sie jeden Winkel meines Lebens in Beschlag.

Als mein Vater starb, war meine Mutter am Boden zerstört. Deshalb zogen wir nach Wootton House, um dort gemeinsam mit ihr zu leben. Vaters Besitz war durch die Rezession der 1890er Jahre geschrumpft, sodass ich gezwungen war, unseren riesigen Haushalt mit einem sehr schmalen Einkommen zu bewältigen. Ich unterrichtete meine Kinder selbst, um das Schulgeld zu sparen, und führte selbst die Bücher.

Erst als die Kinder größer wurden, begann ich wieder mit der Bildhauerei. Ich fertigte Porträts meiner Familie an und übernahm Aufträge, aber es war nicht mehr wie früher. Mein Ehrgeiz war mit meiner Jugend verschwunden. Am liebsten saß ich jetzt in meinem alten Geräteschuppen, der mir als Atelier diente, und bildete die schönen Köpfe meiner Kinder nach. Mein Lieblingsmodell war Sydney, mein wunderhübscher Junge.

* * *

Am Tag, als er Camilles Büste fand, kramte Sydney weiter in der Teekiste auf der Suche nach noch mehr Schätzen.

»Mama, du weißt schon, dass du die beste Sachensucherin von uns allen bist? Erinnerst du dich an mein Holzpferd, das den ganzen Winter über im Garten verschwunden war?«

»Ja, mein Liebling.«

»Warum gehst du nicht deine Freundin suchen?«

Ich unterbrach meine Arbeit. »Du hast recht. Das werde ich tun.«

* * *

Doch es sollte noch Jahre dauern, bis ich sie endlich fand. Ich unternahm mehrere Anläufe und schrieb an ihre Familie, bekam aber nie eine Antwort auf meine Briefe. Dann kam der Krieg, und unser aller Leben wurde von den schlimmen Ereignissen durcheinandergewirbelt.

Aber ich gab nicht auf, und nach Kriegsende gelang es mir, Camille über ihren Bruder Paul auf die Spur zu kommen. Ein

Freund von uns war damals im Außenministerium tätig und erwähnte, dass Paul als Gesandter der französischen Botschaft in Kopenhagen arbeitete. *Der Bursche ist ein Dichter, und sogar ziemlich berühmt, wie es aussieht.*

Monate später erhielt ich Pauls Antwort: Camille war jahrelang krank gewesen und hielt sich derzeit in einem Krankenhaus im Süden Frankreichs auf. Er dankte mir für meine Freundlichkeit. Ich schrieb ihm zurück und bat um genauere Angaben, aber er war in der Zwischenzeit umgezogen, und meine Briefe blieben unbeantwortet, bis eines Tages eine Postkarte ankam.

Meine Briefe waren verloren gegangen und plötzlich wieder aufgetaucht. Paul war als französischer Botschafter nach Washington abgesandt, aber das Schreiben blieb seine große Leidenschaft. Ob ich wohl eines seiner Bühnenstücke im Theater gesehen hätte? Er legte dem Brief ein paar Fotos von sich vor dem Weißen Haus bei und schrieb, dass er oft an mich dächte. Seine arme Schwester Camille sei noch immer in derselben beklagenswerten Situation.

Ich schrieb ihm postwendend zurück. Wo war Camille? Konnte ich ihr schreiben? William und ich würden demnächst mit dem Zug nach Italien reisen und dabei auch durch Südfrankreich fahren. Ob es vielleicht möglich wäre, sie zu besuchen?

Kapitel Fünfundvierzig

Asyle de Montdevergues

April 1930

Entmutigt verließ ich Paris und kehrte wieder heim nach Peterborough. Ein paar Monate später fuhr ich noch einmal in die Anstalt – mit einem Plan im Gepäck. Camille wartete schon im Empfangszimmer des Krankenhauses auf mich, in einem schäbigen kleinen Raum, wo die Patienten sich mit ihren Besuchern treffen konnten. Sie trug einen zerknautschten Hut und denselben abgetragenen Mantel wie beim letzten Mal.

Sie ging mir entgegen und nahm meine Hände. »Jessie, *ma petite anglaise.*«

Wir umarmten einander, und ich flüsterte ihr zu: »Geh und pack deine Sachen, Camille, ich hol dich hier raus. Wir gehen zusammen weg. Du kannst bei mir in England leben.«

Aber Camille fing heftig an zu zittern und wurde sichtlich nervös.

»Geht es dir gut?«, fragte ich ängstlich. Ich half ihr, sich hinzusetzen, und hielt ihre Hand, bis endlich wieder Farbe in ihre Wangen zurückkehrte.

»Ich kann nicht, Jessie, ich kann nicht.«

Sie fing an zu weinen, und ich erkannte, wie egoistisch ich gewesen war. Camille war nun seit 1913 ununterbrochen in geschlossenen Anstalten untergebracht gewesen. Außerhalb dieser Mauern hatte sich die Welt verändert. Ihre Welt, die Welt, in die ich in meinen Träumen wieder und wieder zurückkehrte, war für immer verschwunden. Camille war viel zu schwach und zu zerbrechlich, um dort draußen zu bestehen. Wenn ich sie hier herausholte, würde sie das umbringen.

Ich sah die Erleichterung in ihren Augen, als ich sagte, ich könne sie doch nicht mitnehmen.

»Es tut mir leid, Camille.«

Sie nickte langsam, als sei sie zu Tode erschöpft. So saßen wir eine Weile schweigend da. Als sie anfing zu sprechen, kam ihre Stimme aus weiter Ferne wie im Halbschlaf.

»Erinnerst du dich noch, wie wir uns das letzte Mal gesehen haben? In Paris meine ich, nicht hier.«

Wie könnte ich diesen Morgen vergessen? Ich brachte kein Wort heraus.

Sie krallte ihre Finger in meinen Handrücken. »Bist du mir immer noch böse? Es tut mir leid, Jessie. Ich war so aufgebracht, aber es war nicht deinetwegen. Es war, weil … ich hatte gerade herausgefunden, dass ich schwanger war.«

Ich drehte mich ruckartig zu ihr um und presste ihre Hand an meinen Mund.

»Oh, Camille!«

Sie senkte den Blick. »Ich habe niemals jemandem davon erzählt, nicht einmal Rodin. Jedenfalls damals nicht. Später war es dann egal. Ich habe das Kind verloren. Ebenso wie das nächste und das übernächste. Zu Anfang glaubte ich, es sei eine Art von Bestrafung.«

»Das ist ganz normal, dass du das gedacht hast, aber es war doch nicht deine Schuld.«

Ich drückte ihre Hand, aber sie zog sie zurück.

Sie ballte die Hand zur Faust, schüttelte sie heftig und war damit für einen Moment nicht mehr die gebrechliche Patientin aus der Nervenheilanstalt, sondern die lebhafte Camille, die sie früher einmal gewesen war. »Du hast recht, Jessie, es war nicht meine Schuld. Es war Rodin, dieser Schuft. Nachdem ich das erste Kind verloren hatte, erzählte ich ihm davon in der Hoffnung, er wäre traurig darüber, doch nein, er war erleichtert. Ich habe es ihm angesehen, diesem Feigling! Die anderen Male dachte er nicht einmal daran, seine Genugtuung zu verbergen, und sagte mir, es sei besser so.«

»Männer fühlen nicht immer so wie wir Frauen«, sagte ich. William hatte mir erklärt, eine Fehlgeburt sei eine natürliche Selektion, eine Art Schutz der Natur vor Abweichungen von der Norm. Als ich ein Kind verlor, zeichnete er mir Diagramme auf und redete mit mir, als sei ich einer seiner Studenten. Am liebsten hätte ich ihn geschlagen.

Camilles Stimme wurde zu einem Flüstern, und sie rückte mit ihrem Gesicht so nah an mich heran, dass ich die Stummel sehen konnte, wo einstmals ihre Zähne gewesen waren. »Rodin hat mich vergiftet, und er hat meine Babys vergiftet. Er ist ein Monster! Ein Monster!« Sie fing an zu weinen, und ich legte meine Arme um ihre schmalen Schultern.

Bestimmt hatte sie Wahnvorstellungen, ein Symptom der Paranoia, vor der Doktor Charpenel mich schon beim letzten Mal gewarnt hatte. Ich murmelte ein paar beschwichtigende Worte, so wie ich es früher immer gemacht habe, um meine Kinder zu beruhigen, und bald wurde auch sie ruhig. Ich dachte schon, der Sturm habe sich gelegt, doch ich sollte mich geirrt haben.

Camille stand auf und fing an, im Zimmer auf und ab zu marschieren. »Ich habe alles rausbekommen. Ich weiß, warum er das getan hat. Weißt du, er hätte mir keine Ideen mehr stehlen können, wenn ich ein Baby gehabt hätte, das ich versorgen musste. Er brauchte mich für seine Arbeit, er brauchte meine Gedanken, meine Fantasie. Sobald der Arzt nach dem Eingriff wieder verschwunden war und mich allein in meinem Bett zurückließ, eine mit einem Tuch bedeckte Metallschüssel in der Hand und die Laken voller Blut, stand Rodin schon da und sagte mir, Arbeit sei jetzt die einzige Antwort und die einzig mögliche Heilung für meinen Kummer.«

Wieder boxte Camille mit den Fäusten in die Luft. »Wie ein dummes Schaf habe ich ihm geglaubt und ging immer wieder zurück an meine Skulpturen, die er ständig kopierte, jede einzelne von ihnen. Und das hat er schlau eingefädelt, so schlau, dass ich es am Anfang überhaupt nicht gemerkt habe. Wir arbeiteten mit denselben Modellen, weißt du, und ich sagte den Modellen, wie sie sich hinstellen sollten, welche Posen sie einnehmen sollten. Ich hatte die Ideen, und er nickte nur, und ich war obendrein glücklich, weil ihm meine Sachen gefielen. Wie dumm bin ich nur gewesen! Die ganze Zeit über hat er mich bestohlen.«

Camille setzte sich wieder und griff nach meinen Händen. Ich entzog sie ihr, ich konnte nicht anders. Ihr Blick irrte ziellos durch den Raum, sie schien mich gar nicht wahrzunehmen und hörte nicht auf zu schimpfen. Dabei lief ihr der Speichel aus dem Mund. Es war mir unmöglich, zwischen Wahrheit und Wahn zu unterscheiden.

Offenbar spürte sie meinen Zweifel, jedenfalls stieß sie meine Hände mit einem Ruck und angewidertem Gesichtsausdruck zurück: »Was soll ich hier noch weitere Worte verschwenden, du bist doch immer auf Rodins Seite gewesen, du hast ihn vergöttert wie ein verliebtes Schulmädchen.«

Selbst in diesem Zustand, schwach und gebrochen, hatte Camille noch immer die Macht, mich zu verletzen. Ich fühlte die alte Wut in mir aufsteigen, und meine verletzten Gefühle von damals brachen an die Oberfläche.

»Ich bin immer auf deiner Seite gewesen«, sagte ich. »Auch wenn es mir nicht viel genutzt hat.« Es reichte mir mit ihren Launen. Schon einmal hatte sie sich gegen mich gewandt, und ich hatte das klaglos hingenommen, aber diesmal würde sie sich meinen Argumenten nicht entziehen können.

»Liebe Camille, was deine Anschuldigung angeht, er habe dir deine Ideen geklaut – das ist doch aus der Luft gegriffen. Künstler stehlen immer und überall voneinander, sie arbeiten alle an denselben Themen, und es ist ungerecht, den eigenen Misserfolg anderen, erfolgreicheren Künstlern anzulasten.«

Ich dachte an meinen *Giganti*, an dem ich so hart gearbeitet hatte, der es aber nie in den Pariser Salon geschafft hatte, während Camilles Ausgabe zu einem genialen Werk erklärt worden war. Daran war niemand schuld, außer Gott, der ihr mehr Talent geschenkt hatte als mir.

Camille verengte die Augen zu Schlitzen und sah mich feindselig an. »Denkst du, ich weiß nicht, dass Künstler sich Dinge voneinander abschauen? Hältst du mich für so dumm? Das hier ist etwas ganz anderes, das kannst du mir glauben.«

Sie schlug sich mit der rechten Faust in die linke Hand. »Rodin hat meine Ideen gestohlen. Warum glaubst du mir das nicht? Ich habe gedacht, du bist meine Freundin? Du brauchst dir nur einmal meine Sakuntala und sein Ewiges Idol anzuschauen – dieselbe Pose, absolut identisch, ein Mann, der um Vergebung bittet. Das war meine Idee. Meine Idee, hörst du? Meine Idee!«

Sie stieß sich den Zeigefinger gegen die Brust, und ich zuckte zusammen, als ich sah, mit welcher Kraft sie das tat. »Ich bin vollkommen blind gewesen, denn ich habe nichts gemerkt. Jedenfalls so lange nicht, bis die Kritiker meine Sakuntala sahen und mich verspotteten, weil sie meinten, ich hätte Rodin kopiert. Aber was glaubst du, woher er die Idee für dieses und so viele andere seiner Werke hatte?«

Sie packte mich am Arm, und ich war überrascht, als ich merkte, wie viel Kraft sie noch immer in ihren knochigen Fingern hatte. »Rodin hat mir alles genommen«, schrie sie, und ihr schlechter Atem schlug mir entgegen. »Er wurde immer älter, und es fehlte ihm die Inspiration. Ich aber war jung und voller Ideen. Er hat meine ganze Fantasie aus mir herausgesaugt und sie sich in seine eigenen morschen Knochen eingeimpft. Rodin hat mir alles genommen: meine Ideen, meine Jugend und sogar meine Kinder.«

Mit einem Mal war ihr Zorn verraucht, und sie starrte nur noch ausdruckslos auf ihre Hände, die nun reglos in ihrem Schoß lagen.

Jetzt tat sie mir leid. Ich war zu hart mit ihr gewesen und hatte ihrer armen geschundenen Seele zu viel zugemutet. Sie sah völlig niedergeschmettert aus in ihrem Elend. Könnte ich doch nur die Bitterkeit von ihr nehmen und ihr helfen, die süßen Erinnerungen an die Vergangenheit wiederzufinden.

»Camille, du hast doch Rodin einmal geliebt. Erzähl mir von der Zeit, als ihr besonders glücklich miteinander wart. Möchtest du?«

Sie lehnte sich in ihrem Stuhl zurück und schloss die Augen. Ich dachte schon, sie sei eingeschlafen, doch sie fing an, mit sanfter Stimme zu reden, als sei sie wieder ein junges Mädchen.

»Rodin hatte dieses Haus für uns gemietet, La Folie Le Prestre, wo George Sand sich immer mit de Musset getroffen hat. Als er mich durch den Garten und durch die Tür ins Haus führte, hielt er mir die Augen zu. Und dann, als ich die Augen wieder aufmachte, war es wie im Märchen: Ich war die Prinzessin, die aus ihrem hundertjährigen Schlaf erwacht. Das Haus war eine Ruine, alles voller Staub, der Putz blätterte von den Wänden, aber überall in den Alkoven standen Götterstatuen. Es war Liebe auf den ersten Blick: unser Atelier, Rodins und meins, unser geheimer Zufluchtsort mitten in Paris.

Wir lagen uns nackt in den Armen, in diesem riesigen zerfallenen Schloss … Das Laub der vor den Fenstern wuchernden Weinreben färbte das Sonnenlicht grün, als seien wir unter Wasser, tief am Meeresgrund … Wir hörten nichts als das Schlagen unserer Herzen … Seine Augen, blass wie zwei Opale, leuchteten stetig mit der immer selben kalten Flamme …«

Sie bewegte den Kopf, als müsste sie sich Wasser aus den Ohren schütteln. »Nein. Nicht das. Sein Fluch liegt immer noch auf mir, das Gift, das er mir verabreicht hat, fließt noch durch meine Adern. Er hat mir Lügen ins Ohr geflüstert, während er meine Haut liebkoste, meine Haut, so weiß wie Marmor … ›Mein Traum von Stein‹, so hat er mich genannt. ›Bald sind wir verheiratet, bald, mein schöner Traum, und dann werden wir unser ganzes Leben gemeinsam verbringen. Ab jetzt sind wir Partner, du und ich, zwei verwandte Seelen, zwei Genies, zusammen werden wir groß werden, unsere Kraft wird wie Flammen emporströmen.‹« Sie öffnete die Augen, als erwache sie aus einem Traum, und stieß ein seltsam schepperndes Lachen aus. »Und ich habe ihm geglaubt.«

Es lag eine große Traurigkeit über ihr, aber auch ein Leuchten, wie Sonnenstrahlen auf einer Skulptur von Bernini. Noch einmal sah ich die Camille vor mir, die ich in Paris gekannt hatte, und ich verspürte den Wunsch, ihr verwüstetes Gesicht zu küssen. Wie dumm von Rodin, dass er sie hatte gehen lassen.

»Was geschah dann?«, fragte ich. »Warum hast du ihn verlassen?«

Sie ließ die Schultern hängen und schien vor meinen Augen wieder zu altern. »Ich wurde noch einmal schwanger. Ich hatte schon so viele Kinder verloren, und ich war sechsunddreißig, aber dieses Kind brachte den Willen zum Überleben mit. Ich spürte sein Strampeln in meinem Bauch, er war stark, voller Leben, mein eigenes Kind.«

Sie legte sich die Hände auf den Bauch und lächelte. »Rodin wollte einen Termin beim Arzt ausmachen, einem dieser Metzger, die sich um die schwangeren Modelle kümmerten. Ich willigte ein, sagte, ich würde es tun, und habe sogar Paul davon erzählt. Natürlich war er schockiert und nannte mich sogar eine Mörderin.«

Ich legte meine Hand auf ihre Hand, die noch immer auf ihrem Bauch ruhte. »Paul hat es mir erzählt, als ich mich in Paris mit ihm getroffen habe.«

Sie sah mir in die Augen. »Warst du auch schockiert?«

»Nein, ich habe nur an dich gedacht und daran, wie furchtbar das für dich gewesen sein muss.«

Camille berührte leicht meine Wangen. Dann trat sie ans Fenster und blickte durch die Gitterstäbe nach draußen in den trostlosen Garten. Als sie sich wieder umdrehte, strahlte sie.

»Aber ich habe Rodin verlassen. Ich habe eine eigene Wohnung gefunden und mich vollkommen zurückgezogen. Ich hätte eine langwierige Krankheit, habe ich allen erzählt. Paul und Rodin glaubten, ich sei nach der Abtreibung erkrankt. Aber ich habe das Kind bekommen. Ich habe einen Sohn, Jessie.«

* * *

In ihrem Zimmer holte Camille eine Schachtel unter dem eisernen Bettgestell hervor, in der sich die Skulptur des Kopfes eines kleinen, etwa fünfjährigen Jungen befand, mit einem Grübchen und keckem Blick. Seine Ähnlichkeit mit ihr war unübersehbar. Sie zog ein Stück Papier aus ihrer Rocktasche, darauf stand eine Adresse in Villeneuve.

»Ich gab ihn in die Obhut meines alten Kindermädchens. Sie ist immer sehr freundlich zu Paul und mir gewesen. Ich wollte das Baby vor Rodin verstecken, und vor allem wollte ich verhindern, dass er dem Kind irgendetwas antut. Kannst du ihm das bringen?«

Sie hielt mir die Büste hin. »Jessie, *mon amie,* kannst du ihn für mich ausfindig machen und ihm von seiner Mutter erzählen?«

»Wie soll ich ihn dort ausfindig machen?«, fragte ich.

»Es ist ein kleines Dorf.«

Ich nahm die Büste in die Arme und schaute mir Camilles Sohn genauer an. Er schien fast zu vollkommen, wie das Bild eines Traumkinds. War dieses Kind, ebenso wie Camilles Vergiftungsfantasien und die Verschwörungstheorien über Rodin, auch nur ein Auswuchs der Wahnvorstellungen, die ihre kranke Seele heimsuchten? Vorsichtig stellte ich die Büste in die Schachtel zurück und umarmte Camille ein letztes Mal. Noch einmal teilte sie mir eine Rolle in ihrem Leben zu, und ich würde sie auch diesmal nicht im Stich lassen.

Als ich mit dem Auto von Montdevergues fortfuhr, öffnete ich das Wagenfenster und spürte den Fahrtwind auf meinem Gesicht. Dabei dachte ich an Camille, die sechzehn Jahre lang mutterseelenallein hier weggesperrt gewesen war. Wie sollte ein Mensch das aushalten, ohne daran zu zerbrechen? Endlich konnte ich weinen, um Camille, um die verlorenen Jahre, das vergeudete Talent, um meine Freundin. Aber war nicht auch mein Talent vergeudet?

Während Camille ihre genialen Kunstwerke schuf, hatte ich mich um Einkaufslisten und quengelnde Babys gekümmert. Ich sollte dankbar sein für das, was ich hatte: einen guten Ehemann und vier Kinder. Doch dann fiel mir der frische Duft von Zitrone ein, sein Eau de Cologne, das goldene Licht der Pariser Nachmittagssonne. Und ich weinte um uns, um Camille, um Georges und um mich.

Kapitel Sechsundvierzig

Villeneuve

Mai 1930

Noch einmal schaute ich auf den Namen, den Camille auf dem kleinen Zettel notiert hatte. »Ich bin auf der Suche nach Louis Claudel. Er müsste jetzt etwa Ende zwanzig sein.«

Die junge Frau wischte sich ihre mehligen Hände an der Schürze ab und sah mich fragend an. »Hier gibt es niemanden, der so heißt, Madame.«

»Sind Sie sicher? Man hat mir diese Adresse genannt. Das Haus neben dem Pfarrhaus in Villeneuve.«

Wieder schüttelte sie den Kopf, dann machte sie Anstalten, die Tür zu schließen. Hinter ihr erschien ein Mann und fragte:

»Qui est là, Francine?«

»Eine Engländerin. Sie fragt nach … Wie war noch der Name?«

»Louis Claudel. Er müsste in Ihrem Alter sein.«

Er zuckte die Schultern. »Mein Name ist Jean-Luc, und das ist meine Frau, Francine. Sonst wohnt niemand mehr hier, außer unserer Tochter.«

Meine Hoffnung schwand. Bestimmt war Camilles Geschichte von dem heimlichen Kind auch eine ihrer Fantasien gewesen – ebenso wie die Wahnvorstellung, Rodin und seine Leute würden sie vergiften wollen. Hätte ich nur auf William gehört! Es war naiv von mir gewesen, den weiten Weg hierher zu kommen, eine Irre auf dem Irrweg einer Irren. Ich wandte mich zum Gehen, mit der Kiste in meinen Händen.

Der junge Mann legte mir die Hand auf die Schulter, und ich drehte mich zu ihm um. »Es tut mir leid. Vielleicht versuchen Sie es einmal in dem großen Haus am Ortsausgang. Es gehört der Familie Claudel. Meine Großmutter hat für sie gearbeitet.«

Interessiert schaute ich ihn mir genauer an. Er sah Camille überhaupt nicht ähnlich, aber er war breitschultrig, und sein Kopf hing schwer nach vorne, was ihm ein bulliges Aussehen verlieh. Ich versuchte, ihn mir mit einem langen, struppigen Bart vorzustellen, in einem lehmverschmierten Anzug. Wahrscheinlich klammerte ich mich sinnlos an jeden Hoffnungsschimmer, indem ich mir einbildete, er sähe aus wie Rodin.

Er bat mich ins Haus. »Sie sehen müde aus, Madame. Wollen Sie nicht reinkommen und sich bei einem Glas Wein einen Moment ausruhen? Der Wein stammt von unserem eigenen Weinberg.«

Dankbar folgte ich ihm und seiner Frau ins Haus, das sehr klein, aber sauber und gemütlich war. Glänzende Kupfertöpfe hingen über dem Herd, und unter den Balken trockneten große Kräutersträuße. Ein kleines Mädchen saß am blank gescheuerten Küchentisch und malte mit vor Anstrengung verzerrter Miene. Als sie zu mir aufsah, entdeckte ich ihre dunkelblauen Augen.

»Was ist in der Kiste?«, fragte sie.

»Sei nicht so neugierig, Marianne«, ermahnte sie ihre Mutter, aber ihre Stimme war freundlich, und mit liebevoller Geste strich sie dem Mädchen die dunklen Locken aus der Stirn.

»Willst du hineinschauen?«, fragte ich und stellte die Kiste auf dem Tisch ab.

Marianne kniete sich auf den Stuhl, während ich vorsichtig die Büste aus der Schachtel holte und sie vor dem Kind auf den Tisch stellte. Sie legte ihre kleine, kohleverschmierte Hand auf die Figur und fuhr vorsichtig mit den Fingern über das Gesicht aus Gips.

Dann stemmte sie die Hände in die Hüften. »Kann ich die haben?«

Ich nahm ihre Zeichnung in die Hand und starrte auf ihren breiten Mund und die Art, wie sie den Kopf zur Seite neigte. Mein Herz zog sich vor Schmerz zusammen.

Dann nickte ich und sagte: »Sie gehört dir.«

Anmerkung der Autorin

Camille Claudel starb am 19. Oktober 1943 in der Nervenheilanstalt Montdevergues, wo sie dreißig Jahre verbracht hatte.

Jessie Elbourne hat stets daran geglaubt, dass ihre Freundin ein Kind von Rodin zur Welt gebracht hatte.

Im Jahr 1951 organisierte Paul Claudel eine Ausstellung mit Camilles Arbeiten im Musée Rodin, wo ihre Skulpturen auch heute noch zu sehen sind. Sie war lange Zeit vergessen, bis 1984 eine große Retrospektive ihrer Arbeiten organisiert wurde.

Der Roman »Die Geliebte des Bildhauers« beruht auf Tatsachen, allerdings habe ich von meiner schriftstellerischen Freiheit Gebrauch gemacht und Jessie ein wenig mehr Platz im Zusammenhang mit den romantischen Ereignissen im Paris der damaligen Zeit eingeräumt und sie zur Freundin von Rosa Bonheur, Toulouse-Lautrec und Suzanne Valadon, die damals ebenfalls in Paris lebten, gemacht.

Bei meinen Recherchen habe ich umfangreiche Literatur zurate gezogen. Davon seien an dieser Stelle lediglich die folgenden Werke genannt: »Camille Claudel, A Life« von Odile Ayral-Clause, »Camille, The Life of Camille Claudel« von Reine-Marie Paris, übersetzt von Liliane Emery Tuck, »Rodin, The Shape of Genius« von Ruth Butler, »Rodin, Eros and Creativity«, herausgegeben von Rainer Crone und Siegfried Salzmann, »Women and Madness, The Incarceration of Women in Nineteenth-Century France« von Yannick Ripa, »A Wanderer in Paris« von E.V. Lucas, »Jessie: Study of an Artist« by Abi Pirani (Magisterarbeit, University of York, 1987), »The Journal of Marie Bashkirtseff«, übersetzt von Mathilde Blind, »The Invention of the Model: Artists and Models in Paris, 1830–1870« von Susan Waller, »Women Artists: a Graphic Guide« von Frances Borzello und Natacha Ledwidge sowie »Nineteenth Century Fashion in Detail« von Lucy Johnson mit Marion Kite und Helen Persson.

27871642R00244

Printed in Poland
by Amazon Fulfillment
Poland Sp. z o.o., Wrocław